스파이의 유산

스파이의 유산

존 르카레 장편소설
김승욱 옮김

이 책은 실로 꿰매어 제본하는 정통적인 사철 방식으로 만들어졌습니다.
사철 방식으로 제본된 책은 오랫동안 보관해도 손상되지 않습니다.

추천의 글

고등학생 때 처음『추운 나라에서 돌아온 스파이』를 읽었다. 처음부터 운명적이란 생각이 들 만도 한 것이, 이 작품은 내가 태어난 해에 영국서 첫 출간되었다. 냉전의 최전방인 한반도에, 게다가 (소설의 주 무대인 동독처럼) 전체주의/공포정치 국가였던 남한에 사는 한 소년의 정신에『추운 나라』처럼 큰 충격을 준 소설은 없었다. 그 후 40년 가까운 세월이 흐른 지금 나는『추운 나라에서 돌아온 스파이』의 후속작인『스파이의 유산』을 손에 쥐고 있다. 제목부터 이미 매끈하게 두 편을 연결시킨다. 이것은 〈추운 나라에서 돌아온 스파이의 유산〉을 다룬 이야기다.『유산』은『추운 나라』의 프리퀄이자 시퀄, 백스토리이자 표준 해설서다.

『유산』의 나쁜 점은『추운 나라』를 읽지 않고는 다 이해할 수 없다는 것이고, 좋은 점은 읽다 보면 불가피하게 『추운 나라』를 다시 찾게 된다는 것이다. 어쩌면『죽은 자에게 걸려온 전화』와 『팅커, 테일러, 솔저, 스파이』까지도. 내 말을 믿어도 좋다. 당연하지 않나, 여기엔 앨릭 리머스와 리즈 골드, 그리고 스마일리 뿐 아니라 피터 길럼과 컨트롤과 문트와 짐 프리도와 빌 헤이든이 죄다 나온다니까? 『유산』에서 피터 길럼이 옛 사건을 재조사하기 위해 본부에 소환되듯 우리도 옛 친구들을 차례로 다시 만나게 된다. 그 일은 기쁘기도 하고, 뼈아픈 슬픔과 후회를 낳기도 한다. 예를 들어 짐 프리도와의 재회 장면은 나를 꽤나 힘들게 만들었다. 첫사랑처럼. 〈역시 만나지 않는 편이 좋았어…….〉 그렇다면 스마일리는? 『유산』에서 스마일리는 기묘하게 존재하지 않는 동시에 존재한다. 현재의 그는 실종, 기억 속의 그는 강력하게 실존. 누구나 그를 두고 스파이마스터가 되기에는 어쩌면 지나칠 정도로 양심적인 사람이었다고 말하지만 이것이 스마일리의 충성스러운 비서였던 피터 길럼의 1인칭 소설이라는 사실을 잊어선 안 된다. 스마일리가 펼친 음모와 공작을 가만히 따져볼수록 우리는 고개를 갸우뚱할 수밖에 없다. 〈리머스와 골드의 운명을 예측 못 했다고? 그 조지 스마일리가?〉 그러나 다시 한번 생각해 보자. 스마일리마저 못 믿는다면 우리는 이 추운 세상 어디서 위안을 얻나. 자기가 〈절대 무자비하지 않았고 다만 더 큰 연민을 품었을 뿐〉이라고 말하는 스마일리를. 리머스는 〈어떤 사람은 카나리아를 기르고 어떤 사람은 공산당에 입당〉한다고 말했지만 나는 〈어떤 사람은 공산당에 입당하고 어떤 사람은 스마일리를 믿는다〉라고 말할 수밖에 없다. 사람은 무언가를 믿을 필요가 있기 때문에 믿을 뿐이고 믿음의 대상 자체는 아무 가치도 없고 기능도 없다고 말한 사람도 리머스였지만, 개는 가려운 곳을 긁는데 개마다 가려운 곳이 다르다고 가르쳐 준 이 또한 리머스가 아니었던가. 스마일리가 가치도 기능도 없는 일개 정부 관료에 불과할 수도 있겠지만 확실히 말할 수 있는 한 가지는 르카레는 내가 가려운 부분이 어딘지 안다는 것이다. 누구도 믿을 수 없는 세계에 살지만 적어도 한 사람 정도는 믿고 싶은 마음 말이다. 『스파이의 유산』을 읽는 행위는 카나리아를 기르는 것과 같다.

2020년 3월
박찬욱(영화감독)

차례

스파이의 유산

1

지금부터 할 이야기는, 1950년대 말과 1960년대 초에 동독 정보부(슈타지)를 상대로 영국이 실시했던 기만 작전, 암호명 〈윈드폴〉에서 내가 수행했던 역할을 최대한 진실에 가깝게 묘사한 것이다. 이 작전은 내가 함께 일해본 영국 최고의 비밀 요원과 그가 목숨을 바친 무고한 여성의 목숨을 앗아 갔다.

전문적인 정보 요원이라고 해서 다른 사람들보다 인간적인 감정에 무딘 것은 아니다. 다만 그런 감정을 얼마나 억누를 수 있는지가 중요할 뿐이다. 현장에서든, 아니면 나처럼 50년의 세월이 흐른 뒤에든. 두어 달 전까지만 해도 나는 브르타뉴 외딴곳의 농장에서 밤이면 내 방 침대에 누워 소 울음소리와 암탉들이 다투는 소리에 귀를 기울이곤 했다. 때로 어떤 목소리들이 나를 비난하며 수면을 방해하려고 들었지만 나는 단호하게 물리쳤다. 그때 난 너무 젊었어, 너무 순수했어. 너무 순진하고, 너무

직급이 낮았어. 나는 그 목소리들에 이렇게 항변했다. 누군가의 머리 가죽을 벗기고 싶다면, 기만 작전의 위대한 대장들에게 가야지. 조지 스마일리와 그의 상관인 컨트롤을 찾아가라고. 〈윈드폴〉이라는 기만 작전을 승리이자 고뇌로 만든 것은 그들이 갈고닦은 잔꾀, 교활하고 박학한 지성이었지 내 탓이 아니야. 나는 이렇게 주장했다. 그러다 내가 인생의 전성기를 바친 정보부가 내게 책임을 물은 지금에서야 나는 노년의 나이와 당혹감에 떠밀려, 무슨 대가를 치르더라도 그 작전에서 내가 수행한 일들의 명암을 모두 기록해야겠다고 생각하게 되었다.

황금시대로 일컬어지던 그 당시에 우리 신입들은 비밀 정보부를 〈서커스〉라고 불렀다. 우리가 배치된 곳이 템스강 옆의 기괴한 요새가 아니라, 케임브리지 서커스에 빨간 벽돌로 지은 번드르르한 빅토리아 양식 건물이었기 때문이다. 애당초 비밀 정보부가 어떻게 나를 뽑게 되었는지는 나도 잘 모르겠다. 내가 태어나게 된 정황을 모르는 것과 마찬가지다. 특히 이 두 사건이 불가분의 관계로 엮여 있으니 더욱더 알쏭달쏭하기만 하다.

내 기억 속에 아주 흐릿하게만 존재하는 내 아버지는, 어머니의 말에 따르면, 잉글랜드 중부의 부유한 앵글로-프랑스계 집안에서 태어났다. 성격이 급하고 낭비를 즐겨서 물려받은 유산이 빠른 속도로 줄어들었지만, 프랑스를 사랑하는 마음만은 진짜였다. 1930년 여름에 아버지는 브르타뉴의 북쪽 해안에 있는 온천 도시 생말로에서 온천욕을 즐기며 멋지게 꾸민 모습으로 카지노와 유곽을 드나들었다. 오랜 역사를 지닌 브르타뉴 농부 집안의 외동딸로 당시 스무 살이던 어머니도 그때 우연히 그 도시에 있었다. 부유한 가축 경매인의 딸 결혼식에서 신부 들러리를 서기로 되어 있었기 때문이다. 어쨌든 어머니의 주장에 따르면 그랬다고 한다. 하지만 내게 당시의 일을 들려줄 수 있는 사람은 어머니뿐이고, 어머니는 자신에게 불리한 사실을 이야기할 때 조금 장식을 덧붙이고 싶다는 욕망에서 자유롭지 못한 사람이므로, 사실은 어머니가 그보다는 덜 떳떳한 목적으로 그 도시를 찾았다 해도 그리 놀랄 일은 아니다.

어머니의 이야기에 따르면, 결혼식이 끝난 뒤 어머니는 샴페인 한두 잔에 기분이 좋아진 상태로 다른 들러리와 함께 피로연장을 빠져나와 결혼식에서 입었던 화려한 옷차림 그대로 북적이는 저녁 거리를 거닐었다. 그런데 그때 마침 아버지도 모종의 의도를 갖고 그 길을 산책하고 있었다. 함께 있던 친구에 비해 더 예쁘고 더 충동적이었던 어머니는 회오리바람 같은 로맨스에 휘말렸다. 어머니가 그 로맨스의 진행 속도에 대해 수줍은 듯 말을 아낀 것은 이해할 만한 일이다. 곧 두 번째 결혼식이 급히 추진되었고, 나는 그 결과물이었다. 아버지는 선천적으로 좋은 배우자가 될 수 없는 사람이었던 것 같다. 따라서 결혼 초기에도 어떻게든 집을 비울 때가 많았다.

그런데 여기서 이야기가 영웅담으로 변한다. 우리 모두 알다시피, 모든 것을 바꿔 놓는 전쟁이 내 아버지 또한 순식간에 바꿔 놓았기 때문이다. 전쟁이 선포되자마자 아버지는 영국 육군성의 문을 두드려 누구든 자기를 받아 주기만 하면 국가를 위해 봉사하겠다고 자원했다. 어머니에 따르면, 혼자 힘으로 프랑스를 구하는 것이 아버지의 임무였다. 어쩌면 아버지는 그 일을 핑계로 가정의 속박에서도 도망칠 작정이었는지 모르지만, 어머니 앞에서 이런 이단적인 말을 입에 담는 것은 철저한 금기였다. 영국은 특수 작전국을 신설했다. 윈스턴 처칠이 직접 〈유럽을 불바다로 만들라〉라는 임무를 부여한 유명한 조직이다. 브르타뉴 남서부의 해안 도시들은 독일 잠수함이 활발히 활동하는 곳이었으며, 과거 프랑스 해군 기지가 있던 로리앙은 특히 독일 잠수함의 활동이 가장 활발한 곳이었다. 아버지는 브르타뉴의 평지에 다섯 번이나 낙하산으로 침투해서 레지스탕스 집단과 연락이 닿는 대로 동맹을 맺어 그 나름대로 폭력적인 저항을 하다가 렌 감옥에서 게슈타포의 손에 잔인한 죽음을 맞았다. 그가 보여 준 이타적인 헌신은 아들 입장에서 도저히 따라갈 수 없는 수준이었다. 아버지가 남긴 또 다른 유산은 영국의 사립 학교 제도에 대한 잘못된 믿음이었다. 아버지 자신이 영국 사립 학교에서 우울한 시절을 보냈으면서도, 이런 믿음으로 인해 나까지 자신과 똑같은 운명으로 몰아넣고 말았다.

태어난 직후 몇 년 동안 나의 삶은 낙원이었다. 어머니는 요리를 하고 수다를 떨었다. 할아버지는 엄격했지만 상냥했고, 농장은 번성했다. 집에서 우리는 브르타뉴 말을 썼다. 마을의 가톨릭 초등학교에서는 잉글랜드 허더즈필드에서 6개월 동안 입주 보모로 일하면서 영어를 배운 아름답고 젊은 수녀님이 내게 기초 영어를 가르쳐 주었다. 나라의 법에 따라 프랑스어도 당연히 가르쳤다. 학교가 쉬는 날이면 나는 우리 농장 주위의 들판과 절벽을 맨발로 뛰어다니고, 어머니가 크레페에 쓸 메밀을 수확하고, 파데트라는 늙은 암퇘지를 돌보고, 마을 아이들과 신나게 놀았다.

갑자기 코앞에 닥쳐올 때까지 미래는 내게 아무런 의미도 없었다.

돌아가신 아버지의 사촌이고 이름이 머피라는 통통한 부인이 도버에서 나를 어머니 손에서 떼어 내 일링의 자기 집으로 데려갔다. 내가 여덟 살 때의 일이다. 기차 창문을 통해 나는 처음으로 방공 기구[1]를 보았다. 저녁 식탁에서 머피 씨는 몇 달 안에 전쟁이 끝날 것이라고 말했고, 머피 부인은 그러지 않을 것이라고 말했다. 두 사람

---

1 적의 비행기가 다니기 힘들게 케이블로 묶어 띄워 놓던 대형 풍선.
이하 모든 각주는 옮긴이의 주이다.

모두 나를 위해 같은 말을 천천히 몇 번이나 되풀이했다. 다음 날 머피 부인이 나를 셀프리지 백화점에 데려가 교복을 사 주고 영수증을 신경 써서 챙겼다. 그다음 날 머피 부인은 패딩턴역 플랫폼에 서서 울고 있었다. 나는 부인이 새로 사 준 교복 모자를 흔들며 부인에게 작별 인사를 했다.

아버지가 원했다는 이유로 시작된 나의 영국식 교육을 자세히 설명할 필요는 없을 것이다. 전시(戰時)였으므로, 학교는 갖고 있는 자원만으로 버텨야 했다. 나는 이제 피에르가 아니라 피터가 되었다. 형편없는 영어 실력은 아이들의 놀림감이 되었고, 브르타뉴 사투리가 들어간 프랑스어 발음은 전쟁으로 고생하던 교사들의 놀림감이 되었다. 내가 살던 작은 마을 레 되 제글리즈가 독일군에 점령당했다는 소식을 사람들은 거의 아무렇지도 않은 듯이 내게 알려 주었다. 어쩌다 한 번씩 도착하는 어머니의 편지는 영국 우표가 붙고 런던 소인이 찍힌 갈색 봉투에 들어 있었다. 과연 누가 감히 그 편지들을 훑어보았는지 내가 짐작할 수 있게 된 것은 세월이 흐른 뒤의 일이었다. 방학에 대한 기억 속에는 소년 캠프와 대리 부모들이 흐릿하게 뒤엉켜 있다. 빨간 벽돌로 지어진 예비 학교가 회색 화강암으로 지어진 사립 학교로 바뀌었지만, 커리큘럼은 똑같았다. 똑같은 마가린을 먹고, 애국심과 제국에 대한 똑같은 훈계를 듣고, 아이들이 멋대로 저

지르는 폭력과 무신경한 잔인함에 똑같이 시달렸다. 성욕에 대해 가르쳐 주는 사람도, 성욕을 달랠 방법도 없는 것 또한 똑같았다. 노르망디 상륙 작전 실행 직전인 1944년 봄의 어느 날 저녁, 교장이 나를 서재로 부르더니 아버지가 군인다운 죽음을 맞았으니 아버지를 자랑스럽게 생각해야 한다고 말했다. 보안 때문에 그 이상의 설명은 불가능했다.

열여섯 살 때 나는 유난히 지루했던 여름 학기를 끝내고, 사회에 잘 적응하지 못하는 영국 청소년의 모습으로 평화로운 브르타뉴를 다시 찾았다. 할아버지는 이미 돌아가신 뒤였다. 므시외 에밀이라는 새로운 사람이 어머니의 침대를 함께 쓰고 있었다. 나는 므시외 에밀이 마음에 들지 않았다. 파데트의 절반은 독일군에, 나머지 절반은 레지스탕스에 돌아갔다고 했다. 유년 시절과는 달라진 모습들에서 도망치고 싶은 마음, 자식으로서 의무를 수행해야 한다는 마음이 나를 몰아붙이는 바람에 나는 몰래 기차를 타고 마르세유로 가서 나이를 한 살 올려 프랑스 외인부대에 들어가려고 했다. 그러나 돈키호테 같았던 나의 모험은, 내가 외국인이 아니라 프랑스인이라는 어머니의 호소에 외인부대가 이례적으로 한발 물러나 나를 내보내는 바람에 순식간에 끝나 버렸다. 나는 다시 영국에서 포로 같은 생활을 이어 갔다. 이번에는 런던 교외인 쇼어디치가 내 감금 장소였다. 여기서 아버지와 전혀 닮지 않은 의붓 형제 마커스가 소련(마커스는 항상 소련 대신 러시아라고 불렀다)에서 값비싼 모피와 카펫을 수입하는 무역 회사를 경영하면서 내게 무역 업무를 가르쳐 주겠다고 나선 탓이었다.

마커스 삼촌은 지금도 내 인생에서 해결되지 않은 또 하나의 수수께끼다. 그가 나를 고용하겠다고 나선 데에 훗날 내 상관이 된 사람들의 영향이 있었던 것은 아닌지 나는 지금도 확실히 알지 못한다. 아버지가 어떻게 돌아가셨느냐고 물어보면, 삼촌은 마뜩지 않은 표정으로 고개를 저었다. 아버지가 싫은 것이 아니라, 나의 아둔한 질문이 싫은 거였다. 가끔은 태어날 때부터 부자이거나 키가 크거나 음악적인 재능을 지닌 사람이 있는 것처럼, 비밀스러운 사람으로 태어나는 것도 가능한 일인지 궁금해진다. 마커스는 비열하지도, 인색하지도, 몰인정하지도 않았다. 그냥 비밀스러울 뿐이었다. 그는 중부 유럽 출신이었으며, 이름은 콜린스였다. 그 이전의 이름은 무엇이었는지 나는 지금도 모른다. 삼촌은 독특한 말씨의 영어를 아주 빠르게 말했는데, 그의 모국어가 무엇인지 또한 끝내 알아내지 못했다. 삼촌은 나를 피에르라고 불렀다. 삼촌의 친구인 돌리라는 부인은 와핑에서 모자 상점을 경영했으며, 금요일 오후에 창고 문 앞에서 삼촌과 만났다. 하지만 두 사람이 주말에 어디로 가는지, 서로 결혼한 사이인지 아니면 각자 다른 사람과 결혼한 상태인지 나는 알 수 없었다. 돌리에게는 버니라는 사람이 있었는데, 그가 돌리의 남편인지 아들인지 형제인지도 나는 끝까지 알지 못했다. 돌리 역시 날 때부터 비밀스러운 사람이었기 때문이다.

콜린스 트랜스-시베리아 모피·카펫 회사가 정말로 무역 회사였는지, 아니면 정보 수집을 위해 설립한 은폐용 회사였는지 또한 나는 지금도 알지 못한다. 나중에 사실을 캐보려고 했지만, 막다른 길이 나를 막아섰다. 마커스 삼촌이 무역 박람회에 가려고 준비할 때마다, 그곳이 키예프든 페름이든 이르쿠츠크든 상관없이 몸을 심하게 떨던 것, 그리고 박람회에서 돌아온 뒤에는 술을 많이 마시던 것을 나는 확실히 알고 있었다. 또한 무역 박람회를 앞둔 시기에는 말씨가 세련된 잭이라는 영국인이 사무실에 들러 비서들을 홀린 뒤, 분류실 문틈으로 빼꼼 고개를 내밀고는 〈안녕, 피터, 잘 지냈니?〉라고 말하곤 했다. 그는 단 한 번도 나를 피에르라고 부르지 않았다. 그렇게 내게 인사한 뒤에는 근사한 점심을 먹자면서 마커스 삼촌을 어딘가로 데리고 나갔다. 식사를 마친 다음 마커스는 자신의 사무실로 들어가 문을 잠그곤 했다.

잭은 자신이 고급 검은담비 모피 중개상이라고 주장했지만, 그가 실제로 거래한 품목은 바로 정보였음을 이제 나는 알고 있다. 마커스가 건강 문제 때문에 더 이상 박람회에 갈 수 없다고 선언했을 때, 잭이 대신 나더러

점심 식사를 같이하자며 펠멜의 여행자 클럽으로 데려가
더니 외인부대에 있을 때가 더 좋았는지, 여자 친구들 중
에 진지하게 사귄 상대가 있는지, 권투 동아리 부장까지
했으면서 왜 사립 학교에서 도망쳤는지, 나이 때문에 전
쟁에 참전하지 못한 것이 아쉽다면 지금이야말로 벌충할
기회라면서 조국을 위해 쓸모 있는 일을 해볼 생각은 없
는지 등을 물었기 때문이다. 여기서 조국이란 영국을 뜻
했다. 점심 식사 중에 잭은 내 아버지를 딱 한 번 언급했
다. 아주 아무렇지도 않은 말투라서 어쩌면 그가 내 아버
지 이야기를 아주 잊어버리고 있었는지도 모르겠다는 생
각이 들 정도였다.

「아, 돌아가신 자네 아버지는 아주 존경받는 분이었지.
내가 자네 아버지 이야기를 한 건 절대 비밀이야. 난 아
무 말도 안 한 거야. 괜찮지?」

「네.」

「자네 아버지는 정말 용감한 분이었어. 나라를 위해
아주 훌륭한 일을 하셨지. 두 나라 모두를 위해서. 알
겠나?」

「뭐, 그런 거겠죠.」

「자, 자네 아버지를 위해 건배.」

아버지를 위해 건배. 나도 맞장구를 쳤다. 그리고 우리
는 말없이 술을 마셨다.

햄프셔의 우아한 시골집에서 잭과 그의 동료인 샌디,

그리고 에밀리라는 유능한 여성(나는 그녀를 보자마자 사랑에 빠졌다)이 내게 키예프 중심부에서 주인 없는 우편함의 내용물을 가져오는 법에 대한 간략한 강의를 해 주었다. 사실 오래된 담배 노점의 벽에 헐겁게 붙여 둔 돌 구조물인 그 우편함을 똑같이 재현한 물건이 근처 오렌지 밭에 설치되어 있었다. 나는 우편함을 열어도 좋다고 알려 주는 안전 신호를 해독하는 법도 배웠다. 난간에 묶여 있는 낡은 초록색 리본이 바로 안전 신호였다. 우편함의 내용물을 수거한 뒤, 그 사실을 알리기 위해 빈 러시아 담뱃갑을 버스 정류장 옆 쓰레기통에 던져 넣는 법도 배웠다.

「혹시 몰라서 하는 말인데, 피터, 러시아 비자를 신청할 때 영국 여권보다는 프랑스 여권을 쓰는 편이 좋을 거야.」잭은 쾌활한 말투로 이렇게 말하고 나서, 파리에 마커스 삼촌의 계열사가 있다는 사실을 일깨워 주었다. 「그건 그렇고, 에밀리는 접근 금지야.」잭이 말을 덧붙였다. 혹시 내가 다른 생각을 할까 봐 하는 말이라면서. 난 실제로 다른 생각을 하고 있었다.

*

그것이 나의 첫 임무였다. 나중에 서커스라고 부르게 된 조직을 위한 첫 번째 임무이자, 돌아가신 아버지의 본

23

을 따른 비밀 전사로서 나를 보게 된 첫 경험이었다. 그 뒤 2년 동안 내가 수행한 다른 임무들을 이제는 일일이 열거할 수 없다. 레닌그라드, 그단스크와 소피아, 라이프치히와 드레스덴을 다녀오는 임무가 적어도 여섯 번은 되었을 것이다. 내가 아는 한, 나는 매번 이렇다 할 사건 없이 임무를 수행했다. 출발하기 전에 준비하는 과정과 돌아온 뒤 긴장을 내려놓는 과정만 뺀다면.

역시 아름다운 정원이 딸린 또 다른 시골집에서 여러 번 긴 주말을 보내면서 나는 다른 재주들을 더 배웠다. 예를 들어, 역탐지 기술이나 북적거리는 거리에서 낯선 사람과 스쳐 지나가며 은밀히 물건을 건네주는 기술 같은 것. 이런 웃기는 짓을 한창 하던 와중에, 사우스오들리 거리의 안가에서 비밀리에 열린 행사에서 나는 아버지의 용맹을 기리는 훈장들을 손에 넣을 수 있었다. 프랑스 것이 하나, 영국 것이 하나였는데, 훈장을 내린 이유가 설명된 표창장도 딸려 있었다. 왜 이제야 내게 이것들을 주느냐고 물어볼 수도 있었을 것이다. 하지만 이미 나는 질문하지 않는 법을 터득한 뒤였다.

내가 동독을 드나들기 시작한 뒤에야, 안경 낀 얼굴에 항상 걱정스러운 표정을 짓고 있는 땅딸막한 몸매의 조지 스마일리가 한들한들 내 앞에 나타났다. 내가 임무를 끝내고 보고를 위해 머무르고 있던 웨스트서식스에서 어느 일요일 오후에 벌어진 일이었다. 그때는 내 보고를 받는 사람이 이미 잭이 아니라 짐이라는 까다로운 남자로 바뀌어 있었다. 체코 태생으로 나와 나이가 비슷한 그의 성이 프리도라는 사실은 나중에 알았다. 내가 여기서 그를 언급한 것은, 그 역시 나중에 내 직장 생활에서 상당한 역할을 했기 때문이다.

스마일리는 내 보고를 들으며 별로 입을 열지 않았다. 가만히 앉아서 듣기만 하다가, 가끔 테가 두꺼운 안경을 통해 올빼미처럼 나를 바라볼 뿐이었다. 하지만 보고가 끝난 뒤, 그는 정원 산책을 내게 제의했다. 한없이 넓어 보이는 정원에는 공원도 하나 딸려 있었다. 우리는 이야기를 하다가 벤치에 앉아 쉬고, 산책을 하다가 다시 벤치에 앉아 쉬면서 계속 이야기를 나눴다. 어머님은 건강하신가? 네, 잘 지내십니다, 감사합니다, 조지. 총기가 조금 떨어지셨지만 그래도 건강하세요. 그다음에는 아버지 이야기가 나왔다. 아버님의 훈장을 갖고 있나? 나는 어머니가 일요일마다 훈장을 반짝반짝 닦는다고 말했다. 사실이었다. 어머니가 가끔 내게 훈장을 걸어 주고는 울음을 터뜨린다는 이야기는 하지 않았다. 하지만 잭과 달리 조지는 내 여자 친구에 대해서는 묻지 않았다. 내가 많은 여자를 사귄 것을 보니 걱정할 필요가 없다고 생각했음이 분명하다.

그날의 대화를 지금 돌이켜 보면, 그가 의식적으로 그랬든 아니든 내게 아버지 같은 역할을 해주려 했다는 생각을 떨칠 수 없다. 실제로 나중에 그는 내게 아버지 같은 존재가 되었다. 하지만 이런 감정을 느끼는 것은 오로지 나뿐일 수도 있다. 그래도 조지가 마침내 문제의 그 질문을 불쑥 던졌을 때 내가 고향에 돌아온 듯한 기분을 느낀 것은 사실이다. 내 고향은 영국 해협 너머 브르타뉴에 있는데도.

「우리가 궁금한 것이 있는데 말이야.」 그가 아련한 목소리로 말했다. 「자네 혹시 아예 우리 조직에 들어올 생각을 해본 적은 없나? 밖에서 우리랑 일하던 사람들이 모두 조직 내부에서 잘 적응하는 건 아냐. 하지만 자네는 적응할 수 있을 것 같네. 봉급도 그리 많지 않고, 일을 하다가 중단되는 경우도 많지만, 그래도 우리는 우리가 중요한 일을 하고 있다고 생각하네. 수단에 그리 신경을 쓰지 않고, 목적을 중시한다면 말이지.」

2

레 되 제글리즈의 내 농장은 이렇다 할 특징이 없는 19세기 양식의 화강암 저택, 무너질 듯한 모습이지만 지붕에 돌 십자가가 있는 헛간, 잊힌 전쟁에 쓰였던 요새의 잔재, 지금은 사용되지 않지만 예전에는 레지스탕스 전사들이 나치 점령군의 눈을 피해 무기를 숨기는 데 이용했던 아주 오래된 돌담, 이 담만큼이나 오래된 야외 오븐, 구식 사과 착즙기, 절벽과 바다로 무심히 이어지는 목초지 50헥타르로 이루어져 있다. 이 농장은 4대에 걸쳐 집안 소유였고, 나는 5대째다. 그리 훌륭하지도 않고, 돈을 많이 벌어 주지도 않는 농장이다. 거실 창문에서 밖을 내다보면 오른쪽에 19세기 예배당의 울퉁불퉁한 뾰족탑이 보인다. 왼쪽에는 초가지붕을 이고 있는 하얀 예배당이 혼자 서 있다. 이 두 예배당이 이 마을 이름의 기원이 되었다.[2] 브르타뉴 전역과 마찬가지로 레 되 제글리즈의 주

2 Les Deux Églises는 프랑스어로 〈두 예배당〉이라는 뜻이다.

민들은 모두 가톨릭 신자 아니면 무교인데, 나는 무교다.

로리앙에서 내 농장으로 오려면 먼저 남쪽 해안 도로를 따라 30분쯤 차를 몰아야 한다. 겨울이면 양편에 늘어선 포플러들이 앙상해지는 곳이다. 서쪽으로 달리다 보면 히틀러의 대서양 방벽 잔해가 군데군데 보인다. 제거가 불가능한 그 잔해들은 현대판 스톤헨지의 지위에 빠르게 올라서는 중이다. 그렇게 30킬로미터쯤 달리다 보면, 왼쪽에 〈오디세〉라는 거창한 이름을 단 피자 레스토랑이 보이고, 곧이어 오른쪽에 악취를 풍기는 쓰레기장이 나타난다. 〈오노레〉[3]라는 어울리지 않는 이름이 붙은 주정뱅이 부랑자가 거기서 고물 잡동사니, 낡은 자동차 타이어, 거름 등을 팔고 있다. 우리 어머니가 나더러 항상 피해 다니라고 주의를 주던 그자는 동네에서 〈독한 난쟁이〉라고 불린다. 〈들라쉬〉(우리 어머니의 성이다)라고 적힌 낡은 표지판이 보이는 곳부터는 길이 울퉁불퉁해진다. 길에 팬 곳이 많으니 브레이크를 세게 밟아야 한다. 집배원인 므시외 드니라면 팬 곳을 노련하게 피해서 전속력으로 통과할 수 있겠지만. 초가을의 화창한 오전인 지금도 그가 이렇게 차를 몰고 오는 바람에 마당의 닭들이 화를 내고 있다. 하지만 내가 사랑하는 아이리시 세터[4] 아무뢰즈는 고고하고 무심한 모습이다. 얼마 전에 낳

3 〈영광스러운〉이라는 뜻의 프랑스어.
4 사냥개의 일종.

은 새끼들을 핥아 주느라 한낱 인간의 일에 신경을 쓸 여유가 없기 때문이다.

나는 므시외 드니(키가 엄청 큰 데다가, 드골 대통령과 닮았다고 알려져 있어서 〈장군님〉이라고 불리기도 한다)가 노란색 승합차에서 내려 현관 계단으로 다가오기 시작한 순간부터, 그가 그 마른 손에 쥐고 있는 편지가 서커스에서 온 것임을 단번에 알아차렸다.

*

처음에는 경계심을 느끼지 않았다. 조용히 재미있어했을 뿐이다. 영국 비밀 정보부의 어떤 면은 영원히 변하지 않는다. 그중 하나가 바로 공개적인 서신에 사용하는 문구류에 대한 강박증이다. 지나치게 공식적인 분위기를 풍기는 문구류는 안 된다. 그랬다가는 은밀함을 유지하기가 힘들기 때문이다. 봉투의 속이 들여다보이면 안 되기 때문에, 줄이 쳐진 것을 쓸 때가 많다. 새하얀 색은 너무 눈에 띄니까 살짝 색이 들어간 편이 좋다. 요염한 색만 아니면 된다. 흐릿한 파란색이나 연한 회색 정도면 괜찮다. 내게 온 편지는 연한 회색이었다.

그다음 문제는 주소를 자판으로 입력할 것인지, 아니면 손으로 쓸 것인지 여부다. 언제나 고려해야 할 것은 현장에서 일하는 사람에게, 그러니까 이 경우에는 나에게 무엇이 필요한가 하는 점이다. 전직 요원인 나 피터 길럼은 자연과 함께하는 생활에 감사하고 있으며, 프랑스 시골에서 오래 살았다. 전직 요원들 모임에는 얼굴을 비친 적이 없으며, 주변에 다른 중요한 인물은 없다. 연금 전액을 받고 있으므로 괴롭히는 것이 가능하다. 결론: 외국인이 드문 브르타뉴의 외진 마을에서 어느 정도 공식적으로 보이는 회색 봉투에 주소를 자판으로 입력하고 영국 우표를 붙여 편지를 보낸다면 동네 사람들의 의심을 살 우려가 있으므로 주소는 손으로 쓴다. 이제 어려운 문제가 남았다. 서커스의 이름이 요즘 어떻게 바뀌었는지는 모르겠지만 하여튼 그쪽 사무실 사람들은 아무리 **개인적**인 서신이라 해도 보안 등급을 정하고 싶다는 유혹에 저항하지 못한다는 것. 개인적인 서신임을 더욱 강조하기 위해 **본인**이라는 말을 덧붙일까? 〈개인 서신, 본인 외 개봉 금지〉라고? 이건 좀 과하다. 그냥 〈개인 서신〉으로 가자. 아니, 이 경우에는 〈인사부 발송〉이 더 낫겠다.

아틸러리 빌딩 1
런던, SE14

친애하는 길럼 씨,
아직 직접 만난 적이 없으니 먼저 제 소개를 하겠습니다. 저는 길럼 씨가 예전에 일하시던 회사에서 업무

관리를 맡고 있습니다. 현안은 물론 과거의 사건까지 모두 다루고 있지요. 길럼 씨가 오래전 중요한 역할을 한 것으로 보이는 사안 하나가 뜻밖에 고개를 들고 떠올라서, 저로서는 길럼 씨께 최대한 빨리 런던으로 오셔서 대응 방안 준비를 도와주십사 부탁드리는 수밖에 없게 되었습니다.

교통비(이코노미 클래스)와 런던 기준으로 책정한 1일 130파운드의 금액을 길럼 씨가 이곳을 떠나실 때까지 제공하겠습니다.

저희에게 길럼 씨의 전화번호가 없는 듯하니, 위의 번호로 저희에게 전화를 걸어 타냐를 찾아 주시기 바랍니다. 수신자 부담으로 전화하시면 됩니다. 아니면 아래의 주소로 이메일을 보내셔도 됩니다. 길럼 씨께 불편을 끼칠 생각은 없지만, 이 문제가 다소 시급하다는 점을 강조해야 할 듯합니다. 죄송하지만, 길럼 씨의 퇴직 협약서 14항을 고려해 주시기 바랍니다.

A. 버터필드 드림

(CS의 LA)

추신: 저희 사무실 접수대로 오실 때 여권을 지참해 주시기 바랍니다. AB

〈CS의 LA〉는 〈부장의 법률 자문〉이라는 뜻이고, 〈14항〉은 〈서커스가 명하는 경우, 평생 그 명에 따를 의무가 있다〉라는 뜻이며, 〈고려해 주시기 바랍니다〉는 〈누가 당신의 연금을 지급하고 있는지 기억하라〉라는 뜻이다. 그리고 나는 이메일 주소가 없다. 그나저나 이 사람은 왜 편지에 날짜를 쓰지 않았을까? 보안 때문에?

카트린은 아홉 살짜리 딸 이자벨과 함께 과수원에 내려가 얼마 전에 데려온 못된 어린 염소 두 마리와 놀고 있다. 카트린은 몸이 호리호리하지만 얼굴은 브르타뉴 사람답게 넓적하며, 천천히 깜박거리는 갈색 눈은 무표정하게 상대를 가늠한다. 카트린이 팔을 뻗으면 염소들이 그 품으로 뛰어들고, 제 나름대로 그 순간을 즐기고 있는 어린 이자벨은 양손을 모으고 제자리에서 빙그르르 돌면서 기쁨을 표현한다. 하지만 근육이 발달한 카트린이라 해도 염소를 잡을 때는 한 번에 한 마리씩 조심스레 잡아야 한다. 녀석들 두 마리가 한꺼번에 뛰어들었다가는, 카트린이 뒤로 넘어질 수 있기 때문이다. 이자벨은 나를 무시한다. 눈을 마주치는 것이 귀찮은 모양이다.

카트린과 이자벨 뒤편의 밭에서는 귀가 들리지 않는 날품팔이 일꾼 이브가 몸을 반으로 접듯이 숙이고 양배추를 자르고 있다. 오른손으로는 줄기를 자르고, 왼손으로는 잘라 낸 양배추를 수레에 던진다. 그러는 동안에도 둥글게 굽은 등의 각도는 변하는 법이 없다. 이브를 지켜

보고 있는 늙은 회색 말 아르테미스도 카트린이 주워 온 녀석이다. 2년쯤 전에 우리는 이웃 농장에서 도망쳐 헤매고 있던 타조 한 마리를 데려왔다. 카트린이 녀석의 원래 주인에게 그 사실을 알렸더니, 그는 너무 늙은 녀석이라면서 그냥 가지라고 말했다. 타조는 우아하게 숨을 거뒀고, 우리는 장엄한 국장(國葬)처럼 장례를 치러 주었다.

「하고 싶은 말이라도 있어요, 피에르?」 카트린이 다그치듯 묻는다.

「며칠 집을 비워야 할 것 같아.」 내가 대답한다.

「파리에 가요?」 카트린은 내가 파리에 가는 것을 좋아하지 않는다.

「런던이야.」 내가 대답한다. 그리고 비록 퇴직했어도 여전히 비밀을 유지할 필요가 있기 때문에 말을 덧붙인다. 「누가 죽었거든.」

「당신이 아끼는 사람이에요?」

「옛날에는 그랬지.」 내 말투의 단호함에 나조차 깜짝 놀란다.

「그럼 별로 중요한 일은 아니겠네요. 오늘 밤에 떠나요?」

「내일. 렌에서 일찍 비행기를 탈 거야.」

서커스가 휘파람만 불면, 나는 비행기를 타러 렌으로 달려가던 때가 있었다. 하지만 오늘은 아니다.

*

옛 서커스의 스파이 영토에 차츰 정이 들었던 사람이라면, 다음 날 오후 4시에 내가 택시비를 치르고 충격적일 정도로 눈에 띄는 새 정보부 본부의 콘크리트 통로에 발을 들여놓았을 때 느낀 반감을 이해할 것이다. 내가 한창 스파이로 활동하면서 제국(주로 소련 제국이거나, 그 제국에 속한 나라)의 쓸쓸한 전진 기지에서 몹시 지친 모습으로 돌아오던 시절을 아는 사람이라면. 그 시절 나는 런던 공항에서 곧장 버스를 타고 오다가 중간에 케임브리지 서커스까지 가는 지하철로 갈아타곤 했다. 본부에서는 생산 팀이 면담을 위해 나를 기다리고 있었다. 나는 빅토리아 양식의 볼품없는 건물로 통하는 꾀죄죄한 계단 다섯 개를 올라갔다. 우리는 그 건물을 본부, 사무실, 서커스 등 다양한 이름으로 불렀다. 어쨌든 그곳이 우리의 본거지였다.

생산 팀이나 비품실이나 행정실과 싸웠던 일은 잊어버려도 된다. 그런 것은 그저 현장과 지부 사이에서 벌어진 가족 간의 싸움이었을 뿐이다. 경비실의 경비원은 내게 〈잘 돌아오셨습니다, 길럼 씨〉라고 말하는 듯한 표정으로 아침 인사를 건네며, 여행 가방 확인이 필요하냐고 물었다. 그러면 나는 맥인지 빌인지 하여튼 그 경비원의 이름을 부르며 고맙다고 인사한 뒤, 내 통행증을 보여 주었다. 그리고 나 자신도 잘 알 수 없는 이유로 미소를 지었다. 안으로 들어가면, 이곳에 입사한 날부터 몹시 싫어하던, 낡아 빠진 승강기 세 대가 있었다. 그런데 두 대는 위층에 묶여 있고 나머지 한 대는 컨트롤의 것이라서, 나는 아예 승강기를 탈 생각을 하지 않았다. 게다가, 어차피 내가 선택한 이 세계를 물리적으로 구현해 놓은 복도와 막다른 길의 미로 속에서 차라리 길을 잃고 싶은 심정이었다. 계단의 나무 난간에는 벌레 먹은 자국이 있고, 소화기는 한쪽이 깨져 있고, 어안 거울이 있는 그 미로에서는 퀴퀴한 싸구려 담배 냄새, 네스카페 냄새, 데오도런트 냄새가 났다.

그런데 이 괴물 같은 새 건물은 뭐란 말인가. 템스강 옆에서 〈스파이랜드에 오신 것을 환영합니다〉라고 외치는 것 같은 이 건물은.

운동복 차림으로 뚱한 표정을 짓고 있는 남녀 직원들의 훑어보는 시선을 받으며 나는 방탄유리가 끼워진 접수 창구로 간다. 금속 쟁반에 내 영국 여권을 놓자, 쟁반이 그것을 싣고 냉큼 멀어져 간다. 창구에는 여자가 앉아 있다. 하지만 이상한 데서 강세가 들어가는 억양과 기계 목소리는 에식스 출신 남자의 것이다.

「**모든** 열쇠, 휴대 전화, 현금, **손목**시계, 필기도구, **기타** 금속 물건들을 왼쪽 탁자 위의 상자**에** 넣어 주시기 바랍니다. 상자의 **하얀** 번호표를 보관하신 뒤, 손에 **신발**을 들고 〈방문객용〉이라고 표시된 문을 **통과**하세요.」

내 여권이 되돌아온다. 내가 얌전히 앞으로 나아가자 열네 살쯤 되어 보이는 쾌활한 여자아이가 탁구채로 내 몸을 더듬는다. 이어서 거꾸로 뒤집어 놓은 유리관 안에서 광선을 한 번 받은 뒤 나는 다시 신발을 신고 끈을 맨다. 왠지 신발을 벗을 때보다 훨씬 더 굴욕적인 느낌이다. 쾌활한 여자아이가 나를 아무 표시가 없는 승강기로 데려가더니, 좋은 하루를 보내셨느냐고 묻는다. 좋은 하루가 아니었다. 간밤에도 좋은 시간을 보내지 못했다. 그 여자아이가 거기까지 묻지는 않았지만. A. 버터필드의 편지 덕분에 나는 10여 년 만에 가장 잠을 설쳤지만, 여자아이에게 거기까지 말할 수는 없다. 나는 현장이 체질인 사람이다. 적어도 옛날에는 그랬다. 나이를 먹은 지금은, 서커스가 느닷없이 〈친애하는 아무개 씨〉로 시작하는 편지를 보내 곧장 런던으로 오라고 하면 내가 밤새 영혼을 돌아보는 여행을 하게 된다는 사실을 점차 깨닫고 있다.

우리가 승강기를 타고 도착한 곳은 느낌상 맨 꼭대기 층 같지만, 확인할 수 있는 표식은 전혀 없다. 내가 한때 살았던 세상에서, 가장 중요한 비밀은 언제나 맨 꼭대기 층에 있었다. 나의 어린 안내인은 전자 탭이 있는 끈 여러 개를 목에 걸고 있다. 그녀가 아무 표시가 없는 문을 열고, 나는 안으로 들어가고, 그녀가 내 뒤에서 문을 닫는다. 내가 문손잡이를 잡고 흔들어 보지만 문손잡이는 꼼짝도 하지 않는다. 지금까지 살아오면서 어딘가에 갇힌 적이 몇 번 있긴 해도, 그때 날 가둔 것은 언제나 상대편 사람들이었다. 방에는 창문이 하나도 없다. 아이가 꽃과 집을 그린 것 같은 그림들만 있을 뿐이다. A. 버터필드의 아이가 그린 것일까? 아니면 예전에 이곳에 갇힌 사람들이 남긴 낙서?

그리고 아까까지 들리던 온갖 소음들은 어디로 간 거지? 귀를 기울이면 기울일수록 정적이 더 심해진다. 타자기가 즐겁게 재잘거리는 소리도, 아무도 응답하지 않는 전화벨이 하염없이 울리는 소리도, 낡아 빠진 파일 카트가 나무 바닥이 그대로 드러나 있는 복도에서 우유 배달부의 수레처럼 덜컹덜컹 굴러가는 소리도, 어떤 남자가 불같이 화를 내며 〈그놈의 휘파람 좀 그만 불어!〉라고 고함을 지르는 소리도 없다. 케임브리지 서커스에서 여기 템스강 변으로 옮겨 오는 도중에 뭔가가 죽어 버렸다. 단순히 파일 카트 소리만 죽어 버린 것이 아니다.

나는 강철과 가죽으로 된 의자에 걸터앉는다. 『사립 탐정』의 더러운 책장을 손가락으로 넘기며, 유머 감각을 잃어버린 쪽은 과연 누구인지 생각해 본다. 나는 일어나서 다시 문을 흔들어 보다가 다른 의자에 앉는다. 아무래도 A. 버터필드는 내 몸짓에 대해 심층 연구를 하는 중인 것 같다. 만약 그렇다면 행운을 빌어 줘야지. 마침내 문이 활짝 열리고 짧은 머리의 40대 여자가 정장 차림으로 날째게 안으로 들어와 출신 계급을 알 수 없는 말투로 〈아, 안녕하세요, 피터. 저는 로라예요. 이제 들어가실까요?〉라고 말할 때까지, 나는 평생 정보부의 인가를 받아 속임수와 음모를 꾸미면서 겪은 모든 실패와 재난을 빠른 속도로 생생하게 되새겼기 때문이다.

우리는 텅 빈 복도를 지나 하얗고 위생적인 사무실로 들어간다. 창문들이 막혀 있다. 나이를 알 수 없는, 영국 사립 학교 학생 같은 남자가 생기 있는 얼굴에 안경을 쓰고 셔츠와 멜빵바지 차림으로 탁자 뒤에서 튀어나와 내 손을 부여잡는다.

「피터! 세상에! 정말 **멋진** 모습이네요! 원래 나이의 절반으로 보여요! 여행은 잘 하셨나요? 커피 드실래요? 차? **솔직하게** 아무것도 안 마시는 쪽? 정말, 정말 잘 오셨습니다. **엄청나게** 도움이 됐어요. 로라는 이미 만나셨죠? 당연히 그러셨겠죠. 오래 기다리시게 해서 미안합니다. 위에서 전화가 와서요. 이제 다 해결됐습니다만. 앉으세요.」

그는 등받이가 곧게 뻗어 있고 팔걸이가 있는, 오래 앉아 있기에 불편할 것 같은 의자로 나를 데려가면서 마치 아주 친한 사이에 비밀을 이야기하듯 눈을 찡긋거리며 이 말을 쏟아 낸다. 그러고는 탁자 맞은편에 앉는다. 탁자 위에는 수많은 나라의 상징 색깔로 표시된, 오래전의 것으로 보이는 서커스 파일들이 쌓여 있다. 그는 셔츠 바람으로 그 파일 더미들 사이, 내 눈에 보이지 않는 곳에 팔꿈치를 괴고, 턱 밑에서 실뜨기 놀이를 할 때처럼 양손을 맞잡는다.

「그건 그렇고, 나는 **버니**입니다.」 그가 선언하듯 말한다. 「엄청 웃기는 이름입니다만, 아기 때부터 날 따라다니는 이 이름을 없앨 방법이 없어요. 지금 생각해 보면, 내가 **이런** 곳에 있게 된 것도 십중팔구 이 이름 때문일 겁니다. 사람들이 전부 내 뒤를 쫓아다니면서 〈버니, 버니〉라고 고래고래 불러 댄다면 고등 법원 같은 데서 능력을 뽐낼 수가 없잖아요, 안 그래요?」

이 사람은 평소에도 이렇게 수다를 떠나? 요즘은 비밀 정보부의 중년 변호사가 이런 식으로 말하는 것이 보통인가? 팔팔한가 싶으면 이내 과거에 한 발 걸친 것같이 들리는 말투로? 나는 요즘 영국 사람들의 말투를 잘 모르지만, 버니 옆에 자리를 잡는 로라의 표정을 보니 이런 말투가 맞는 것 같다. 자리에 앉은 로라는 언제든 달려들 준비가 된 맹수 같다. 오른손 중지에는 인장 반지가 있다. 아버지 것인가? 아니면 혹시 성적인 취향을 알리는 암호? 내가 영국을 너무 오래 떠나 있었던 모양이다.

의미 없고 가벼운 잡담을 버니가 이끈다. 그의 두 아이가 브르타뉴라면 아주 껌뻑 죽는다고 한다. 두 아이 모두 딸이다. 로라는 노르망디에는 다녀온 적이 있지만, 브르타뉴는 간 적이 없다. 누구와 같이 갔는지는 말하지 않는다.

「하지만 피터는 브르타뉴 태생이죠!」 버니가 느닷없이 불쑥 말한다. 「그럼 피에르라고 불러야겠네요!」

나는 피터로 불러도 괜찮다고 말한다.

「그럼 갑작스럽지만 **본론**으로 들어가서, 피터, 심각한 **법적인 곤죽**을 조금 정리해야 합니다.」 버니가 좀 더 느리고 커다란 목소리로 말을 잇는다. 하얗게 센 내 머리카락 사이로 삐져나온 보청기를 보았기 때문이다. 「아직 **위기**라고 할 정도는 아니지만, 진행형이에요. 아무래도 다소 **폭발성**도 있는 것 같고요. 당신의 도움이 절실히 필요합니다.」

이 말에 나는 내가 할 수 있는 일이라면 어떤 식으로든 기꺼이 돕겠다, 이렇게 세월이 흘렀는데도 내가 여전히 쓸모가 있다니 기쁘다고 대답한다.

「나는 분명히 **정보부**를 보호하기 위해 이 자리에 있는 사람입니다. 그게 내 일이에요.」 마치 내 말을 듣지 못한 사람처럼 버니가 말을 잇는다. 「그리고 **당신**은 개인 자격으로 이 자리에 있는 것이고요. 전직 요원으로 오랫동안 행복한 은퇴 생활을 하고 계셨겠지요. 그런데 앞으로 고비마다 **당신**의 이해관계와 **우리**의 이해관계가 반드시 일치할 것이라고는 장담할 수 **없습니다**.」 눈을 가늘게 뜨고 일그러진 미소를 짓는다. 「그러니까 내 말은, 피터, 당신이 옛날에 정보부를 위해 온갖 훌륭한 일을 하신 만큼 우리가 당신을 엄청나게 존경하긴 하지만, 여기는 **정보부**라는 겁니다. 당신은 **당신**이고, **나**는 위험한 변호사예요. 카트린은 안녕하신가요?」

「잘 지내요, 감사합니다. 그건 왜요?」

나는 카트린의 이름을 밝힌 적이 없다. 내게 겁을 주려는 건가? 아니면 싸움이 이미 시작됐다는 걸 알리려고? 정보부가 알지 못하는 건 없다는 말을 하려고?

「비교적 긴 편인 당신의 중요 인물 명단에 카트린도 포함되어야 하는지 궁금해서요.」 버니가 설명한다. 「정보부의 규정이 그렇잖습니까.」

「카트린은 세입자예요. 예전 세입자의 딸이자 손녀이기도 하고요. 지금 그 집에 내가 살고 있는 건 내 선택이고, 당신이 궁금해하는 그 문제에 대해서라면, 나는 카트린과 잔 적이 없습니다. 앞으로도 그럴 생각이 없고요. 이거면 됐습니까?」

「충분합니다. 감사합니다.」

내가 아주 솜씨 좋게 해낸 첫 번째 거짓말이다. 이제 재빨리 방향을 돌려야 한다. 「아무래도 나한테 변호사가 필요할 것 같군요.」 내가 말한다.

「성급한 판단입니다. 비용도 무시할 수 없고요. 요즘 시세로는 그렇습니다. 여기에 당신은 기혼이었다가 독신이 된 걸로 적혀 있는데, 둘 다 맞습니까?」

「맞습니다.」

「둘 다 같은 해에 있었던 일이군요. 대단합니다.」

「감사합니다.」

이건 농담인가, 도발인가? 후자 같다는 생각이 든다.

「젊은 날의 실수?」 버니가 내게 조사를 위한 질문을 던질 때와 똑같이 정중한 말투로 의견을 제시한다.

「서로에 대한 오해죠.」 내가 대답한다. 「더 물을 것이 있습니까?」

하지만 버니는 쉽게 물러설 생각이 없음을 내게 알리려고 한다. 「그러니까, 그럼 누구의…… 아이입니까? 누구의 아이였죠? 아버지는?」 여전히 유들유들한 목소리다.

나는 생각에 잠긴 시늉을 한다. 「난 그걸 카트린에게 물어볼 생각을 한 번도 하지 않았습니다.」 내가 대답한다. 그리고 그가 생각에 잠긴 표정을 짓는 사이에 말을 잇는다. 「마침 누가 누구한테 무엇을 했는지 이야기하고 있으니, 이 자리에 로라가 왜 있는지 당신이 말해 줄 수도 있겠군요.」

「로라는 **역사 담당**입니다.」 버니가 우렁차게 대답한다.

짧은 머리, 갈색 눈, 화장기 없는 얼굴로 무표정하게 앉아 있는 여자가 역사 담당이라. 이제는 아무도 미소를 짓지 않는다. 나만 빼고.

「그래, 사건 기록부에 무슨 내용이 있는 겁니까, 버

니?」 이제 접근전을 벌여야 하는 대목이므로, 나는 쾌활하게 묻는다. 「여왕님 선착장에 불이라도 난 겁니까?」

「아이고, 이런, **사건 기록부**라니 좀 세네요, 피터!」 버니가 나만큼 쾌활하게 항변한다. 「그냥 몇 가지 해결할 일이 있을 뿐입니다. 그 전에 딱 **한 가지**만 더 물어보겠습니다. 괜찮죠?」 그가 눈을 가늘게 뜬다. 「**윈드폴** 작전. 어떻게 수행되었습니까? 누가 추진했고, 어디서부터 일이 그렇게 잘못됐고, 당신의 역할은 무엇이었습니까?」

짐작하던 최악의 일이 벌어지면, 영혼이 조금 편안해질까? 나는 그렇지 않다.

「윈드폴이라고 했습니까, 버니?」

「윈드폴.」 내 보청기가 소리를 잘 잡아내지 못했을까 봐 그가 목소리를 높인다.

천천히 가자. 네 나이를 기억해. 요즘은 네 기억력이 그리 신통치 않잖아. 느긋하게 해.

「윈드폴이 정확히 **뭡니까**, 버니? 정확히 짚어 주세요. 어느 시기의 일을 말하는 겁니까?」

「넓게 말해서 1960년대 초입니다.」

「작전이라고요?」

「비밀 작전이죠. 윈드폴이라고 불리던.」

「표적은?」

로라가 기습적으로 나선다. 「소련과 위성 국가입니다. 동독 정보부를 겨냥했죠. 슈타지라고도 불리던 기관입니

43

다.」 나를 생각해서 고함을 지르는 것 같은 목소리다.

슈타지? 슈타지? 잠깐만. 아, 그렇지, 슈타지.

「목적은요, 로라?」 내가 이제 모든 것을 알아차리고 묻는다.

「속임수로 적을 엉뚱한 방향으로 이끌어 중요한 정보원을 보호하는 것입니다. 서커스 내부에서 감지된 반역자의 정체를 파악하기 위해 모스크바 중앙에 침투할 것.」 로라는 여기서 태도를 바꿔 노골적으로 애처로운 목소리를 낸다. 「하지만 지금 우리에게는 그 작전에 관한 파일이 하나도 없습니다. 여기저기 참고 자료로 언급된 파일들이 감쪽같이 사라졌어요. 도난 당한 것으로 보입니다.」

「윈드폴이라, 윈드폴.」 나는 노인들이 흔히 그러듯이 빙긋 웃으며 고개를 젓는다. 남들이 생각하는 것만큼 나이가 많지 않은 노인도 이런 짓을 하곤 한다. 「미안합니다, 로라. 생각나는 것이 없네요.」

「아주 흐릿한 기억도 없습니까?」 버니가 말한다.

「전혀요, 안타깝지만. 완전히 백지상태입니다.」 나는 젊은 시절의 내가 피자 배달부 옷을 입고 초보자용 오토바이의 핸들을 잡은 모습을 머릿속에서 애써 물리친다. 그때 나는 서커스 본부에서 런던 시내 모처까지 파일을 배달하라는 한밤의 특별 주문을 수행하는 중이었다.

「내가 아직 언급하지 않았거나, 당신이 미처 듣지 못했을까 봐 다시 말하겠습니다.」 정신을 차리고 보니 버니가 부드럽기 짝이 없는 목소리로 말하고 있다. 「우리가 알기로는, 윈드폴 작전에 당신의 친구이자 동료인 앨릭 리머스가 관련되어 있었습니다. 그러니 그가 베를린 장벽에서 여자 친구인 엘리자베스 골드를 도우려고 급히 움직이다가 총격을 당해 사망했다는 사실을 당신이 기억할 수도 있을 텐데요. 엘리자베스 골드는 그때 이미 총격으로 사망한 뒤였습니다. 혹시 이것도 잊어버리셨습니까?」

「당연히 그럴 리가 없지.」 내가 쏘아붙인다. 그러고 나서야 설명을 덧붙인다. 「당신은 조금 전에 앨릭이 아니라 윈드폴에 대해 물었습니다. 난 그건 몰라요. 기억나지 않습니다. 들어 본 적도 없고. 유감이지만.」

*

심문을 할 때는 언제나 부정하는 답이 나올 때가 결정적인 지점이다. 그 전에 오간 예의 바른 문답은 신경 쓸 필요 없다. 부정하는 답이 나온 순간부터는 모든 것이 달라진다. 만약 비밀경찰에게 잡혀간 사람이 부정하는 답을 내놓는다면, 즉시 앙갚음을 당할 가능성이 크다. 비밀경찰관은 평균적으로 피심문자보다 멍청하기 때문이다. 반면 세련된 심문자는 상대가 자신의 눈앞에서 문을 쾅 닫아 버려도 즉시 그 문을 발로 걷어차고 들어가려 하지 않는다. 새로이 전열을 정비해서 다른 각도에서 상대에게 다가가는 편을 선호한다. 버니가 만족스러운 미소를 짓는 것을 보니, 지금 그도 그렇게 하려는 것 같다.

「자, 피터.」 내가 괜찮다고 했는데도, 그는 여전히 내 청각을 고려한 목소리를 내고 있다. 「윈드폴 작전 문제는 잠시 옆으로 제쳐 두고, 로라와 제가 좀 더 일반적인 문제에 관해 몇 가지 **배경 질문**을 드려도 괜찮겠습니까?」

「무슨 질문을 말하는 겁니까?」

「개인의 책임에 관한 겁니다. 상관의 명령에 **복종**해야 한다는 의무보다 개인의 행동에 대한 책임이 더 중요해지는 지점이 어디인가 하는, 오래된 문제 말입니다. 이해하시겠습니까?」

「간신히.」

「본부가 현장 요원에게 오케이 신호를 줬습니다. 하지만 계획에 어긋나는 일들이 발생하면서 무고한 사람이 피를 흘립니다. 현장 요원 또는 그와 가까운 동료에게는 명령의 범위를 벗어났다는 평가가 내려집니다. 이런 상황을 생각해 보신 적이 있습니까?」

「없습니다.」

내 귀가 잘 들리지 않는다는 사실을 버니가 잊어버렸거나, 아니면 사실은 내 귀가 잘 들린다고 결론을 내린 것 같다.

「그렇게 곤란한 상황이 어떻게 발생할 수 있을지, 순

전히 추상적인 추론만으로 한번 생각해 볼 수 없겠습니까? 오랫동안 작전을 수행하면서 틀림없이 힘겨운 궁지에 몰린 적이 많을 텐데요.」

「아니, 생각할 수 없습니다. 미안하지만.」

「본부가 내린 명령의 범위를 넘어서서 스스로도 중단할 수 없는 행동을 시작했다고 느낀 적이 단 한 번도 없습니까? 임무보다 자신의 감정, 욕구, 아니면 하다못해 **식욕**이라도, 그런 것들을 더 위에 놓은 적은? 그렇게 해서 당신이 의도하거나 예측하지 못한 비극적인 결과가 나온 적은?」

「글쎄요, 그랬다면 본부에서 나를 질책했겠지요, 그렇지 않습니까? 아니면 런던으로 소환했거나. 만약 정말로 심각한 상황이었다면, 쫓아냈을 수도 있고.」 나는 그를 나무라듯이 미간을 찌푸린다.

「그보다는 좀 더 넓게 가보지요, 피터. 어딘가에 불만을 품은 제삼자가 있을지도 모른다는 말을 하는 겁니다. 평범한 외부인, 당신이 실수로, 또는 그 순간의 분위기에 휩쓸려서, 또는 육체가 정신을 이긴 탓에 저지른 일로 인해 부수적인 피해를 입은 사람. **오랜 세월이 흐른 뒤**, 어쩌면 한 세대쯤 세월이 흐른 뒤, 그 사람은 정보부를 상대로 소송을 제기할 근거가 아주 상당하다는 결정을 내릴지도 모릅니다. 피해 보상을 요구하거나, 만약 그게 여의치 않으면 우발적인 살인 또는 그 이상의 범죄를 개인적으로 고발하겠다고 나서는 거지요. 정보부 전반을 상대로 하거나, 아니면······.」 그는 짐짓 놀란 척 눈썹을 휙 위로 올린다. 「이름을 아는 전직 요원을 지명하거나. **그런 가능성을 한 번도 생각해 보지 않았습니까?**」 변호사라기보다는, 아주 심각한 소식을 전하기 전에 미리 환자를 달래는 의사 같은 말투다.

서두르지 마. 늙은 머리도 좀 긁적여 보고. 좋지 않다.

「적을 골치 아프게 만드느라 워낙 바빴던 터라······.」 나는 베테랑답게 피곤한 미소를 짓는다. 「앞에는 적, 뒤에는 본부가 버티고 있으니 철학적인 생각을 할 시간이 별로 없었습니다.」

「그 사람들에게 **가장 쉬운** 길은 의회를 통하는 겁니다. 그리고 **행동에 앞서** 편지를 보내는 것으로 **법적인 절차**를 위한 길을 닦죠. 하지만 끝까지 밀어붙이지는 않아요.」

미안하지만 난 아직 생각 중이야, 버니.

「그러다 **법적인 절차**가 일단 시작되고 나면, **의회의 조사 절차**는 옆으로 물러날 겁니다. 법원의 판단에 일을 맡기는 거죠.」 버니는 잠시 기다려 봐도 아무런 반응이 돌아오지 않자, 더욱 강력하게 치고 들어온다.

「지금도 윈드폴에 대해 전혀 떠오르는 것이 없습니까? 2년에 걸친 비밀 작전이고, 당신이 상당한, 어떤 사람들은 영웅적이라고도 표현하는 역할을 했는데도요? 전혀 생각나는 것이 없다고요?」

로라도 수녀처럼 도무지 깜박이지 않는 갈색 눈으로 내게 똑같은 질문을 던지고 있다. 나는 내 늙은 머릿속을 한 번 더 열심히 파고들어도, 젠장, 전혀 생각나는 것이 없다는 시늉을 하며 갑갑하다는 듯 하얗게 센 머리를 가로젓는다.

　「일종의 훈련용 연습 같은 건 아니었습니까?」 내가 과감하게 묻는다.

　「로라가 방금 말씀드린 그대로입니다.」 버니의 이러한 반박에 나는 〈아, 네, 그랬죠〉라고 말하면서 당혹스러운 표정을 지으려고 시도한다.

*

　우리는 윈드폴을 잠시 제쳐 두고, 대신 평범한 외부인의 문제로 돌아온다. 전직 요원의 이름을 지명하며 먼저 의회를 통해 그를 공격하다가, 법정에서 다시 한번 물어뜯는 외부인. 하지만 우리는 그 이름의 주인이 **누구**인지, **어떤** 전직 요원인지는 아직 입에 담지 않았다. 내가 〈우리〉라고 한 것은, 심문이 어려운 상황에 빠지면, 심문을 하는 사람과 당하는 사람이 공모자처럼 한편에 앉고 그들이 다뤄야 할 주제들이 맞은편에 앉은 것 같은 분위기가 만들어지기 때문이다.

　「피터 씨의 인사 파일을 예로 들어 보지요. 온전한 파일이 남아 있지는 않지만요.」로라가 투덜거린다.「그 파일은 잡초를 솎아 낸 수준이 아니라, 살을 저며 낸 수준이에요. 뭐, 일반 자료실에 두기에 적합하지 않은 기밀로 평가된 민감한 부록들이 거기 포함되어 있기는 했죠. 그 부분에 대해서는 아무도 불평할 수 없습니다. 원래 기밀 자료라는 게 그런 거니까요. 그럼 **기밀** 자료실에 가면 그 파일이 있을까요? 그냥 커다란 공백이 있을 뿐이에요.」

「젠장.」버니가 지금 상황을 명확히 표현한다.「당신의 인사 파일에 따르면, 당신의 근무 기록에는 파쇄 확인서만 좆 나게 잔뜩 있어요.」

「그런 거라도 있으면.」로라가 한마디 한다. 변호사답지 않은 버니의 상스러운 말투에 별로 신경이 쓰이지 않는 모양이다.

「아, **공정성**을 잃으면 안 돼요, 로라.」이번에는 버니가 착한 조사관 흉내를 그럴듯하게 낸다.「지금 남아 있는 자료가 사악한 빌 헤이든의 작품일 수도 있어요. 그렇죠?」이 말을 하고 나서 버니는 내게 시선을 돌린다.「혹시 헤이든이 누군지도 잊어버리셨습니까?」

헤이든? **빌** 헤이든. 누군지 안다. 소련이 보유한 이중 첩자. 서커스에서 무소불위의 힘을 발휘하던 합동 조종 위원회, 흔히 줄여서 합동위라고 불리던 곳의 위원장으로서 그는 30년 동안 합동위의 기밀을 모스크바 중앙에 부지런히 누설했다. 그는 또한 하루 중 많은 시간 동안 내 머릿속에 머물러 있는 인물이기도 하다. 하지만 나는 당장 벌떡 일어서서 〈그 나쁜 놈, 목을 분질러 버리겠어〉라고 외칠 생각은 없다. 공교롭게도 나와 아는 사이인 누군가가 이미 그 일을 저질러서 본부의 많은 사람들에게 만족감을 안겨 주었기 때문이다.

내가 생각에 잠긴 동안 로라는 버니와 이야기를 나누고 있다.

「아, 그 점에 대해서는 전혀 의심의 여지가 없어요, 버니. 기밀 자료실 전체에 빌 헤이든의 흔적이 덕지덕지 남아 있다고요. 그리고 여기 피터 씨는 일찌감치 그놈의 정체를 눈치챈 사람 중 한 명이죠, 그렇죠, 피트 씨? 조지스마일리의 개인 비서로 일할 때, 맞죠? 그 사람의 수문장 겸 믿음직한 추종자였죠?」

버니가 감탄한 표정으로 고개를 절레절레 젓는다. 「조지 스마일리는 정보부의 역대 요원들 중 최고였습니다. 서커스의 양심이었죠. 어떤 사람들은 서커스의 햄릿이라고 부르기도 했는데, 어쩌면 정확히 들어맞는 표현은 아니었을지도 모르죠. 대단한 사람이었습니다. 그래도 윈드폴 작전의 경우…….」 버니는 나를 없는 사람처럼 취급하며 계속 로라에게 말한다. 「기밀 자료실에 분탕질을 한 사람이 빌 헤이든이 아니라 조지 스마일리일 수도 있다는 생각은 안 듭니까? 이유가 무엇이든? 파쇄 확인서에 아주 이상한 서명들이 좀 있어요. 당신과 내가 한 번도 들어 본 적 없는 이름 같은 것. 스마일리가 **직접** 그런 짓을 저지르지는 않았을 겁니다. 기꺼이 나선 대리인을 이용했겠죠, 당연히. 합법이든 불법이든 맹목적으로 그의 지시를 따르는 사람. 자기 손을 직접 더럽히는 사람은 아니었습니다, 우리 조지는. 위대한 사람이긴 했지만.」

「이 점에 대해 하실 말씀이 있나요, 피트 씨?」 로라가 묻는다.

있다. 그것도 아주 강력하게 하고 싶은 말. 첫째, 나는 〈피트〉라고 불리는 것을 싫어한다는 것. 둘째, 이 대화가 점점 심각한 통제 불능 상태로 빠져들고 있다는 것.

「로라, 세상 누구도 아닌 조지 스마일리가 대체 왜 서커스의 자료들을 훔칠 필요가 있었을까요? 빌 헤이든이라면 그럴 만합니다. 가난한 사람의 푼돈까지 싹 훔치고는 신나게 웃어 댈 놈이니까요.」

그러고서 나는 쿡쿡 웃으며 늙은 머리를 가로젓는다. 요즘 젊은 사람들은 이게 무슨 뜻인지 전혀 모를 것이라는 의미로.

「아, 조지한테도 자료를 훔칠 이유가 있었을 겁니다.」 버니가 로라 대신 대답한다. 「냉전이 가장 격렬했던 10년 동안 비밀 작전실의 수장이었으니까요. 합동위와 맹렬한 영역 다툼을 벌였죠. 상대방의 요원을 빼 오는 일이든, 서로 안가를 습격하는 일이든, 수단과 방법을 가리지 않았습니다. 정보부가 관여한 가장 어두운 작전을 짠 사람이기도 합니다. 대의를 위해 필요하다면, 자신의 양심을 누를 줄 알았죠. 그런 일이 아주 자주 있었던 것 같습니다. 그러니 당신이 말하는 그 조지가 파일 몇 개를 카펫 밑으로 숨기는 모습을 상상하기가 전혀 어렵지 않습니다.」 그는 내 얼굴을 똑바로 바라보며 말을 잇는다. 「당신이 아무런 양심의 가책 없이 그를 돕는 모습도 상상이 가는군요. 아까 말한 이상한 서명들 중에는 당신의 필체와 현저히 비슷한 것이 있거든요. 당신은 심지어 자료들을 훔칠 필요도 없었죠. 그냥 다른 사람의 이름으로 반출하기만 하면 되니까요. 베를린 장벽에서 비극적인 죽음을 맞아 많은 탄식을 자아낸 앨릭 리머스, **그 사람**의 인사 파일은 살이 저며지는 수준이 아니었습니다. 아예 사라졌으니까요. 하다못해 색인함에 낡은 색인 카드 한 장 남지 않았습니다. 당신이 전혀 동요하지 않는 게 이상하네요.」

「궁금해하시는 것 같은데, 나는 지금 충격을 받은 상태입니다. 동요도 하고 있고요. 아주 깊이.」

「왜요? 당신이 기밀 자료실에서 리머스의 자료를 훔쳐서 숨겨 놓았을 것이라고 내가 의심하기 때문에요? 당신은 당신의 조지 님을 위해서 한때 파일 몇 개를 훔쳤습니다. 그러니 리머스의 파일이라고 안 될 것도 없겠죠. 그가 그렇게 쓰러졌으니, 그를 추억하기 위해서라도. 그때 같이 죽은 여자 이름이 뭐였죠?」

「골드입니다. 엘리자베스 골드.」

「아, 기억하시는군요. 짧게 리즈라고 불렀죠. **그 여자의** 파일도 사라졌습니다. 앨릭 리머스와 리즈 골드의 자료가 저 멀리 어딘가로 함께 사라진 것을 놓고 낭만에 잠길 수도 있겠죠. 그건 그렇고, 당신과 리머스는 어쩌다가 그렇게 확고한 우정을 쌓게 된 겁니까? 모두들 두 사람이 마지막까지 전우였다고 하던데요.」

「우리가 함께 한 일이 있습니다.」

「일?」

「앨릭은 나보다 나이가 많았습니다. 더 현명했고. 앨릭은 작전 중에 동료가 필요해지면, 내게 부탁했습니다. 인사과와 조지도 동의하면 우리 둘이 파트너가 되었죠.」

로라가 다시 나선다. 「그럼 그렇게 〈파트너〉가 되었던 사례를 두어 개 이야기해 보세요.」 파트너라는 말이 심히 마음에 들지 않는 듯한 말투지만, 나는 이렇게 다른 이야기를 할 수 있게 된 것이 기쁠 뿐이다.

「아, 앨릭과 나는 아마 1950년대 중반에 아프가니스탄에서 처음 함께 일을 시작했을 겁니다. 우리의 첫 임무는 여러 무리의 사람들을 캅카스산맥으로, 소련 내부로 침투시키는 것이었죠. 당신한테는 좀 **옛날이야기**처럼 들릴지도 모르겠습니다.」 나는 또 쿡쿡 웃으며 고개를 젓는다. 「솔직히 굉장한 성공을 거두지는 못했습니다. 아홉 달 뒤 앨릭은 발트해 지역으로 가라는 지시를 받고, 에스토니아, 라트비아, 리투아니아로 사람을 침투시키거나 빼내는 일을 했습니다. 그때도 나를 파트너로 요청했죠. 그래서 나는 그를 도우러 갔습니다.」 나는 로라를 위해 설명을 덧붙인다. 「발트해 국가들은 당시 소련 블록에 속했습니다, 로라. 당신도 잘 알고 있겠지만.」

「그리고 〈사람〉은 정보원을 뜻하죠. 요즘은 〈자산〉이라고 말합니다. 그리고 리머스의 공식적인 거점은 트라페뮌데였죠, 맞습니까? 독일 북부죠?」

「맞습니다, 로라. 국제 해상 조사단의 일원으로 위장하고 있었죠. 낮에는 어업을 보호하는 일을 하고, 밤에는 쾌속선을 탔습니다.」

버니가 우리의 대화에 끼어든다. 「밤에 배를 타는 일에도 이름이 있었습니까?」

「잭나이프였습니다. 내 기억이 옳다면.」

「윈드폴이 아니었군요?」

나는 그를 무시한다.

「잭나이프를 2년쯤 운영하다가 짐을 쌌습니다.」

「어떻게 운영했는데요?」

「먼저 자원자들을 모아 스코틀랜드나 슈바르츠발트 같은 데서 훈련시킵니다. 에스토니아인, 라트비아인 자원자들입니다. 그다음에는 그들을 자기 나라로 다시 침투시키죠. 달이 없는 밤을 기다려서 고무보트를 타고, 조심조심 출발합니다. 야간 투시경을 쓰고. 해변에서 대기

하던 팀이 이상 없다는 신호를 보내면 들어가죠. 정보원들이.」

「그 사람들이 들어간 뒤, 당신과 리머스는요? 술병을 하나 따는 것 말고요. 물론 리머스에게는 당연히 술병을 따서 축하할 일이었겠지만.」

「뭐, 거기 앉아서 시간을 보낼 수는 없는 일이었죠, 안 그래요?」 나는 이번에도 상대의 미끼에 걸려들지 않는다. 「신속하게 거기서 빠져나와야 했습니다. 일은 침투한 사람들에게 맡겨 두고. 그런데 왜 이런 걸 자세히 묻는 겁니까?」

「당신에 대해 감을 잡고 싶은 것도 있고, 당신이 윈드폴에 대해서는 손톱만큼도 생각나는 게 없다면서 잭나이프는 왜 이렇게 생생히 기억하는지 궁금하기도 해서요.」

다시 로라가 나선다. 「침투한 사람들에게 맡겨 뒀다는 말은, 정보원들을 운명에 맡겼다는 뜻인가요?」

「그렇게 표현할 수도 있겠죠, 로라.」

「그래서 어떻게 됐나요? 그들의 운명 말이에요. 아니면 그것도 잊어버렸나요?」

「그들은 죽었습니다.」

「실제로 죽은 건가요?」

「일부는 상륙하자마자 붙잡혔고, 일부는 며칠 뒤에 붙잡혔죠. 일부는 전향을 당해서 오히려 우리를 상대하다가 나중에야 처형당했습니다.」 내가 쏘아붙인다. 내 목소

리에 점점 더 분노가 섞여 드는 것을 알지만 굳이 멈추고
싶지 않다.

「그럼 그게 누구 책임인가요, 피트?」 이번에도 로라다.

「책임이라니요?」

「그 사람들의 죽음 말이에요.」

작게 화를 터뜨리는 건 아무 문제도 없겠지. 「우리 내
부의 반역자, 망할 빌 헤이든이 아니면 누구겠습니까? 그
가엾은 녀석들은 우리가 독일 해안을 떠나기도 전에 이
미 끝장났습니다. 우리의 친애하는 합동위 위원장님, 애
당초 그 작전을 기획한 바로 그 조직의 수장님 때문에!」

버니가 고개를 숙이고 탁자 아래의 뭔가를 참고한다.
로라는 나를 보던 눈을 돌려 자신의 손을 바라본다. 그
편이 더 좋은 모양이다. 사내아이처럼 짧게 깎은 손톱이
깨끗하다.

「피터.」 이번에는 버니의 차례다. 이제 총알을 한 발씩
날리기보다 한꺼번에 여러 발씩 날리는 방법을 쓰기로
한 모양이다. 「정보부의 법무 팀장으로서, 그러니까 다시
말하지만 **당신**을 대변하는 변호사가 아니라 이곳의 법무
팀장으로서, 당신의 과거에 조금 걱정스러운 부분이 있
습니다. 다시 말해서, 실력 있는 변호사가 당신과 관련해
서 모종의 분위기를 조성할 수 있다는 뜻입니다. 만약 의
회가 옆으로 물러나서 비밀 재판이든 뭐든 법원에 길을
터준다면, 그런 일은 결코 없어야 하겠지만, 그래도 그런

일이 일어난다면, 당신이 정보부에서 활동하는 동안 누군가의 죽음과 관련된 사례가 터무니없이 많으며, 죽은 사람들에 대해 냉담한 태도를 보였다는 인상을 만들어 낼 수 있어요. 예를 들어, 흠잡을 데 없는 조지 스마일리의 지시로 비밀 작전에 투입되었는데, 그 작전에서는 애당초 무고한 사람들의 죽음이 용납될 수 있는 일일 뿐만 아니라 심지어 필요한 일로도 받아들여졌다는 식으로 몰아가는 거지요. 누가 알겠습니까? 아예 그들의 죽음을 바랐다고까지 몰아갈지?」

「죽음을 바랐다고요? 죽음을? 지금 무슨 소리를 지껄이는 겁니까?」

「윈드폴 이야기입니다.」버니가 참을성 있게 말한다.

3

「피터?」

「버니.」

로라는 마음에 들지 않는다는 표정으로 침묵을 지키고 있다.

「잠시 1959년으로 돌아가 볼까요? 그게 잭나이프가 중단된 해죠?」

「난 날짜에 그리 밝지 않습니다, 버니.」

「작전에 성과가 없으며, 자원과 생명의 소모가 심하다는 이유로 본부가 중단시켰습니다. 그런데 당신과 앨릭 리머스는 오히려 본부 쪽에 야료가 있었다고 의심했고요.」

「합동위는 작전이 엉망진창이라고 외쳐 대고, 앨릭은 음모를 외쳐 댔습니다. 우리가 어느 쪽 해안에 배를 대든 항상 적이 먼저 우리를 기다리고 있었으니까요. 무선 연결도 끊기고, 모든 게 망가졌습니다. 내부자가 있음이 분명했어요. 이것이 앨릭의 주장이었고, 나도 현실을 감안해서 어느 정도 동의했습니다.」

「그래서 둘이서 스마일리에게 대책을 제시하기로 했군요. 스마일리를 반역 용의자 명단에서 제외했던 모양입니다.」

「잭나이프는 합동위의 작전이었어요. 빌 헤이든이 지휘했죠. 헤이든 밑으로 앨럴라인, 블랜드, 이스터헤이스의 순서였어요. 우리는 그들을 〈빌의 아이들〉이라고 불렀습니다. 조지는 그 그룹과는 거리가 멀었어요.」

「그리고 합동위와 비밀 작전실은 서로 칼을 빼 든 상태였고요?」

「합동위는 언제나 비밀 작전실을 휘하에 두려고 음모를 꾸몄습니다. 조지는 그것을 권력 다툼으로 보고 저항했지요. 아주 열심히.」

「우리의 용감한 부장께서는 그때 뭘 하고 계셨습니까? 컨트롤이라고 불리는 분이.」

「비밀 작전실과 합동위를 서로 이간질시키셨죠. 여느 때처럼, 서로 분열시켜서 다스리려고.」

「스마일리와 헤이든 사이에 개인적인 문제도 있었던 것 같은데, 맞습니까?」

「그랬을 가능성도 있습니다. 빌이 조지의 아내인 앤에게 호감을 표시했다는 소문이 돌았으니까요. 그래서 조지의 목적이 모호해지고 말았습니다. 빌이 할 만한 짓이었지요. 아주 머리가 좋은 작자예요.」

「스마일리가 당신에게 자기 사생활 이야기를 했습니까?」

「그럴 생각은 하지도 않았을 겁니다. 부하한테 그런 이야기를 하겠습니까?」

버니는 잠시 생각해 보더니, 믿을 수 없다는 듯 더 묻고 싶어 하는 것 같다가 생각을 바꿔 다른 질문을 던진다.

「그래서 잭나이프 작전이 실패하면서 당신과 리머스는 일부러 스마일리를 찾아왔군요. 그래서 세 사람이 직접 얼굴을 맞대게 됐어요. 당신은 직급이 낮았는데도.」

「앨릭이 함께 가자고 했습니다. 자신이 잘할 수 있을지 믿을 수 없다고.」

「왜요?」

「너무 쉽게 불끈하는 성격이거든요.」

「이 삼자대면이 벌어진 곳은 어디입니까?」

「그건 도대체 왜 묻습니까?」

「어딘가 안전한 곳이 있을 것 같아서요. 당신이 아직 내게 말하지 않았지만, 때가 되면 결국 말하게 될 장소. 지금이 바로 그걸 물어볼 때라고 생각했는데요.」

나는 이런 잡담을 하다 보면 이야기가 덜 위험한 쪽으로 흘러갈 것이라고 믿으며 마음을 달래고 있었다.

「서커스의 안가를 사용할 수도 있었겠지만, 안가에는 당연히 합동위의 도청 장치가 있었습니다. 바이워터 거리에 있는 조지의 집으로 가자니, 앤이 거기 있었고요. 앤을 감당할 수 없는 일에 끌어들여서는 안 된다는, 묵시적인 합의 같은 것이 있었거든요.」

「앤이 헤이든에게 달려갈까 봐서요?」

「그런 뜻이 아닙니다. 그냥 그런 분위기가 있었다는 거예요. 내 이야기를 계속 듣고 싶은 겁니까, 아닙니까?」

「계속 듣고 싶습니다. 괜찮다면.」

「우리는 바이워터 거리에서 조지를 만나, 그의 건강을 위해 사우스뱅크까지 함께 걸었습니다. 여름날 저녁이었어요. 조지는 항상 운동이 부족하다고 앓는 소리를 했죠.」

「그럼 그날 강가의 저녁 산책에서 윈드폴 작전이 태어난 겁니까?」

「아, 정말이지! 철부지도 아니고!」

「아, 난 철부지가 아닙니다. 걱정 마세요. 오히려 당신이 시시각각 어려지는 것 같군요. 그날 대화는 어땠습니까? 어서 말해 보세요.」

「우리는 반역에 대해 이야기했습니다. 자세하지 않은 대략적인 이야기는 무의미했죠. 현재 또는 가까운 과거에 합동위 소속이었던 사람은 누구나 당연히 의심의 대상이었습니다. 그러니 50명, 60명이나 되는 사람들이 모두 내부의 반역 용의자였어요. 우리는 잭나이프를 날려 버릴 수 있는 위치에 누가 있는지 이야기했습니다. 하지만 빌이 합동위를 이끌고, 퍼시 앨럴라인이 그의 손에서 먹이를 받아먹고, 블랜드와 이스터헤이스도 최대한 그들의 일에 동참하고 있으니, 반역자는 누구나 드나들 수 있는 합동위의 기획 회의 기간에 나타나거나 고위급 직원 전용 휴게실에서 퍼시 앨럴라인이 지껄이는 말에 귀를 기울이기만 하면 되는 형편이었습니다. 빌은 언제나 부서를 나누면 분위기가 따분해진다면서 모든 정보를 모두가 알게 하자고 외쳤거든요. 그렇게 해서 자신을 감춘 겁니다.」

「스마일리는 당신의 이야기에 어떻게 반응하던가요?」

「진지하게 고민해 본 뒤 다시 이야기하자고 했습니다. 누구든 조지에게서 끌어낼 수 있는 최대의 반응이 그거였습니다. 잠깐, 아까 권했던 커피를 지금 마셔도 되겠습니까? 블랙으로 주세요. 설탕 없이.」

나는 기지개를 켜고 고개를 저으며 하품을 했다. 나는 나이가 있단 말이다, 젠장. 하지만 버니는 내 말을 믿지 않았고, 로라는 이미 날 포기한 지 오래였다. 두 사람은 대략 질렸다는 표정으로 나를 바라보고 있었다. 그리고 커피는 메뉴에 있지 않았다.

*

버니는 법률가의 표정을 지었다. 이제는 눈을 찜끔거

리지도 않았고, 귀가 어둡고 머리 회전도 느린 노인을 위해 목소리를 높여 주지도 않았다.

「이제 출발점으로 돌아갔으면 하는데요, 괜찮겠습니까? 당신과 법치에 대해서, 정보부와 법치에 대해서 말해 보자는 겁니다. 내 말 잘 듣고 있습니까?」

「그런 것 같습니다.」

「영국인들이 역사적인 범죄에 대해 언제나 마르지 않는 관심을 갖고 있다는 이야기를 이미 했습니다. 우리의 용감한 의원님들도 그 점을 결코 놓치지 않죠.」

「그런 이야기를 했다고요? 뭐, 그랬겠지.」

「법원도 마찬가지고요. 그렇게 해서 역사적인 남 탓하기 게임이 대유행이 된 겁니다. 새로운 국민 스포츠지요. 잘못이 전혀 없는 젊은 세대와 죄 많은 당신 세대. 우리 아버지 세대의 죄를 누가 속죄할 것인가? 설사 그 당시에는 그것이 죄로 여겨지지 않았다 해도 상관없습니다. 그런데 당신은 자식이 없지요? 하지만 당신의 기록에는 손주들이 넘칠 만큼 많을 거라고 암시되어 있군요.」

「아까 내 기록은 살을 발라 낸 수준이라고 하지 않았습니까? 그런데 지금은 또 아니라는 겁니까?」

「난 당신의 감정을 읽어 보려고 애쓰는 중인데, 읽을 수가 없습니다. 아예 감정이 없어서거나, 너무 많아서거나. 리즈 골드의 죽음을 당신은 가볍게 넘어갔지요. 왜요? 앨릭 리머스의 죽음도 가볍게 넘어갔어요. 윈드폴에 대해서는 완전히 기억을 상실한 듯 굴었고요. 당신의 기밀 등급으로 윈드폴 자료를 보는 데 아무런 문제가 없다는 걸 우리가 아는데 말이죠. 의미심장한 것은, 세상을 떠난 당신 친구 앨릭 리머스의 기밀 등급은 그리 높지 **않았다는** 점입니다. 하지만 자신의 등급으로는 접근할 수 없는 작전에 참여했다가 목숨을 잃었죠. 중간에 제 말을 끊지 말아 주시기 바랍니다. 하지만…….」 버니는 나의 무례한 행동을 용서하고 말을 이었다. 「우리 거래의 윤곽을 이제 알 것 같습니다. 당신은 윈드폴 작전이 어렴풋이 기억나는 것 같다고 인정했습니다. 어쩌면 훈련 프로그램이었던 것 같다고, 너그럽고도 멍청하게 말했지요. 그럼 이건 어떻습니까? **우리**가 좀 더 투명해지면, **당신**의 어렴풋한 기억도 좀 더 또렷해질 수 있을까요?」

나는 고개를 저으며 곰곰이 생각에 잠겨, 그 어렴풋한 기억을 잡아내려고 시도한다. 최후의 1인까지 결사적으로 싸우는 상황에서 내가 최후의 1인이 된 것 같다.

「내가 **어렴풋이** 기억하기로는, 버니…….」 나는 그가 원하는 대로 살짝 방향을 바꿀 생각이라는 신호를 보낸다. 「내가 떠올린 기억으로는, 윈드폴은 **작전**이 아니었습니다. **정보원**이었지요. 그것도 엉터리 정보원. 거기서부터 우리가 서로를 오해하고 있는 것 같습니다.」 나는 상대의 태도가 조금 누그러지기를 기대했지만, 그런 기색은 전혀 없다. 「**잠재력**은 있지만, 장애물이 나타나자마자 그대로 넘어진 정보원이었습니다. 그래서 당연히 즉시 폐기되었어요. 파일을 정리해 넣은 뒤 잊어버린 겁니다.」 나는 계속 나아간다. 「윈드폴 정보원은 조지의 과거에 속한 유물입니다. 원한다면, 또 하나의 **역사적인** 사건이라고 해도 될 겁니다.」 로라에게 정중하게 고개를 끄덕이고, 「바이마르 대학교에서 바로크 문학을 가르치는 동독 교수. 전쟁 중에 조지가 사귄 친구인데, 우리를 위해 이런저런 일을 조금씩 해준 적이 있습니다. 그가 지난 1959년쯤에 스웨덴 학자인지 누구인지를 통해 조지에게 연락했습니다.」 계속 흐르듯이 이야기하되, 너무 정확하지 않게. 이것이 황금률이다. 「우리는 그 사람을 그냥 〈교수〉라고 불렀는데, 그는 두 독일과 소련 사이에 모종의 초기밀 맹약이 이루어졌다는 최신 소식을 알고 있다고 주장했습니다. 동독 행정부에서 일하는, 자신과 생각이 비슷한 친구에게서 자세한 이야기를 들었다더군요.」 이젠 아주 말이 술술 나오는 수준이다. 옛날과 똑같이. 「두 독일이 무장을 해제하고 중립을 유지한다는 조건으로 통일된다는 내용이었습니다. 그건 정확히 서구가 원하지 **않는** 일이었어요. 유럽 한복판에 힘의 공백이 뻥 생겨나는 거니까. 교수는 서커스가 자신을 감쪽같이 서구로 데려가 준다면, 그 맹약의 내용을 아주 자세히 알려 주겠다고 했습니다.」

안타까운 미소를 지으며, 하얗게 센 머리를 절레절레

젓는다. 하지만 우리 사이를 갈라놓은 커다란 탁자 맞은편에서는 아무런 반응이 없다.

「알고 보니 교수가 원하는 것은 오로지 옥스퍼드 대학교의 교수 자리, 종신 직장, 기사 작위, 여왕과의 티타임뿐이었습니다.」쿡쿡 웃는다. 「그의 주장은 물론 모두 거짓말이었죠. 완전한 허튼소리. 그걸로 끝이었습니다.」나는 어쨌든 임무를 잘 수행했다는 기분을 느끼며 이야기를 끝냈다. 스마일리도 이 자리에 있었다면 소리 없이 박수갈채를 보냈을 것이다.

하지만 버니는 박수를 치지 않았다. 로라도 마찬가지였다. 버니는 짐짓 걱정스러운 표정이었고, 로라는 황당한 기색을 감추지 않았다.

「피터, 문제는 말이죠…….」얼마 뒤 버니가 입을 열었다. 「당신이 방금 우리한테 열심히 털어놓은 이야기가 바로 옛날 자료실의 **가짜** 윈드폴 파일에 들어 있는 지겨운 거짓말과 똑같다는 겁니다. 내 말이 맞지요, 로라?」

로라가 신호라도 받은 것처럼 바로 나서는 것을 보니 확실히 버니의 말이 맞는 모양이었다.

「사실상 한 마디 한 마디가 다 똑같아요, 버니. 순전히 귀찮게 참견하는 사람을 엉뚱한 길로 보내 버리려는 목적만으로 만들어진 이야기죠. 그런 교수는 존재한 적이 없고, 이야기는 처음부터 끝까지 모두 꾸며 낸 것이에요. 뭐, 다 좋아요. 만약 헤이든 같은 인물들의 눈이 닿지 않게 윈드폴을 보호해야 한다면, 중앙 자료실에 가짜 파일을 연막으로 놔두는 게 좋은 방법이죠.」

「하지만 피터, 당신이 연로한 나이에 지금 이 자리에 앉아 그 옛날 한 세대 전에 당신과 조지 스마일리를 비롯한 비밀 작전실 요원들이 만들어 낸 엉터리 거짓 정보로 우리를 설득하려고 한다는 사실은 말이 **안** 됩니다.」버니는 이렇게 말하고 나서, 우호적인 분위기를 조성하기 위해 눈을 반쯤 찔끔하는 데 성공했다.

「당시 컨트롤의 재무 보고서를 우리가 찾아냈습니다, 피트.」내가 계속 어떻게 대답할지 고민하고 있는데, 로라가 친절하게 설명에 나섰다. 「그 검은 자금. 그건 컨트롤만이 쓸 수 있는 비밀 자금이지만, 그래도 마지막 한 푼까지 추적해야 할 필요가 있습니다, 그렇죠, 피터?」마치 아이를 상대하는 것 같은 말투였다. 「컨트롤이 재무부의 믿을 만한 친구에게 직접 손으로 써서 제출한 자료가 있습니다. 그 사람 이름은 올리버 라콘, 나중에 올리버 경이 되었고, 지금은 애스콧 웨스트의 고(故) 라콘 경이…….」

「이런 이야기가 전부 **나랑** 무슨 상관인지 말해 줄 수 있습니까?」

「모두 상관있습니다.」로라가 차분하게 말했다. 「자신의 자금 사용에 대해 라콘만 볼 수 있게 재무부에 제출한 자료에서 컨트롤은 서커스의 직원 두 명의 이름을 밝혔습니다. 필요한 경우 물어보면, 윈드폴이라고 불리는 작전의 비용에 대해 솔직하게 모든 이야기를 해줄 사람들이라고요. 만에 하나 후손들이 추가로 지출된 금액에 관해 의문을 제기할 경우를 대비해서 적어 둔 이름입니다. 다른 면에서는 어땠는지 몰라도, 그런 면에서는 컨트롤이 아주 고결한 사람이었어요. 그 두 명 중 한 명이 조지 스마일리, 다른 한 명이 피터 길럼, 당신이었습니다.」

버니는 한동안 아무것도 들리지 않는 듯한 표정이었다. 그는 다시 고개를 숙이고 눈도 내리깔았다. 지금 무엇을 읽고 있는지는 몰라도, 거기에 온 정신을 쏟아야 하는 모양이었다. 한참 만에 그가 다시 끼어들었다.

「당신이 찾아낸 윈드폴 안가에 대해 말해 줘요, 로라. 피터가 훔쳐 낸 자료를 모두 숨겨 둔, 비밀 작전실의 수상쩍은 은신처 말이에요.」 다른 문제로 머리가 분주한 사람 같은 말투였다.

「네, 그렇죠. 버니의 말처럼, 자료에 언급된 안가가 있어요.」 로라가 친절하게 설명했다. 「거기에 안가 관리인이 있고, 게다가…….」 성난 목소리가 이어졌다. 「**게다가 멘델**이라는 정체불명의 남자가 있어요. 정보부의 직원 명단에도 없는 사람인데, 비밀 작전실이 전적으로 윈드폴에만 투입될 요원으로 고용했죠. 매달 웨이브리지에 있는 그의 우체국 저축 계좌로 2백 파운드를 보내고, 여행 경비와 기타 경비로 최대 2백 파운드를 따로 지급했어요. 이건 시티[5]의 화려한 법률 회사가 운영하는, 익명의 고객 계좌로 들어갔습니다. 그리고 이 계좌 전체에 대한 권한이 사실상 조지 스마일리에게 위임되어 있었습니다.」

「멘델이 **누굽니까?**」 버니가 물었다.

「퇴직한 경찰관입니다. 특수 수사과 출신.」 내가 대답했다. 이제는 자동으로 입이 열렸다. 「성이 멘델, 이름은 올리버. 올리버 라콘과 혼동하면 안 됩니다.」

「어디서 어떻게 확보한 사람입니까?」

「조지와 멘델이 오랫동안 알던 사이였습니다. 옛날에 조지가 멘델과 함께 일한 적이 있거든요. 그때 성격이 마음에 들었다더군요. 그 사람이 서커스 소속이 아닌 것도 마음에 들었고. 조지는 그 사람을 〈나의 신선한 공기〉라고 불렀습니다.」

버니는 이런 이야기에 갑자기 기진맥진한 것 같은 표정을 지었다. 그는 의자에 앉은 채 뒤로 널브러져 손목을 빙글빙글 돌렸다. 긴 비행기 여행 중 몸을 푸는 사람 같았다.

「이번에는 좀 솔직하게 갑시다, 네?」 버니가 살짝 하품을 하며 말했다. 「컨트롤의 검은 자금은 지금 우리에게 (a) 윈드폴 작전의 시행과 목적에 대한 열쇠, (b) 세상을

5 영국 중앙은행을 중심으로 6백여 개의 금융 기관이 밀집된 런던의 금융 지구를 가리킨다.

떠난 앨릭의 유일한 상속인인 **크리스토프** 리머스와 세상을 떠난 엘리자베스, 즉 리즈의 외동딸이자 노처녀인 **캐런** 골드가 정보부나 당신 피터 길럼 개인을 상대로 제기한 개인적인 고발이라고 할 만한 경솔한 민사 소송에 맞서 우리 자신을 변호할 수단을 제공해 주는, 유일하게 신빙성 있는 증거입니다. 이런 소송 얘기 들어 봤습니까? 들어 봤겠죠. 이번에야말로 우리 이야기를 듣고 놀란 시늉은 하지 마세요.」

버니는 여전히 의자에 늘어진 채 낮은 목소리로 〈정말이지〉라고 중얼거리며 내 반응을 기다렸다. 아마도 내 반응이 한참 만에 나온 모양이었다. 그가 오만하게 〈피터?〉라고 고함치는 소리를 들은 기억이 있기 때문이다.

*

「리즈 골드에게 **아이**가 있었어요?」 질문을 던지는 내 목소리가 들린다.

「리즈의 싸움꾼 버전이에요. 지금 모습으로는. 겨우 열다섯 살 때 동네의 어떤 멍청이의 아이를 임신했다더군요. 그리고 부모의 강요로 아기를 입양 보냈고요. 누군가가 아기에게 캐런이라는 이름으로 세례를 주었습니다. 아니, 세례는 받지 않았을지도 모르겠네요. 유대교 신자니까. 자라서 성인 여자가 된 캐런은 생모의 정체를 알아내기 위해 자신의 합법적인 권리를 행사했습니다. 그리고 당연히 생모가 어디서 어떻게 죽었는지 궁금증을 품었고요.」

그는 혹시 내가 질문할 경우를 대비해서 잠시 말을 멈췄다. 뒤늦게 나는 질문이 생각났다. 크리스토프와 캐런은 도대체 어디서 우리 이름을 알게 된 겁니까? 버니는 무시했다.

「진실을 찾아 화해하려는 캐런의 노력을 크게 격려해 준 사람은 바로 앨릭의 아들 크리스토프였습니다. 베를린 장벽이 무너진 뒤로, 크리스토프는 아버지가 왜, 어떻게 죽었는지 알아내려고 혼자 안간힘을 쓰고 있었죠. 분명히 말하지만, 정보부가 크리스토프를 열성적으로 도와주지는 않았습니다. 오히려 두 사람의 앞에 우리가 생각해 낼 수 있는 모든 장애물을 놓아 주려고 노력을 아끼지 않았죠. 하지만 불행히도 우리의 노력은 역효과를 낳았습니다. 앞서 말한 크리스토프 리머스가 독일에서 당신 팔만큼 길고 긴 전과 기록을 갖고 있는데도 말이죠.」

다시 잠깐 침묵이 흘렀다. 이번에도 나는 질문할 것이 없었다.

「소송을 제기한 두 사람이 지금은 하나로 힘을 합쳤습니다. 그리고 정보부가, 특히 당신과 조지 스마일리가 직접 빚어낸 최고급 실패작 때문에 자신들의 부모가 목숨을 잃었다고 확신하고 있죠. 아주 근거 없는 믿음도 아닙니다. 두 사람은 모든 정보의 공개, 징벌적 손해 배상, 책임자의 이름을 포함한 공개 사과를 요구하고 있습니다. 그중에는 당신 이름도 있어요. 앨릭 리머스에게 아들이 있다는 사실을 알고 계셨습니까?」

「네. 그런데 스마일리는 어디 있습니까? 그는 어디 가고 왜 내가 여기에 불려 온 겁니까?」

「그럼 그 아들의 어머니가 된 운 좋은 여성이 누군지 혹시 아십니까?」

「전쟁 중 적진에서 작전을 수행할 때 만난 독일 여자입니다. 그 여자는 나중에 에버하르트라는 뒤셀도르프의 변호사와 결혼했고, 에버하르트가 앨릭의 아들을 입양했지요. 그러니 그 아들의 성은 리머스가 아니라 에버하르트입니다. 조지가 어디 있는지 대답하세요.」

「나중에요. 당신의 뛰어난 기억력에 감사합니다. 다른 사람들도 그 아들의 존재를 알고 있었습니까? 당신 친구 리머스의 **다른** 동료들 말입니다. 리머스의 파일이 도난당하지만 않았다면, 우리도 이미 알고 있었을 텐데요.」 버니는 이제 내 대답을 기다리는 일에 진력이 난 모양이었다. 「앨릭 리머스가 독일에서 크리스토프라는 혼외 자식을 낳았고, 그 아들이 뒤셀도르프에 산다는 사실이 정보부에 전체적으로 알려져 있었습니까, 아닙니까? 예, 아니요로 대답하세요.」

「아닙니다.」

「아니, 어떻게 몰라요?」

「앨릭은 자기 얘기를 별로 하지 않았습니다.」

「그런데 당신에게는 했군요. 만난 적 있습니까?」

「누굴요?」

「크리스토프. 앨릭 말고요. 크리스토프. 다시 고의적으로 우둔한 척하기로 하신 모양입니다.」

「그렇지 않습니다. 그리고 내 대답은 〈아니요〉입니다. 나는 크리스토프 리머스를 만난 적이 없어요.」 나는 쏘아붙였다. 굳이 진실을 말해서 그의 버릇을 망쳐 놓을 필요가 없지 않은가? 버니가 내 말을 소화하는 동안 나는 말을 이었다. 「스마일리가 어디 있느냐고 물었습니다.」

「나는 그 질문을 무시했지요. 당신도 아마 눈치챘겠지만.」

잠시 침묵 속에서 우리는 흥분을 가라앉혔고, 로라는 우울한 표정으로 창밖을 빤히 바라보았다.

「우리가 〈크리스토프〉라고 부르는 사람은…….」 버니가 나른한 말투로 말을 이었다. 「재능이 없지 않습니다, 피터. 범죄적 재능, 또는 준범죄적 재능일 수도 있지만. 아마 유전자의 영향이 있겠지요. 그는 자신의 생부가 베를린 장벽의 동편에서 죽었다는 사실을 확인한 뒤, 우리가 존경할 수밖에 없는 수단들을 이용해서, 봉인되었다고 알려진 슈타지의 비밀 자료실로 들어가 중요 인물 세 명의 이름을 찾아냈습니다. 당신, 고(故) 엘리자베스 골드, 조지 스마일리. 그러고 몇 주 만에 엘리자베스의 자취를 찾아냈고, 그다음부터는 공공 기관의 기록을 따라 그 딸을 찾아냈지요. 서로 어울리지 않을 것 같은 두 사람은 만난 뒤에 힘을 합쳤습니다. 두 사람이 어디까지 의기투합한 건지는 우리가 꼬치꼬치 캐낼 문제가 아니죠. 두 사람은 정보부에게는 독이나 다름없는, 고결하신 인권 변호사에게 자문을 구했습니다. 우리는 거기에 맞서서 두 사람에게 입을 다무는 대가로 거액의 공적 자금을 제안하는 방안을 고려 중이지만, 그런 제안을 한다면 두 사람의 주장에 상당한 근거가 있다는 사실을 인정하는 꼴이 돼서 두 사람이 지금보다 훨씬 더 강경하게 나올 우려가 있다는 점 또한 아주 잘 알고 있습니다. 〈감히 돈을 내밀다니, 사악한 놈들. 역사를 제대로 밝혀야지. 곪아 터진 곳은 반드시 도려내야 한다고. 잘못을 했으면 벌을 받아야지.〉 아마 여기에 당신도 포함되겠지요.」

「조지도 포함되겠네요.」

「사악한 서커스의 음모에 희생된 두 사람의 유령이 자식의 몸을 빌려 돌아와서 우리를 비난하는 셰익스피어 연극 같은 상황에 우리는 직면하고 있습니다. 지금까지는 언론을 막는 데 그럭저럭 성공했지요. 만약 의회가 옆으로 물러나고 법적인 절차가 시작된다면, 이 사건이 **비밀** 법정에서 다뤄질 것이며, 방청권은 우리가 나눠 주게 될 것이라는 암시가 통했어요. 완전한 진실은 아니지만,

그런 걸 누가 신경 씁니까? 이에 맞서서 두 고소인은 짜증스럽기 그지없는 변호사들의 선동으로 이렇게 말하고 있습니다. 〈알 게 뭐야. 우리는 투명한 걸 원해. 모든 정보를 공개해.〉 아까 당신은 슈타지가 당신 이름을 어떻게 알게 되었느냐고 다소 순진한 질문을 던졌죠. 당연히 모스크바 중앙이 슈타지에 알려 준 겁니다. 그럼 모스크바 중앙은 당신 이름을 어떻게 알아냈을까요? 물론 우리 정보부에서 알아냈지요. 이번에도 언제나 성실한 빌 헤이든 덕분에 말입니다. 헤이든은 그 뒤로도 6년 동안 아주 자유로이 활동하다가, 백마를 타고 나타난 조지 님의 작전으로 정체가 들통 났습니다. 지금도 연락하십니까?」

「조지 말입니까?」

「조지 말입니다.」

「아뇨. 조지는 어디 있습니까?」

「지난 몇 년 동안 연락하지 않았습니까?」

「네.」

「그럼 마지막으로 연락한 게 언제입니까?」

「8년 전. 10년 전.」

「자세히 설명하세요.」

「내가 런던에서 조지를 찾아봤습니다.」

「어디서요?」

「바이워터 거리.」

「잘 지내던가요?」

「네. 물어봐 주니 고맙군요.」

「우리는 조지를 찾아 여기도 가보고 저기도 가봤습니다. 변덕스러운 레이디 앤은 어떻습니까? 그쪽과도 연락이 안 됩니까? 물론 다른 뜻은 전혀 없습니다.」

「안 됩니다. 그리고 비꼬는 말도 좋지는 않군요.」

「여권을 주십시오.」

「왜요?」

「아래층 접수대에서 제시한 그 여권으로 부탁합니다. 영국 여권.」 버니가 손을 뻗었다.

「도대체 왜요?」

그래도 나는 여권을 주었다. 달리 어쩔 수 있겠는가? 여권 때문에 싸워?

「이게 전부입니까?」 버니는 생각에 잠긴 표정으로 내 여권을 한 장 한 장 넘겼다. 「활동할 때 당신은 많은 여권을 갖고 있었죠. 다양한 가명으로. 그건 지금 전부 어디 있습니까?」

「제출했습니다. 폐기됐어요.」

「당신은 복수 국적자입니다. 프랑스 여권은 어디 있습니까?」

「내 아버지는 영국인이고, 나는 영국인으로서 나라를 위해 일했습니다. 내게는 영국 여권으로 충분해요. 이제 여권을 돌려주시겠습니까?」

하지만 여권은 이미 책상 밑으로 사라지고 없었다.

「자, 로라. 다시 **당신** 차례예요.」버니가 로라를 다시 발견했다는 듯이 말했다. 「이제 윈드폴 안가에 대해 좀 더 깊게 들어가 볼까요?」

끝났다. 나는 최후까지 거짓말을 하며 싸웠지만 쓰러졌고, 탄약도 다 떨어졌다.

*

로라가 내 시야보다 낮은 곳에서 다시 서류들을 살핀다. 나는 갈비뼈를 타고 흐르는 땀방울을 무시하려고 안간힘을 쓴다.

「네, 그렇죠, 안가.」로라가 의욕적으로 고개를 들면서 맞장구를 친다. 「오로지 윈드폴에만 배정된 안가. 이것이 대략적인 설명이네요. 런던 도심 인근에 있다는 말과 더불어, 기밀 유지를 위해 안가를 〈스테이블스〉로 부를 것과 스마일리의 재량으로 상주 관리인을 둔다는 설명이 있습니다. 대충 그 정도네요.」

「생각나는 것이 있습니까?」버니가 묻는다.

그리고 두 사람은 기다린다. 나도 기다린다. 로라는 버니와 자기들만의 대화를 다시 시작한다.

「컨트롤은 그 안가가 어디 있는지, 누가 관리하고 있는지를 라콘에게도 알리기 싫었던 것 같아요, 버니. 라콘이 재무부에서 상당한 힘을 지니고 있었고, 서커스가 수행하는 다른 일들에 대해 포괄적인 지식을 갖고 있었다는 점을 감안하면, 내가 보기에는 컨트롤의 경계심이 조금 지나쳤던 것 같은데요. 하지만 우리 입장에서 그런 걸 비난할 수는 없죠.」

「그러게 말입니다. 여기서 〈스테이블스〉라는 건 말끔히 정리한다는 뜻인가요?」 버니가 호기심 가득한 얼굴로 묻는다.

「그런 것 같아요.」 로라가 말한다.

「스마일리의 작명인가요?」

「피트에게 물어보세요.」 로라가 친절하게 제안한다.

하지만 피트라는 이름을 싫어하는 나는 버니가 귀가 먼 척하는 것보다 더 귀를 닫아 버렸다.

「하지만 **다행스러운** 건……」 버니가 다시 로라에게 말한다. 「윈드폴 안가가 아직 남아 있다는 겁니다! 의도적인지 그냥 방치한 건지는 모르겠지만, 내 **짐작**에는 후자 같군요. 어쨌든 스테이블스는 컨트롤이 무려 네 번이나 **바뀌는** 동안 개인적인 선불금에 의거해서 남아 있었습니다. **지금도** 그 자리에 있어요. 게다가 정보부의 최고위층은 그런 게 존재한다는 사실조차 모릅니다. 위치는 말할 것도 없죠. 그런데 그보다 더 웃긴 건, 긴축을 강조하는 요즘 같은 시대에, 우리 재무부가 그 안가의 존재에 의문을 품은 적이 없다는 사실이에요. 재무부는 매년 그냥 고개를 끄덕이고 인가해 주었습니다.」 버니는 동성애자를 놀리려고 동성애자 흉내를 내는 사람처럼 혀 짧은 소리를 낸다. 「**최고 기밀이라 물어볼 수가 없어요, 달링. 점선으로 표시된 곳에 서명하시고, 엄마한테는 아무 말 마세요.** 그 안가는 임대한 집인데, 우리는 임대 계약이 언제 끝나는지, 누가 임대권을 갖고 있는지, 어느 마음씨 좋은 인간이 공과금을 내고 있는지 손톱만큼도 모릅니다.」 버니는 나를 향해 똑같이 모진 말투로 말을 잇는다. 「피터. 피에르. 피트. 말이 없네요. 무지한 우리를 일깨워 주세요. 그 마음씨 좋은 인간은 누굽니까?」

궁지에 몰렸을 때, 예비해 둔 술수를 모두 썼는데도 효과가 없을 때는 더 이상 몸부림칠 방법이 그리 많지 않다. 이야기 안에서 이야기를 장황하게 지어내는 방법은 이미 써보았지만 효과가 없었다. 정보를 일부만 공개하고서 그것으로 마무리되기를 바라는 방법도 써보았지만, 그것만으로 마무리되지 않았다. 그러니 이제는 막다른 길에 다다라 대담하게 진실을 털어놓거나 나중에 피해를 입지 않을 만큼 최소한의 이야기만 털어놓고 조금이라도 환심을 사는 방법밖에 없다는 사실을 인정해야 한다. 솔직히 환심을 살 가능성은 희박해 보였지만, 그래도 최소한 여권을 돌려받을 수는 있을 것 같았다.

「조지에게는 말 잘 듣는 변호사가 있었습니다. 겉멋든 녀석이었죠.」 이야기를 시작하면서 나는 나도 모르게 자백을 시작한 죄인 같은 안도감을 느꼈다. 「앤의 먼 친척이었는데, 두 사람 중 누구인지는 몰라도 하여튼 그 집을 숨기기로 했습니다. 안가는 아파트가 아니라 3층 높이의 주택이었고, 그 집을 빌린 곳은 네덜란드령 앤틸리스 제도에 등록된 역외 트러스트였습니다.」

「영웅답게 털어놓으시는군요.」 버니가 칭찬했다. 「그럼 그 안가의 관리인은요?」

「밀리 맥크레이그. 조지의 옛 부하 요원이었습니다. 전에도 조지의 수발을 든 적이 있었지요. 재주가 아주 많았습니다. 윈드폴이 시작되었을 때, 밀리는 뉴포리스트에서 합동위 휘하의 서커스 안가를 관리하고 있었습니다. 〈캠프 4〉라고 불리는 곳이었습니다. 조지는 밀리에게 그 일을 그만두고 비밀 작전실로 옮기라고 말했습니다. 그러고는 자기가 직접 밀리를 검은 자금 쪽으로 돌려서 스테이블스에 배치했지요.」

「그 집은 어디 있는 겁니까? 이제 말해 줄 수 있겠죠?」 이번에도 버니였다.

나는 안가의 위치를 그에게 말해 주었다. 심지어 스테이블스의 전화번호까지 내 혀에서 술술 흘러나왔다. 마치 그걸 말하고 싶어서 계속 안달하고 있었던 사람처럼. 버니는 로라와 함께 탁자 위의 파일들을 양쪽으로 밀어서 협곡을 하나 만들더니, 밑바닥이 널찍하고 도저히 이해할 수 없을 만큼 복잡하게 생긴 전화기를 그 틈새에 쿵 내려놓고 번개 같은 속도로 숫자를 연달아 누른 뒤 내게 수화기를 내밀었다.

나는 버니에 비해 10분의 1밖에 되지 않는 속도로 스테이블스 번호를 누르고는 그만 깜짝 놀라 버렸다. 전화 발신음이 온 방 안에 시끄럽게 울려 퍼졌기 때문이다. 죄 많은 나의 귀에 그 소리는 내가 문자 그대로 배반을 저질렀음을, 단번에 정체가 들통나서 사로잡힌 뒤 적에게 투항했음을 알려 주는 것 같았다. 수화기 속에서 신호가 가는 소리가 쾅쾅 울려 나왔다. 우리는 기다렸다. 아무도 전화를 받지 않았다. 나는 생각했다. 밀리는 옛날에도 교회에 자주 갔으니까 지금도 교회에 가 있거나, 자전거를 타러 나갔거나, 우리 모두가 그렇듯이 옛날만큼 몸이 민첩하지 않은가 보다고. 하지만 그보다는 죽어서 이미 땅에 묻혔을 가능성이 더 컸다. 비록 쉽게 마음을 주지 않는 아름다운 여성이라 해도, 밀리는 나보다 다섯 살이나 많았다.

벨 소리가 멈췄다. 부스럭거리는 소리가 들려서, 나는 전화가 자동 응답기로 넘어가는 모양이라고 짐작했다. 그런데 놀랍게도 밀리의 목소리가 들렸다. 옛날에 조지가 우울할 때 내가 그를 웃기려고 흉내 내던 바로 그 목소리, 청교도적인 스코틀랜드인의 못마땅함이 깔쭉깔쭉 느껴지는 바로 그 목소리였다.

「네? 여보세요?」 나는 머뭇거렸다. 「누구십니까?」 이번에는 성난 목소리였다. 저녁 7시가 아니라 한밤중에 걸려 온 전화를 상대하는 것 같았다.

「나예요, 밀리. 피터 웨스턴.」 내가 말했다. 그리고 확실히 하기 위해 스마일리의 가명도 입에 올렸다. 「배러클로 씨의 친구죠. 기억하십니까?」

나는 평생 단 한 번만이라도 밀리 맥크레이그가 잠시 당황하는 모습을 기대하고 있었다. 심지어 바라는 마음도 있었다. 하지만 그녀의 대답이 워낙 빨랐기 때문에 오히려 당황한 사람은 그녀가 아니라 나였다.

「웨스턴 씨?」

「맞습니다, 밀리. 유령이 아니에요.」

「신분을 밝혀 주세요, 웨스턴 씨.」

내 신분을 밝히라고? 방금 위장용 이름을 두 개나 대지 않았나? 하지만 나는 곧 깨달았다. 밀리는 나의 정밀 암호를 원하고 있었다. 런던보다는 모스크바에서 통화할 때 자주 사용하던 일종의 모호한 암호 통신 방법이었는데, 우리도 가장 음지에서 활동하던 시기에 스마일리의 주장으로 그 방법을 도입했다. 나는 책상 위의 갈색 연필을 들어, 완전히 바보가 된 것 같은 기분을 느끼면서 버니의 엄청 정교한 전화기로 몸을 기울인 뒤, 그 옛날에 사용하던 나의 정밀 암호에 맞춰 스피커를 두드렸다. 그것이 밀리의 귀에 송화구를 두드릴 때와 똑같이 들리기를 바랄 뿐이었다. 톡톡톡, 정지, 톡, 정지, 톡톡. 이것이 효과가 있었는지, 내가 암호를 끝까지 두드리자마자 밀리가 다정하기 그지없는 목소리로 돌아와 오랜만에 웨스턴 씨의 목소리를 들으니 정말 반갑다고 말했다. 그래, 어쩐 일로 전화하셨나요?

이 말에 내가 이렇게 대답할 수도 있었을 것이다. 그래요, 밀리, 지금 이 상황이 잠을 이루지 못하는 옛 스파이를 위해 마련된 중간계의 어둑한 구석에서 벌어지는 일이 아니라 정말로 현실인지 혹시 확인해 줄 수 있을까요?

4

전날 오전 브르타뉴를 출발해 이곳에 도착했을 때, 나는 채링 크로스역 근처의 우중충한 호텔에 투숙하면서 장의차만 한 크기의 방값으로 90파운드를 미리 지불했다. 호텔로 가는 길에 오랜 친구이자 옛 정보원인 버니 라벤더에게 의례적인 전화도 걸었다. 외교 사절들을 위한 재단사인 그의 작업실은 새빌 로에서 조금 벗어난 곳에 있는 손톱만 한 반지하 공간이었다. 하지만 버니에게 작업실 크기는 전혀 문제가 되지 않았다. 그에게(그리고 서커스에) 중요한 것은 켄싱턴 궁전 정원과 세인트존스 우드에 있는 외교관들의 공간에 들어가 영국을 위한 일을 하는 것이었다. 거기에 곁다리로 버니는 세금이 면제되는 적절한 수입도 올릴 수 있었다.

버니는 나와 포옹한 뒤 블라인드를 내리고 문을 잠갔다. 나는 옛날을 회상하며 손님이 찾아가지 않은 그의 물건들을 착용해 보았다. 외국 외교관들이 주문했다가 알 수 없는 이유로 찾아가지 못한 재킷과 양복들이었다. 그리고 마지막으로, 과거의 한때를 기리는 마음으로, 나는 내가 돌아올 때까지 금고에 맡아 달라면서 그에게 봉인된 봉투 하나를 넘겼다. 거기에는 내 프랑스 여권이 들어 있었다. 버니는 노르망디 상륙 작전 계획서보다도 더 귀한 서류를 대하듯이 아주 정성을 다해 그 봉투를 받았다.

그리고 지금 나는 그 봉투를 다시 찾으러 왔다.

「그래, 스마일리 씨는 안녕하십니까?」 버니가 목소리를 낮췄다. 그를 존중하기 때문인지, 아니면 과장되게 보안을 의식하는 태도인지는 알 수 없었다. 「그분 소식을 들으신 겁니까, 미스터 G?」

듣지 못했다. 버니는? 안타깝게도 버니 역시 소식을 듣지 못했다. 그래서 우리는 아무런 설명 없이 오랫동안 모습을 감추는 것이 조지의 버릇이라는 얘기를 하며 쿡쿡 웃어 버렸다.

하지만 나의 속내는 그렇게 웃을 기분이 아니었다. 혹시 조지가 **죽은** 걸까? 버니는 그가 죽었다는 사실을 **알면서도** 내게 말하지 않은 걸까? 하지만 아무리 조지라 하더라도 죽음마저 비밀로 할 수는 없었다. 게다가 지조라고는 없는 그의 아내 앤은 또 어떤가? 얼마 전 내 귀에 들어온 소식이 있었다. 수많은 모험을 한 끝에 싫증이 난 앤이 요즘 한창 유행하는 자선 사업에 빠져들었다는 소식이었다. 하지만 그녀가 예전에 만난 남자들보다 이 새로운 상대에게 더 오랫동안 애정을 쏟았는지는 알 수 없는 노릇이었다.

내 프랑스 여권을 다시 주머니에 챙겨 넣은 나는 토트넘 코트 로드로 가서 일회용 휴대 전화에 각각 10파운드를 충전했다. 그리고 나니 렌 공항에서 미처 스카치위스키를 사지 않은 것이 뒤늦게 생각났다. 다행히도 내가 그날 밤의 기억이 전혀 없는 것은 십중팔구 스카치위스키에 취한 탓일 것이다.

동틀 무렵에 일어난 나는 가랑비 속에서 한 시간을 걸은 뒤, 샌드위치 전문점에서 형편없는 아침 식사를 했다. 그러고는 기가 막힌 심정과 뒤섞인 체념을 느끼며 비로소 용기를 내 택시를 잡아타고, 2년 동안 내 평생의 그 어떤 장소보다 더 많은 기쁨과 스트레스와 인간적인 고뇌를 안겨 주었던 곳의 주소를 기사에게 말해 주었다.

*

내 기억에 디즈레일리 거리 13번지, 일명 스테이블스는 수리를 하지 않아 추레한 빅토리아 양식의 골목 끝 집이었다. 위치는 블룸즈버리의 어느 골목길. 놀랍게도 그 집이 그 모습 그대로 내 앞에 서 있었다. 반짝반짝 맵시를 낸 이웃집들을 완고하게 나무라는 듯한 모습이었다. 약속대로 오전 9시에 찾아왔지만, 청바지와 가죽 재킷에 운동화 차림의 호리호리한 여자가 문 앞 계단을 차지한 채 휴대 전화를 향해 마구 쏘아붙이고 있었다. 나는 다시 한 바퀴를 돌고 오려다가, 그 여자가 현대식 옷을 입은 역사 담당자 로라임을 깨달았다.

「잘 잤어요, 피트?」

「천사처럼 잘 잤습니다.」

「살 썩는 독이 없는 초인종이 어떤 거죠?」

「〈윤리〉를 눌러 봐요.」

윤리는 스마일리가 가장 매력 없는 초인종 이름이라며 선택한 것이었다. 건물의 문이 휙 열리더니, 어둑한 안쪽에 밀리 맥크레이그의 유령이 서 있었다. 새까맣던 머리카락은 나처럼 하얗게 변했고, 운동선수 같던 몸은 나이 들어 구부러졌지만, 나의 소박한 뺨에 각각 한 번씩 허공으로 키스를 보내는 그녀의 촉촉한 푸른 눈에서는 예전과 똑같은 열정이 타오르고 있었다.

로라가 우리 옆을 지나 안으로 들어갔다. 두 여자는 경기를 앞둔 권투 선수처럼 서로를 향해 전투태세를 갖췄고, 그동안 나는 친숙함과 후회의 감정으로 마음이 너무나 소란스러워서 그저 이대로 살짝 밖으로 나가 문을 닫고 이 안에는 들어온 적이 없는 척하고 싶은 생각뿐이었다. 지금 내 주위에 보이는 광경은 누구보다 엄격한 고고학자의 꿈조차 뛰어넘는 것이었다. 윈드폴 작전과 그 작전에 참여했던 모든 사람에게 헌정된 묘실(墓室)이 봉인

조차 손상되지 않은 채 꼼꼼하게 보존되어 있었다. 벽의 고리에 걸려 있는 내 피자 배달부 장비에서부터 밀리 맥크레이그의 여성용 자전거에 이르기까지, 오리지널 유물도 모두 완벽했다. 고리버들 바구니와 따르릉 소리가 나는 벨이 달려 있고 인조 가죽으로 된 짐 가방이 걸려 있는 자전거는 그 당시에도 이미 빈티지 모델이었다.

「한번 둘러보겠어요?」 밀리가 로라에게 말하고 있었다. 집을 보러 온 사람에게 말하듯이 무심한 어조였다.

「뒷문이 하나 있네요.」 로라가 이 건물의 도면을 꺼내며 밀리에게 말했다. **저런 건** 도대체 어디서 구한 거지?

우리는 반들반들한 부엌문 앞에 서 있었다. 아래쪽에는 손수건만 한 정원이 있고, 그 중앙에 밀리의 채소밭이 있었다. 올리버 멘델과 내가 가장 먼저 삽을 들고 만든 곳이었다. 빨랫줄에는 아무것도 없었다. 우리가 올 줄 밀리가 알고 있었기 때문이다. 새집도 옛날 그대로였다. 멘델과 내가 어느 날 한밤중에 자투리 목재를 뚝딱뚝딱 이어 붙여서 만든 것이었다. 멘델은 살짝 술에 취한 내 지시에 따라 불에 달군 쇠로 〈모든 새 환영〉이라는 글자를 새겨 새집을 장식했다. 그것이 지금도 서 있었다. 처음 태어난 날과 똑같이 당당하고 꼿꼿하게. 채소밭 사이로 구불구불 이어진 돌길이 좁은 출입문에 닿아 있고, 그 출입문은 개인 주차장으로, 주차장은 다시 샛길로 이어져 있었다. 조지가 후원한 안가에 뒷문이 없다면 말이 되지 않았다.

「저쪽으로 누가 들어온 적이 있나요?」 로라가 묻는다.

「컨트롤.」 밀리가 굳이 대답하지 않아도 되도록 내가 대답한다. 「목숨이 아까우니 절대 정문으로는 들어오지 않았을 겁니다.」

「그럼 다른 사람들은요?」

「정문을 이용했죠. 컨트롤이 뒷문은 자기 것이라고 결정한 즉시, 다른 사람은 사용할 수 없게 됐거든요.」

사소한 일들은 아낌없이 이야기해 주자. 나는 자신을 타이른다. 나머지 이야기는 머릿속에 자물쇠로 잠가 놓고 열쇠를 던져 버려. 로라가 그다음으로 둘러본 곳은 둥글게 휘어져 올라가는 나무 계단이다. 서커스에 있는 모든 음침한 계단의 축소판인 그 계단을 우리가 막 올라가려는데, 작게 짤랑짤랑 울리는 종소리와 함께 고양이 한 마리가 나타난다. 몸집이 크고, 검은 털이 길고, 심술궂게 생긴 녀석의 목에 빨간색 목줄이 매어져 있다. 녀석은 바닥에 앉아 하품을 하더니 우리를 빤히 바라본다. 로라가 녀석을 마주 바라보다가 밀리에게 시선을 돌린다.

「저 아이도 예산에 포함되어 있나요?」

「저 녀석에게 드는 돈은 내가 내고 있어요.」

「이름도 있나요?」

「네.」

「하지만 기밀이겠죠?」

「네.」

로라가 앞장서서 성큼성큼 걸어가자, 고양이가 조심스레 뒤를 따른다. 우리는 계단을 올라가 층계참에서 초록색 문 앞에 멈춘다. 숫자를 맞춰야 열리는 자물쇠가 걸려 있다. 여기는 암호실이다. 조지가 처음 이 집을 손에 넣었을 때 이 문은 유약을 바른 듯이 반들거렸지만, 암호실 직원인 벤은 자신의 손가락 자국이 남는 것이 싫다며 당구대 천으로 문을 감싸버렸다.

「**그렇군요. 이 자물쇠 암호를 누가 아나요?**」로라가 걸스카우트 대장 같은 목소리로 말한다.

이번에도 밀리가 입을 다물었기 때문에 내가 마지못해 번호를 알려 준다. 21 10 05. 트라팔가르 해전이 벌어진 날[6]이다.

「벤은 해군이었거든요.」내가 설명한다. 로라는 내 설명을 알아들었는지 못 알아들었는지 내색하지 않는다.

회전의자에 앉은 로라가 줄줄이 늘어선 다이얼과 스위치를 노려보다가 스위치 하나를 올린다. 아무 변화가 없다. 다이얼 하나를 돌린다. 아무 변화가 없다.

「그 뒤로 쭉 전기를 꺼놨어요.」밀리가 로라가 아닌 내게 중얼거리듯 말한다.

벤의 의자에 앉은 채로 몸을 휙 돌린 로라가 벽의 초록색 금고를 손가락으로 찌른다.

6 1805년 10월 21일.

「**그렇군요**. 이 물건의 열쇠가 있나요?」

〈그렇군요〉라는 말이 점점 거슬리기 시작한다. 로라가 나를 〈피트〉라고 부르는 것과 마찬가지다. 밀리가 옆구리에 매달린 열쇠 꾸러미에서 열쇠 하나를 골라낸다. 잠금장치가 돌아가고 금고 문이 열리자, 로라가 안을 들여다보다가 낫으로 풀을 벨 때처럼 팔을 휘둘러 금고 안의 물건들을 코코넛 깔개 위로 쓸어 옮긴다. 〈최고 기밀 그 이상〉이라고 크게 적혀 있는 암호 책, 연필, 속을 덧댄 봉투, 열두 개들이 셀로판 포장지에 들어 있는 색 바랜 일회용 암호표.

「모든 것을 있던 그대로 남겨 두는 겁니다.」 로라가 다시 우리를 향해 의자를 휙 돌리며 선언하듯 말한다. 「여기 물건은 누구도 만지면 안 돼요. 알겠습니까? 피트? 밀리?」

로라가 다음 계단을 중간쯤 올라갔을 때, 밀리가 〈실례!〉라고 외치며 로라를 멈춰 세운다.

「혹시 지금 내 개인 숙소에 들어가려는 건가요?」

「그렇다면요?」

「내 거처와 개인 소지품을 검사하고 싶다면 얼마든지 하셔도 좋습니다. 본부의 고위 담당자가 서명한 서면 통지서를 내게 미리 보냈다면 말이죠.」 밀리는 일정한 어조로 단숨에 이 문장을 말한다. 아무래도 미리 연습해 둔 문장 같다. 「서류가 올 때까지는 내 나이와 위치를 생각해서 사생활을 존중해 줄 것을 요구합니다.」

이 말에 로라는 심지어 올리버 멘델조차 사정이 좋은 날에도 감히 말하지 못했을 이단적인 대꾸를 내놓는다.

「이유가 뭐죠, 밀? 저 안에 누굴 감춰 놓기라도 한 건가요?」

*

기밀 고양이는 스스로 어디론가 사라졌다. 우리는 중간실에 서 있다. 멘델과 내가 낡은 하드보드 칸막이를 치워 버린 날부터 이 방은 중간실이라고 불렸다. 거리에서 보면 더러운 그물 커튼이 달린 평범한 1층 창문만 보일 뿐이다. 하지만 안에 들어와 보면 창문이 하나도 없다. 2월의 어느 토요일 오후에 눈이 휩쓸려 들어오는 바람에 우리가 창문을 벽돌로 막아 버렸기 때문이다. 그래서 이 방은 우리가 소호의 어느 가게에서 사 온 초록색 갓등을 켜지 않는 한 영원히 어둠에 잠기게 되었다.

거추장스러운 빅토리아풍 책상 두 개가 한복판을 차지하고 있었다. 하나는 스마일리의 것이고, 다른 하나는 (아주 가끔씩만) 컨트롤이 사용했다. 이 책상들이 어디서 온 물건인지는 내내 수수께끼였으나, 어느 날 저녁 스마일리가 위스키를 한잔하면서 앤의 사촌이 상속세를 낼 돈을 마련하려고 데번의 시골 저택을 처분하는 중이라고 우리에게 말해 주었다.

「아니, **저** 끔찍한 물건은 도대체 어디에 쓰는 것인 가요?」

컨트롤의 책상 뒤편 벽에 걸려 있는 가로 90, 세로 60센티미터 크기의 화려한 차트를 보고 로라의 눈에 반 짝 빛이 들어온다. 놀랄 일도 아니다. 끔찍하다고? 내가 보기에는 아닌데. 하지만 목숨을 위협하는 물건인 것만 은 사실이다. 정신을 차리고 보니 나는 컨트롤의 의자 등 받이에 걸려 있던 물푸레나무 지팡이를 붙잡고 차트를 가리키며 설명을 하고 있다. 정보를 주기 위한 설명이 아 니라, 교란을 위한 설명이다.

「**여기** 이 부분은 말이죠, 로라.」 정신없이 얽혀 있는 런 던 지하철 노선도와 비슷하게 색색의 선과 위장용 가명 이 미로처럼 얽혀 있는 곳을 향해 나는 지팡이를 흔든다. 「서커스의 동유럽 네트워크를 우리가 직접 그려 놓은 겁 니다. 암호명은 메이플라워. 윈드폴 작전이 구상되기 전 의 모습이죠. 여기 이 사람이 바로 그 위대한 인물입니다. 메이플라워 정보원, 네트워크에 영감을 주는 존재이자 설립자, 기밀을 유지해 주는 위장용 인물이자 네트워크 의 중추죠. 여기는 그의 하위 정보원들입니다. 그리고 여 기는 또 그 아래의 정보원들이고요. 그들이 생산한 물건 에 대한 간략한 설명, 화이트홀[7] 시장 내에서 이 물건들 의 순위도 있고요, 정보원들의 신뢰도를 1에서 10의 척

7 런던에서 관공서가 많이 몰려 있는 거리.

도로 평가해 놓은 내부 자료도 있습니다.」

이 말과 함께 나는 지팡이를 다시 의자 등받이에 걸었다. 하지만 로라는 내가 바란 만큼 교란되거나 혼란스러운 얼굴이 아니었다. 로라는 차트에 적힌 위장용 가명들을 하나씩 살피면서 확인하고 있었다. 내 뒤에서 밀리가 조용히 방을 빠져나갔다.

「음, 사실 우리는 메이플라워 작전에 대해 **두어** 가지 아는 것이 있어요.」 로라가 뻐기는 듯한 말투로 말했다. 「당신이 친절하게도 자료실에 남겨 두고 간 자투리 파일들 덕분이죠. 우리가 스스로 찾아낸 자료들도 있고요.」 로라는 내가 이 말의 의미를 깨달을 때까지 기다렸다. 「그런데 왜 사람들 이름을 전부 식물 이름으로 지은 거죠?」

「아, 그건 우리가 **테마**를 사용하던 시절의 산물입니다, 로라.」 나는 최대한 거만한 어조를 유지하려고 애썼다. 「메이플라워니까 꽃 이름이죠. 배가 아니라.」

하지만 이번에도 로라는 내 예상대로 움직이지 않았다.

「여기 **별표**들은 도대체 뭐예요?」

「불꽃입니다, 로라. 별표가 아니에요. 불꽃을 표현한 거예요. 현장 요원들에게 무선 통신 설비가 지급되었음을 표시한 겁니다. 빨간색은 통신기가 활성화되었다는 뜻이고, 노란색은 은폐되었다는 뜻이죠.」

「은폐요?」

「숨겨 두었다는 뜻입니다. 보통은 방수포 밑에.」

「숨겼다면 그냥 숨겼다고 쓰면 되지 않나요?」로라가 위장용 이름들을 계속 샅샅이 훑어보면서 말한다. 「난 **은 폐**하지 않아요. 스파이들의 말을 쓰지도 않고, 남자들만의 클럽도 싫어요. 그건 그렇고 여기 이 **덧셈 기호**들은 뭔가요?」로라는 하위 정보원의 이름을 에워싼 말풍선을 손끝으로 쿡 찌른다.

「사실 그건 **덧셈 기호**가 아니에요, 로라. **십자 표시**입니다.」

「이 사람들이 이중 첩자라고요? 이쪽저쪽 왔다 갔다 **하는?**」[8]

「사라졌다는 뜻입니다.」

「어떻게요?」

「총탄에 날아가기도 하고, 사직하기도 하고, 이유야 많지요.」

「그럼 이 사람은 어떻게 됐죠?」

「암호명 제비꽃?」

「네. 제비꽃은 어떻게 됐어요?」

저 여자가 지금 날 압박하는 건가? 아무래도 그런 것 같다는 생각이 조금씩 들었다.

「실종됐습니다. 심문을 당한 것으로 짐작됩니다.

8 *double-cross*. 〈기만하다〉, 〈배반하다〉라는 뜻.

1956년부터 1961년까지 동베를린을 거점으로 활약하면서 기차 감시단을 운영했습니다. 그 말풍선 안에 전부 적혀 있습니다.」그러니까 네가 직접 읽으라는 뜻이다.

「그럼 이 사람은요? 튤립?」

「튤립은 여성입니다.」

「이 해시태그는요?」

혹시 저 여자는 손가락으로 그곳을 가리키는 이 순간을 내내 기다리고 있었던 건가?

「당신이 해시태그라고 부른 그것은 **상징**입니다.」

「무슨 소리인지 알 것 같네요. 무슨 상징이죠?」

「튤립은 러시아 정교회 개종자였습니다. 그래서 러시아 정교회 십자가를 그려 놓은 겁니다.」내 목소리에는 흔들림이 없다.

「누가요?」

「여자들이요. 여기서 일하던 상급 비서 두 명.」

「종교가 있는 요원들에게 모두 십자가를 그려 줬나요?」

「튤립이 우리를 위해 일하기로 마음먹은 이유 중 하나가 바로 러시아 정교회 신앙이었습니다. 십자가는 그걸 표시한 거예요.」

「튤립은 어떻게 됐어요?」

「우리 모니터에서 사라졌습니다, 애석하게도.」

「그때는 모니터가 없었잖아요.」

「우리는 튤립이 일을 그만두기로 한 것 같다고 짐작했습니다. 그런 정보원들이 간혹 있으니까요. 연락을 끊고 잠적해 버리죠.」

「튤립의 본명은 **감프**죠? 도리스 감프?」

설마 지금 내 속에서 구역질이 치밀어 오르는 것은 절대 아닐 것이다. 이것은 속이 뒤틀리는 감각과는 전혀 달랐다.

「아마 그랬을 겁니다. 감프. 그랬던 것 같네요. 당신이 알고 있다니 놀랍군요.」

「당신이 미처 훔치지 못한 파일이 있는 모양이죠. 큰 손실이었나요?」

「뭐가요?」

「튤립이 일을 그만두기로 한 것.」

「튤립이 그런 결정을 내렸다고 **선언**하지는 않았을 겁니다. 그냥 활동을 그만뒀죠. 그렇지만, 그래요, 시간이 흐르면서 점차 손실이 되었습니다. 튤립은 중요한 정보원이었으니까요. 아주 탄탄했죠.」

너무 말이 많았나? 너무 적었나? 너무 가벼웠나? 저 여자가 생각에 잠겨 있는데, 너무 길잖아.

「당신은 윈드폴에 관심이 있는 줄 알았는데요.」 내가 로라를 일깨운다.

「아, 우린 모든 것에 관심이 있어요. 윈드폴은 그냥 구실일 뿐이죠. 밀리는 어떻게 됐죠?」

밀리? 아, 밀리. 튤립이 아니라 밀리.

「언제요?」 내가 멍청하게 말한다.

「지금요. 어디로 간 거예요?」

「아마 위층에 있는 자기 방으로 갔겠죠.」

「밀리를 좀 불러 줄래요? 날 미워하는 것 같아서요.」

하지만 문을 열었더니 밀리가 열쇠 꾸러미를 들고 문 앞에 서 있다. 로라는 밀리를 밀치듯이 지나가 지도를 손에 들고 성큼성큼 복도를 걸어간다. 나는 뒤로 처진다.

「조지는 어디 있어요?」 내가 밀리에게 작게 중얼거린다.

밀리는 고개를 젓는다. 모른다는 뜻인가? 아니면 묻지 말라는 뜻?

「열쇠요, 밀리.」

밀리는 얌전히 도서실 문의 잠금장치를 연다. 로라가 한 걸음 앞으로 나섰다가, 슬랩스틱 코미디언처럼 뒤로 두 걸음 물러나며 누구나 그러듯이 〈제기랄!〉 하고 소리친다. 어찌나 날카로운지 영국 박물관의 망자들도 잠에서 깨어났을 것 같다. 놀랍게도 로라는 바닥에서 천장까지 서가를 빽빽이 채운 낡은 책들을 향해 진군한다. 그리고 조심스레 책 한 권을 선택한다. 1878년에 출판된 『브리태니커 백과사전』, 서른 권 한 질이지만 군데군데 책이 빠져 있는 그 전집 중 18권이다. 로라는 책을 펼쳐 믿을 수 없다는 듯 몇 페이지를 넘겨 보더니 옆의 탁자에 휙 던져 놓고 대신 『아라비아와 그 너머까지』를 선택한다. 1908년에 출판된 이 책도 온전히 갖춰지지 못한 전집의 일부다. 어찌 된 영문인지 내 머리 속에 남아 있는 기억에 따르면, 권당 가격이 5실링 6펜스, 전집 전체 가격은 1파운드였다. 멘델이 판매상을 상대로 마구 후려친 가격이었다.

「이런 엉터리 책을 도대체 누가 읽는 거죠? 아니, 옛날에만 읽은 건가요?」 다시 내게 던지는 질문.

「윈드폴 정보 열람 권한이 있고 읽을 만한 이유가 있는 사람이라면 누구나 읽었죠.」

「**무슨** 뜻이에요?」

「무슨 뜻이냐면…….」 나는 최대한 위엄 있는 태도로 대답한다. 「조지 스마일리의 의견에 따르면, 우리는 템스 강 변의 무장 요새라는 축복을 받지 못했으니 물리적인 보호 장비보다는 자연스러운 은폐가 더 중요했습니다. 철창으로 막힌 창문과 강철 금고는 동네 강도들에게 어서 들어오라고 노골적으로 손짓하는 거나 다름없는 효과를 내겠지만, 평범하지 않은 쓰레기를 노리는 도둑은 아직…….」

「그냥 보여 주기나 해요. 당신이 훔친 자료들. 뭐든 여기 있는 것.」

밀리의 말린 꽃들이 가득한 벽난로 앞에 발 받침대를 놓고 올라간 나는 서가 맨 꼭대기 칸에서 헨리 J. 램킨, 문학 석사(케임브리지 대학교)가 쓴 『일반인을 위한 골상학 가이드』를 꺼내, 속을 긁어 낸 그 책 속에 숨겨 두었던 담황색 서류철을 로라에게 넘긴다. 그리고 램킨의 책을 다시 서가에 돌려 놓은 뒤 단단한 바닥으로 내려오니 로라가 의자 팔걸이에 걸터앉아 자신의 노획품을 샅샅이 살피고 있다. 밀리는 또 어디로 갔는지 보이지 않는다.

「여기 폴이라는 이름이 있네요.」 로라가 비난하듯 말한다. 「집에 돌아오면 폴은 누가 되나요?」

이번에는 나도 내 목소리를 조절하기가 힘들다.

「폴은 집에 돌아오지 못했습니다, 로라. 죽었어요. 독일식으로 파울이라고 부르는 그 이름은 앨릭 리머스가 베를린에서 자기 정보원들에게 사용하던 여러 가명 중 하나였습니다.」 나는 뒤늦게 아무렇지도 않은 목소리를 냈다. 「가명을 자주 바꿨죠. 세상을 그리 믿지 않았으니까요. 뭐, 합동위를 믿지 않았다고 해둡시다.」

로라는 흥미를 보이면서도 내게 내색하려 하지 않는다. 「파일을 전부 내놓은 거죠? 당신이 훔친 모든 자료가 바로 여기, 이 낡은 책들 속에 숨겨져 있는 거죠?」

나는 기꺼이 로라의 무지를 일깨워 준다. 「미안하지만, 전부라고 할 수는 없습니다, 로라. 보관은 최대한 적게 하라는 것이 조지의 방침이었거든요. 없어도 되는 것은 모두 파쇄했습니다. 갈기갈기 찢어서 태워 버렸죠. 조지의 법칙이었습니다.」

「파쇄기는 어디 있어요?」

「저기 구석에 있습니다.」

로라는 기계를 미처 보지 못한 모양이었다.

「서류를 태운 곳은요?」

「벽난로.」

「파쇄 확인서를 보관해 두었나요?」

「그랬다면 파쇄 확인서를 파쇄해야 했을 겁니다, 그렇죠?」

내가 작은 승리를 즐기는 동안, 로라는 가장 어둡고 가장 먼 구석으로 시선을 돌린다. 서 있는 남자를 길게 찍은 사진 두 장이 나란히 걸려 있다. 이번에는 로라가 〈제기랄〉 같은 소리를 전혀 내지 않고 천천히 다가간다. 마치 사진이 어디로 날아가 버릴까 봐 두려워하는 것 같다.

「이 미남들은 누구죠?」

「요제프 피들러와 한스-디터 문트. 슈타지의 작전 회의 의장과 부의장입니다.」

「왼쪽을 먼저 보죠.」

「피들러입니다.」

「어떤 사람이죠?」

「독일계 유대인, 학자였던 부모는 강제 수용소에서 죽고 피들러 혼자 살아남았습니다. 모스크바와 라이프치히에서 인문학을 공부했고, 슈타지에는 늦게 들어갔습니다. 머리 회전이 빠르고, 똑똑하고, 그 옆에 걸려 있는 사람을 아주 싫어했지요.」

「문트 말이군요.」

「줄여서 부르면 그렇죠, 문트.」 내가 맞장구를 친다. 「앞의 이름은 한스-디터고요.」

한스-디터 문트는 더블 양복 상의의 단추를 모두 잠근 모습으로 서 있다. 살인을 일삼던 양팔은 엄지손가락이 아래로 가게 옆구리에 딱 붙이고, 경멸이 담긴 시선으로 카메라를 빤히 바라본다. 그는 처형을 참관하고 있다. 자신의 처형. 다른 사람의 처형. 어느 쪽이든 그의 표정은 바뀌지 않을 것이고, 그의 얼굴 측면을 그어 내린 칼자국은 결코 낫지 않을 것이다.

「저 사람이 표적이었죠? 당신 친구 앨릭 리머스가 저자를 제거하려고 파견된 거예요, 그렇죠? 하지만 문트가 리머스를 제거해 버렸어요. 그렇죠?」 로라는 다시 피들러에게 시선을 돌린다. 「그리고 피들러는 당신의 슈퍼 정보원이었죠? 자진해서 나선 궁극의 비밀 정보원. 하지만 실제로 당신을 만나러 온 적은 없죠. 현관 앞 계단에 최신 정보가 담긴 자료들을 던진 뒤 초인종만 누르고 도망쳐 버렸으니까요. 이름도 남기지 않고. 몇 번이나 거듭해서. 그래서 당신은 지금도 피들러가 그 정보원인지 확신하지 못해요. 그렇죠?」

나는 숨을 들이쉬었다. 「우리 손에 저절로 들어온 윈드폴 관련 자료들은 모두 피들러를 가리켰습니다.」 나는 정확한 단어를 고르려고 애쓰며 대답한다. 「우리는 피들러가 망명을 위해 기반을 다지는 건가, 그러니까 말하자면, 미리 열심히 일하는 모습을 보여 주는 건가 하고 자문해보기도 했어요.」

「문트를 그 정도로 싫어하니까요? 문트는 전직 나치이고, 한 번도 개과천선한 적이 없으니까요?」

「아마 그게 동기였겠죠. 거기에 이름은 독일 민주 공화국인데 사실은 민주적이지 못한 동독의 환경에 대한 환멸도 겹쳐졌을 것이라고 봤습니다. 그가 공산주의라는 신에게 실망한 것 같다는 느낌이 점점 확신으로 변했죠. 헝가리에서 공산주의에 반대하는 시위가 일어났지만 소련의 무자비한 진압으로 실패한 사건도 있었잖아요.」

「고맙네요. 나도 이미 아는 얘기 같은데요.」

당연히 알 것이다. 〈역사〉 담당이니까.

추레한 젊은이 두 명이 문간에 서 있었다. 남자 한 명, 여자 한 명. 가장 먼저 든 생각은 이 두 사람이 뒷문으로 들어왔음이 분명하다는 것이었다. 뒷문에는 초인종이 없었다. 두 번째로 든 생각은, 솔직히 터무니없는 추측이었지만, 하여튼 이 사람들이 엘리자베스의 딸인 캐런과 앨릭의 아들인 크리스토프인데 시민의 자격으로 우리를 체포하러 왔다는 것이었다. 로라는 좀 더 권위 있게 보이려고 발판 위로 올라선다.

「넬슨. 펩시. 피트에게 인사해요.」 로라가 명령한다.

안녕하세요, 피트.

안녕하세요, 피트.

안녕하세요.

「좋아요. 다들 잘 들어요. 지금 당신들이 서 있는 이 건물은 지금부터 범죄 현장으로 다뤄질 겁니다. 이곳은 또한 **서커스**의 소유이기도 하죠. 정원까지 포함해서요. 서류, 파일, 부서진 돌조각, 벽에 붙어 있는 차트, 게시판, 서랍과 서가에 있는 물건들 또한 모두 하나도 빠짐없이 서커스의 재산이며, 법정에서 증거물로 쓰일 가능성이 있으므로 복사하고, 사진 찍고, 목록으로 정리해야 합니다. 알겠습니까?」

아무도 모르겠다고 말하지 않는다.

「여기 **피트**가 자료를 **읽을** 겁니다. 그 작업을 위해 **피트**는 여기 자료실에서 숙식을 할 겁니다. 피트가 자료를 읽고, 나와 법무 팀장에게 설명을 듣고 설명할 겁니다.」로라는 다시 추레한 젊은이들에게 시선을 돌린다. 「자네들은 피트와 일반적인 대화만 나눠야 해, 알겠지? 예의 바르게 굴어야 하고, 피트가 읽는 자료나 그가 그 자료를 읽는 이유에 대해서는 결코 언급하면 안 돼. 두 사람 모두 이미 잘 알고 있는 규칙이지만, 내가 지금 다시 이야기하는 건 피트도 알아 두어야 하기 때문이야. 만약 피트나 밀리가 실수로든 고의로든 이 서커스 소유지에서 서류나 증거물을 반출하려고 시도한다는 의심이 들면, 자네들은 즉시 법무 팀에 알려야 해. 밀리.」

대답은 없었지만, 밀리는 아직 문간에 서 있었다.

「당신의 공간, 그러니까 당신의 거처가 어떤 식으로든 정보부의 일에 사용된 적이 있거나 **지금도** 사용되고 있습니까?」

「내가 아는 한 없습니다.」

「당신의 공간에 정보부의 장비가 있습니까? 카메라, 도청 장치, 비밀 필기구, 파일, 서류, 공식 서한 같은 것 말입니다.」

「없습니다.」

「타자기는?」

「내 것입니다. 내가 내 돈으로 산 물건이에요.」

「전동 타자기입니까?」

「레밍턴 수동 타자기입니다.」

「라디오는?」

「무선 라디오입니다. 내 물건이에요. 내가 샀습니다.」

「녹음기는?」

「무선입니다. 내가 샀습니다.」

「컴퓨터? 아이패드? 스마트폰?」

「그냥 일반적인 전화기뿐입니다.」

「밀리, 이것으로 우리는 사전 고지를 했습니다. 서면 확인서는 우편으로 오는 중이에요. 펩시, 지금 밀리의 거처까지 밀리와 동행해 주겠나? 밀리, 무엇이든 펩시의 요

구를 들어주시기 바랍니다. 그곳을 아주 샅샅이 뜯어봐
야 하니까요. 피트.」

「로라.」

「이 서가에서 실제로 활용되고 있는 책을 어떻게 가려
내죠?」

「맨 꼭대기 칸의 4절판 책 중에서 저자의 성으로 따졌
을 때 A부터 R까지에 서류가 들어 있습니다. 아직 파기
되지 않았다면 말이죠.」

「넬슨, 자네는 우리 팀이 올 때까지 여기 남아 있어.
밀리.」

「이번엔 또 뭡니까?」

「복도의 자전거 말인데, 좀 치워 주시죠. 걸리적거립
니다.」

*

중간실에서 로라와 나는 처음으로 단둘이 된다. 로라
가 내게 컨트롤의 의자를 권했지만, 나는 스마일리의 의
자가 더 좋다. 로라는 컨트롤의 의자에 비스듬히 기대앉
는다. 편히 휴식을 취하기 위해서인지, 내게 보여 주려는
행동인지는 잘 모르겠다.

「나는 변호사예요, 아시죠? 그것도 엄청나게 실력 있
는 변호사죠. 처음에는 개인 변호사로 일하다가 기업 변

호사가 됐어요. 그러다 화가 나서 이쪽에 지원했죠. 내가 젊고 아름다우니까 여기 사람들이 역사 담당을 맡겼어요. 그 뒤로 줄곧 역사 담당이에요. 언제든 과거가 정보부의 엉덩이를 깨물 것 같은 일이 생기면, 사람들은 가서 로라를 불러오라고 해요. 그런데 윈드폴은 정말이지 이빨이 아주 날카로울 것 같단 말이죠.」

「아주 반갑고 기쁘겠군요.」

내 빈정거리는 말투를 알아차렸는지는 모르겠지만, 어쨌든 로라는 내 말투를 무시해 버린다.

「우리가 **당신**한테서 원하는 건, 진부한 소리처럼 들리겠지만, 오로지 진실뿐이에요. 스마일리든 누구든 다른 사람에게 의리를 지킬 생각은 버리세요. 알겠어요?」

전혀 수긍할 수 없는 말이니 굳이 대답할 필요가 없다.

「일단 진실을 알아내고 나면, 그걸 어떻게 다듬을지 알 수 있겠죠. 우리의 이해관계가 일치한다면 당신에게도 이로운 일이 될지 몰라요. 내가 할 일은, 똥 덩어리가 선풍기 날개에 부딪치기 전에 방향을 틀어 주는 겁니다. 당신도 그걸 원하죠? 아무리 지난 일이라 해도 스캔들은 좋지 않아요. 주의를 흐트러뜨리니까요. 공연히 우리의 현재와 과거를 불쾌하게 비교하게 만들죠. 정부 기관은 평판과 훌륭한 외양을 바탕으로 앞으로 나아가는 거예요. 살의가 가득한 사이코패스들과 헛간에서 부정한 일을 꾸미고, 없는 일을 꾸며 내고, 고문을 하고, 이런 것들이 알려지면 이미지도 나빠지고 일을 수행하기도 어려워지죠. 그러니까 우리는 같은 편인 거예요, 그렇죠?」

이번에도 나는 입을 다물어 버린다.

「그런데 나쁜 소식이 있어요. 지금 우리를 뒤쫓는 건 윈드폴 희생자들의 자손만이 아니에요. 버니가 착한 사람이라서 말을 삼갔는데, 주목을 받고 싶어서 안달이 난 의원들도 있어요. 그 사람들은 사회의 감시 기구가 제멋대로 날뛰기 시작하면 어떤 일이 벌어지는지 보여 주는 사례로 윈드폴을 이용하려고 합니다. 진짜 중요한 일에는 손을 댈 수가 없으니까 과거사에 손을 대는 거예요.」 로라는 나의 침묵에 점점 짜증스러운 기색을 내비친다. 「잘 들으세요, 피트. 당신이 우리에게 전적으로 협조하지 않으면, 이 일이…….」

로라는 내가 문장을 마무리해 주기를 기다린다. 하지만 나는 그냥 그녀가 계속 기다리게 내버려 둔다.

「정말로 그 사람에게서는 연락이 없는 거죠?」 마침내 로라가 말한다.

나는 지금 앉아 있는 의자가 그의 것이었다는 사실을 잠시 후에야 깨닫는다.

「그래요, 로라. 다시 말하지만, 나는 조지 스마일리에게서 연락을 받은 적이 없어요.」

로라는 의자에 등을 기대고 뒷주머니에서 봉투를 하나 꺼낸다. 저것이 조지에게서 온 편지일 것이라는 미친 생각이 순간적으로 머리에 떠오른다. 컴퓨터로 뽑은 봉투에는 워터마크가 없다. 인간의 손길도 보이지 않는다.

〈런던 SW 돌핀 스퀘어 후드 하우스 110B호를 오늘부터 당신의 임시 숙소로 사용할 수 있습니다. 사용 조건은 다음과 같습니다.〉

그 뒤로 이어진 조건은 이렇다. 동물을 기르면 안 된다. 승인받지 않은 제삼자를 건물 안으로 들이면 안 된다. 22시부터 07시 사이에는 언제나 연락을 받을 수 있도록 건물 안에 있어야 한다. 여의치 않을 때는 법무 팀에 미리 사정을 알려야 한다. 나의 직책(미기재)을 고려해서, 하룻밤에 50파운드라는 할인된 임대료를 연금에서 제할 것이다. 난방비와 전기료 등은 징수하지 않는다. 그러나 설비의 손실에 대해서는 책임을 져야 한다.

넬슨이라는 추레한 청년이 문 너머에서 고개를 내민다.

「승합차가 왔어요, 로라.」

스테이블스 약탈이 곧 시작될 것이다.

5

어스름이 내리고 있었다. 가을이지만 영국 기준으로 보면 여름처럼 따뜻한 날씨였다. 스테이블스에서 맞은 나의 첫날이 어떻게든 끝을 맺었다. 나는 한동안 걷다가 귀가 먹먹할 정도로 떠들어 대는 젊은이들이 가득한 주점에서 위스키를 한 잔 마신 뒤, 핌리코행 버스를 타고 몇 정거장 앞에서 내려 다시 걸었다. 곧 불이 밝혀진 돌핀 스퀘어가 안개 속에서 불쑥 모습을 드러냈다. 비밀 기관에 합류한 순간부터 이곳을 볼 때마다 나는 몸이 부르르 떨렸다. 내가 활동하던 시절에 돌핀 스퀘어에는 넓이로 따졌을 때 지상의 어느 건물보다도 많은 안전 가옥 아파트가 있었다. 그리고 나는 그 모든 아파트에서 운 나쁜 정보원들에게 브리핑을 해주거나 그들이 아는 정보를 얻어 내는 면담을 한 적이 있었다. 앨릭 리머스가 결국 목숨을 앗아 간 여행에 나서기 전에 모스크바 모집인의 손님으로서 영국에서 마지막 밤을 보낸 곳도 바로 이곳이었다.

후드 하우스 110B호는 그의 유령을 쫓아내는 데 전혀 도움이 되지 않았다. 서커스의 안가 아파트는 언제나 고의로 불편하게 만든 장소의 모범 사례였다. 이 아파트는 특히 전형적이었다. 산업체에서나 쓸 법한 크기의 빨간색 소화기 하나, 스프링이 사라지고 여기저기가 울퉁불퉁하게 뭉친 안락의자 두 개, 윈더미어 호수를 그린 수채화 복제품 한 점, 자물쇠로 잠겨 있는 미니바 하나, **창문을 열고** 담배를 피우는 것도 금지라는 경고문 하나, 보자마자 송수신 겸용이라는 짐작이 든 아주 커다란 텔레비전 한 대, 숫자판이 없는 검은색 구식 전화기 한 대. 내가 이 전화기를 사용할 일은 거짓 정보를 흘릴 때뿐일 것이다. 손바닥만 한 침실에는 철판처럼 딱딱한 기숙사용 싱글 침대 같은 것이 하나 있었다. 성적인 생각을 할 수 없게 만드는 침대였다.

텔레비전을 뒤로하고 침실 문을 닫은 뒤 나는 짐을 풀었다. 그리고 내 프랑스 여권을 숨길 곳을 찾으려고 여기저기 둘러보았다. 〈화재 대피 요령〉이라고 적힌 표지판이 욕실 문에 나사로 대충 고정되어 있었다. 나는 나사를 조금 풀고 그 사이의 공간에 여권을 집어넣은 뒤 다시 나사를 조였다. 그리고 아래로 내려가 햄버거를 먹어 치웠다. 다시 아파트로 돌아온 뒤에는 스카치위스키를 잔에 가득 따라 마시면서 금욕적인 안락의자에 몸을 편안히 기대려고 애썼다. 하지만 깜박 잠이 들려던 순간, 나는 술기운마저 완전히 잃어버리고 다시 깨어났다. 서기 1957년의 서베를린으로.

*

금요일, 일과가 끝날 무렵.

이 분단된 도시에 온 지 1주일이 된 나는 다그마르라는 스웨덴 기자와 함께 이틀 동안 밤낮으로 욕망이 넘치는 시간을 보낼 것을 고대하고 있다. 나는 언제나 임시라는 딱지를 떼지 못하는 서독 정부가 자리한 본 주재 영국 대사 겸 고등 판무관이 주최한 칵테일파티에서 다그마르를 처음 만나 고작 3분 만에 열정적인 사랑에 빠지고 말았다. 두어 시간 뒤에 그녀를 만나기로 되어 있지만, 그전에 나는 우리 베를린 지부에 들러 오랜 친구 앨릭에게 인사를 건네기로 했다.

우리 지부는 히틀러의 영광을 위해 지어졌으며 한때 독일 스포츠의 집이라고 불렸던 빨간 벽돌 막사, 베를린 올림픽 경기장에 있는 그 건물에 들어 있다. 주말을 앞두고 퇴근 준비를 하는 직원들 속에서 나는 앨릭을 발견한다. 그는 철창이 쳐진 등록 창구 앞에 줄을 서서, 쟁반 가득 담겨 있는 기밀 서류를 제출할 차례를 기다리고 있다. 나와 미리 약속이 되어 있었던 것은 아니지만 그는 이제 어떤 일에도 그리 놀라지 않게 되었으므로 나는 여어, 앨릭, 만나서 반가워요, 하고 인사를 건넨다. 앨릭은 오, 그래, 피터, 자네로군, 도대체 여긴 웬일인가, 하고 대답한다. 그러고는 그답지 않게 조금 머뭇거리다가 내게 주말에 약속이 있느냐고 묻는다. 나는 사실 약속이 있다고 말한다. 그러자 앨릭은 아이고, 저런, 같이 뒤셀도르프로 가자고 하려고 했는데, 하고 말한다. 나는 뒤셀도르프는 왜요, 하고 묻는다. 그러자 앨릭은 또 머뭇거린다.

「모처럼 이놈의 베를린을 좀 벗어나고 싶어서.」 앨릭이 무심한 듯 어깨를 으쓱하며 말하지만 별로 믿음이 가지 않는다. 앨릭은 아무 생각 없이 태평하게 관광이나 다니는 자신의 모습이 절대로 상상할 수 없는 것이라는 사실을 받아들였는지 이렇게 설명한다. 「개 때문에 누굴 좀 만나야 하거든.」 이 말을 듣고 나는 어떤 정보원을 챙겨야 한다는 뜻으로 이해한다. 그렇다면 내가 그와 대비되는 역할이나 지원 병력 등으로 유용하게 쓰일 수 있을 것이다. 하지만 이런 이유로 다그마르를 바람맞힐 수는 없다.

「미안하지만 안 되겠는데요, 앨릭. 스칸디나비아에서 온 아가씨한테 온 정신을 쏟아야 해서요. 나도 그 아가씨의 관심을 받고 싶고요.」

앨릭은 잠시 생각에 잠긴다. 하지만 그 표정이 평소의 앨릭과 다르다. 마음의 상처를 입은 듯한, 또는 당혹한 듯한 표정. 등록 창구의 직원이 짜증스럽게 손짓하고 있다. 앨릭이 서류를 내밀자 직원이 장부에 기록한다.

「여자를 데려가도 괜찮을 거야.」 앨릭이 나를 보지 않은 채 말한다.

「그 여자는 내가 독일의 재능 있는 과학자를 스카우트하려고 온 노동부 직원이라고 생각하는데도요? 꿈 깨세요!」

「데려와. 괜찮을 거야.」 앨릭이 말한다.

나처럼 앨릭을 잘 아는 사람이라면 이 말이 그에게서 좀처럼 들을 수 없는 도움 요청임을 알 수 있을 것이다. 우리는 오랫동안 함께 활동하며 이런저런 일을 겪었지만, 앨릭이 이렇게 황망한 표정을 짓는 것은 오늘 처음 보았다. 다그마르가 기꺼이 가겠다고 해서 우리는 바로 그날 저녁에 헬름슈테트로 날아가 자동차로 갈아타고 뒤셀도르프까지 간 뒤 앨릭이 아는 호텔에 투숙한다. 저녁 식사 때 앨릭은 거의 말이 없지만, 의외로 여럿이 함께 있는 분위기에 잘 적응한 다그마르는 자신의 몫을 톡톡히 한다. 나와 그녀는 일찌감치 침대에 들어 욕망의 밤을 보낸다. 더할 나위 없이 만족스러운 시간이다. 토요일 아침 우리 셋이 모두 한자리에서 늦은 아침을 먹는데, 앨릭이 축구 경기 표가 있다고 말한다. 내 평생 앨릭이 축구에 아주 조금이라도 관심을 표현하는 것은 본 적이 없다. 그런데 알고 보니 그가 구한 표가 **네 장**이었다.

「나머지 한 사람은 누구예요?」 나는 토요일에만 시간이 나는 비밀 애인을 사귀고 있는 건가 하는 상상을 하면서 그에게 묻는다.

「내가 아는 녀석이야.」 앨릭이 말한다.

우리는 차에 오른다. 다그마르와 내가 뒷좌석이다. 앨릭이 어느 길모퉁이에서 차를 세우자, 키가 크고 딱딱한 표정의 10대 소년이 코카콜라 간판 아래에 서서 기다리고 있다. 앨릭이 문을 열어 주자 소년이 조수석에 올라탄다. 앨릭이 〈이 녀석은 크리스토프야〉라고 말해서 우리는 〈안녕, 크리스토프〉라고 인사한다. 그러고는 경기장으로 출발한다. 앨릭은 독일어를 영어만큼, 아니 어쩌면 영어보다 더 잘한다. 그가 소년에게 독일어로 나직하게 말한다. 소년은 앓는 소리를 내며 고개를 끄덕이거나 가로젓는다. 몇 살이나 됐을까? 열네 살? 열여덟 살? 나이는 모르겠지만, 전제 군주 같은 독일 청소년 그 자체다. 뚱하고, 여드름이 있고, 화를 내면서도 말을 잘 듣는 아이. 머리카락은 금발이고, 얼굴은 창백하고, 어깨는 떡 벌어졌다. 나이가 어린데도 잘 웃지 않는다. 전반전에 소년과 앨릭은 나란히 서서 내가 들을 수 없는 이상한 단어를 주고받는다. 하지만 소년은 경기에 환호하지 않고 그냥 빨리 보기만 한다. 중간 휴식 시간에 두 사람이 사라진다. 나는 화장실에 가거나 핫도그를 사러 간 모양이라고 생각하지만, 나중에 앨릭만 혼자 돌아온다.

「크리스토프는요?」내가 묻는다.

「집에 갔어.」앨릭이 퉁명스럽게 대답한다. 「엄마의 명령으로.」

그 후로 주말이 끝날 때까지 별다른 일은 없었다. 다그마르와 나는 침대에서 즐거운 시간을 보냈고, 나는 앨릭이 뭘 하고 있는지 전혀 몰랐다. 그냥 크리스토프가 앨릭이 관리하는 정보원의 아들이라서 기분 전환 삼아 데리고 나온 것 같다고 짐작했을 뿐이다. 정보원을 관리할 때는 복지를 보살피는 것이 그 무엇보다 중요하다. 다그마르가 남편이 있는 스톡홀름으로 안전하게 돌아가고 나는 런던으로 복귀하기 전에, 앨릭과 함께 그가 좋아하는 베를린의 어느 술집에서 작별 인사 겸 술을 한잔하면서 비로소 아무렇지도 않게 크리스토프의 안부를 물었다. 그 아이가 조금 방황하고 있는 것 같아서 비위를 맞추기가 쉽지 않겠다는 생각이 얼핏 들었기 때문이다. 그런 생각도 앨릭에게 말했던 것 같다.

처음에 나는 앨릭이 표정을 볼 수 없게 내게서 고개를 돌리는 것을 보고, 이번에도 그가 묘하게 침묵을 지킬 거라고 생각했다.

「내가 그 아이의 **생부**야, 젠장.」앨릭이 말했다.

그러고는 마지못해서 간략하게, 동사는 별로 없이 그냥 생각나는 대로 말을 쏟아 놓으면서 자기가 할 수 있는 이야기를 최대한 들려주었다. 내가 함부로 떠들 사람이 아니라는 것을 알았기 때문에 나더러 비밀을 지켜 달라는 부탁은 아예 하지도 않았다. 그의 이야기는 이러했다. 그가 베른에서 활동할 때 이용했던 독일인 여성 스파이가 뒤셀도르프에 살았다. 좋은 여자이고, 좋은 친구였는데, 그 여자와 잠시 즐겼다. 그 여자는 결혼을 원했지만 그는 아니었으므로, 여자는 독일인 변호사와 결혼했다. 변호사가 아이를 자기 아들로 입적시킨 것은 그의 행동 중 유일하게 점잖은 일이었다. 여자는 앨릭에게 가끔 아이를 보여 준다. 그 망할 남편 놈에게는 비밀이다. 놈이 알았다가는 여자를 두들겨 팰 것이다.

내가 금욕적인 안락의자에서 일어나며 본 마지막 환상은 이것이다. 앨릭과 크리스토프가 어깨를 맞대고 나란히 서서 딱딱한 표정으로 경기를 보는 모습. 둘의 표정이 똑같고, 아일랜드인다운 턱도 똑같다.

*

밤에 나도 모르게 잠이 든 것 같은데, 나는 기억이 전혀 없었다. 돌핀 스퀘어는 아침 6시, 브르타뉴는 7시다. 지금쯤이면 카트린이 일어나서 움직이고 있을 것이다. 나도 집에 있었다면 일어나서 움직이고 있을 것이다. 우리 집 수평아리 대장인 슈발리에가 울기 시작하는 순간 이자벨도 노래를 시작하기 때문이다. 이자벨의 목소리는 카트린의 오두막에서 마당을 가로질러 똑바로 퍼져 나간다. 이자벨이 날씨와 상관없이 항상 자기 방 창문을 열어 두기 때문이다. 두 사람이 함께 염소 밥을 주고 나면, 카트린이 이자벨에게 아침 식사를 먹일 것이다. 십중팔구 이자벨이 먹기 싫다고 마당으로 도망치면 카트린은 요구르트 한 숟갈을 들고 쫓아다니는 광경이 펼쳐지고 있겠지. 그리고 닭들은 아무 쓸모 없는 슈발리에의 지휘하에 마치 세상의 종말이 다가온 것처럼 굴 것이다.

이런 상상을 하다 보니, 만약 지금 내가 집으로 전화를 건다면 카트린이 열쇠를 가지고 우연히 그 앞을 지나가다가 벨 소리를 듣고 전화를 받을 가능성이 아주 없지는 않겠다는 생각이 언뜻 들었다. 그래서 희박한 가능성에 한 번 걸어 보기로 하고, 내 일회용 휴대 전화기 중 한 대를 사용했다. 버니가 내 전화를 엿듣는 일이라도 생기면 큰일이기 때문이다. 우리 집 전화기에는 자동 응답기가 없으므로, 나는 몇 분 동안 계속 벨을 울렸다. 그러다 막 포기하려는데 카트린의 목소리가 들렸다. 그녀의 브르타뉴 사투리는 때로 그녀가 의도한 것보다 조금 더 심하게 들리기도 한다.

「잘 지내요, 피에르?」

「잘 지내지. 잘 있었어, 카트린?」

「돌아가셨다는 친구분에게 작별 인사는 했어요?」

「아직 이틀쯤 남았어.」

「근사한 연설도 하시나요?」

「엄청난 연설이지.」

「떨려요?」

「무서워. 이자벨은 잘 있어?」

「잘 지내요. 당신이 없어도 애가 달라지지는 않네요.」
나는 카트린의 목소리에 짜증 또는 그보다 더 강한 감정
이 배어 있는 것을 알아차렸다. 「어제 당신 친구분이 찾
아왔어요. 누가 오기로 되어 있었어요, 피에르?」

「아니. 무슨 친구?」

하지만 고집이 있는 사람들이 으레 그러듯이, 카트린
도 대답할 때 자기만의 방법을 고집한다. 「내가 그 친구
분한테 말해 줬어요. 피에르는 지금 여기 없고, 런던에
있다. 누가 돌아가셔서 착한 사마리아인처럼 슬퍼하는
사람들을 위로하러 갔다.」

「그러니까 그 사람이 **누구**였다고, 카트린?」

「그 사람은 웃지도 않고, 예의를 지키지도 않았어요.
그냥 끈질기게 굴던데요.」

「그건 너한테 작업을 걸었다는 뜻인가?」

「누가 죽은 거냐고 물었어요. 내가 모른다고 했더니
왜 모르냐는 거예요. 그래서 피에르가 나한테 모든 이야
기를 털어놓는 건 아니라고 했죠. 그 사람은 웃음을 터뜨
리면서, 피에르 나이쯤 되면 친구들이 죄다 죽음을 앞두
고 있을 거라고 하더라고요. 그러고는 갑작스러운 죽음

120

이었냐, 여자냐, 남자냐, 주소를 아느냐, 이름이 뭐냐, 하고 계속 물었어요. 난 모르겠다, 아이도 있고 농사일도 있어서 나는 바쁜 사람이다, 그랬죠.」

「프랑스인이었나?」

「독일인 같던데요. 미국인일 수도 있고요.」

「차를 몰고 왔던가?」

「택시로 왔어요. 역에서부터. 가스콩이 모는 차. 가스콩이 먼저 돈부터 내라고 그랬대요. 안 내면 태워 주지 않겠다고.」

「어떻게 생긴 사람이었지?」

「인상이 별로였어요, 피에르. 무뚝뚝하고, 권투 선수처럼 덩치가 크고, 손에는 반지를 잔뜩 끼고.」

「나이는?」

「쉰 살쯤. 아니면 예순 살쯤. 그 사람 치아가 몇 개인지 세어 보질 않았네요. 어쩌면 그보다 더 늙었을 수도 있어요.」

「그가 자기 이름을 밝히던가?」

「그럴 필요 없다고 하던데요. 피에르와 오랜 친구라면서, 축구를 함께 봤다고 말했어요.」

나는 숨도 거의 쉬지 못하고 가만히 누워 있다. 침대에서 일어나야 할 것 같은데, 용기가 어디로 도망쳐 버린 모양이다. 앨릭의 아들이고 소송을 제기한 당사자이며 슈타지의 기밀 파일을 훔친 범인이자 전과 기록이 줄줄이 달려 있는 범죄자인 크리스토프가 어떻게 브르타뉴까지 찾아온 거지?

레 되 제글리즈의 내 집은 외가에서 물려받은 것이라 아직도 어머니의 결혼 전 이름을 달고 있었다. 전화번호부에도 피에르 길럼이라는 이름은 나오지 않았다. 혹시 버니가 뭔가 불가해한 이유로 크리스토프에게 내 주소를 슬쩍 찔러준 걸까? 도대체 무슨 목적으로?

그때, 1989년의 어느 칠흑 같은 겨울날 비바람이 몰아치는 베를린의 공동묘지까지 내가 오토바이를 몰고 순례를 갔던 일이 생각난다. 그러자 모든 것이 이해가 간다.

*

베를린 장벽이 무너진 지 한 달이 지났다. 독일은 좋아서 무아지경이고, 브르타뉴의 우리 마을도 그보다는 덜하지만 들떠 있다. 나는 독일과 브르타뉴 사이의 어느 지점에 둥둥 떠서, 일종의 평화가 이루어졌다는 사실에 기뻐하다가도 이내 깊은 생각에 빠져든다. 베를린 장벽이 영원히 그 자리에 있을 줄만 알았던 그 긴 세월 동안 우리가 했던 일과 우리가 치른 희생, 그리고 그 와중에 희생당한 다른 사람들이 떠오른다.

나는 레 되 제글리즈의 회계실에서 이런 기분으로 연례 소득 신고서와 씨름하고 있었다. 그때 아직 선생이나

122

장군님이라는 경칭이 붙을 나이가 아닌 신참 집배원 드니가 노란색 승합차가 아니라 자전거를 타고 와서 편지한 통을 건넸다. 내가 아니라 한쪽 다리가 없는 늙은 참전 용사 앙투안에게. 그는 여느 때처럼 손에 갈퀴를 들고 딱히 할 일 없이 마당 주위에서 빈둥거리고 있었다.

앙투안은 편지 봉투를 앞뒤로 자세히 살펴보고 내게 그것을 가져다줘도 되겠다는 결론을 내린 뒤, 절룩거리며 문으로 다가와 내게 편지를 내밀었다. 그러고는 뒤로 물러나서 편지를 읽는 나를 유심히 살펴보았다.

뮈렌
스위스

친애하는 피터,

우리 친구 앨릭의 재가 얼마 전 베를린에 안장되었음을 자네에게 알려 줘야 할 것 같아 편지를 쓰네. 앨릭은 목숨을 잃은 지점과 가까운 곳에 묻혔어. 베를린 장벽에서 살해된 사람들의 시신은 원래 비밀리에 화장해서 재를 뿌려 버리는 것이 관습이었던 것 같네. 하지만 슈타지의 꼼꼼한 기록 덕분에, 앨릭의 경우에는 예외적인 조치가 취해졌던 것 같아. 앨릭의 유해가 발굴돼서, 비록 때가 늦기는 했지만 장례식을 제대로 치러 주었네.

그리고 다른 종이에(오랜 습관은 쉽게 사라지지 않는
다) 베를린 프리드릭스하인구(區)에 있는 작은 공동묘지
의 주소가 적혀 있었다. 전쟁과 폭정의 희생자들을 위한
공식 묘지였다.

그때 나는 다이앤과 함께였다. 그녀와의 사랑도 거의
끝을 향해 가고 있을 때였다. 아마 다이앤에게는 친구가
아프다고 말했던 것 같다. 아니면 친구가 죽었다고 말했
던 것 같기도 하고. 나는 오토바이에 훌쩍 올라타고(아직
은 그럴 때였다), 최악의 악천후 속에서도 베를린까지 쉬
지 않고 달렸다. 그리고 그 공동묘지로 곧장 가서 입구에
서 앨릭이 어디에 묻혔느냐고 물어보았다. 굵은 빗줄기
가 그치질 않았다. 일종의 관리인인 노인이 내게 우산과
지도를 주며, 나무가 늘어선 긴 회색 길을 가리켰다. 나
는 여기저기 살핀 끝에 목적지를 발견했다. 새로 생긴 무
덤의 대리석 묘석에 〈앨릭 요하네스 리머스〉라는 이름이
새겨져 있었다. 빗물에 하얗게 씻긴 묘석이 <u>으스스</u>했다.
날짜도, 직업도, 봉긋하게 솟은 무덤도 없었다. 이것도
은폐를 위해서인가? 나랑 그렇게 오랫동안 알고 지내면
서도 요하네스라는 이름을 한 번도 말해 주지 않다니, 앨
릭답다는 생각이 들었다. 나는 꽃을 가져오지 않았다. 가
져왔다면 앨릭이 날 비웃었을 것이다. 그래서 나는 우산

을 쓰고 서서 그와 내면의 대화라고 할 만한 것을 나눴다.

내가 입구에서 다시 오토바이에 오르는데, 아까 그 노인이 애도의 책에 서명하겠느냐고 물었다. **애도의 책?** 노인은 그 책을 관리하는 것이 자신의 개인적인 의무라고 설명했다. 아니, 의무라기보다는 떠나간 자들을 위한 봉사에 더 가까웠다. 그래서 나는 그럽시다, 하고 대답했다. 가장 먼저 적혀 있는 서명은 〈GS〉였고 주소는 〈런던〉이었다. 그리고 망자를 위한 한마디를 적는 칸에는 〈친구〉라는 단어가 있었다. 이건 조지였다. 그도 앨릭을 위해 이 정도는 해주고 싶었던 것 같았다. 조지의 서명 아래 늘어선 독일 이름들과 〈영원히 잊지 않겠다〉 같은 말은 내게 아무런 의미도 없었다. 그러다 마침내 〈크리스토프〉라는 이름이 나왔다. 딱 그 이름만. 성은 적혀 있지 않았다. 그리고 한마디 칸에는 〈Sohn〉이라는 한 단어. 〈아들〉이라는 뜻이었다. 집 주소는 〈뒤셀도르프〉였다.

베를린 장벽이 무너지고 온 세상이 다시 자유롭게 되었다는 순간의 들뜬 마음 때문이었을까? 아니, 그런 것 같지는 않다. 아니면 지금까지 살아오면서 비밀을 이만큼 만들었으면 충분하다는 기분 때문이었을까? 아니면 그저 폭우 속에 우뚝 서서 앨릭의 **친구**로 인정받고 싶다는 충동 때문이었을까? 이유가 무엇이든, 나는 본명과 브르타뉴의 진짜 주소를 적었다. 그리고 한마디 칸에는, 더 좋은 말이 생각나지 않아서 〈피에로〉라고 적었다. 앨릭이 아주 드물게 다정하게 굴 때 나를 부르던 이름이었다.

여기에 와서 방문 기록을 남긴 앨릭의 무뚝뚝한 아들 크리스토프, **넌** 무엇을 했나? 최근 아버지의 무덤을 찾았을 때(특별한 근거는 없지만, 내 생각에는 네가 그 뒤로도 몇 번 더 이곳을 찾았을 것 같다. 오로지 조사를 위해서라도) 우연히 이 애도의 책을 보고 무엇을 발견했나? 〈피터 길럼〉의 이름과 〈레 되 제글리즈〉라는 주소가 너를 위해 또렷이 적혀 있는 걸 봤겠지. 가명도 아니고, 위장용 주소도 아니고, 안가의 주소도 아닌, 있는 그대로의 나와 내 주소. 그래서 넌 뒤셀도르프에서 브르타뉴까지 날 찾아왔을 것이다.

그럼 이 다음에는 어떤 행동을 할 것이냐, 앨릭의 아들 크리스토프? 어제 법적인 문제에 대해 이야기하던 버니의 낭랑한 목소리가 들리는 것 같다.

〈크리스토프는 재능이 없지 않습니다, 피터. 아마 유전자의 영향이 있겠지요.〉

6

「피트가 자료를 **읽을** 겁니다.」로라는 자신을 우러러보는 사람들에게 이렇게 말했다. 「그 작업을 위해 피트는 여기 자료실에서 숙식을 할 겁니다.」 그 뒤로 며칠 동안 나는 자료를 읽는 사람이라기보다는, 수십 년 전에 치렀어야 하는 시험을 위해 억지로 앉아 있는 늙은 학생처럼 지낸다. 가끔 이미 죽어 버린 과거의 유령이 조사실에서 끌려 나와 조사관들 앞에서 구두시험을 치른다. 조사관들이 이 유령에 대해 알고 있는 지식에는 이상하게 빈 곳이 많지만, 그래도 조사관들은 구애받지 않고 그를 괴롭힌다. 가끔 그는 과거의 자신이 저지른 어릿광대짓에 기함해서 모두 부정하고 싶지만, 증거가 그의 말문을 막는다. 매일 아침 자료실로 나오면 내게 서류철 한 뭉치가 주어진다. 친숙한 것도 있고, 그렇지 않은 것도 있다. 내가 훔친 서류철을 모두 읽어 본 것은 아니니까.

둘째 날 아침에 자료실 문이 굳게 닫혀 있었다. 안에서 쿵쿵거리는 소리가 들리고 내가 소개받지 못한 젊은 남녀들이 운동복 차림으로 바삐 움직이는 모습을 보니, 밤새 자료실을 샅샅이 뒤진 것 같았다. 오후가 되자 불길할 정도로 조용해졌다. 내 책상은 책상이 아니라, 자료실 한복판에 교수대처럼 버팀 다리를 놓고 그 위에 상판을 올린 탁자였다. 서가가 사라져서, 무늬가 도드라진 두꺼운 벽지에는 감옥의 철창 같은 흔적만 희미하게 남아 있을 뿐이었다.

「로제트가 나오면 멈춰요.」 로라가 내게 명령하고 나간다.

로제트? 서류철에 일정한 간격으로 끼워져 있는 분홍색 클립을 가리키는 말이다. 넬슨은 감시인 자리에 조용히 앉아 묵직한 책을 펼친다. 앙리 트루아야가 쓴 톨스토이 전기다.

「화장실에 가고 싶어지면 소리를 지르세요, 알겠죠? 저희 아버지는 거의 10분마다 볼일을 보시는 것 같더라고요.」

「힘드시겠네.」

「화장실에 뭘 가져가지만 마세요.」

*

로라가 아무 설명도 없이 넬슨 대신 감시인 의자에 앉

는 바람에 기괴한 저녁을 보내게 된다. 로라는 음침한 표정으로 30분 넘게 나를 살펴보더니 이렇게 말한다.

「젠장. 나랑 공짜 식사를 하러 나갈래요, 피트?」

「지금요?」 내가 말한다.

「지금요. 오늘. 언제인 줄 알았어요?」

누구한테 공짜라는 걸까? 나는 어깨를 으쓱여 조심스레 동의를 표현하며 속으로 생각한다. 로라에게 공짜? 내게 공짜? 아니면 사무실이 우리를 여기에 배치했으니, 우리 둘 모두에게 공짜? 우리는 그리스 식당으로 자리를 옮긴다. 로라가 자리를 예약해 두었다. 그녀는 치마 차림이다. 구석 자리의 우리 테이블에는 불을 붙이지 않은 양초가 빨간색 새장 안에 들어 있다. 불을 붙이지 않은 양초의 이미지가 왜 계속 마음에 남아 있는지 모르겠다. 주인이 몸을 기울여 양초에 불을 붙이고는, 내게 이 식당에서 가장 좋은 광경을 앞에 두고 있다고 말한다. 가장 좋은 광경이란 로라를 뜻한다.

우리는 우조[9]를 한 잔, 두 잔 마신다. 얼음 없이 스트레이트로. 로라의 생각이다. 로라는 애주가인가? 아니면 내게 다른 뜻이 있는 건가? 설마, 내 나이가 몇인데. 아니면 술을 마시면 이 늙은 놈의 혀가 부드럽게 풀릴 거라고 생각하는 건가? 옆자리에 아주 평범해 보이는 중년 커플이 앉아 절대 우리 쪽을 돌아보지 않는 것은 어떻게 해석해

9 그리스 전통술.

야 할까?

로라가 입은 민소매 홀터 상의가 촛불 빛을 받아 반짝이고, 목선이 아래로 조금 내려와 있다. 우리는 평범한 전채, 그러니까 타라마,[10] 후무스,[11] 화이트베이트[12]를 주문한다. 로라가 아주 좋아하는 무사카[13]도 2인분 주문한다. 그러고는 로라가 다른 종류의 심문, 추파를 던지는 듯한 심문을 시작한다. 당신과 카트린이 그냥 친구라고 버니한테 말했잖아요. 그거 진짜예요, 피트?

「왜냐하면요, **솔직히**…….」 로라의 목소리가 부드럽게 변해서 친밀한 느낌이 난다. 「그런 과거를 갖고 있으면서, **어떻게** 같이 **자지도** 않는 엄청 매력적인 프랑스 여자랑 한집에 살 수 있어요? 당신이 게이라는 사실을 숨기고 있는 거라면 모를까. 버니가 바로 그렇게 생각하고 있거든요. 사실 버니는 모든 사람이 게이라고 생각해요. 그러니까 버니 본인도 십중팔구 게이일 텐데, 절대 인정 안 할걸요.」

로라에게 꺼져 버리라고 말하고 싶은 마음과, 로라의 꿍꿍이를 알아보고 싶다는 마음이 내 머리를 절반씩 차지하고 있다. 그래서 나는 내키는 대로 해보기로 한다.

「그러니까, 정말 솔직히 말해서요, 피트, **말도 안 되잖아**

10 생선 알로 만든 소스.
11 병아리콩으로 만든 소스.
12 뱅어나 멸치처럼 아주 작은 물고기를 튀긴 음식.
13 얇게 저민 고기와 가지를 소스와 함께 구운 요리.

요!」 로라가 고집스레 말한다. 「설마 〈돌격대에서 기병을 빼버린〉 건 아니죠? 우리 아빠가 옛날에 하시던 말처럼 늙은 놈이 **무슨!** 이러면서요.」

나는 그러면 안 된다는 걸 본능적으로 알면서도, 카트린을 그토록 매력적인 여자로 보는 이유가 무엇이냐고 묻는다. 그러자 로라는, 아, 작은 새가 말해 줬어요, 하고 말한다. 우리는 그리스산 적포도주를 마시고 있다. 색이 잉크처럼 새카맣고, 맛도 잉크와 비슷하다. 로라가 앞으로 몸을 기울이자 아래로 흘러내린 목선의 좋은 점이 모두 내 앞에 드러난다.

「피트, 사실대로 말해 보세요. 보이 스카우트의 명예를 걸고, 네? 지금까지 같이 **잤던** 여자들 중에 절대적인 1위 자리에 앉은 사람은 누구예요?」 이 말을 하고 나서 로라는 그대로 엎어져 정신없이 키득거린다.

「당신이 먼저 말하는 게 어때요?」 내가 반박한다. 그리고 그것으로 장난에 종지부를 찍는다.

내가 계산서를 요구하자, 옆자리의 커플도 계산서를 요구한다. 로라는 지하철을 타겠다고 말한다. 나는 조금 걷겠다고 말한다. 그날 로라가 내게서 정보를 알아내는 임무를 띠고 있었는지, 아니면 그저 타인의 온기를 원하는 외로운 영혼이었던 건지 나는 지금도 전혀 모르겠다.

*

　나는 자료를 읽는 사람이다. 내가 읽고 있는 서류철의 담황색 표지에는 손으로 적어 놓은 서류 번호 외에 아무것도 없다. 누구의 필체인지 잘 모르겠지만, 내 필체일 가능성이 크다. 서류 번호 맨 앞의 숫자들은 〈최고 기밀〉과 〈보호〉를 뜻한다. 미국인들이 보지 못하게 지키라는 뜻이다. 서류는 스타브로스 드 종이라는 사람이 쓴 보고서다. 아니, 시말서라고 하는 편이 낫겠다. 키가 190센티미터나 되고 나이가 스물다섯 살인 그는 서커스의 볼품없는 수습 직원이다. 간단히 줄여서 스타스라고 불리는 그는 케임브리지 출신이며, 6개월을 더 일해야 정식 직원으로 확실히 채용될지 알 수 있다. 그가 소속된 베를린 지부의 비밀 작전실을 지휘하는 앨릭 리머스는 베테랑 현장 요원이지만 나와 함께한 여러 작전에서 연달아 실패를 겪었다.

　절차상 현지 지휘관인 리머스는 사실상 베를린 지부의 부지부장이기도 하다. 따라서 스타스의 보고서는 리머스 부지부장 앞으로 되어 있으며, 런던에 있는 비밀 작전실 수장 조지 스마일리에게도 전달되었다.

S. 드 종이 DH/베를린 지부[리머스]에게 보내는 보고서. JS[합동위] 참조.

지시에 따라 다음의 보고서를 제출합니다.

새해 첫날은 춥지만 화창했고, 공휴일이었습니다. 저는 아내 피파와 함께 아이들(바니, 3세와 루시, 5세), 잭 러셀 테리어(로프터스)를 데리고 동베를린의 쾨페니크로 가서 따뜻한 옷차림으로 호숫가에서 소풍도 즐기고 근처 숲에서 산책도 하기로 했습니다.

저희 집 자동차는 파란색 볼보인데, 앞뒤에 영국군 번호판이 달려 있어서 동서 베를린을 제한 없이 오갈 수 있습니다. 따라서 동베를린의 쾨페니크는 저희가 자주 소풍을 가는 장소 중 하나이며, 아이들도 그곳을 아주 좋아합니다.

저는 여느 때처럼 쾨페니크의 옛 양조장 담장 옆에 차를 세웠습니다. 다른 자동차는 보이지 않았고, 호숫가에 앉아 있는 낚시꾼 몇 명은 우리를 본체만체했습니다. 우리는 차에서 소풍 바구니를 꺼내 들고 숲을 걸어 평소 호숫가에서 우리가 소풍을 즐기는 장소인, 곶처럼 튀어나온 잔디밭으로 갔습니다. 나중에는 숨바꼭질을 하면서 로프터스가 크게 짖어 대는 바람에 낚시꾼 한 명이 짜증을 내며 어깨 너머로 우리에게 욕을 했습니다. 로프터스 때문에 물고기들이 달아났다고요.

그는 머리가 하얗게 세기 시작한 50대 남자로 아주 수척한 모습이었습니다. 다시 보면 그 남자의 얼굴을 알아볼 수 있을 겁니다. 그는 검은 모자를 쓰고, 표식을 떼어 낸 옛 독일군 외투를 입고 있었습니다.

그때 시각이 이미 15시 30분경이었고 바니도 낮잠을 잘 시간이었으므로, 우리는 가져온 물건들을 바구니에 챙겨서 아이들에게 들려 주고 먼저 자동차까지 뛰어가게 했습니다. 로프터스가 그 뒤를 따라가며 짖어 댔지요.

하지만 아이들은 자동차를 세워 둔 곳에 다다르자마자 바구니를 떨어뜨리고 놀라서 다시 뛰어왔습니다. 로프터스도 짖어 대며 따라왔고요. 아이들은 도둑이 운전석 문을 억지로 열었다고 말했습니다. 〈아빠의 카메라를 완전히 훔쳐 갔어요!〉 루시의 말입니다.

실제로 운전석 문이 억지로 열리고, 핸들이 부서져 있었습니다. 하지만 제가 무심코 글러브 박스에 두고 내린 낡은 코닥 카메라는 도난 당하지 않았습니다. 제 외투나 식료품, 저희가 동베를린으로 넘어오기 전에 나피[14]에서 산 다른 물건들도 마찬가지였습니다. 새해 첫날인데도 놀랍게도 나피는 문을 열고 영업 중이었습니다.

14 NAAFI. 영국 육해공군 군인회. 영국 군인들이 이용할 수 있는 상점 등을 제공한다.

알고 보니 침입자는 도둑질을 저지르기는커녕, 오히려 제 카메라 옆에 멤피스 담배 상자를 두고 갔습니다. 그 안에 작은 니켈 카트리지가 있었죠. 저는 그것이 미녹스의 초소형 필름용 표준 용기임을 금방 알아보았습니다.

그날은 공휴일이고 저는 마침 얼마 전에 작전용 사진 강의를 들었으므로, 아직 지부의 당직 직원을 호출할 근거가 부족하다고 판단했습니다. 그래서 집에 도착하자마자 창문이 없는 욕실에서 지부에서 지급받은 장비로 필름을 현상했습니다.

21시까지 약 1백 장의 네거티브 필름을 확대경으로 살펴본 저는 지부의 부지부장[리머스]에게 연락했고, 부지부장은 그 필름을 사무실로 가져와서 서면 보고서를 작성하라고 지시했습니다. 저는 그 지시를 성실히 따랐습니다.

지금 돌이켜 보면, 현상하지 않은 필름을 곧바로 베를린 지부로 가져가 사진부에 맡겼어야 한다는 점을 온전히 인정합니다. 수습 직원인 제가 집에서 직접 필름을 현상한 것은 보안상 위험한 일이었으며, 자칫 재앙으로 번질 수도 있었습니다. 그러나 정상 참작을 위해 다시 말씀드리자면, 1월 1일은 공휴일이었으므로 저는 별것 아닐 수도 있는 일로 지부에 연락하는 것이 내키지 않았습니다. 또한 사라트의 훈련소에서 받은 작전용 사진 강의에서 모두 A학점을 받기도 했고요.
그래도 저의 결정을 진심으로 후회하며, 그 일로 교훈
을 얻었음을 밝힙니다.

S de J

맨 아래에는 앨릭이 분노에 차서 비밀 작전실장인 스
마일리 앞으로 휘갈긴 메모가 있다.

조지 — 이 멍청한 자식이 누가 손을 쓰기도 전에 이
보고서를 합동위에도 보냈습니다. 당신에게 교훈이
될 만한 일이죠. P. 앨럴라인, B. 헤이든, T. 이스터헤
이스, 망할 로이 블랜드 등을 잘 구슬려서 이것이 잘못
된 보고서라고 설득하는 게 어떨까요. 하찮은 헛소문
이니 더 이상 조치가 필요하지 않다는 식으로 말하는
겁니다.

앨릭

하지만 앨릭은 결코 가만히 앉아서 시간을 보내는 사
람이 아니었다. 이번에는 자신의 미래가 걸려 있으니 더
욱 그럴 수 없었다. 서커스와의 고용 계약을 갱신해야 하
는 시점이었고, 그는 현장 요원의 제한 연령을 한참 넘긴
나이였으며, 본부에서 편안한 내근직을 맡게 될 전망은
거의 없었다. 스마일리가 앨릭의 다음 행동에 대해 다소

불신하는 듯한 태도를 취한 것은 그 때문이라고 볼 수 있다.

H/메릴본 비밀 작전실[스마일리]이 컨트롤에게. 최고 기밀. 개인 서신. 직접 전달.

제목: AL, H/베를린 비밀 작전실

조지는 이 아래에 특유의 흠잡을 데 없는 필체로 다음과 같이 썼다.

C, 어젯밤 10시 첼시의 내 집 문간에 AL이 사전 연락도 없이 나타난 것이 저만큼 컨트롤님에게도 놀라운 일일 겁니다. 앤은 건강상의 이유로 집에 없었으므로, 집에는 저 혼자였습니다. AL에게서 술 냄새가 난 것은 그리 이상한 일이 아니었으나, 그가 술에 취한 것은 아니었습니다. 그는 응접실의 전화기 플러그를 뽑아야만 저와 이야기할 수 있다고 강력히 주장했으며, 날씨가 매우 추운데도 정원을 굽어볼 수 있는 온실 끄트머리에 앉아야 한다고 고집했습니다. 〈유리에는 도청 장치를 설치할 수 없다〉는 것이 이유였습니다. 그렇게 앉은 뒤에야 그는 영국 공군의 비행 명부에 이름이 드러나는 것을 피하기 위해 그날 오후 민간 항공기

137

를 타고 베를린에서 날아왔다고 제게 말했습니다. AL은 공군 비행 명부를 합동위가 일상적으로 감시하고 있다고 의심합니다. 그가 서커스의 요원들을 더 이상 믿지 않는 것도 같은 이유 때문입니다.

먼저 그는 자신이 요청한 대로 제가 쾨페니크 자료와 관련해서 합동위를 배제했는지 물었습니다. 저는 그 요청을 제대로 수행한 것 같다고 대답했습니다. 베를린 지부에는 쓸모없는 소문들을 정보랍시고 내미는 사람들이 들끓고 있다는 사실이 잘 알려져 있기 때문입니다.

그러자 AL은 이 서신에 첨부한 문서를 접힌 채로 주머니에서 꺼내, 쾨페니크 자료에 대해 자신이 혼자서 작성한 간략한 설명이라고 말했습니다. 비밀 정보원과 공개 정보원을 막론하고 누구에게서도 부수적인 도움을 받지 않았다는 것입니다.

내 눈앞에 두 가지 광경이 동시에 떠오른다. 조지와 앨릭이 바이워터 거리의 추운 온실에서 머리를 맞대고 있는 모습과, 그 전날 밤 앨릭이 서베를린의 올림픽 경기장 지하에 있는 자신의 사무실에서 자욱한 담배연기 속에 스카치 한 병을 옆에 놓고 혼자서 낡은 올리베티 타자기 위에 웅크리고 있는 모습. 그가 그렇게 애써 작성한 문서가 지금 내 앞에 있다. 타자기로 작성된 이 문서는 여기저기에 때가 묻어 있고, 수정액 자국도 있다. 셀로판 보호 필름 속에 들어 있는 이 문서의 내용은 다음과 같다.

1. KGB의 동유럽 블록 정보기관 회의 회의록, 프라하, 1957년 12월 21일.

2. 슈타지 고위직에 배치된 본부 기반 KGB 관리들의 이름과 직위, 1956년 7월 5일 현재.

3. 사하라 이남 아프리카에서 활동 중인 슈타지 고위 요원들의 신원.

4. 소련에서 KGB 훈련을 받고 있는 모든 슈타지 요원들의 이름, 직위, 현장용 이름.

5. GDR[15]과 폴란드에 새로 설치된 소련의 비밀 신호 기지 여섯 곳의 위치, 1956년 7월 5일 현재.

페이지를 넘기자, 스마일리가 컨트롤에게 손으로 써 보낸 서한이 다시 나온다. 선을 그어 지운 부분이 하나도 없다.

그 뒤에 이어진 앨릭의 이야기는 다음과 같습니다. 드 종의 일 이후로 앨릭은 매주 드 종의 볼보 승용차와 개를 징발해서, 그의 베를린 지부 직통 전화번호를 휘갈겨 쓴 어린이용 색칠 책과 5백 달러를 글러브 박스

15 독일 민주 공화국, 즉 동독.

에 넣어 두고, 낚시 장비를 뒷좌석에 실은 뒤(앨릭이 낚시를 한다는 사실을 나는 그때까지 몰랐습니다. 지금도 그리 믿음이 가지 않습니다) 쾨페니크으로 가서 드 종이 차를 세운 그 시각에 똑같은 자리에 차를 세웠습니다. 그리고 개를 데리고 나가 낚시를 하며 기다렸습니다. 세 번째 시도 만에 행운이 그를 찾아왔습니다. 5백 달러 대신 필름 통 두 개가 들어 있었던 것입니다. 전화번호가 적혀 있는 어린이용 색칠 책도 보이지 않았습니다.

이틀 뒤 밤에 서베를린의 직통 전화로 어떤 남자의 전화가 걸려 왔습니다. 그는 이름을 밝히지 않고, 쾨페니크에서 낚시하는 사람이라고만 말했습니다. 앨릭은 다음날 저녁 7시 20분에 지난주에 나온『슈피겔』지를 왼손에 들고 쿠르퓌르스텐담의 어느 주소로 오라고 말했습니다.

그 트레프[즉, 비밀 만남. 베를린 직원들이 빌려 쓴 독일의 첩보 용어]는 드 종이 모는 폴크스바겐 승합차 안에서 18분 동안 이루어졌습니다. 앨릭이 임의로 **메이플라워**라고 명명한 그 남자는 처음에 이름을 밝히라는 요구를 거부하며, 필름은 자신의 것이 아니라 〈슈타지 내부의 친구〉가 제공한 것인데 자신이 그 친구를 반드시 보호해야 한다고 주장했습니다. 그는 또한 자신은 중간에서 물건을 전달하는 역할로 자진해서 나섰을 뿐이며, 돈이 아니라 오로지 이념을 위한 행동이라고 말했습니다.

하지만 앨릭은 이 말을 믿지 않았습니다. 익명의 매개자가 전달한 출처 불명의 자료는 시장에 풀린 마약과 같다는 것입니다. 그래서 거래는 이루어지지 않았습니다. 결국 메이플라워는 (앨릭의 주장에 따르면, 순전히 앨릭 자신의 간청 때문에) 주머니에서 명함을 한 장 꺼냈습니다. 의학 박사 카를 리메크라는 이름과 동베를린의 샤리테 병원 주소가 한 면에 찍혀 있고, 뒷면에는 쾨페니크의 주소가 손으로 적혀 있는 명함이었습니다.

앨릭은 리메크가 상대를 가늠해 본 뒤에야 자신을 드러냈으며, 만난 지 10분 만에 침묵을 깨기로 한 것 같다고 확신합니다. 하지만 앨릭의 아일랜드인 기질을 잊으면 안 될 것입니다.

그러면 이제 뻔한 의문들이 남습니다.

그 남자가 정말로 리메크 박사라 하더라도, 그가 말한 마법 같은 정보원은 누구일까요?

이것 역시 슈타지의 정교한 함정일까요?

아니면 (이런 말을 꺼내는 것이 내게는 괴로운 일입니다만) 앨릭 본인이 직접 이 모든 일을 조작한 것일까요?

결론은 다음과 같습니다.

앨릭은 사정상 합동위가 상황을 알고 도와주지 않는 한 이루어질 수 없는 일반적인 조사와 배경 확인 **없이** 메이플라워를 다음 단계로 이끌 수 있게 해달라고 요구하고 있습니다. 꽤 열정적인 태도라고 말해야 할 것 같습니다. 그의 비밀주의는 우리 모두 잘 알고 있으므로, 이번에는 우리도 조심스레 그의 비밀주의에 동참할 것을 제안하는 바입니다.

그러나 앨릭은 누군가를 의심하는 일에는 망설임이 없습니다. 어젯밤 스카치를 세 잔째 마신 뒤에 그는 서커스 내부에 있는 모스크바 중앙의 이중 첩자로 코니 색스를 지목했습니다. 토비 이스터헤이스는 그다음으로 의심스러운 인물이라고 했습니다. 위스키 덕분에 발동된 직감 외에 아무런 근거도 없는 그의 주장에 따르면, 이 두 사람이 성적인 충동으로 인한 〈감응성 정신병〉에 걸렸으며, 소련이 이 사실을 알아내고 두 사람을 협박했다고 합니다. 나는 새벽 2시경에 간신히 그를 침대에 눕혔으나, 그는 아침 6시에 이미 부엌에 나와 자기가 먹을 베이컨과 달걀을 요리하고 있었습니다.

문제는 어떻게 할 것인가입니다. 모든 것을 감안할 때, 그가 메이플라워와 함께(다시 말해서 슈타지 내부에 있다는 정체 불명의 정보원과도 함께) 한 번 더 마음먹은 대로 움직이도록 허락하면 어떨까 합니다. 우리 둘 다 알다시피 그가 현장에서 뛸 날이 얼마 남지 않았으므로 그는 그 기간을 연장하고 싶어 하는 것이 당연합니다. 그러나 우리는 또한 우리 일에서 가장 어려운 부분이 바로 신뢰를 보여 주는 것임을 알고 있습니다. 앨릭은 순전히 자신의 본능만을 근거로, 메이플라워의 진심을 굳건히 믿는다고 단언합니다. 이것이 베테랑의 육감일 수도 있고, 경력의 자연스러운 종말을 앞둔 늙은 현장 요원의 특별한 간청일 수도 있습니다.

저는 이런 점을 감안한 상태에서 앨릭에게 한번 시행해 보라는 허락을 내려 줄 것을 권고합니다.

GS

하지만 컨트롤은 쉽사리 넘어오지 않는다. 다음의 대화를 보자.

컨트롤이 GS에게: 리머스가 독자적으로 행동하는 것이 몹시 걱정스럽습니다. 다른 지표들은 어떻게 된 겁니까? 리머스의 시각에서 볼 때 오염되지 않은 영역에서 그 정보를 시험해 보는 것이 가능할 텐데요.

GS가 컨트롤에게: 구실을 만들어 FO[16]와 국방부에 따로 자문을 구했습니다. 양쪽 모두 그 자료를 좋게 평

16 Foreign Office. 외무부.

가하고 있으며, 조작이라고 보지 않습니다. 더 커다란 기만 작전을 위한 미끼로 가짜 정보를 내세웠을 가능성은 언제나 존재합니다.

컨트롤이 GS에게: 리머스가 왜 베를린 지부장과 의논하지 않았는지 의아합니다. 이런 식의 뒷공작은 정보부에 결코 좋지 않습니다.

GS가 컨트롤에게: 불행히도 앨릭은 지부장을 반(反) 비밀 작전실/친(親) 합동위파로 보고 있습니다.

컨트롤이 GS에게: 고위급 직원들 중 썩은 사과가 하나 섞여 있다는, 증명되지 않은 추측 때문에 그들 모두를 배제할 수는 없습니다.

GS가 컨트롤에게: 앨릭은 합동위를 썩은 과수원으로 보는 듯합니다.

컨트롤이 GS에게: 그러면 그를 가지치기로 잘라 내야할지도 모르겠군요.

앨릭이 그다음에 제출한 제안서는 완전히 차원이 다르다. 타자기로 깔끔하게 작성된 이 문서의 문체가 그의 평소 문체보다 훨씬 더 훌륭하다는 뜻이다. 현대 언어 강의에서 우등생이었던 스타스 드 종이 앨릭의 서기 역할을 한 것이 아닌가 하는 생각이 든다. 그래서 이번에는 신장 190센티미터의 스타스가 베를린 지부 지하 사무실에서 자욱한 담배 연기 속에 올리베티를 향해 몸을 웅크

리고 있고, 앨릭은 질 나쁜 소련 담배를 뻐끔거리며 사무
실 안을 어슬렁거리는 모습이 눈앞에 떠오른다. 앨릭이
구술하다가 거슬리는 아일랜드 욕을 내뱉으면 드 종은
그 말을 신중하게 삭제해 버린다.

**접촉 보고서, 1959년 2월 2일. 장소: 베를린 안가 K2. 참
석자: DH/베를린 지부 앨릭 리머스(파울)와 카를 리메크(메
이플라워).**

**정보원 메이플라워. 두 번째 트레프. AL이 H/메릴본 비
밀 작전실에게 보내는 초기밀 개인 서신.**

카를 추크마이어가 쓴 희곡의 비슷한 제목을 따서
GDR의 엘리트에게 〈쾨페니크의 의사〉로 알려져 있
는 정보원 메이플라워는 상급 SED[통일 사회당(즉 공
산당)] 인물들과 슈타지의 고위급 및 그들의 가족이
선호하는 의사입니다. 그의 고객 여럿이 쾨페니크의
호숫가 별장과 아파트에 살고 있지요. 그의 좌파 경력
은 흠잡을 데가 없습니다. 그의 아버지 만프레트는
1930년대 초부터 공산주의자로 활동한 인물로, 스페
인 내전에서 텔만[17]과 함께 싸웠으며, 나중에는 히틀
러에게 저항한 레드 오케스트라 네트워크에 합류했습

17 독일 공산당 당수. 나치 치하에서 오랫동안 구금되었다가 히틀러
의 지시로 부헨발트에서 총살되었다.

니다. 1939~1945년의 전쟁에서 메이플라워는 아버지를 위해 몰래 메시지를 전달하는 일을 맡았으나, 그의 아버지는 1944년에 부헨발트 강제 수용소에서 게슈타포의 손에 교수형을 당했습니다. 따라서 만프레트는 혁명으로 동독이 탄생하는 모습을 살아서 보지 못했고, 아버지를 사랑하는 아들 카를은 동독을 위해 헌신하는 동무로 살아가기로 굳게 결심했습니다. 고등학교에서 뛰어난 성적을 거둔 카를은 예나와 프라하에서 의학을 공부했고, 대학을 우등으로 졸업했습니다. 그는 동베를린의 대학 병원에서 일했으나, 너무 긴 근무 시간 때문에 쾨페니크에 집을 마련해 노모 헬가와 함께 살면서 소수의 선택된 환자들에게 비공식적인 수술을 해주는 일을 시작했습니다.

날 때부터 GDR의 엘리트에 속해 있던 메이플라워는 의학적으로 민감한 일에도 손을 대고 있습니다. SED의 고위 관리가 멀리 나갔다가 성병에 걸린 사실을 상관들에게 알리고 싶지 않다고 하면, 그는 기꺼이 가짜 진단서를 발급해 줍니다. 슈타지에 잡혀 있던 사람이 심문 중에 심장 마비로 사망했을 경우에도 사실과는 다른 사망 증명서가 필요합니다. 마침 슈타지에 체포된 고위급 인물 하나가 곧 가혹한 심문을 받을 예정입니다. 메이플라워는 그의 심리와 신체 상태를 살펴서 고통을 얼마나 견딜 수 있는지 평가하는 일을 맡았습니다.

이런 일을 수행하는 대가로 메이플라워는 게하이메 미트아르바이터*Geheime Mitarbeiter*(비밀 협력자, 줄여서 GM)의 지위를 부여받았습니다. 따라서 매달 슈타지의 담당관이자 〈상상력이 별로 없는 공무원〉인 우르스 알브레히트에게 보고를 해야 합니다. 메이플라워는 알브레히트에게 〈보고해도 별로 상관없는 내용을 대부분 지어내서〉 보고하고 있다고 말합니다. 그래서 알브레히트는 그에게 〈훌륭한 의사이지만 스파이로는 형편없다〉는 말을 했다고 합니다.

메이플라워는 또한 〈리틀 시티〉, 즉 동베를린의 마야코프스키링 출입증을 예외적으로 허락받았습니다. GDR의 엘리트들이 많이 살고 있는 이 거리는 특수 부대인 제르진스키 여단이 일반인의 출입을 엄격하게 금하는 곳입니다. 리틀 시티에는 (고급 상점과 유치원 등등은 물론이고) 별도의 병원이 있지만, 메이플라워는 중요한 〈개인〉 환자를 돌보기 위해 이 신성한 구역에 출입할 수 있게 된 것입니다. 그의 보고에 따르면, 일단 차단선 안으로 들어가면 규칙이 조금 느슨해지고, 뒷소문과 음모가 횡행하며, 사람들의 입도 많이 풀어지는 편이라고 합니다.

동기:

메이플라워는 공산주의자였던 아버지의 꿈을 배신한 GDR 정권에 대한 반감이 자신의 동기라고 주장합니다.

제공 사항:

메이플라워는 자신의 정보원인 여성 환자 **튤립**이 슈타지의 직원이며, 그가 스스로 우리를 찾아오게 되는 촉매 작용을 했을 뿐만 아니라 자신이 처음 드 종의 자동차에 놓아둔 초소형 필름 통을 제공한 사람이기도 하다고 주장합니다. 그는 튤립이 신경증 환자치고 자기 통제가 뛰어나지만, 대단히 취약한 면모가 있다고 말합니다. 그리고 그녀가 단순히 자신의 환자일 뿐이라고 주장합니다. 그녀는 자신도 튤립도 금전적인 보상은 원하지 않는다고 반복해서 말하고 있습니다.

위험해질 경우 서구에 정착하는 문제는 아직 논의한 적이 없습니다. 아래를 참조하시기 바랍니다.

하지만 우리는 아래를 참조하지 않는다. 다음 날 스마일리 본인이 직접 이 리메크이라는 사람을 살펴보기 위해 베를린으로 날아가면서 내게 동행하라는 지시를 내린다. 하지만 정보원 메이플라워는 우리 출장의 가장 중요한 이유가 아니다. 스마일리는 신경증 환자지만 자기 통제가 뛰어나다는 여성 정보원, 암호명 튤립의 정체, 제공할 수 있는 정보, 동기에 훨씬 더 관심이 많다.

*

　잠들지 않는 서베를린의 한밤중을 진눈깨비와 눈이 섞인 차가운 바람이 휩쓸고 지나간다. 앨릭 리머스와 조지 스마일리는 새로운 정보원 후보인 카를 리메크, 일명 메이플라워와 은밀한 곳에 자리를 잡고, 앨릭이 좋아하는 술인 탈리스커 위스키를 마시고 있다. 리메크는 이 술을 처음 맛본다고 한다. 나는 스마일리의 오른쪽에 앉아 있다. 파자넨 거리 28번지의 베를린 안가 K2는 연합군의 폭격에서 운 좋게 살아남은 웅장한 건물이다. 비더마이어 양식인 이 건물의 입구에는 기둥이 있고, 창문은 불룩하고, 훌륭한 뒷문은 울란트 거리로 이어져 있다. 이 건물을 안가로 고른 사람이 누군지는 몰라도, 제국에 대한 향수와 작전에 대한 감각을 지닌 사람이 분명하다.

　세상에는 아무리 애써도 선량한 심성이 표정에 드러나는 사람들이 있다. 리메크가 그런 사람이다. 그는 머리가 벗어지는 중이고, 안경을 썼으며, 상냥하다. 그 점을 결코 부정할 수 없다. 신중한 성격 때문에 미간에 잡힌 주름은 신경 쓸 필요 없다. 그에게서는 인간적인 선량함이 그냥 뿜어져 나온다.

그 첫 만남을 지금 돌아보면서 나는 1959년에 동독 의사가 서베를린으로 넘어오는 것이 그리 대단한 일이 아니었음을 다시 되새긴다. 그렇게 넘어온 사람이 많았고, 그대로 다시 돌아가지 않은 사람도 많았다. 그래서 베를린 장벽이 지어졌다.

파일의 첫 번째 서류는 타자기로 작성되었으며, 서명이 없다. 공식적인 보고서가 아니다. 나로서는 작성자가 스마일리일 것이라고 짐작하는 수밖에 없다. 수신자 또한 적혀 있지 않은 것으로 보아, 그는 이 파일을 위해, 즉 자기 자신을 위해 이 서류를 작성한 듯하다.

GDR 정권에 반대하기 시작한 시기, 즉 그의 표현에 따르면 〈유충〉 시기에 어떻게 들어서게 되었는지 밝히라는 요청에 메이플라워는 슈타지의 심문관에게서 한 여성을 〈조사용 구금〉을 위해 준비시키라는 지시를 들었던 순간을 지적했다. GDR의 시민인 그 50대 여성은 CIA를 위해 일한다는 혐의를 받고 있었다. 그녀는 심한 폐소 공포증이 있었으므로, 독방 생활로 인해 이미 반쯤 미친 상태였다. 〈그들이 그녀를 상자에 넣고 못을 박을 때 그녀의 비명 소리가 지금도 들리는 것 같습니다.〉 메이플라워의 말이다.

메이플라워는 원래 성급한 결정을 내리는 성격이 아니라면서, 그때 그 일을 겪은 뒤 〈모든 각도에서 자신의 상황을 다시 평가해 보았다〉라고 말했다. 그는 당의 거짓말을 직접 들었고, 당의 부패와 위선과 권력 남용을 목격했다. 그는 〈전체주의 국가가 전혀 그렇지 않은 척할 때의 증상들을 알아보았다〉. 동독은 그의 아버지가 꿈꿨던 민주주의와는 완전히 동떨어진, 〈경찰국가로 운영되는 소련의 가신〉이었다. 이런 결론이 내려지자, 만프레트의 아들이 택할 수 있는 길은 하나밖에 없었다. 곧, 저항의 길이었다.

처음에 그는 지하 세포를 조직할 생각을 했다. 가끔 정권에 불만이 있는 듯한 징후를 드러내던 엘리트 환자 몇 명을 골라 제안을 건네면 어떨까? 하지만 세포의 목적을 무엇으로 하지? 기간은? 메이플라워의 아버지 만프레트는 동무들에게 배반당했다. 적어도 그런 면에서 만프레트의 아들은 아버지의 발자취를 따라갈 생각이 없었다. 그렇다면 언제 어디서나 굳게 믿을 수 있는 사람이 누구일까? 심지어 어머니 헬가조차도 아니었다. 무슨 일이 있어도 이념이 흔들리지 않는 공산주의자였기 때문이다.

그렇다면 이미 〈나 혼자로 이루어진 테러 세포〉인 지금의 상태를 유지하자. 그는 아버지가 아니라 소년 시절 그의 영웅이었던 게오르크 엘저를 흉내 내기로 했다. 엘저는 1939년에 바로 몇 분 전까지도 총통이 충실한 추종자들에게 연설하던 뮌헨의 맥주 창고에 공모자나 친구의 도움 없이 폭탄을 설치하고 터뜨리는 데 성공한 인물이었다. 〈히틀러가 무사했던 것은 순전히 지옥의 행운 덕분이었습니다.〉 메이플라워의 말이다.

그의 생각에 GDR은 단 한 번의 공격으로 무너질 나라가 아니었다. 히틀러 정권과 마찬가지였다. 메이플라워는 무엇보다도 의사였다. 썩은 체제를 치료하려면 안에서부터 시작해야 했다. 방법은 때가 되면 저절로 알게 될 것 같았다. 그때까지는 누구에게도 자신의 생각을 말하지 않고, 누구도 믿지 않으려 했다. 그는 혼자서도 충분했으며, 오로지 그 자신에게만 책임을 졌다. 그는 〈1인 비밀 부대〉였다.

그의 주장에 따르면, 〈유충〉이 껍질을 벗고 새로 태어난 것은 1958년 10월 18일 22시였다. 그에게는 생면부지의 남인 젊은 여성이 괴로운 표정으로 자전거를 타고 베를린 동쪽의 근교 마을인 쾨페니크로 와서 메이플라워에게 낙태 수술을 요구한 시각.

여기서 스마일리의 기록이 중단되고 리메크 박사가 직접 독자에게 말을 건다. 조지는 길고 긴 그의 설명에 줄일 곳이 한 군데도 없다고 생각했음이 분명하다.

[이름 삭제] 동무는 대단히 머리가 좋고 부정할 수

없는 매력을 지닌 여성이었으며, 겉으로 보기에는 당이 좋아하는 무뚝뚝한 성격인 듯했다. 수완도 좋았다. 그러나 의사와 단둘이 진찰실에 있을 때는 아이처럼 무방비한 모습을 간혹 드러냈다. 나는 환자의 정신 상태에 대해 즉석에서 진단을 내리는 사람이 아니지만, 그녀가 일종의 선택적인 정신 분열증을 엄격히 통제하고 있었다고 조심스레 말할 수 있을 것 같다. 그런 상태에서도 그녀가 고결한 원칙을 지닌 용기 있는 사람이었다는 사실을 역설로 받아들이면 안 될 것이다.

나는 [이름 삭제] 동무에게 그녀가 임신하지 않았으므로 낙태 수술이 필요하지 않다고 알렸다. 그녀는 자신이 누가 더 낫다고 할 것 없이 똑같이 역겨운 남성 두 명과 같은 시기에 잠자리를 한 것을 감안하면 놀라운 소식이라면서, 내게 혹시 술이 있느냐고 물었다. 그녀 자신은 술을 좋아하지 않지만, 자신이 사귄 두 남자가 모두 술고래여서 자신도 술을 마시는 습관이 생겼다는 것이었다. 나는 콩고 농업 장관이 나의 의학적 서비스에 감사하는 뜻으로 선물한 프랑스산 코냑 한 잔을 그녀에게 권했다. 그것을 한 모금에 꿀꺽 삼킨 뒤 그녀는 내게 질문을 던지기 시작했다.

「친구들 말로는 당신이 점잖고 신중한 사람이라더군요. 맞습니까?」 그녀가 다그치듯 물었다.

「어떤 친구들입니까?」

153

「비밀 친구들이에요.」

「친구들이 왜 비밀이어야 하죠?」

「기관에 있는 친구들이니까요.」

「어떤 기관인데요?」

내 말에 그녀는 짜증스러운 표정으로 쏘아붙였다. 「**슈타지**입니다, 의사 동무. 거기가 아니면 어디겠어요?」

나는 그녀에게 주의를 주었다. 내 직업이 의사이긴 해도, 국가에 대한 책임 또한 피할 수 없다고. 그녀는 내 말을 듣지 않으려 했다. 그녀는 자신에게 선택권이 있다고 말했다. 모든 동무들이 평등한 민주 국가에서는, 자신이 동성애자라는 사실을 인정하지 않고 아내에게 폭력을 휘두르는 사디스트 쓰레기 남편과 마음이 내킬 때마다 업무용 볼가 승용차 뒷좌석에서 그녀와 한판 일을 벌이는 것을 자신의 권리로 생각하는 쉰살의 뚱보 돼지 상관 중 한 명을 고를 수 있는 권리가 있다고.

이 대화 중에 그녀는 에마누엘 라프 박사의 이름을 두 번 입에 담았다. 그녀는 그를 라프슈바인[18]이라고 불렀다. 나는 이 라프가 브리기테 라프 동무와 어떤 관계냐고 물었다. 브리기테 라프 동무는 상상 속에만 존재하는 여러 질병을 이유로 내게 진찰을 받겠다고 계속 고집을 피우는 인물이었다. 그녀는 브리기테가 그

18 독일어로 〈라프 돼지〉라는 뜻.

돼지의 아내 이름이라고 확인해 주었다. 관계가 밝혀졌다. 브라기테 라프 부인은 자신의 남편이 슈타지의 고위 관리이며 제멋대로 구는 인간이라고 이미 내게 털어놓은 적이 있었다. 따라서 내 앞에 있는 여성은 에마누엘 라프 박사의 몹시 분노한 개인 비서이자 (그녀의 주장에 따르면) 비밀 내연녀였다. 그녀는 라프의 커피에 비소를 탈 생각도 해보았다고 말했다. 동성애자 남편이 또 자신을 공격할 때를 대비해서 침대 밑에 칼을 숨겨 두었다는 말도 했다. 나는 그녀에게 그런 일은 위험하니 포기하라고 조언했다.

나는 집과 직장에서도 이렇게 치안을 저해하는 발언을 하느냐고 그녀에게 물었다. 그녀는 웃음을 터뜨리며 그러지 않는다고 단언했다. 자신에게는 세 개의 얼굴이 있다는 것이었다. 이 점에서 그녀는 행운아였다. GDR에서는 대부분의 사람들이 얼굴을 대여섯 개씩 갖고 있기 때문이다. 「직장에서 나는 헌신적이고 근면한 동무입니다. 항상 단정하게 차려입고, 머리도 깔끔하게 정돈한 모습을 유지하지요. 특히 회의 때는 더 신경을 씁니다. 나는 또한 직장에서 화려한 경력을 자랑하는 돼지의 성 노예이기도 합니다. 집에 돌아오면, 나보다 열 살 이상 나이가 많은 사디스트 형제(동성애자)가 증오를 퍼붓는 대상이 됩니다. 그에게 인생의 유일한 목표는 마야코프스키링의 엘리트 사회에 들어가 예쁘고 젊은 남자들과 자는 것입니다.」 그녀의 세 번째 얼굴은 지금 내게 보여 주는 얼굴이었다. GDR에서 살아가는 인생을 아들만 제외하고 통째로 증오하며, 아버지 하느님과 성자들에게서 비밀스러운 위안을 얻는 여성. 나는 이 세 번째 얼굴을 또 누구에게 보여 주었느냐고 물었다. 그녀는 아무에게도 보여 주지 않았다고 대답했다. 나는 그녀에게 머릿속에서 여러 목소리가 들리느냐고 물었다. 그녀는 그렇지 않은 것 같다면서도, 만약 머릿속에서 누군가의 목소리가 들린다면 그것은 하느님의 목소리일 것이라고 말했다. 나는 그녀에게 앞서 말했듯이 정말로 스스로를 해치고 싶다는 유혹을 느끼느냐고 물었다. 그녀는 최근에 다리에서 몸을 던질 생각을 해봤지만, 아들 구스타프에 대한 사랑 때문에 참았다고 대답했다.

나는 시위 또는 복수를 위해 다른 행동을 하고 싶다는 유혹을 느낀 적이 있느냐고 물었다. 그녀는 얼마 전에 마누엘 라프 박사가 의자에 스웨터를 놓아두고 나갔을 때, 자신이 가위를 꺼내 그것을 조각조각 자른 뒤 기밀문서를 소각해서 폐기할 때 사용하는 자루에 그 조각들을 넣었다고 대답했다. 라프가 다음 날 아침에 출근해서 스웨터를 어디 두었는지 모르겠다고 투덜거리자, 그녀는 그와 함께 스웨터를 찾는 시늉을 했다. 그리고 그가 누가 스웨터를 훔쳐 간 것 같다는 결론을 내리자, 그녀는 용의자를 몇 명 제시했다.

나는 라프 박사 동무를 향한 복수심이 그 뒤로 조금 가라앉았느냐고 그녀에게 물었다. 그녀는 복수심이 그 어느 때보다 강해졌다면서, 자신이 이 세상에서 라프보다 더 증오하는 것은 그런 돼지에게 권력을 쥐여 주는 이 체제밖에 없다고 쏘아붙였다. 그녀가 감추고 있는 증오심이 워낙 커서, 언제나 경계를 늦추지 않는 동료들에게 그 감정을 잘 숨기고 있다는 사실이 내 눈에는 거의 기적 같았다.

나는 그녀에게 사는 곳이 어디냐고 물었다. 그녀는 최근까지 남편과 함께 스탈린가(街)의 소련식 아파트에서 살았다고 대답했다. 특별한 보안 장치가 있는 집은 아니었다. 거기서 마크달레넨 거리의 슈타지 본부까지는 자전거로 고작 10분 거리였다. 최근 그녀와 남편은 고위 공무원들만 살 수 있는 베를린 호엔쉰하우젠의 보안 구역으로 이사했다(남편의 동성애 연줄 덕분이었는지 돈 덕분이었는지 그녀는 알지 못했다. 남편이 아버지에게서 물려받은 돈에 대해 그녀에게 전혀 알려 주지 않았기 때문이다). 그녀는 그곳의 호수와 숲을 아주 좋아했으며, 아들 구스타프가 놀 수 있는 운동장도 마음에 들었다. 그곳에는 심지어 바비큐를 해먹을 수 있는 작은 개인 정원도 있었다. 상황이 달랐다면, 그 집은 목가적이었을 것이다. 하지만 증오스러운 남편과 함께 살아야 했기 때문에 모든 것이 가짜처럼 느껴졌다. 그녀는 자전거를 열정적으로 좋아해서 여전히 자전거로 출근했는데, 이제는 출근 시간이 30분쯤 걸리는 것 같았다.

새벽 1시였다. 나는 집에 돌아가면 남편 로타어에게 뭐라고 말할 생각이냐고 물었다. 그녀는 남편에게 아무 말도 하지 않을 것이라고 대답한 뒤, 다음의 말을 덧붙였다.

「내 사랑 로타어는 나를 강간하거나 술을 잔뜩 마실 때가 아니면, 침대에 걸터앉아 GDR 외무부의 서류들을 무릎에 놓고 으르렁거리면서 마치 자기 아내뿐만 아니라 온 세상을 증오하는 사람처럼 펜을 놀립니다.」

나는 남편이 집으로 가져오는 것이 기밀 서류냐고 그녀에게 물었다. 그녀는 최고 기밀 서류라서 그가 집으로 가져오는 것이 불법인데, 그는 성적인 변태인 것으로도 모자라 출세에 집착하는 사람이라 그런 짓을 한다고 대답했다. 그리고 다음에 자신이 다시 찾아오면 자신과 정사를 나누겠느냐고 내게 물었다. 돼지나 강간범이 아닌 남자와는 아직 정사를 나눠 본 적이 없다는 것이 이유였다. 나는 그녀의 말이 농담일 것이라고 생각했지만 확실치는 않다. 어쨌든 나는 환자들과는 잠자리를 하지 않는 것이 나의 원칙임을 들어 그녀의 제안을 거절했다. 그리고 내가 그녀의 담당 의사가 아니라면 잠자리를 같이할지도 모른다는 사실을 일종의 위안으로 남겨 두었다. 그녀는 자전거에 오르면서 자신의 목숨을 내 손에 맡겼다고 내게 말했다. 나는 의사로서 그녀가 털어놓은 비밀을 지킬 것이라고 대답했다. 그녀가 두 번째 진찰 예약에 대해 묻자, 나는 다음 목요일 저녁 6시를 제안했다.

나는 속에서부터 밀려오는 혐오감에 압도되어 나도 모르게 벌떡 일어선다.

「어딘지 아시죠?」 넬슨이 책에서 시선을 들지 않고 묻는다.

나는 화장실 문을 잠그고 틀어박혀 최대한 오래 시간을 보낸다. 그런 뒤 다시 탁자에 앉아 서류를 읽기 시작한다. 도리스 감프, 일명 튤립이 아들 구스타프를 자전거 바구니에 태우고 쾨페니크까지 먼 길을 자전거로 달려와, 두 번째 예약 시간에 정확히 나타났다.

리메크의 글이 이어진다.

어머니와 아들은 즐겁고 편안한 분위기였다. 날씨는 아주 화창했고, 남편 로타어는 바르샤바에서 열리는 회의에 급히 불려 가 이틀 뒤에나 돌아올 예정이었으므로 두 사람은 들떠 있었다. 그녀는 다음 날 구스타프와 함께 자전거를 타고 자매이자 〈이 세상에서 내가 아

들 외에 사랑하는 유일한 사람)인 로테를 만나러 갈 예
정이라고 즐거운 얼굴로 내게 말했다. 나는 아이를 내
상냥한 어머니에게 맡기고(어머니는 구스타프가 내
아이라면 얼마나 좋겠느냐고 말했다), [이름 삭제] 동
무를 다락방의 수술실로 데려가 축음기로 바흐의 음악
을 크게 틀었다. 그녀는 격식을 갖추어(내가 보기에는
아주 조심스럽게) 초콜릿 상자를 내게 내밀었다. 에마
누엘 라프가 준 상자라면서, 한꺼번에 전부 먹어 버리
면 안 된다는 충고도 곁들였다. 상자를 열자 그 안에는
벨기에 초콜릿 대신 초소형 필름 통 두 개가 들어 있었
다. 그녀 옆의 의자에 앉아 있는 내 귀와 가까운 곳에
그녀의 입이 있었다. 나는 이 초소형 필름에 무엇이 찍
혀 있느냐고 그녀에게 물었다. 그녀는 슈타지의 기밀
문서라고 대답했다. 이것을 어떻게 손에 넣었느냐고
내가 묻자 그녀는 바로 그날 오후에 유난히 모욕적인
성 접촉이 있은 뒤 에마누엘 라프 본인의 미녹스 카메
라를 이용해서 사진으로 찍었다고 대답했다. 그날의
성 접촉은 마지막 단계까지 채 이르지 못했는데, 라프
돼지가 하우스 2에서 열리는 회의에 늦어서 허둥지둥
가버린 덕분이었다. 그녀는 복수심에 대담해졌다. 문
서들은 그의 책상 위에 흩어져 있었고, 미녹스 카메라
는 그가 낮에 그것을 보관해 두는 서랍 속에 있었다.

　「슈타지 관리들은 항상 보안을 습관처럼 지켜야 합

니다.」그녀가 슈타지 기관원의 말투를 흉내 냈다. 「라프 돼지는 워낙 오만해서 자기가 슈타지의 규칙보다 더 위에 있다고 생각합니다.」

「그럼 필름 통은요?」내가 물었다. 이것은 어떻게 손에 넣었다고 하려나?

라프 돼지는 유아기를 벗어나지 못해서 변덕이 일 때마다 즉시 뜻을 이뤄야 한다고 그녀가 말했다. 비밀 카메라나 녹음 장치 같은 특수 장비를 개인 금고에 보관하는 것은 고위급에게도 전적으로 금지된 일이었지만, 라프는 다른 규칙과 마찬가지로 이 규칙도 무시했다. 그뿐만 아니라, 서둘러 사무실을 나서느라 금고 문을 살짝 열어 두기까지 했다. 이 언어도단의 보안 규칙 위반 덕분에 그녀는 밀랍 잠금장치를 건너뛸 수 있었다.

나는 그녀에게 물었다. 밀랍 잠금장치가 뭡니까? 그녀의 설명에 따르면, 슈타지의 금고에는 부드러운 밀랍 덮개를 씌우게 되어 있는 정교한 잠금장치가 있다고 한다. 금고의 정당한 주인은 슈타지가 나눠 준 열쇠와 거기에 부착된 인장[페차프트 *Petschaft*]을 항상 가지고 다니다가 금고를 잠글 때 밀랍에 인장을 찍는다. 페차프트는 모두 별도로 제작되어 저마다 모양이 다르며, 번호도 매겨져 있다. 라프는 필름 통이 가득 든 마분지 상자를 한 번에 열두 개씩 보관하고 있었다. 하지만 남은 상자가 몇 개나 되는지 헤아려 가며 관리하는 법이 없고, 미녹스 카메라도 공무와 상관없는 방탕한 목적에 장난감처럼 사용하곤 했다. 예를 들어 그는 그녀에게 알몸으로 포즈를 취해 달라는 얘기를 몇 번이나 했지만 그녀는 항상 거절했다. 라프의 금고에는 또한 보드카와 슬리보비츠[19]도 여러 병 보관되어 있었다. 슈타지의 많은 거물들이 그렇듯이 그도 술고래였기 때문이다. 술에 취하면 그는 아무 말이나 경솔하게 해댔다. 나는 그녀에게 초소형 필름을 어떻게 슈타지 본부에서 몰래 가지고 나왔느냐고 물었다. 그녀는 킥킥 웃으며 당신 같은 의사라면 익히 짐작할 수 있지 않냐고 대답했다.

그녀는 슈타지가 내부 보안에 강박적으로 집착하는데도, 정식 통행증을 지닌 사람들은 몸수색을 당하지 않는다고 주장했다. 예를 들어, [이름 삭제] 동무는 슈타지 단지의 하우스 1과 3 사이를 마음대로 오갈 수 있는 통행증을 갖고 있었다. 나는 이 필름들을 내가 어떻게 하기를 바라느냐고 그녀에게 물었다. 그녀는 영국 정보부에 넘겨주면 감사하겠다고 대답했다. 왜 미국이 아니냐고 물었더니, 그녀는 충격을 받은 기색이었다. 그리고 자신은 공산주의자라고 말했다. 제국주의 미국은 자신의 적이라고. 우리는 아래층으로 다시 내

19 헝가리와 발칸 지역에서 서양 자두로 만드는 술.

려왔다. 구스타프는 내 어머니와 도미노 놀이를 하고 있었다. 어머니는 아이가 아주 밝고 도미노도 잘한다면서, 아이를 훔쳐 오고 싶을 정도라고 말했다.

항상 잔치에 끼어들 구실이 생기기만을 노리던 비밀 작전실의 기술 부서가 여기에 끼어든다.

베를린 비밀 기술부가 H/베를린 비밀 작전실[리머스]에게.

귀하의 수석 요원 메이플라워에 대하여:

---

1. 당신의 보고에 따르면, 쾨페니크에 있는 그의 다락방 수술실에 구식 라디오가 있습니다. 기술 본부가 녹음 장치로 개조할까요?

2. 당신의 보고에 따르면, 메이플라워는 슈타지가 여가를 위해 사용해도 좋다고 허락한 엑사크타 싱글 렌즈 반사식 카메라를 소유하고 있습니다. 그는 치료를 위한 태양등도 갖고 있으며, 학창 시절부터 쓰던 현미경도 있습니다. 이미 이런 기본 장비를 갖추고 있으므로, 마이크로도트[20] 제작 방법을 그에게 알려 줄까요?

3. 쾨페니크는 나무가 우거진 시골 지역이라서, 무선 전신을 비롯한 기타 작전용 장비를 은폐하기에 이

20 점처럼 작은 크기로 축소한 사진.

상적입니다. 잔류 팀이 정찰하고 보고할까요?

　4. 밀랍 잠금장치. 튤립이 에마누엘 라프와 희롱하는 과정에서, 그녀가 기회를 보아 그의 개인 금고 열쇠와 인장[페차프트]을 복사할 수 있을까요? 기술 자료실에는 모양을 변형할 수 있는 적절한 물질을 위한 CD[은폐 장치]가 다양하게 구비되어 있습니다.

　마음속에서 다시 혐오감이 인다. 〈튤립이 희롱하는 과정에서〉? 희롱하는 사람은 **튤립**이 아니라 라프 돼지였다, 젠장! 튤립은 그를 거부했다가는 자신이 거짓 누명을 쓰고 쫓겨날 뿐만 아니라 구스타프도 그녀가 꿈꾸는 엘리트 학교에 결코 들어가지 못할 것임을 알기 때문에 반항하지 않았을 뿐이었다. 그래, 그녀가 성적으로 쉽게 흥분하는 열정적인 여성이었던 것은 맞다. 하지만 그렇다고 해서 그녀가 라프 돼지나 남편과의 관계에서 즐거움을 느꼈다는 뜻은 되지 않는다!

　그러나 베를린의 앨릭 리머스는 그런 부분에 전혀 관심이 없었다.

　　H/베를린 비밀 작전실[리머스]이 H/메릴본 비밀 작전실[스마일리]에게.

　　DO 서한,[21] 보관용 사본.

　21 Demi Official Letter. 즉 반(半) 공식 서한.

친애하는 조지,

완벽한 거푸집입니다!

하위 정보원 튤립이 은밀하게 본을 뜬 에마누엘 라프의 페차프트와 열쇠 거푸집으로 글자와 번호가 또렷이 새겨진 깨끗한 복사본을 만들었습니다. 기술부 녀석들은, 그녀가 밀랍에서 페차프트를 떼어 낼 때 안전을 위해 살짝 비트는 것이 좋을 것이라고 조언했습니다. 그래야 인장의 모습이 완벽하게 찍힌다고요!

언제나 충실한,

앨릭

추신: 본부의 규정에 따라 튤립의 PP를 첨부합니다. 비밀 작전실만 보십시오!!

AL

PP는 상세한 개인 정보*Personal Particulars*를 뜻한다. 즉, 정보부가 조금이라도 관심을 가진 사람의 인생에 대한 속기록을 뜻한다. 참회*penance*와 고통*pain*을 뜻하기도 한다.

이름: 도리스 카를로타 감프.

생년월일과 출생 장소: 라이프치히, 1929년 ×월

21일.

학력: 예나 대학교와 드레스덴 대학교에서 정치학과 사회 과학 전공.

형제 관계: 로테. 포츠담에서 초등학교 교사로 일하고 있으며, 미혼.

경력과 기타 개인 정보: 23세 때 동베를린 슈타지 본부에 하급 서류 정리 직원으로 입사. 3급 기밀 이하의 서류만 접근 가능. 6개월간 수습 기간을 거친 뒤, 접근 권한이 2급 기밀로 격상됨. J3 섹션 담당으로, 해외 지부의 보고서를 처리하고 평가하는 일을 맡음.

입사 1년 뒤 마흔한 살의 로타어 퀸츠와 사귀기 시작. GDR 외무부의 떠오르는 별로 일컬어지던 인물임. 임신과 결혼으로 이어짐.

결혼 6개월 뒤, 이제 퀸츠로 성이 바뀐 감프가 아들을 낳아 아버지의 이름을 따서 구스타프로 명명함. 남편 몰래 여든일곱 살의 은퇴한 러시아 정교회 신부를 찾아가 아들의 세례식을 거행함. 러시아 정교회의 은거한 스승(거룩한 방랑자)인 그는 카를스호르스트의 붉은 군대 막사 소속으로, 라스푸틴을 자임했음. 그녀가 어떻게 러시아 정교회로 개종했는지는 알려져 있지 않음. 감프는 퀸츠의 눈을 피하기 위해 포츠담에 있는 자매를 만나러 간다고 말하고는 구스타프를 자전거 바구니에 앉히고 자전거로 라스푸틴을 찾아감.

1957년 6월 10일, 입사 만 5년째에 다시 승진. KGB에서 훈련받은 해외 작전국장 에마누엘 라프의 비서가 되었음.

라프의 보호를 얻기 위해 그에게 성적인 호의를 제공할 수밖에 없었음. 그녀가 남편에게 이 점에 대해 불평하자, 남편은 라프만큼 중요한 동무의 뜻을 거부하면 안 된다고 말함. 그녀는 슈타지의 동료들도 남편과 같은 생각일 것이라고 믿고 있음. 튤립에 따르면, 그들은 두 사람의 관계를 알고 있으며, 그것이 슈타지 규정을 크게 어기는 행위라는 사실도 알고 있음. 그러나 그들은 라프의 권력을 감안할 때, 이 사실을 보고할 경우 발생할 결과를 두려워하고 있음.

현재까지의 작전 경험:

슈타지에 합류하면서 모든 하급 직원을 위한 사상 강의를 들었음. 대부분의 동료들과 달리 러시아어 실력이 뛰어남. 음모를 꾸미는 방법, 비밀 회합, 정보원 포섭, 기만 작전에 대한 추가 훈련 대상자로 선정됨. 비밀 문서 작성(카본지와 액체 이용), 은밀한 사진술(초소형 사진, 마이크로도트), 감시, 역감시, 무선 통신 기초도 배웠음. 적성은 〈우수-최우수〉 등급으로 평가됨.

에마누엘 라프의 개인 비서 겸 〈골든 걸〉(라프의 표현)로서, 그가 KGB 주최로 프라하, 부다페스트, 그단스크 등에서 열리는 동구권 연관 기관들의 정보 회의에 참석할 때 그와 동행함. 그런 회의에서 속기사로 뽑혀 일한 적이 두 번 있음. 라프에게 반감을 갖고 있으면서도, 라프가 모스크바에 갈 때 그와 동행해서 밤에 붉은 광장을 보고 싶다는 꿈이 있음.

담당관의 결론:
H/베를린 비밀 작전실이 H/메릴본 비밀 작전실에게[스타스 드 종의 도움이 있었음이 분명하다].

하위 정보원 튤립과 본 정보부의 관계는 전적으로 메이플라워를 통해 이루어졌다. 그는 중요도순으로 나열했을 때, 그녀의 주치의이자 담당자이자 비밀을 털어놓을 수 있는 친구이자 개인적인 고해 신부이자 최고의 친구다. 따라서 그녀는 우리 수석 요원에게 꽉 붙잡혀 있으며, 이 상태를 계속 유지해야 한다는 것이 내 생각이다. 알다시피 최근 우리는 그녀의 숄더백 죔쇠에 미녹스 카메라를 설치해 주고, 필름 통은 분첩 아래에 넣어서 제공해 주었다. 그녀는 또한 라프의 금고 밀랍 잠금장치를 열 수 있는 페차프트와 열쇠 복사본도 당당하게 갖고 있다.

따라서 튤립이 긴장한 기색을 전혀 보이지 않는다

는 메이플라워의 보고가 만족스럽다. 그의 말에 따르면, 그녀는 오히려 그 어느 때보다 사기가 높으며, 위험을 즐기는 것 같다고 한다. 그의 유일한 걱정은 그녀가 지나친 자신감 때문에 필요 이상의 위험을 무릅쓸지도 모른다는 점뿐이다. 그러나 두 사람이 치료를 핑계로 베를린에서 자연스럽게 만날 수 있으므로, 그의 걱정은 그리 크지 않다.

그녀가 라프와 동행해서 GDR 외부의 회의에 참석할 때는 작전상 완전히 다른 종류의 문제가 발생한다. 주인 없는 우편함을 사용하는 것은 임시 대안이 될 수 없으므로, 비밀 작전실이 독일이 아닌 동구권 국가의 도시에서 신속하게 튤립을 도울 수 있도록 접선용 연락책을 대기시켜 줄 수 있겠는가?

나는 종이를 넘긴다. 내 손길은 차분하다. 스트레스 상황에서 항상 그렇듯이. 이것은 비밀 작전실 본부와 베를린 사이에 오간 평범한 작전 대화다.

조지 스마일리가 베를린의 앨릭 리머스에게, 손으로 쓴 개인 메모, 보관용 사본:

앨릭. 에마누엘 라프의 부다페스트 방문을 앞두고, 그녀의 접선용 연락책 역할을 하게 될 피터 길럼의 첨

부된 사진을 하위 정보원 튤립이 최대한 빨리 볼 수 있게 해주게.

G

조지 스마일리가 피터 길럼에게, 손으로 쓴 메모, 보관용 사본:

피터. 이 사람이 부다페스트에서 만날 여성일세. 숙지해 둘 것!

즐거운 여행을 기원하며, G

「뭐라고 하셨습니까?」 넬슨이 책에서 시선을 들고 날카롭게 물었다.

「아무 말도. 왜요?」

「길에서 들려온 소리인가 봅니다.」

*

작전을 위해 알지 못하는 여성의 생김새를 자세히 살필 때는 욕망을 느낄 여유가 없다. 그 얼굴에서 매력을 찾으려는 것이 아니니까. 대신 이 여성의 머리가 짧을지 길지, 염색을 했을지, 모자를 썼을지 쓰지 않았을지, 얼굴에서 두드러지는 특징이 무엇인지, 이마가 넓은지, 광

170

대뼈가 도드라졌는지, 눈이 큰지 작은지, 얼굴이 둥근 편인지 뾰족한 편인지 등을 살피게 된다. 얼굴 다음에는 몸의 형태와 크기를 보며, 그 몸이 당원들의 일반적인 바지 정장과 끈으로 묶게 되어 있는 묵직한 구두 대신 좀 더 눈에 띄는 옷을 입으면 어떻게 보일지를 상상해 보려고 한다. 성적인 매력을 찾으려고 살피는 것이 아니다. 오히려 성적인 매력 때문에 예민한 사람들의 시선을 끌 우려가 있다고 걱정하는 것이라면 모를까. 이 단계에서 나의 관심사는 이 얼굴과 몸의 주인이 감시의 눈길이 많은 부다페스트의 거리에서 뜨거운 여름날에 접선용 연락책을 잘 상대할 수 있을까 하는 점뿐이었다.

간단히 대답하자면, 그녀의 태도에는 흠잡을 데가 없었다. 노련하고, 능숙하고, 특별히 신분이 드러날 행동을 하지 않고, 단호했다. 그녀의 연락책인 나 역시 그에 못지않았다. 화창한 날 분주한 거리에서 서로 모르는 사이인 우리 두 사람은 거의 충돌하기 직전까지 서로에게 접근하다가 나는 왼쪽으로, 그녀는 오른쪽으로 방향을 튼다. 그 과정에서 한순간 몸이 부딪친다. 나는 짧게 사과하고, 그녀는 그 말을 무시한 채 그냥 앞으로 나아간다. 그리고 내게는 마이크로필름 통 두 개가 생겼다.

4주 뒤 바르샤바 구시가지에서 두 번째 접선이 있다. 첫 번째보다 더 힘들지만, 역시 무사히 끝난다. 내가 조지에게 손으로 써서 보낸 보고서가 그 증거다. 앨릭에게는 이 보고서의 사본을 보냈다.

PG가 H/메릴본 비밀 작전실에게, 사본은 베를린의 AL에게.
제목: 하위 정보원 튤립 접선 트레프.

지난번과 마찬가지로 우리는 일찌감치 서로를 알아 보았습니다. 신체 접촉은 눈에 띄지 않게 신속히 이루 어졌으므로, 아무리 주도면밀한 감시자라도 전달 순 간을 포착하지 못했을 겁니다.

메이플라워가 튤립에게 훌륭한 브리핑을 해주었음 이 분명합니다. 제가 바르샤바 지부 지부장에게 물건 을 전달하는 데에도 어려움이 없었습니다.

PG

스마일리도 답장을 손으로 직접 써 보냈다.

이번에도 능숙하게 해냈군, 피터! 브라보!

GS

하지만 스마일리의 생각만큼 능숙했던 것 같지는 않 다. 내가 직접 손으로 써낸 보고서 내용만큼 아무 일 없이 이루어졌다고는 할 수 없을 것 같기도 하고.

나는 스위스의 단체 관광객들과 함께 여행하고 있는
브르타뉴 출신의 프랑스인 관광객이다. 여권에는 내가
어느 회사의 대표라고 되어 있지만, 동행들의 질문에 나
는 단순히 농업용 비료 사업에 종사하고 있을 뿐이라고
밝힌다. 일행과 함께 나는 훌륭하게 복원된 바르샤바 구
시가지 관광을 즐기고 있다. 발육이 좋은 젊은 여성이 헐
렁한 청바지와 격자무늬 조끼 차림으로 우리를 향해 성
큼성큼 다가온다. 전에는 베레모로 가리고 있던 머리카
락이 오늘은 적갈색으로 자유로이 나부낀다. 걸음을 내
디딜 때마다 머리카락이 햇빛 속에서 춤춘다. 여자는 목
에 초록색 스카프를 매고 있다. 스카프가 없다면 물건 전
달이 없다는 뜻이다. 나는 빨간 별이 그려진 공산당의 천
모자를 쓰고 있다. 노점에서 산 것이다. 내가 모자를 주
머니에 쑤셔 넣는다면 물건 전달이 없다는 뜻이다. 구시
가지는 여러 단체 관광객들로 북적거린다. 폴란드인인
우리 가이드는 사람들을 통제하지 못해 애를 먹는다. 일
행 중 서너 명이 벌써 그녀의 시야를 벗어났다. 그들은
나치의 폭격 이후 기적적으로 재탄생한 이 도시의 역사
에 대한 강의를 듣지 않고 자기들끼리 수다를 떨고 있다.
어떤 동상이 내 시선을 끈다. 튤립도 그 동상에 시선을
준다. 우리의 만남이 이런 식으로 이루어지도록 짜여 있

기 때문이다. 우리가 만나는 순간 걸음을 늦추는 일은 없을 것이다. 태연한 태도가 가장 중요하다. 지나치게 태연하게 굴지만 않으면 된다. 눈을 마주쳐도 안 되지만 너무 티 나게 서로를 무시하는 것처럼 보여도 안 된다. 바르샤바는 감시가 엄중한 도시다. 감시 목록 맨 위에 관광지들이 있다.

그런데 왜 그녀가 갑자기 엉덩이를 경쾌하게 흔드는 걸까? 그 커다란 아몬드 모양 눈이 왜 반가운 기색을 노골적으로 드러내며 반짝이는 걸까? 아주 짧은 한순간, 하지만 내가 대비했던 것보다는 긴 시간 동안 우리 둘의 오른손이 서로 얽힌다. 원래 그렇게 얽혔다가 곧바로 풀어져야 하는데, 그녀의 손가락이 자그마한 물건들을 내게 건넨 뒤에도 내 손바닥에 머무른다. 내가 손을 떼어 내지 않았다면 그녀의 손가락은 더 오래 머물렀을 것이다. 제정신인가? 내가 미친 건가? 게다가 순간적으로 스쳐 간 저 반가운 미소는 뭐지? 내가 환상을 보는 건가?

우리는 각자의 길로 간다. 그녀는 바르샤바 조약 기구의 직업 스파이들이 모인 회의장으로, 나는 동료 여행객들과 함께 지하 술집으로. 영국 대사관의 문화 담당 서기관이 공교롭게도 그 술집 구석 자리에서 아내와 함께 즐거운 시간을 보내고 있다. 나는 맥주를 주문한 뒤 화장실로 간다. 한때 사라트에서 함께 훈련받던 동료였던 대사관 서기관이 내 뒤를 따라온다. 물건 전달은 아무 말 없이 신속하게 이루어진다. 나는 일행과 다시 합류하지만, 가늘게 떨리던 튤립의 손가락이 머릿속에서 사라지지 않는다.

스타스 드 종이 메이플라워 네트워크에서 가장 빛나는 별이었던 하위 정보원 튤립에게 쏟아 낸 찬가를 읽는 지금도 그 손가락은 내 머릿속에서 사라지지 않았다.

튤립은 자신이 본 정보부를 위해 일하고 있다는 것, 메이플라워가 자신의 접선자이자 비공식적인 우리의 조력자라는 것을 잘 알고 있었다. 그녀는 영국을 무조건 사랑하기로 했다. 그녀는 우리의 뛰어난 솜씨에 특히 감탄했으며, 최근 바르샤바에서 이루어진 트레프를 영국 요원들의 실력을 보여 주는 사례로 꼽았다.

언제가 됐든 튤립이 일을 그만둘 때를 대비한 보상 조건은, 그녀가 임무를 수행한 개월 수를 기준으로 한 달에 1천 파운드가 될 것이며, 거기에 감사의 뜻으로 지급하는 1회성 보상금 1만 파운드가 덧붙여질 것이다. 비밀 작전실장[GS]이 이미 승인한 사항이다. 그러나 그녀가 가장 강력하게 원한 것은, 언제가 됐든 그때가 되면 자신과 아들 구스타프를 영국 시민으로 만들어 달라는 것이었다.

그녀의 비밀 작전 수행 능력은 대단히 인상적이다. 사무실 근처 여성 화장실의 샤워기 받침대에 초소형 카메라를 설치하는 데 성공함으로써, 그녀는 카메라를 핸드백에 넣어 하우스 3에 가져갔다가 다시 가지고 나와야 한다는 압박감에서 벗어났다. 또한 정보부에서 마련한 페차프트와 열쇠 덕분에 그녀는 언제든 들킬 염려가 없을 때 라프의 금고를 드나들 수 있다. 지난 토요일에 그녀는 언젠가 아름다운 영국 남자와 결혼하는 꿈을 가장 자주 꾼다고 메이플라워에게 털어놓았다!

「무슨 문제라도 있습니까?」 넬슨이 다그치듯 묻는다. 이번에는 의도가 있는 질문이다.

「로제트가 나왔소.」 내가 대답한다. 마침 정말로 로제트가 나온 참이다.

*

버니는 검은 정장 차림에 서류 가방을 들고 나타났다. 재무부에서 열린 회의에 참석했다가 곧장 왔다는데, 누구와 왜 참석했는지는 말하지 않는다. 로라는 컨트롤의 의자에 다리를 꼰 자세로 편안히 앉아 있다. 버니는 서류 가방에서 따뜻한 상세르[22] 한 병을 꺼내 모두에게 한 잔씩 따라주고는, 소금 간을 한 캐슈너트 한 봉지를 열면서

22 프랑스산 백포도주.

마음껏 드시라고 말한다.

「힘듭니까, 피터?」 그가 상냥하게 묻는다.

「그럼 어떨 것 같습니까?」 나는 불만스러운 목소리를 내기로 이미 마음을 정했다. 「기억을 더듬어 가는 길이 딱히 행복하지는 않지요, 그렇지 않습니까?」

「도움이 되기를 바랄 뿐입니다. 과거를 돌아보며 옛 얼굴들을 떠올리는 일이 그렇게까지 스트레스를 주지는 않지요?」

나는 이 말을 그냥 넘긴다. 심문이 시작된다. 처음에는 나른하게.

「먼저 **리메크**에 대해 물어도 되겠습니까? 내가 보기에는 공작원치고 유난히 매력적인 인물인 것 같던데요.」

끄덕.

「의사이기도 하지요. 그것도 아주 훌륭한 의사.」

다시 끄덕.

「그럼 화이트홀의 운 좋은 고객들에게 배포된 메이플라워 보고서에는 왜 〈동독 통일 사회당의 중간급 관리로, 슈타지의 기밀 자료를 자주 접할 수 있는 좋은 자리에 있음〉이라고 묘사되어 있는 겁니까?」

「역정보입니다.」 내가 대답한다.

「누가 심은 겁니까?」

「조지, 컨트롤, 재무부의 라콘. 메이플라워 자료가 보도되는 순간 상당한 소란이 일 것을 그들 모두 알고 있었습니다. 그러면 고객들은 가장 먼저 정보원이 누구냐고 묻겠지요. 그래서 비슷한 무게감을 지닌 가상의 정보원을 만들어 낸 겁니다.」

「그럼 당신의 튤립은?」

「튤립은 왜요?」

너무 빨랐다. 좀 더 시간을 끌었어야 하는 건데. 버니가 날 몰아치고 있는 건가? 그렇지 않고서야 다 안다는 듯이, 안타깝다는 듯이 능글맞은 미소를 지을 이유가 없지 않은가? 그 미소를 보니 그를 한 대 치고 싶어진다. 로라는 또 왜 똑같이 웃고 있는가? 실패로 끝난 그리스 식당의 식사를 이렇게 복수하는 건가?

버니는 무릎에 놓인 자료를 읽고 있다. 주제는 여전히 튤립이다. 「〈이 하위 정보원은 내무부의 상급 비서로, 고위 인사들에게 접근할 수 있다.〉 이건 좀 지나친 것 아닙니까?」

「지나치다니요?」

「이 여자…… 뭐랄까, 실제보다 더 **점잖게** 묘사한 것 같다는 말입니다. 우선, **문란한** 상급 비서는 어떻습니까? 현실 속에서 비슷한 것을 찾아본다면, **사무실 색정광**이라는 말이 더 잘 맞을 것 같습니다만. 아니면 이 여자의 종교를 감안해서 **거룩한 창녀**라고 할까요?」

그는 나를 지켜본다. 내가 분노를 터뜨리며 그의 말을 부정하기를 기다리는 것이다. 나는 그의 기대를 애써 외면한다.

「어쨌든 당신은 당신의 튤립에 대해 잘 알고 있겠죠.」 버니가 말을 잇는다. 「그렇게 성실하게 그 여자에게 서비스를 했으니까요.」

「난 그녀에게 서비스를 한 게 **아닙니다**. 그녀가 **나의** 튤립도 아니고요.」 나는 신중하게 또박또박 대답한다. 「그녀가 활동하는 동안 내내 나와 튤립은 한 마디도 주고받지 않았습니다.」

「한 마디도요?」

「그 모든 트레프에서 한 마디도. 그냥 스쳐 지나갔을 뿐입니다.」

「그럼 그 여자가 어떻게 당신의 이름을 알았을까요?」 그가 가장 매력적이고 소년 같은 미소를 지으며 묻는다.

「그녀는 내 이름을 **몰랐습니다!** 그걸 어떻게 알았겠어요? 우리가 서로에게 하다못해 안녕하시냐는 인사조차 건넨 적이 없는데.」

「그럼 당신의 여러 이름 중 **하나**라고 합시다.」 그가 전혀 달라지지 않은 어조로 고집스레 말한다.

로라가 끼어든다. 「**장프랑수아 가메**라는 이름은 어떤가요, 피트?」 똑같이 농담을 하는 듯한 말투다. 「메츠에 본사가 있는 프랑스 전자 제품 회사의 공동 투자자로, 불가리아 국영 여행사의 패키지 여행 상품에 참여해 흑해 연안을 여행 중인 사람. 이거라면 안녕하시냐는 인사 이상

179

인데요.」

나는 주저 없이 즐겁게 웃음을 터뜨린다. 그럴 수밖에 없다. 진정한 안도감에서 저절로 터져 나온 웃음이니까.

「아이고, 세상에!」 나는 그들의 농담에 동참하며 소리친다. 「그건 내가 **튤립**에게 말해 준 이름이 아니에요. **구스타프**에게 말해 준 이름입니다!」

*

자, 잘 들어요, 버니와 로라. 최고로 잘 짜인 최고의 비밀 계획이 아이의 순진무구함 때문에 실패할 수 있음을 보여 주는 이 교훈적인 이야기를 들으려면, 우선 편안히 앉는 게 좋을 겁니다.

내가 일할 때 장프랑수아 가메라는 가명을 쓴 건 사실이다. 내가 흑해 연안에 있는, 그리 상쾌하지 않은 불가리아 해변 휴양지에서 저렴한 가격으로 바다와 햇빛을 즐기던 단체 관광객 중 한 명이었던 것도 사실이다. 그 대규모 여행단은 면밀한 감시를 받고 있었다.

우리가 묵고 있던 황량한 호텔 앞의 만 건너편에는 당 노동자들의 호스텔이 있었다. 소련식 콘크리트 덩어리에 공산당 깃발들이 잔뜩 걸려 있는 야만적인 건물이었다. 그 호텔에서 틀어 대는 군대 음악이 만을 가로질러 우리

귀에까지 들려왔는데, 노래 중간중간 평화와 선의를 외치는 좋은 말들이 확성기에서 울려 퍼졌다. 그 호텔 안 어딘가에서 튤립이 다섯 살짜리 아들 구스타프와 함께 노동자들의 집단 휴가를 즐기고 있었다. 튤립의 가증스러운 남편인 로타어 동무의 영향력 있는 지인들 덕분이었다. 원래 슈타지는 직원들에게 외국의 모래사장에서 뛰어노는 것을 잘 허락해 주지 않는 편인데, 로타어가 무슨 수를 동원했는지 모르겠다. 포츠담에서 교사로 일하는 튤립의 자매 로테도 그곳에 함께 있었다.

오후 4시에서 4시 15분 사이에 바닷가에서 튤립과 나는 스치듯 지나가기로 예정되어 있었다. 이번에는 튤립의 아들 구스타프도 그 만남에 포함될 예정이었다. 그 시각 로테는 안전한 호스텔 안에서 노동자 회의에 참석하고 있을 것이다. 이 작전에서 주도권을 쥔 사람은 현장요원, 즉 튤립이었다. 내 임무는 그녀의 행동에 창의적으로 반응하는 것이고. 그녀가 길고 헐렁한 비치가운을 걸치고 어깨에 가방을 멘 채로 나를 향해 다가왔다. 그러면서 구스타프가 조개껍질이나 예쁜 돌멩이들을 양동이에 모을 수 있도록, 그런 것들을 가리켜 보여 줬다. 예전에 바르샤바 구시가지에서 내가 보고도 못 본 척했던, 엉덩이를 까불까불 흔드는 걸음걸이가 여전했다(나는 버니와 로라 앞에서 그 엉덩이 이야기를 하지 않으려고 주의한다. 내가 가벼운 마음으로 던진 말에 대해 두 사람이 언제나 노골적으로 회의적인 반응을 보이기 때문이다).

점점 가까워지면서 그녀가 가방 안을 뒤진다. 햇빛을 좋아하는 사람들과 아이들이 물장난을 하거나, 일광욕을 하거나, 소시지 샌드위치를 먹거나, 체스를 두고 있다. 튤립은 무대 위에 올라와 있다고 해서 이런저런 동무들에게 미소나 인사 한마디조차 건네지 않고 지나치는 사람이 아니다. 그녀가 도대체 어떤 방법으로 구스타프를 설득해서 내게 다가오게 했는지, 구스타프에게 무슨 말을 했기에 아이가 크게 웃으며 대담하게 쪼르르 달려와 내 손에 파랗고 하얗고 분홍색인 코코넛 퍼지 한 조각을 불쑥 쥐여 줬는지는 모른다.

하지만 내가 반드시 호감 가게 굴어야 한다는 것, 기쁨을 표현해야 한다는 것은 알고 있다. 반드시 퍼지를 조금 먹는 척해야 하며, 나머지를 내 주머니에 넣어야 하며, 쪼그리고 앉아서 바닷가에서 조개껍질을 찾는 시늉을 해야 한다. 그리고 처음부터 손에 숨기고 있던 조개껍질을 퍼지의 대가로 구스타프에게 내밀어야 한다.

이런 일들이 이루어지는 동안 내내 튤립은 즐겁게 웃는다(좀 지나치게 즐거워하는 것 같지만, 로라와 버니에게는 이 부분도 말하지 않는다). 튤립이 그 친절한 동무 아저씨를 그만 귀찮게 하고 돌아오라고 아이에게 손짓한다.

하지만 구스타프는 친절한 동무 아저씨 곁을 떠날 생

각이 없다. 이것이 바로 내가 버니와 로라에게 들려주는 재치 있는 이야기에서 가장 중요한 부분이다. 어느 모로 보나 활기가 넘치는 아이인 구스타프가 정해진 대본에서 한참 벗어나 버렸다. 그는 이 친절한 동무 아저씨에게 퍼지를 주고 조개껍질을 받은 것으로 거래가 성립했다고 생각하고, 이 새로운 거래 상대와 잘 사귀기로 한다.

「이름이 뭐예요?」 아이가 묻는다.

「장프랑수아. 넌 이름이 뭐니?」

「구스타프예요. 장프랑수아 다음은요?」

「가메.」

「몇 살이에요?」

「백스물여덟 살. 너는?」

「다섯 살이에요. 동무 아저씨는 어디서 왔어요?」

「프랑스 메츠에서. 너는?」

「베를린에서요. 독일 민주 공화국. 노래 하나 불러 드릴까요?」

「그래.」

구스타프는 바닷가에서 똑바로 일어서 가슴을 내밀고 학교에서 배운 노래를 내게 불러 준다. 우리의 사랑하는 소련 군인 아저씨들이 사회주의 독일을 위해 피를 흘려 줘서 감사하다는 내용이다. 그동안 아이 어머니는 뒤에서 냉정한 표정으로 비치가운의 허리끈을 푼다. 그리고 내게 시선을 고정한 채, 찬란한 아름다움을 지닌 알몸을 내보이고는 곧 나른하게 허리띠를 다시 묶고 나와 함께 아들의 노래에 아낌없이 박수를 보낸다. 그리고 나와 구스타프가 악수하는 모습을 자랑스럽게 지켜본다. 나는 악수를 마친 뒤 멋들어지게 한 걸음 뒤로 물러나, 오른손 주먹을 들고, 구스타프의 공산당식 인사에 화답한다.

튤립의 찬란한 알몸 또한 나만의 비밀로 간직해야 할 주제다. 나는 이 재미있는 이야기를 시작하기 전부터 내 머릿속에서 타오르던 의문을 계속 생각한다. 〈튤립이 내 이름을 안다는 사실을 당신들은 도대체 어떻게 알았지?〉

7

내가 그때 왜 그렇게 몽롱했는지 모르겠다. 일찌감치 노동에서 풀려난 나는 어둑한 스테이블스에서 오후의 분주한 블룸즈버리로 나왔다. 그리고 무슨 충동이 일었는지 남서쪽의 첼시로 향했다. 틀림없이 굴욕감 때문이었을 것이다. 좌절감, 황당함도 분명히 있었다. 저들이 내과거를 파헤쳐 내 면전에 내던진 것에 대한 분노. 죄책감, 수치심, 두려움도 있었다. 이 모든 감정이 한곳으로 집중되어, 누구도 찾을 수 없게 숨어 버린 조지 스마일리를 이해할 수 없는 심정과 고통스러운 마음이 단번에 터져 나왔다.

아니, 그가 정말로 숨어 버렸을까? 내가 거짓말을 했듯이, 버니도 내게 거짓말을 한 것이 아닐까? 그의 말처럼 조지가 정말로 숨어 버린 것은 아닐 수도 있지 않을까? 저들이 이미 그를 찾아내서 쥐어짤 대로 쥐어짰을까? 그게 가능한 일인지는 잘 모르겠지만. 만약 밀리 맥크레이그가 이런 의문의 답을 알고 있다 해도(내 생각에는 알고 있을 것 같았다), 그녀 역시 그녀만의 공무상 비밀 규약에 묶여 있는 처지였다. 그 규약에 따르면, 죽었든 살았든 조지 스마일리는 입에 올릴 수 없는 존재였다.

한때 그리 부유하지 않은 사람들이 살던 조용한 막다른 길이었지만 지금은 런던의 부자 게토인 바이워터 거리로 다가가면서 나는 파도처럼 밀어닥치는 향수를 인정하지 않는다. 주차된 차들을 의무적으로 기억해 두고, 안에 탄 사람을 훑어보거나 맞은편 집의 문과 창문을 아무렇지도 않게 쓱 살피는 짓도 하지 않는다. 내가 마지막으로 여기에 온 것이 언제였더라? 조지가 문에 괴어 놓은 나뭇조각을 피해서 들어간 뒤 기다리던 밤이 내 기억의 끝이었다. 그날 나는 조지를 애스콧에 있는 올리버 라콘의 널찍한 빨간 성으로 휙 데려갈 생각이었다. 그것은 그의 친애하는 옛 친구이자 최고의 반역자이며 그의 아내의 애인이었던 빌 헤이든을 만나기 위한 고통스러운 여행의 첫 여정이었다.

하지만 한가로운 늦가을 오후인 지금, 바이워터 거리 9번지는 그런 일과는 전혀 상관없는 곳이다. 창문에는 블라인드가 내려져 있고, 앞쪽 정원에는 잡초가 무성하고, 사람들은 다른 곳으로 가버렸거나 세상을 떠났다. 나는 현관문까지 계단 네 개를 올라가서 초인종을 누르지만, 친숙한 초인종 소리가 들리지 않는다. 가볍든 무겁든

발소리도 들리지 않는다. 넥타이 안감으로 안경알을 닦으며 반갑다는 듯 눈을 깜박이는 조지도 없고(〈피터, 술 한 잔이 꼭 필요한 것 같은 얼굴이군. 어서 들어오게〉), 화장을 하다 말고 총총히 움직이는 앤도 없다(〈막 나가려던 참이었어요, 피터 달링. 쪽쪽. 어쨌든 어서 들어와서 가엾은 조지와 함께 세상을 정리해 봐요〉).

나는 군인 같은 걸음으로 킹스 로드로 돌아가 택시를 잡아타고 메릴본 하이 거리로 가서 돈트 서점 맞은편에서 내린다. 스마일리가 있던 시절에는 1910년에 문을 연 프랜시스 에드워즈 서점이 있던 곳이다. 그는 점심시간에 이곳에 들러 행복한 한 시간을 보낼 때가 많았다. 나는 자갈로 포장된 골목과 옛 주택들로 이루어진 미로 속으로 뛰어든다. 한때 서커스의 비밀 작전을 위한 외부 기지 역할을 하던 곳인데, 사람들은 그냥 〈메릴본〉이라고 부른다.

단 하나의 작전만을 위한 안가였던 스테이블스와 달리, 현관문만 세 개나 되는 메릴본은 그 자체로서 정보부나 마찬가지였다. 내근 직원, 암호 해독 담당자, 암호 해독 서기, 연락책, 정체가 모호한 조력자 부대 등을 모두 갖추고 있었는데, 다양한 생업에 종사하는 조력자들은 서로 모르는 사이였으며 정보부의 부름이 있을 때만 하던 일을 그만두고 대의를 위해 달려왔다.

비밀 작전실이 아직도 이곳에 있을 가능성이 조금이

라도 있을까? 몽롱한 머리로 나는 그럴 것이라고 믿기로 했다. 그럼 덧창을 닫은 저 창문들 뒤에 조지 스마일리가 지금도 숨어 있을까? 몽롱한 머리로 나는 이것 역시 믿기로 했음이 분명하다. 아홉 개의 초인종 중 제대로 작동하는 것은 한 개뿐이었다. 성실하게 믿음을 지키는 사람만이 그 초인종을 가려낼 수 있었다. 나는 그 초인종을 누른다. 대답이 없다. 나는 같은 문에 달려 있는 다른 버튼 두 개를 누른다. 그리고 그 옆의 문으로 가서 벨 세 개를 전부 누른다. 어떤 여자가 새된 목소리로 내게 소리를 지른다.

「그 여자는 이제 **여기** 없어, 새미! 윌리랑 애를 데리고 떠나 버렸다고. 초인종을 한 번만 더 누르면 경찰에 신고할 거야. 어디 한번 해봐.」

그녀의 조언에 나는 정신이 든다. 어느새 나는 조용한 데번서 거리의 카페에 앉아서 엘더플라워 음료를 마시고 있다. 카페에는 정장 차림으로 마주 앉아 중얼중얼 이야기를 나누는 의사들이 가득하다. 나는 호흡이 차분해지기를 기다린다. 머릿속이 맑아지면서 나의 목적의식도 뚜렷해진다. 지난 이틀 동안 많은 일에 주의를 빼앗겼지만, 앨릭의 영리한 아들인 크리스토프가 범죄자가 되어 브르타뉴의 내 집 문간에서 나의 카트린에게 취조하듯 질문을 던지는 모습이 머리를 떠나지 않았다. 내가 카트린의 목소리에서 두려움을 느낀 것은 그날 아침이 처음

188

이었다. 그것은 그녀 자신을 걱정하는 두려움이 아니라 나를 걱정하는 두려움이었다. 〈인상이 별로였어요, 피에 르…… 무뚝뚝하고…… 권투 선수처럼 덩치가 크고…… 당신이 런던에서 호텔에 묵느냐고 물었어요…… 주소가 뭐냐고.〉

　내가 **나의** 카트린이라고 말한 것은, 그녀의 아버지가 세상을 떠난 뒤 내가 그녀를 피후견인으로 생각하고 있기 때문이다. 버니가 다른 식으로 생각하고 싶다면 하라지. 나는 카트린이 아기 때부터 자라는 모습을 지켜본 사람이다. 카트린도 내 여자들이 바뀌다가 마침내 내가 혼자 남게 되는 과정을 지켜보았다. 그녀가 아름다운 자매에게 반발하듯 마을의 못된 여자 역할을 자임하며 남자들과 닥치는 대로 자고 다닐 때, 나는 마을 신부의 과장된 호들갑에는 전혀 신경을 쓰지 않았다. 그는 십중팔구 자신이 직접 카트린과 모종의 행동을 하는 공상을 했던 것 같다. 나는 아이들을 불편하게 생각하는 사람이지만, 이자벨이 태어났을 때는 카트린 못지않게 기뻤다. 나의 직업에 대해 나는 그녀에게 말한 적이 없고, 그녀는 이자벨의 아버지가 누군지 내게 말한 적이 없다. 마을에서 그 아버지의 정체에 대해 모르거나 개의치 않는 사람은 내가 유일했다. 카트린이 원한다면 언젠가 내 집이 그녀의 것이 될 것이다. 그러면 이자벨은 카트린 옆에서 함께 종종거리며 뛰어다닐 것이고, 어쩌면 카트린 옆에 젊은 남자가 한 명쯤 등장할지도 모르겠다. 그러면 어린 이자벨은 아마 그 남자를 기꺼이 똑바로 봐줄 것이다.

오랜 세월을 함께 보낸 우리가 연인인가? 점차 그런 것처럼 보인다. 이런 관계의 중개인 역할을 한 것은 바로 이자벨이었다. 어느 여름날 저녁에 이자벨은 제 이불을 들고 타박타박 마당을 걸어와서 나를 거들떠보지도 않은 채 내 침실 밖 층계참 창문 아래 바닥에 자리를 잡았다. 내 침대는 크지만, 그 모녀가 쓰던 여분의 방은 어둡고 춥다. 모녀를 따로 떼어 놓을 수는 없는 노릇이었다. 내 기억에 카트린과 나는 몇 주 동안 나란히 누워서 순수하게 잠만 자다가 비로소 서로를 향해 돌아누웠다. 아니, 사실은 내 생각만큼 오래 시간을 끌지는 않았던 것 같기도 하다.

*

적어도 한 가지는 확실했다. 내 추적자를 문제없이 알아볼 수 있으리라는 것. 앨릭이 죽은 뒤 홀러웨이에 있던 그의 황량한 독신자 숙소를 정리하다가 포켓 사이즈의 사진 앨범을 우연히 발견했는데, 셀로판 커버 밑에 코팅한 에델바이스가 끼워져 있었다. 나는 그 앨범을 쓰레기통에 버리기 직전에, 이것이 요람에서부터 대학 입학까지 크리스토프의 성장을 사진으로 담은 기록임을 알아차렸다. 모든 사진 아래에 하얀 글씨로 적어 놓은 독일어 설명은 내 짐작에 아이 어머니의 솜씨 같았다. 내가 뒤셀도르프에서 축구를 보러 갔을 때 본 바로 그 표정이 아이를 줄곧 따라다니다가, 아이가 앨릭과 닮은 어른이 될 때까지 이어져 있다는 점이 인상적이었다. 땅딸막한 몸에 양복을 입고 인상을 구긴 청년은 금방이라도 상대의 얼굴에 밀어붙이기라도 할 것 같은 자세로 양피지 두루마리를 꽉 쥐고 있었다.

크리스토프는 지금 나에 대해 무엇을 알고 있을까? 내가 친구를 땅에 묻으려고 런던에 와 있다고? 착한 사마리아인 같은 행동을 하고 있다고? 나에게는 정해진 주소가 없고, 가입한 클럽도 없다. 조사 실력이 좋다고 스스로 자랑하는 크리스토프도 여행자 클럽이나 전국 자유주의 클럽에서 내 이름을 찾지 못할 것이다. 슈타지 기록이나 다른 어느 곳을 뒤진다 해도 마찬가지다. 영국에서 나의 마지막 거처로 알려진 곳은 액턴에 있는 방 두 개짜리 아파트인데, 그곳에 살 때 나는 피터슨이라는 이름을 썼다. 그리고 그곳에서 이사를 나올 때 집주인에게 우편물을 전달해 줄 주소를 알려 주지 않았다. 그렇다면 지독하고 고집스럽고 무례한 범죄자 크리스토프, 앨릭의 아들이며 권투 선수처럼 힘이 센 그는 브르타뉴에 다녀간 뒤 어디서 나를 찾고 있을까? 만약 그가 정말로 운이 좋다면, 일이 순조롭게 풀렸을 때 나를 찾아냈을 수 있는 장소, **유일**

한 장소가 어디일까?

답, 그러니까 내가 납득할 수 있는 유일한 답은 템스강 변에 있는 정보부 본부였다. 그의 아버지가 일하던, 찾기 힘든 옛 서커스 건물이 아니라, 그 건물의 섬뜩한 후계자이자 내가 이제부터 정찰에 나설, 정보부의 본거지.

*

복스홀 다리는 퇴근하는 사람들로 북적인다. 다리 밑을 빠르게 흐르는 강도 통행량이 많아 꽉 막혀 있다. 나는 지금 불가리아 여행단의 일원이 아니라, 오스트레일리아 관광객으로서 런던을 관광 중이다. 카우보이모자를 쓰고, 주머니가 잔뜩 달린 카키색 조끼를 입은 차림으로. 처음 이 다리를 지나갈 때는 납작모자를 쓰고 격자무늬 스카프를 두른 차림이었고, 두 번째로 지나갈 때는 아스널 팬들이 쓰는, 방울 달린 털모자를 썼다. 워털루역의 벼룩시장에서 이런 소품들을 모두 사는 데 든 돈은 14파운드였다. 사라트에서 우리는 이런 방식을 〈그림자 바꾸기〉라고 불렀다.

자기도 모르게 시선이 가는 부분을 주의해야 한다. 나는 젊은 훈련생들을 가르치며 이렇게 경고했다. 예를 들어, 용감하게 발코니에서 일광욕을 하는 예쁜 여자나 예수처럼 차려입고 거리로 나선 설교자 같은 사람들을 우리 눈은 놓치지 않는다. 오늘 저녁 내 눈은, 뾰족뾰족한 울타리로 완전히 둘러싸인, 직사각형 손수건만 한 크기의 푸른 잔디밭에서 떠날 줄 모른다. 이건 뭔가? 서커스의 이단자들을 몰아넣을 야외 처벌 방? 아니면 상급 직원들만을 위한 비밀 유흥 정원? 여기에 어떻게 들어가지? 아니 그보다 더 심각한 것. 어떻게 여기서 나오지?

이 본거지의 외벽 앞에 펼쳐진 자그마한 자갈밭에서, 색색의 비단 옷을 입은 아시아인 일가족이 캐나다 기러기들과 함께 소풍을 즐기고 있다. 노란색 수륙 양용 차량이 그들 옆의 연결 경사로를 무겁게 올라가다가 속도가 느려지더니 그냥 서버린다. 안에서 아무도 나오지 않는다. 5시 30분이 가까운 시각이다. 나는 서커스의 근무 시간을 떠올린다. 엄선된 사람들은 10시부터 일을 시작해서 언제 퇴근할지 모르고, 아무것도 모르는 직원들은 9시 30분부터 5시 30분까지 일한다. 하급 직원들의 신중한 대이동이 이제부터 시작될 참이다. 나는 출구가 될 만한 곳을 헤아려 본다. 눈에 띄지 않기 위해 출구가 흩어져 있을 것이다. 현재 이 본거지를 차지한 사람들이 처음 이곳에 입주했을 때, 강 아래에 화이트홀까지 통하는 비밀 터널이 있다는 이야기가 돌아다녔다. 뭐, 옛날에 서커스도 터널을 한두 개 파기는 했다. 대부분 다른 사람의 땅 밑을 지나가는 걸로. 그러니 자기 땅 밑에도 터널 한두 개쯤 팔 수 있지 않을까?

처음 버니를 만나러 왔을 때, 나는 아르 데코 무늬가 새겨진 충격 방지 철문 때문에 난쟁이처럼 보이는 일반 출입문을 통과했다. 그 문은 순전히 방문객용인 것 같았다. 내가 발견한 출구 세 곳 중 나의 직감에 가장 들어맞는 곳은 강변 쪽에 눈에 띄지 않게 나 있는 돌계단 꼭대기의 회색 문이다. 이 문으로 나오면 보행자들의 흐름에 끼어들 수 있다. 내가 모퉁이를 도는데, 그 회색 문이 열리더니 여섯 명쯤 되는 남녀가 나온다. 평균 연령은 스물다섯 살에서 서른 살이다. 반드시 눈에 띄지 않겠다는 단호한 표정이 그들의 얼굴에 나타난다. 문이 닫히는 것을 보니, 자동문인 것 같다. 곧 문이 다시 열리고, 또 사람들이 나와 계단을 내려간다.

나는 크리스토프의 사냥감이자 그를 쫓는 추격자다. 내가 지난 30분 동안 한 일을 크리스토프도 똑같이 하고 있을 것이다. 목표한 건물을 정찰해서 숙지하고, 출구가 될 만한 곳을 보아 두고, 때를 기다리는 것. 나는 크리스토프가 제 아버지와 똑같이 작전에 대한 탄탄한 본능으로 움직인다는 가정하에 행동하고 있다. 그가 사냥감의 행동을 미리 철저히 생각해 보고, 그 결과에 따라 계획을 짰을 것이라고. 카트린이 둘러댄 말처럼 내가 정말로 친구를 땅에 묻으러 런던에 왔다면(그가 이 말을 의심할 이유가 없다), 옛 상관들을 만나 크리스토프와 그의 새 친구 캐런 골드가 정보부와 그곳의 여러 직원들을 상대로 제기한 역사적인 소송에 대해 넌더리가 난다며 수다를 떨어 댈 가능성이 1백 퍼센트다. 나도 그 소송의 당사자 중 한 명이니까.

문에서 또 사람들이 나와 계단을 내려간다. 그들이 계단 아래 길에 다다랐을 때 나는 그들의 뒤를 따라간다. 머리가 희끗희끗한 여성이 내게 예의 바른 미소를 지어 준다. 내게 반드시 인사를 건네야 한다고 생각한 것 같다. 행인들이 우리와 뒤섞인다. 표지판에는 〈배터시 공원 방향〉이라고 적혀 있다. 아치형 통로가 가까워진다. 위쪽을 흘깃 보니, 종아리까지 내려오는 어두운색 외투를 걸치고 모자를 쓴 커다란 남자가 다리 위에 서서 아래를 지나가는 사람들을 살펴보고 있다. 그가 그 자리를 고른 것이 우연인지 의도적인지는 모르겠지만, 저 본거지 건물의 출구 중 세 곳을 정면에서 바라볼 수 있는 위치다. 나도 그 자리에서 똑같은 이점을 누린 적이 있는지라, 그 전술적 가치를 분명히 확인해 줄 수 있다. 그가 고개를 아래로 숙이고 있는 데다가, 정수리 부분이 높고 챙이 얇은 검은색 중절모를 쓰고 있기 때문에 얼굴이 그림자에 가려져 있다. 하지만 권투 선수처럼 덩치가 큰 것만은 분명하다. 어깨가 떡 벌어졌고, 등이 넓고, 내가 예상한 앨릭 아들의 키보다는 족히 8센티미터는 더 크다. 하지만 나는 그의 어머니를 만난 적이 없으니, 내 예상이 틀렸을 수도 있다.

우리는 아치형 통로를 다 지나왔다. 어두운색 외투와 검은 모자를 쓴 남자도 다리에서 내려와 행인들의 행렬에 합류했다. 덩치가 큰데도 동작이 빠르다. 앨릭도 그랬다. 그는 우리 뒤로 20야드 떨어진 곳에 있다. 중절모가 좌우로 까딱까딱 흔들린다. 앞에 있는 어떤 사람이나 사물을 시야에서 놓치지 않으려고 애쓰는 것 같다. 아무래도 그게 나인 듯하다. 내가 자기를 알아봐 주기를 **원하는** 건가? 아니면 내가 예전에 비난을 퍼붓곤 하던 또 다른 문제, 즉 지나치게 감시에 신경을 쓰는 버릇이 도진 건가?

조깅하는 사람, 자전거 타는 사람, 배 등이 휙휙 지나간다. 왼쪽에는 아파트 단지가 있고, 그 아래 길가에는 화려한 식당, 카페, 패스트푸드 노점 등이 있다. 나는 유리에 비친 상대의 모습을 보며 그의 속도를 늦추고 있다. 내가 신입들에게 거들먹거리며 말했던 게 생각난다. 속도를 조절하는 것은 내가 미행하는 상대가 아니라 나다. 시간을 끌고 빈둥거리면서 우유부단하게 굴어야 한다. 산책하듯 걸어도 되는 상황에서 뛰는 것은 금물이다. 강에는 유람선, 여객선, 모터보트, 노 젓는 배, 바지선 등이 북적거린다. 강변에는 거리 공연자들이 동상 흉내를 내며 서 있고, 아이들이 비누 거품을 흔들어 대고, 장난감 드론을 날린다. 저 남자가 크리스토프가 아니라면 서커스의 감시일 것이다. 하지만 서커스가 최악의 상황일 때도 감시인들의 실력이 저렇게 형편없지는 않았다.

세인트조지 부두에서 나는 오른쪽으로 떨어져 나와 배 시간표를 들여다보는 척한다. 추적자에게 선택권을 줘서 그의 정체를 파악하는 방법이다. 추적자가 나를 따라 배에 올라탈 것인가, 아니면 배 따위 거들떠보지도 않고 계속 걸어갈 것인가? 만약 그가 계속 걸어간다면, 그것은 다른 사람에게 나의 감시를 넘긴다는 뜻일 수 있다. 하지만 검은 외투의 중절모는 나를 다른 사람에게 맡기지 않는다. 그는 직접 나를 잡고 싶어 한다. 소시지 노점 앞에서 서성거리며 머스터드와 케첩 병 뒤의 화려한 거울로 나를 살펴본다.

동쪽으로 가는 여객선의 자동 매표기 앞에 사람들이 줄을 서 있다. 나는 그 줄에 합류해서 내 차례를 기다리다가 타워 브리지행 편도 표를 한 장 산다. 내 추적자는 소시지를 사지 않기로 한 것 같다. 여객선이 부두에 다가와 서자 부두가 흔들리고, 우리는 그 배의 승객들이 먼저 내리기를 기다린다. 추적자는 길을 건너와서 매표기를 향해 고개를 수그리고 있다. 몸짓에 짜증이 묻어난다. 누군가에게 도움을 청하는 것 같다. 헐렁한 모자를 쓴 흑인이 그에게 매표기 이용 방법을 가르쳐 준다. 신용카드는 안 되고 현금만 써야 한다고. 중절모 아래의 얼굴은 여전히 그림자에 가려져 있다. 사람들이 배에 오른다. 맨 꼭대기 갑판에 관광객들이 바글거린다. 군중은 나의 아군이니 잘 이용해야 한다. 나는 꼭대기 갑판 사람들을 이용해서 난간 옆에 자리를 차지하고, 내 추적자도 똑같이 자리 잡기를 기다린다. 내가 자신의 존재를 의식하고 있음을 그도 알아차렸을까? 우리가 서로를 인지하고 있는 건가? 사라트에서 내가 가르쳤던 제자들의 표현을 빌리자면, 그는 자신을 관찰하는 나를 관찰한 걸까? 만약 그랬다면 작전을 중지해야 한다.

하지만 나는 중지하지 않을 것이다. 배가 방향을 돌린다. 햇살이 그를 비추지만, 얼굴은 여전히 그림자에 가려져 있다. 그가 내 쪽을 은밀히 힐끔거리는 모습이 내 시야의 왼쪽 가장자리에 잡히는데도 그렇다. 그는 내가 무작정 달려들거나 물속으로 몸을 던질까 걱정하는 것 같다.

너는 정말로 앨릭의 아들 크리스토프인가? 아니면 영장으로 날 후려치러 온 집행관인가? 하지만 집행관이라면 왜 날 미행하는 거지? 지금 당장 내게 달려와서 하려던 조치를 취하면 될 텐데. 배가 다시 방향을 바꾸자 햇빛이 또 그를 찾아낸다. 그가 고개를 든 덕분에 나는 처음으로 그의 옆얼굴을 볼 수 있다. 경탄과 기쁨을 느껴야 마땅할 것 같은데, 전혀 그렇지가 않다. 친근한 느낌이 밀려오지 않는다. 그저 응보의 순간이 임박했음을 인식할 뿐이다. 앨릭의 아들 크리스토프가 옛날 뒤셀도르프의 경기장에서 보았을 때와 똑같이 눈 한 번 깜박이지 않고 똑바로 나를 바라본다. 살짝 튀어나온 아일랜드인의 턱도 옛날과 똑같다.

*

크리스토프가 내 의도를 읽고 있다면, 나 역시 그의 의도를 읽고 있었다. 그가 내게 정체를 밝히지 않은 것은, 감시인들의 표현을 빌리자면 **거처**를 파악하려고 기다리고 있기 때문이었다. 그는 내가 어디에 묵고 있는지 알아내서 자신에게 가장 좋은 때와 장소를 고르려 할 것이다. 나는 그가 좇는 그 작전상의 정보를 감추고 내가 원하는 방식으로 상황을 장악해야 한다. 즉, 아무 상관 없는 구경꾼들이 북적거리는 곳을 골라야 한다는 뜻이다. 하지만 나의 우려와 카트린의 주의 때문에 나는 크리스토프가 세상을 떠난 자기 아버지에게 내가 죄를 지었다고 생각하고 폭력적인 방식으로 그 죄를 물으려 할 가능성을 생각해 볼 수밖에 없다.

나는 이러한 가능성을 염두에 두고, 어렸을 때 내 프랑스인 어머니가 나를 데리고 런던탑을 구경하면서 계속 경악한 표정으로 소리를 질러 대서 창피했던 기억을 떠올렸다. 특히 타워 브리지의 웅장한 계단이 생각났다. 그 계단이 지금 내게 말을 걸고 있었다. 관광객들에게 인기 있는 런던의 상징으로서가 아니라, 나의 안전을 도모하는 데에 필요한 도구로서. 사라트는 훈련생들에게 자신을 방어하는 법을 가르치지 않았다. 다양한 살인 방법을 가르칠 뿐이었다. 개중에는 소리 없는 방법도 있고, 딱히 조용하지만은 않은 방법도 있었다. 어쨌든 자기방어는 그곳의 메뉴에서 그리 눈에 띄지 않았다. 내가 확실히 아는 것은, 만약 싸움이 벌어질 경우 상대의 체중이 나보다 무거워야 한다는 것과 중력을 최대한 이용해야 한다는 것이었다. 크리스토프는 뼈와 근육을 합쳐서 나보다 20킬로그램 가까이 더 나가고, 감옥에서 단련된 싸움꾼이었다. 그의 체중을 이용해야 하는 나로서는 가파른 계단보다 더 좋은 장소를 생각해 낼 수 없었다. 늙은 내가 몇 계단 낮은 곳에 서서 중력을 이용하는 것이다. 나는 이미 쓸모없는 예비 조치를 두어 개 취해 두었다. 갖고 있던 작은 동전들을 단거리 포도탄으로 사용하려고 모두 재킷 오른쪽 주머니로 옮겨 두었고, 왼손 중지에 열쇠고리를 끼워서 임시 너클 무기로 만들었다. 이런 준비가 싸움에 방해가 될 리는 없지 않은가. 정말이다.

우리는 배에서 내리려고 줄을 서 있었다. 크리스토프는 내 뒤로 3미터쯤 떨어진 곳에 있었다. 유리에 비친 그의 얼굴은 무표정했다. 카트린은 머리가 회색이었다고 말했다. 이제야 그 말이 무슨 뜻인지 알 것 같았다. 중절모 아래에서 사방으로 튀어나와 있는 머리카락은 앨릭의 머리카락처럼 회색이고, 뻣뻣하고, 제멋대로였다. 한가운데 머리카락은 하나로 땋아서 검은 외투 위로 늘어뜨렸다. 카트린은 왜 저렇게 머리를 땋았다는 말을 하지 않았을까? 그때는 그가 저 머리를 외투 안에 넣어 두었을 수 있었다. 아니면 저 머리 모양이 카트린에게는 그리 중요하지 않았을 수도 있었다. 우리는 2열 종대로 늘어섰다. 타워 브리지가 내려와 있었다. 신호등의 초록색 불이 행인들에게 건너도 된다고 손짓했다. 웅장한 계단 입구로 다가가면서 나는 고개를 돌려 그를 똑바로 바라보았다. 〈나랑 이야기하고 싶다면, 사람들이 지나다니는 여기서 하자〉라는 뜻이었다. 그도 걸음을 멈췄지만, 그의 얼굴에서 내게 보이는 것이라고는 옛날 축구 경기를 볼 때처럼 가차 없는 시선뿐이었다. 나는 재빨리 계단 10여 개를 내려갔다. 계단에는 부랑자 두어 명밖에 없었다. 나는 계단 중간까지 갈 필요가 있었다. 그가 나를 지나친 뒤 추락할 때 높이가 어느 정도는 되어야 하기 때문이었다. 그가 일어서서 내게 다시 올라온다면 큰일이었다.

계단에 사람들이 가득해졌다. 소녀 두 명이 키득거리며 손에 손을 잡고 빠른 걸음으로 지나갔다. 샛노란 옷을 걸친 승려 두 명은 어떤 거지와 열심히 철학적인 토론을 하고 있었다. 크리스토프는 계단 꼭대기에 서 있었다. 외투를 입고 모자를 쓴 실루엣만 보였다. 그가 한 계단, 한 계단, 신중하게 내려오기 시작했다. 양팔을 옆구리에서 반쯤 들어 올리고 두 발을 널찍하게 딛는 것이, 상대를 노리는 레슬링 선수 같았다. 너무 느리잖아. 나는 그를 재촉했다. 얼른 나한테 달려들어. 난 네가 내려오는 힘을 이용해야 한단 말이다. 하지만 그는 나보다 두 계단쯤 높은 곳에 멈춰 섰다. 그리고 나는 어른이 된 그의 목소리를 처음으로 들을 수 있었다. 높은 음조로 흘러나오는 독일식 영어가 왠지 충격적이었다.

「안녕하세요, 피터. 안녕하세요, 피에르. 나예요. 크리스토프, 앨릭의 어린 아들, 기억해요? 날 만나서 반갑지 않으신가요? 나랑 악수할 생각도 없어요?」

나는 주머니 속에서 쥐고 있던 동전을 놓고, 오른손을 그에게 뻗었다. 그는 내 손을 잡고 잠시 그대로 있었다. 손바닥이 축축하게 땀에 젖었는데도 내가 그의 힘을 느낄 수 있을 만큼.

「어쩐 일이냐, 크리스토프?」 내가 말했다. 대답 대신 날아온 것은 앨릭을 닮은 신랄한 웃음소리였다. 그가 일부러 과장된 행동을 할 때 조금 심하게 구사하던 아일랜드 말씨도 들려왔다.

「이런, 친구, 우선 나한테 술이나 한잔 사는 게 어때요!」

*

식당은 고풍스러운 분위기를 낸 올드 타운 하우스의

2층에 있었다. 벌레 먹은 것 같은 모습을 연출한 들보가 있고, 창문으로는 런던 타워가 비스듬하게 보였다. 여종업원들은 보닛과 앞치마 차림이었다. 식탁에는 식사를 할 손님들만 앉을 수 있었다. 크리스토프가 커다란 몸으로 늘어지듯 의자에 앉았다. 중절모를 눈 위까지 끌어 내린 모습이었다. 여종업원이 그가 주문한 맥주를 가져왔다. 그는 맥주를 한 모금 마신 뒤, 얼굴을 찡그리고는 잔을 옆으로 밀어 버렸다. 검게 때가 낀 손톱은 여기저기 쪼개져 있었다. 왼손에는 손가락마다 반지를 꼈고, 오른손에는 가운데의 중요한 손가락 두 개에만 반지가 있었다. 얼굴은 앨릭과 똑같았지만, 고통이 새겨 놓은 주름이 있던 앨릭의 얼굴과 달리 불만이 늘어진 얼굴이었다. 턱은 앨릭과 똑같이 호전적이었다. 갈색 눈이 상대를 바라볼 때 매력적인 해적의 눈처럼 반짝거리는 것도 앨릭과 똑같았다.

「그래, 요즘은 뭘 하며 지내니, 크리스토프?」 내 질문에 그는 한동안 생각에 잠겼다.

「요즘요?」

「그래.」

「간단하게 대답하자면, **이 일**을 한다고 해야겠네요.」 그가 환히 웃으며 대답했다.

「**이 일**이라는 게 정확히 뭔데? 난 자초지종을 모르는 얘기구나.」

하지만 그는 그런 건 별로 중요하지 않다는 듯이 고개를 가로젓더니, 여종업원이 스테이크를 가져오자 허리를 똑바로 세웠다.

「브르타뉴의 집이 좋던데요.」그가 음식을 먹으며 말했다. 「몇 헥타르나 돼요?」

「50 얼마쯤 될걸. 왜?」

「아저씨 소유예요?」

「그런 건 왜, 크리스토프? 왜 날 찾아온 거냐?」

그는 음식을 다시 한 입 먹고 고개를 한쪽으로 살짝 기울이며 빙긋 웃었다. 좋은 지적이라고 말하는 것 같았다.

「왜 아저씨를 찾아왔냐고요? 30년 동안 나는 대박을 찾아다녔어요. 온 세계를 돌아다녔죠. 다이아몬드도 파보고, 금도 파보고, 마약에도 손대 보고, 총에도 조금 손을 대고, 감옥에도 갔어요. 너무 나간 거죠. 그래서 대박을 터뜨렸느냐고요? 대박은 무슨. 그러고 나서 이 좁디좁은 유럽으로 돌아왔는데, 아저씨가 있었어요. 내 금광. 아빠의 가장 친한 친구. 최고의 동료. 그런데 아저씨는 최고의 동료에게 무슨 짓을 했나요? 죽음으로 몰아넣었죠. 이게 돈이 되겠구나, 했어요. **진짜** 돈이 되겠구나.」

「난 네 아버지를 죽음으로 몰아넣지 않았어.」

「자료들을 읽었어요. 슈타지 파일을 읽었다고요. 다이너마이트던데요. 당신과 조지 스마일리가 아버지를 죽였어요. 주모자는 스마일리. 당신은 그의 수석 심부름꾼 같은 존재였고요. 당신이 함정을 파서 아빠를 죽였어요. 직접적으로든 간접적으로든, 당신이 죽인 게 맞아요. 미스 엘리자베스 골드도 당신이 그 일에 끌어들였죠. 그게 그 망할 파일에 다 있어요, 젠장! 당신이 생각해 낸 그 못된 음모가 거꾸로 당신을 덮치고, 모두를 죽여 버렸다는 사실이. 당신은 아빠한테 거짓말을 했어요! 당신과 당신의 보스 조지가. 거짓말로 우리 아빠를 죽음에 몰아넣었어요. **고의로.** 변호사들한테 한번 물어봐요. 그런데 그거 알아요? 애국심은 **죽었어요. 갓난아기들**이나 애국심을 말하죠. 만약 이 사건이 국제적으로 알려진다면, 애국심을 구실로 내세워 봤자 통하지 **않을** 거예요. 정상 참작 요소로서 애국심은 공식적으로 **좆 됐으니까.** 엘리트도 마찬가지, 당신들도 마찬가지예요.」크리스토프는 이 말을 마친 뒤, 상쾌하게 맥주를 쭉 마시려다가 마음을 바꿔 검은 외투의 주머니를 뒤적거렸다. 날이 더운데도 그는 여전히 외투를 입고 있었다. 그는 낡은 양철 상자에서 손목 위로 하얀 가루를 쏟더니, 한 손으로 한쪽 콧구멍을 막고, 누구든 훤히 볼 수 있는 곳에서 가루를 코로 빨아들였다. 실제로 식당 안의 여러 손님들이 그 모습을 지켜보았다.

「그럼 여기에는 왜 온 거야?」내가 말했다.

「당신의 망할 목숨을 구하러 온 거죠.」그는 이렇게 대답하고 나서, 양손을 뻗어 신의를 맹세하듯이 내 손목을 꽉 붙잡았다.

「자, 내가 제안하려는 건 이거예요. 당신한테는 꿈의 티켓이죠. 알겠어요? 내가 개인적으로 제안하는 건데, 당신 평생 이보다 좋은 제안은 받을 수 없을 거예요. 당신은 내 편이죠?」

「네가 그렇다면 그런 거겠지.」

나는 그에게서 억지로 손을 빼냈지만, 그는 여전히 애정이 듬뿍 담긴 눈으로 나를 응시하고 있었다.

「당신한테 다른 아군은 없어요. 누가 당신한테 거래를 제안한 것도 없고요. 내가 이런 제안을 하는 것도 딱 한 번뿐이에요. 다른 뜻은 없어요. 협상도 안 돼요.」그는 잔을 들어 맥주를 쭉 마시고는 여종업원에게 한 잔 더 달라는 신호를 보낸다. 「1백만 유로. 나한테 직접. 제삼자는 끌어들이지 말 것. 변호사들이 소송을 취하하는 날 바로 1백만 유로를 보내면, 다시는 당신 앞에 나타나지 않을 거예요. 변호사도, 인권 단체도, 그 무엇도. 그냥 이 제안을 통째로 받아들이면 돼요. 왜 날 그렇게 봐요? 무슨 문제라도 있어요?」

「아니. 값이 싼 것 같아서. 네 변호사들이 그보다 높은 조건을 이미 거절했다고 알고 있는데.」

「내 말을 제대로 들은 거예요? 내가 직접 할인 가격을 제시하는 거라니까요. 지금 그 얘기를 하고 있잖아요. 일시불로 할인 가격을 제시하는 거라고요. 나한테 직접, 1백만 유로.」

「그럼 리즈 골드의 딸 캐런은…… 그 애도 만족하는 거냐?」

「캐런? 이봐요, 난 그 애를 잘 알아요. 내가 그 애한테 가서 항상 하듯이 노래를 불러 주고, 내 영혼이 어쩌고 하면 돼요. 뭐, 조금 울어 줄 수도 있겠죠. 그러면서 이 일을 끝까지 끌고 갈 수 없을 것 같다, 너무 고통스럽다, 아빠에 대한 추억인데, 돌아가신 분은 건드리지 말자, 이렇게 말하는 거죠. 무슨 말을 하면 되는지 내가 다 알아요. 캐런은 감수성이 예민한 애예요. 내가 잘 알아요.」

내가 그 말을 믿는다는 신호를 보내지 않자 그가 말을 잇는다.

「들어 봐요. 그 망할 계집애를 그렇게 변신시킨 사람이 나예요. 그 애는 나한테 은혜를 입은 거라고요. 일도 내가 하고, 사람들한테 돈을 지불한 것도 나고, 파일을 손에 넣은 사람도 나예요. 내가 그 애를 찾아가서 반가운 소식을 전하면서, 걔 어머니 무덤이 어디 있는지 말해 줬어요. 그리고 우리가 함께 변호사를 찾아갔죠. 걔 변호사들. 무료로 봉사하는 사람들이니 최악이에요. 그런 사람들을 어디서 구한 줄 아세요? 사면 위원회 같은 데예요. 무슨 시민권 단체더라고요. 무료 봉사 변호사들은 정부를 찾아가서 한바탕 설교를 늘어놔요. 그러면 정부는 모든 책임을 부인하면서 뒷수작을 부리죠. 당신한테만 얘기하는 거다, 우리는 이런 말을 한 적이 없다, 다른 뜻은

207

없고 1백만 파운드를 주겠다. **1백만!** 게다가 이건 기본 가격이에요. 협상의 여지가 있다고요. 나는 개인적으로 요즘 파운드화에 손을 대고 싶지 않지만, 그건 다른 문제니까. 그런데 캐런의 변호사들이 어떻게 했는지 아세요? 또 설교를 늘어놨어요. 우리가 **원하는** 건 1백만 파운드가 아니다, 우리는 고결한 사람이기 때문에 당신들에게 창피를 주고 싶다, 당신들이 굴욕을 감수하지 않으면 우린 이 일을 법정으로 가져갈 거고, 필요하다면 스트라스부르의 유럽 인권 재판소에도 제소할 거다. 그래서 정부가 알았다, 그럼 2백만이라고 말했는데도, 그 무료 봉사 변호사들은 받아들이질 않았어요. 캐런이랑 똑같아요. 거룩하시죠. 순수하시고.」

금속이 충돌하는 소리에 식당 안의 모든 사람이 고개를 돌려 바라본다. 반지를 잔뜩 낀 크리스토프의 더러운 왼쪽 손바닥이 내 앞의 식탁을 내리친 소리다. 그는 목을 앞으로 쭉 빼고 있다. 얼굴에서 땀이 비 오듯 흐른다. 〈직원 전용〉이라고 적혀 있는 문이 열리더니, 어떤 사람이 깜짝 놀란 표정으로 고개만 내밀었다가 크리스토프를 보고는 쏙 들어간다.

「내 은행 계좌 정보를 알고 싶죠, 그렇죠? 그럼 가르쳐 줄게요. 당신은 가서 당신 정부에 알려요. 우리가 물러나는 날, 1백만 유로라고. 안 그러면 우리가 가만 있지 않을 거라고.」

그가 손을 들자 줄이 그어진 종이를 접어서 잡고 있는 것이 드러났다. 그는 그것을 지갑에 넣는 나를 지켜보았다.

「튤립이 누구예요?」 그가 계속 위협적인 목소리로 묻는다.

「뭐라고?」

「도리스 감프의 암호명이죠. 슈타지 여자, 아이가 하나 있었고.」

그는 그만 가보겠다고 미리 말하지 않았다. 나는 감프든 튤립이든 모르는 이름이라고 계속 우기고 있었다. 용감한 여종업원이 계산서를 들고 바삐 달려왔지만, 그는 벌써 계단을 반쯤 내려간 뒤였다. 내가 거리로 나왔을 때 본 것은 출발하는 택시 뒷좌석에 타고 있는 그의 커다란 덩치뿐이었다. 그의 하얀 손이 창밖으로 나와 나른하게 흔들리며 작별 인사를 했다.

내가 돌핀 스퀘어까지 걸어서 돌아간 것은 알고 있다. 도중에 그의 계좌 번호가 적혀 있던 그 쪽지가 생각나서 어딘가의 쓰레기통에 버린 것은 확실하다. 하지만 어디 쓰레기통이냐고 묻는다면 대답하기 힘들 것 같다.

8

어제의 온화한 날씨를 몰아낸 빗줄기가 거의 수평으로 쏟아지면서 핌리코의 거리들을 포탄처럼 할퀴어 댔다. 약속 시간보다 늦게 스테이블스에 도착해 보니, 버니가 문간에서 혼자 우산을 쓰고 서 있었다.

「당신이 줄행랑을 친 건가 했습니다.」 그가 수줍은 소년 같은 미소를 지으며 말했다.

「그랬다면 어쩌려고요?」

「당신이 그리 멀리 가지는 못했을 거라고 해두죠.」 계속 미소를 띤 채로 그는 〈여왕 폐하를 위해〉라는 말이 빨간 글씨로 찍혀 있는 갈색 봉투를 내게 내밀었다. 「축하합니다. 윗분들 앞에 출두하라는 정중한 요청이 왔네요. 의회의 초당적인 조사 위원회가 당신을 만나고 싶어 합니다. 날짜는 나중에 통보될 거예요.」

「당신도 출두 통보를 받았겠군요.」

「난 그냥 참고인일 뿐입니다. 당신도 나도 유명인은

아니잖아요?」

검은 푸조가 다가와 선다. 버니가 뒷좌석에 올라타자 차가 출발한다.

「이제 또 읽어 볼까요, 피트?」 펩시가 묻는다. 벌써 서재에 있는 자신의 옥좌에 앉아 있다. 「오늘은 일이 상당히 많을 것 같네요.」

탁자 위에서 나를 기다리고 있는 두툼한 담황색 서류철을 보고 하는 말이다. 발표되지 않은 나의 걸작인 그 서류철은 40쪽 분량이다.

*

「그 일에 대한 공식 보고서 초안을 자네가 작성하면 좋겠군, 피터.」 스마일리가 내게 말하고 있다.

새벽 3시, 우리는 뉴포리스트의 어느 공영 주택 거실에 마주 보고 앉아 있다.

「자네가 그 일에 가장 잘 맞을 것 같아.」 스마일리가 신중하고 무심한 어투를 유지하면서 말을 잇는다. 「결정적인 보고서를 써주게. 지나치게 길고, 별로 상관없는 시시콜콜한 이야기가 아주 많아서, 별일이 없다면 자네와 나를 포함해 세상에서 딱 여섯 명만이 알게 될 단 하나의 정보를 빼놓아도 되는 보고서. 합동위의 관음증 환자들을 만족시키면서, 본부의 사후 검사를 교란할 보고서 말일세. 틀림없이 사후 검사를 요구하는 목소리가 나올 테니까 말이야. 초안을 작성해서 우선 나한테 제출해 승인을 받게. 내게만 보여 주는 거야. 그렇게 해주겠나? 작성할 수 있겠어? 일제가 당연한 듯 자네 옆에 앉아 있을 텐데.」

일제는 비밀 작전실 최고의 언어 전문가다. 꼼꼼하고 딱딱한 일제는 독일어, 체코어, 세르보크로아트어, 폴란드어를 자유자재로 구사할 수 있다. 햄스테드에서 어머니와 함께 살고 있고, 토요일 저녁에는 플루트를 연주하는 그녀가 내 옆에 앉아 내가 작성한 독일어 녹취록을 수정해 줄 것이다. 내 사소한 실수에 우리는 함께 빙긋 웃고, 단어나 표현을 놓고 토론하고, 먹을 것을 사러 나가는 사람에게 샌드위치를 사다 달라고 함께 요청할 것이다. 우리는 녹음기를 향해 함께 몸을 기울이다가 실수로 머리를 부딪치고 동시에 사과할 것이다. 그리고 정확히 5시 30분에 일제는 어머니와 플루트가 있는 햄스테드의 집으로 돌아갈 것이다.

*

하위 정보원 튤립의 탈출

H/메릴본 비밀 작전실의 비서 P. 길럼이 H/합동위 빌 헤이든과 재무부의 올리버 라콘에게 보내는 보고서 초안. H/

비밀 작전실의 승인을 요함.

하위 정보원 튤립의 정체가 발각될 위험이 있다는 조짐이 처음 나타난 것은 1월 16일 07시 30분경 서베를린의 안가 K2(파자넨 거리)에서 메이플라워와 그의 담당관 리머스(파울)가 일상적인 트레프를 갖던 중이었다.

메이플라워는 프리드리히 라이바흐라는 이름의 신분증을 이용해 자전거를 타고 아침에 일을 나선 동베를린의 노동자 무리에 섞여 서베를린으로 넘어왔다.* 리머스가 달걀 프라이, 베이컨, 콩이 포함된 푸짐한 〈영국식 아침 식사〉를 요리해 주는 것이 이런 트레프의 일상으로 굳어져 있었다. 트레프는 작전상의 필요와 메이플라워의 직업적인 사정에 따라 비정기적으로 이루어졌다. 여느 때와 마찬가지로, 트레프는 일상적인 브리핑과 임의로 선택한 뉴스들로 시작되었다.

* 정보부가 메이플라워를 포섭한 뒤, 그가 서베를린으로 넘어오는 모습이 남의 눈에 띄는 것을 최소화하자는 결정이 내려졌다. 이에 따라 베를린 지부는 그에게 동베를린 리히텐베르크에 거주하는 건설 노동자 프리드리히 라이바흐의 신분증을 만들어 주었다. 메이플라워는 동베를린에서 자전거를 넣어 둘 창고와 노동자 복장을 자력으로 마련했다.

하위 정보원 수선화가 계속 앓아누우면서도 〈희귀 서적, 팸플릿, 개인 우편물〉을 보내고 받는 자기 역할을 다하겠다고 고집을 피우고 있다.

　　하위 정보원 제비꽃이 소련이 체코 국경에 군사력을 증강하고 있다고 쓴 보고서가 화이트홀의 고객들에게서 좋은 반응을 얻었다. 제비꽃은 요구하던 보너스를 얻게 될 것이다.

　　하위 정보원 꽃잎에게 새 남자 친구가 생겼다. 스물두 살의 붉은 군대 상등병으로, 민스크 출신의 신호 및 암호 전문가이며 최근 꽃잎의 부대에 배속되었다. 꽃잎은 강박적으로 우표를 수집하는 그에게, 자신의 늙은 숙모(가상의 인물)가 혁명 이전 러시아의 우표를 수집해서 갖고 있는데 이제 싫증이 나서 적당한 가격을 주면 기꺼이 팔지도 모른다고 말해 두었다. 그녀는 베갯머리송사를 통해 암호 책을 우표 가격으로 요구할 생각이다. 리머스의 조언으로 메이플라워는 그녀에게 런던 본부가 적절한 우표들을 제공해 줄 것이라고 확언했다.

　　이런 얘기가 오간 다음에야 비로소 하위 정보원 튤립의 이야기가 나온다.

　　녹취록:

리머스: 도리스 쪽은 어때요? 상황이 좋아요, 나빠요?

메이플라워: 파울, 모르겠습니다. 진단을 내릴 수도 없고요. 도리스의 경우에는 하루하루가 다를 테니

까요.

리머스: 당신이 그녀의 생명 줄이에요, 카를.

메이플라워: 그녀는 남편인 퀸츠 씨가 자신에게 지나친 관심을 보이고 있다는 결론을 내렸습니다.

리머스: 그럴 때도 됐죠. 어떤 식으로요?

메이플라워: 그녀를 의심하고 있습니다. 무엇을 의심하는지는 알 수 없지만 어디에 가는지, 누굴 만나는지, 어디에 다녀왔는지 항상 묻는답니다. 그녀가 요리할 때, 옷을 입을 때, 기타 일상생활을 할 때도 계속 지켜보고요.

리머스: 혹시 도리스의 남편이 이제야 질투심을 느낀 건지도 모르죠.

메이플라워: 그녀는 아니라고 합니다. 퀸츠한테 중요한 건 그 자신과 빛나는 경력, 자존심뿐이래요. 하지만 도리스의 일이다 보니, 누가 알겠습니까?

리머스: 그쪽 사무실은 어때요?

메이플라워: 라프는 감히 그녀를 의심하지 못한답니다. 규율 위반 경력 때문에 그럴 수가 없거든요. 그녀 말로는, 만약 I.S.가 자신을 의심했다면 벌써 구금 시설에 갇혀 있을 거랍니다.

리머스: I.S.?

메이플라워: 슈타지의 내부 보안 부서입니다. 도리스가 아침마다 라프의 사무실로 가는 길에 그 부서 앞을

지나갑니다.

같은 날 한낮에 리머스는 정해진 일과 중 하나로 드 종에게 하위 정보원 튤립의 탈출을 대비한 기존의 응급 대책을 재검토해 보라고 지시했다. 드 종은 프라하를 경유해서 동쪽으로 탈출하는 데 필요한 서류와 자원이 준비되어 있음을 확인했다. 메이플라워는 노동자들의 저녁 교대 시간을 기다렸다가 자전거를 타고다시 동베를린으로 넘어갔다.

펩시는 안절부절못하는 성격이라 계속 옥좌에서 내려와 공연히 방 안을 서성거리거나, 내 뒤에 서서 어깨 너머로 서류를 내려다본다. 나는 호엔쇤하우젠에 있는 집에서, 마크달레넨 거리 3번지에 있는 슈타지 건물 안에마누엘 라프의 방 바로 옆 사무실에서 지금의 펩시처럼안절부절못하는 튤립의 모습을 상상해 본다.

두 번째 조짐은 의사 대 의사의 전화 통화라는 형태로 나타났다. 서베를린 경찰의 도움으로 비상 연락 체계가 발동되어 있었다. 만약 메이플라워가 샤리테(동베를린)에서 클리니쿰(서베를린)으로 전화를 걸어 가상의 동료인 플라이슈만 박사를 바꿔 달라고 요구하면, 그 통화를 즉시 베를린 지부로 연결해 주는 방식이었다. 1월 21일 09시 20분, 메이플라워와 리머스는 그 체계를 통해 의학적인 통화인 척 가장하고 다음과 같은 대화를 나눴다.

녹취록:

메이플라워(동베를린 샤리테): 플라이슈만 박사님?

리머스: 네, 맞습니다.

메이플라워: 리메크 박사입니다. 환자가 있어요. 리자 조머**라는 분입니다.

리머스: 증상은요?

메이플라워: 어젯밤 조머 씨가 망상 증세로 저의 상해 센터에 내원하셨습니다. 저희가 진정제를 투여했으나, 환자가 밤사이 스스로 퇴원했습니다.

리머스: 어떤 망상입니까?

메이플라워: 자신이 나라의 기밀을 파시스트 반당 분자에게 넘겼다고 남편이 의심한다는 내용입니다.

리머스: 감사합니다. 안타깝지만, 저는 지금 극장에 가봐야 합니다.

메이플라워: 알겠습니다.

** 튤립의 위장용 가명.

메이플라워가 숨겨 두었던 그의 **극장***** 장비를 꺼내서 설명서에 명시된 대로 주파수를 맞추고 마침내

미약한 신호를 잡아내는 데 두 시간이 걸린다. 다음의 대화가 오가는 동안 내내 소리가 자주 끊긴다. 대화를 요약하면 다음과 같다.

*** 〈극장〉은 미국의 단거리 고주파 통신 장비 초기 모델로, 베를린 내에서 동서 간의 비밀 통신을 위해 제작되었다. 리머스는 기술부장에게 보낸 DO 서한에서 〈다루기 힘들고, 짜증 나게 성가시고, 과잉 생산된 전형적인 양키 물건〉이라고 묘사했다. 이 장비는 그 뒤로 폐기되었다.

그날 아침 일찍 튤립이 수술 중이던 메이플라워에게 전례 없는 긴급 전화를 걸었다. 제삼자의 전화기(이 경우에는 공중전화) 송화구를 정해진 방식으로 두드려 위기를 알린 것이다. 메이플라워는 송화구를 두 번 두드리고 쉬었다가 다시 세 번 두드려서 알아들었다는 신호를 보냈다.

긴급 접선[rv]은 쾨페니크 외곽의 잡목 숲에서 이루어졌다. 공교롭게도 그가 **극장** 장비를 숨겨 두었던 바로 그 잡목숲이었다. 두 사람은 자전거를 이용해서 서로 몇 분 간격으로 약속 장소에 도착했다. 메이플라워에 따르면, 처음에 튤립은 〈의기양양한〉 태도였다고 한다. 퀸츠가 〈무력화〉되었으며, 〈죽은 거나 마찬가지〉라고 튤립은 말했다. 메이플라워도 하느님이 그녀의 편이었다면서 함께 기뻐했다. 그리고 다음의 이야기가 이어졌다.

전날 밤 늦게 퇴근해서 집에 돌아온 퀸츠가 현관문

에 걸려 있던 제니트 카메라를 들어서 뒤쪽 덮개를 열고 뭐라고 중얼거리더니 다시 덮개를 닫고 카메라를 고리에 걸었다. 그러고는 튤립의 핸드백을 조사해야겠다고 말했다. 그녀가 거부하자 그는 그녀를 저편으로 내던져 버리고 멋대로 가방을 수색했다. 구스타프는 어머니를 도우려고 달려왔다가 퀸츠에게 얼굴을 맞아 입과 코에서 피를 흘렸다. 가방 안에서 원하는 것을 찾지 못했는지 퀸츠는 부엌의 수납장과 서랍을 마구 뒤지고, 속이 부드러운 것으로 채워진 가구들을 미친 듯이 두드려 보고, 튤립의 옷가지를 헤집고, 나중에는 구스타프의 장난감 선반까지 뒤졌지만 아무런 소득도 얻지 못했다.

그러자 퀸츠는 구스타프도 있는 자리에서 튤립에게 커다란 목소리로 설명을 요구했다. 그가 손가락을 펴고 하나씩 짚어 가며 던진 질문들은 다음과 같다. 첫째, 집에서 쓰는 제니트 카메라 안에 왜 필름이 없는가? 둘째, 일주일 전에는 카메라 가방 주머니에 새 필름이 두 통 있었는데, 왜 지금은 한 통밖에 없는가? 셋째, 지난 토요일만 해도 제니트 카메라 안에 사진을 두 장밖에 찍지 않은 필름이 들어 있었는데 지금은 왜 없는가?

부수적인 질문도 이어졌다. 아직 여덟 장이 남아 있던 그 필름으로 **무슨** 사진을 찍었는가? 그 필름의 현상을 **어디에** 맡겼는가? 현상한 사진은 **어디** 있는가? 사라진 새 필름 한 통은 **어디에** 있나? 혹시 자신이 집으로 가져온 기밀 서류를 그녀가 사진으로 찍어 서방 스파이에게 판 것이 아닌가(그가 개인적으로 확신하는 가정)?

그의 질문에 대한 답은 다음과 같았다. 하우스 3에서 여자 화장실 샤워기 아래에 미녹스 카메라를 숨긴 뒤 튤립은 자신의 숄더백 쩜쇠에도 집에도 미녹스 카메라를 두지 않는 것을 원칙으로 삼았다. 만약 퀸츠가 GDR 외무부에서 중요한 서류를 가져오면, 튤립은 그가 잠들거나 남성 친구들과의 대화에 푹 빠질 때까지 기다렸다가 집에 있던 제니트 카메라로 서류의 사진을 찍었다. 지난 일요일에 그녀는 운동장에서 그네를 타는 구스타프의 모습을 스냅 사진으로 두 장 찍었다. 그리고 그날 저녁, 퀸츠가 친구들과 술을 마시는 동안 남은 필름으로 그의 서류 가방에 있던 서류들을 찍었다. 그러고는 카메라에서 필름을 꺼내 화분 속에 파묻었다. 메이플라워와 다음에 만날 때를 위해서였다. 그러나 구스타프를 찍은 사진이 잘못 찍혔음을 보여 주기 위해 손가락을 렌즈에 대고 사진을 두 장 찍어두는 것은 고사하고, 카메라에 새 필름을 넣어두는 일조차 하지 않았다. 이런 상황에서도 튤립은 남편에게 치명적인 역공이라고 할 만한 것을 가하는 데 성공했다. 퀸츠에게 당신이 혹시 모르고 있을까 봐 말해 주는 것이라면서, 그의 가증스러운 아버지와 동성애자라는 소문 때문에 그를 의심하는 사람이 슈타지에 아직 많이 있다고 말한 것이다. 그녀는 또한 그가 당에 대한 충성심을 과장되게 떠들어 대지만 슈타지의 누구도 그 말을 믿지 않는다고 말했다. 그리고 자신이 그의 서류 가방에 든 서류들을 닥치는 대로 사진으로 찍었음을 인정했다. 그러나 그것은 서방에 자료를 팔아넘기기 위해서가 아니라, 구스타프의 양육권을 두고 곧 그와 싸우게 될 것 같은데 그때 그 사진으로 그를 협박하기 위해서였다. 그녀는 이렇게 말했다. 만약 로타어 퀸츠가 근무 시간이 끝난 뒤에도 기밀 서류를 집에 가져와서 붙들고 있었다고 내가 폭로한다면, GDR의 해외 주재 대사가 되겠다는 당신의 꿈은 끝이야.

다시 녹취록:

리머스가 메이플라워에게: 지금 상황이 어떻습니까?

메이플라워가 리머스에게: 그녀는 자신이 그의 입을 막는 데 성공했다고 확신합니다. 그는 오늘 아침에 평소처럼 출근했는데, 차분하다 못해 다정하기까지 했습니다.

리머스: 그녀는 지금 어디 있습니까?

메이플라워: 집에서 에마누엘 라프를 기다리는 중입니

다. 정오 정각에 그가 와서 그녀를 차에 태우고 드레스덴으로 가 국내 보안 회의에 참석할 예정입니다. 그는 이번에 그녀가 자신의 조수 자격으로 회의에 참석하게 될 것이라고 약속했습니다. 그녀에게는 영광스러운 일이 될 겁니다.

[15초 동안 침묵.]

리머스: 알겠습니다. 그녀에게 이렇게 지시하세요. 지금 라프의 사무실로 전화해서 밤새 끙끙 앓았다고 말하는 겁니다. 열이 심하고 몸이 너무 아파서 드레스덴에 갈 수 없을 것 같아 가슴이 아프다고요. 그 뒤에 작전을 중지합니다. 그녀도 알고 있는 절차대로 행동하면 됩니다. 접선 장소로 가서 기다리는 겁니다.

리머스는 곧 긴급 전신을 통해 본부에 연락을 취해, 하위 정보원 튤립의 응급 탈출 요건이 황색에서 적색으로 상향되었으며 그녀가 정보원 메이플라워의 존재를 잘 알고 있으므로 메이플라워 네트워크 전체가 위험에 처한 것으로 간주해야 한다고 알렸다. 탈출 계획에는 프라하와 파리 지부의 협조가 모두 필요하기 때문에 합동위의 자원이 필수적이었다. 그는 또한 〈직접〉 탈출 작전에 참가하는 것을 즉시 허락해 달라고 요구했다. 서커스의 지시에 따라, 대단히 민감한 정보를 갖고 있는 직원이 외교적인 보호 조치 없이 금지된 영토에 들어가려 할 경우 반드시 본부의 서면 동의서를 미리 받아야 한다는 규정을 잘 알기 때문이었다. 이 경우 본부에 해당하는 곳은 바로 합동위(JS)였다. 10분 뒤 답변이 왔다. 〈당신의 요구를 거부한다. 확인 요망. J.S.〉 이 전신에는 H/JS[헤이든]의 집단 의사 결정 방침에 따라 개인의 이름이 명시되어 있지 않았다. 이와 동시에 슈타지의 모든 주파수에서 신호량이 갑자기 늘어났다는 보고가 들어왔다. 포츠담의 영국 파견군은 GDR과 서독 사이의 국경 전체에서 서베를린으로 넘어갈 수 있는 모든 지점에 대한 보안이 강화되었다고 지적했다. 그리니치 표준시로 15시 05분에 **GDR은 파시스트 제국주의자들에게 빌붙은** 여성에 대한 전국적인 수배령을 라디오로 발령했다. 이름을 밝히지 않은 이 여성의 인상착의는 튤립과 일치했다.

리머스는 그동안 합동위의 지시에 맞서서 자기 나름의 조치를 취했다. 그는 〈튤립과 메이플라워 네트워크 전체가 연기처럼 사라지는 꼴을 가만히 앉아서 보기만〉 할 생각은 없었을 뿐이라면서 자신의 행동은 잘못이 아니라고 주장한다. 합동위가 적어도 메이플라워만이라도 당장 탈출시키라고 촉구했을 때, 리머스의 반박은 확고했다. 〈그는 언제든 마음만 먹으면 나올 수 있지만, 나오지 않을 겁니다. 차라리 자기 아버지처럼 재판정에 서는 편을 택할 겁니다.〉 얼마 전 베를린 지부의 부관으로 승진한 스타브로스 드 종과 지부의 경비 겸 운전기사인 벤 포터가 어떤 역할을 했는지는 분명치 않다.

벤 포터(경비, 베를린 지부)가 PG에게 한 증언 녹취록:

앨릭은 자기 자리에서 보안 전화로 합동위와 통화 중이고, 저는 문 앞에 서 있었습니다. 앨릭이 수화기를 내려놓고 저를 바라보며 말했습니다. 「벤, 이제 시작이야. 일이 돌아가기 시작했어. 랜드로버를 대기시키고, 스타스에게 모든 장비를 갖추고 5분 뒤 마당으로 나오라고 하게.」 그리고 곧바로 또 말을 이었습니다. 「벤, 우리가 이렇게 나서는 것이 본부의 지시를 정면으로 거역하는 행위라는 점을 미리 말해 두겠네.」

스타브로스 드 종(H/베를린 비밀 작전실에 배속된 수습 직원)이 PG에게 한 증언 녹취록:

제가 비밀 작전실장에게 물었습니다. 「앨릭, 본부가 정말로 이 일을 승인했습니까?」 부장은 이렇게 대답했습니다. 「스타스, 내 말을 믿어.」 그래서 저는 그의 말을 믿었습니다.

그들의 무고함을 주장하는 일은 그들 본인이 아니라

내 몫이었다. 나는 리머스가 튤립의 탈출 작전에 직접 나섰을 것이라고 전적으로 확신했기 때문에, 포터와 드 종이 퍼시 앨럴라인이나 그의 부하에게 진술해야만 하는 상황이 됐을 때를 대비해서 감옥행을 피할 수 있는 진술 내용을 주의 깊게 알려 주었다.

*

사흘 뒤의 상황. 앨릭이 직접 설명한 내용이다. 시각은 밤 10시. 한 시간 전에 프라하의 영국 대사관으로 들어온 앨릭은 대사관 내의 보안실에서 탁자에 앉아 브리핑을 하고 있다. 녹음기를 향해 말하고 있는 그의 맞은편에는 프라하 지부의 지부장인 제리 오먼드라는 자가 앉아 있다. 그는 가공할 만한 인물인 샐리의 남편인데, 샐리는 서커스 내에서 남편과 파트너로 일하고 있기 때문에 지부에서도 2인자 자리를 차지하고 있다. 사정을 잘 아는 내 상상이 맞는다면 탁자 위에는 스카치위스키 한 병과 앨릭이 마실 잔 한 개가 놓여 있을 것이고, 제리가 가끔 그 잔에 술을 채워 줄 것이다. 앨릭의 생기 없는 목소리를 보아하니 완전히 지쳤음이 분명하다. 오먼드의 입장에서는 좋은 일이다. 브리핑을 받는 사람으로서, 앨릭이 기억을 편집하기 전에 그의 진술을 모두 기록해 두는 것이 그의 임무이기 때문이다. 다시 내 상상이지만, 앨릭은 수염도 깎지 못했고 이곳에서 급히 샤워를 마친 뒤 빌린 실내용 가운 차림이다. 아일랜드 말씨가 그에게서 간헐적으로 터져 나온다.

그럼 나, 피터 길럼은 어디 있는가? 앨릭이 있는 프라하에 있을 수도 있었겠지만, 실제로는 그렇지 않다. 나는 메릴본의 비밀 작전실 본부 2층 사무실에 앉아서 공군기가 런던으로 급히 공수해 온 테이프를 들으며 속으로 이런 생각을 하고 있다. 〈다음은 내 차례네.〉

AL: 올림픽 경기장의 계단 아래 사무실, 8시. 엄청난 기세의 동풍과 함께 고운 눈이 휘몰아치고, 길에는 얼음이 얼었습니다. 날씨가 나빠서 다행이라고 생각했습니다. 나쁜 날씨는 탈출에 좋으니까요. 랜드로버는 대기 중이고, 벤이 운전석에 앉아 있었습니다. 스타스 드 종이 완전 무장을 갖추고 계단을 행군하듯 내려와 자동차 바닥의 공간에 몸을 쑤셔 넣습니다. 190센티미터나 되는 몸 전체와 군화까지 모두. 나와 벤은 그의 몸 위로 뚜껑을 덮고 앞좌석에 앉았습니다. 나는 장교 모자와 계급장이 달린 외투 차림입니다. 속에는 동독식 작업복을 입었습니다. 서류를 담은 꾀죄죄한 숄더백은 좌석 밑에 넣었습니다. 내 규칙에 따라서. 만일의 경우를 대비해서 서류를 따로 보관하는 것. 오전 9시 20분, 우리는 군인

226

들을 위한 공식적인 통과 지점인 프리드리히 거리 초소에서 닫힌 창문을 통해 동독 경찰관에게 통행증을 보여 줄 겁니다. 놈들이 통행증에 손을 대게 하면 안 됩니다. 요즘은 그런 방식이 쓰인다고 외교관들이 말해 줬기 때문입니다. 초소를 통과한 뒤 우리는 곧 평소처럼 따라붙은 미행을 발견했습니다. 시트로엥에 탄 동독 경찰 두 명. 오늘도 평범한 날이라는 뜻이죠. 그들은 우리 차가 4자 협정에 따라 우리의 권리를 행사하는 영국 군용 차량일 뿐이라는 사실을 확인할 필요가 있을 겁니다. 우리도 그 사실을 열심히 보여 줄 예정입니다. 우리는 프리드리히 지구를 통과했습니다. 나는 튤립이 지금쯤 도로를 달리고 있기를 그리스도에게 기원했습니다. 만약 그렇지 않다면 그녀는 이미 죽었거나 더 심각한 상황에 처했을 것이고, 네트워크도 위험해지기 때문입니다. 우리는 팡코브를 향해 북쪽으로 향하다가 소련 군사 시설 앞에서 동쪽으로 방향을 꺾었습니다. 시트로엥이 계속 우리를 따라붙지만 문제될 것은 없습니다. 경비병이 바뀌면서 새로운 시각으로 우리를 바라보게 되는 것이 오히려 문제죠. 나는 그들에게 조금 애를 먹였습니다. 그들도 우리가 이렇게 할 것을 예상하고 있었을 겁니다. 갑자기 휙 방향을 꺾고, 후진하고, 속도를 낮춰서 기어가다가 페달을 밟는 것. 우리는 남쪽의 마르찬으로 들어갔습니다. 아직 베를린시 경계 안에 있는데도 주위가 숲이고, 평평한 도로와 흩날리는 눈발이 보였습니다. 우리는 옛 나치 라디오 방송국을 지나갔습니다. 우리의 첫 이정표. 시트로엥은 우리 뒤로 약 1백 미터 떨어진 곳에서 얼어붙은 도로 때문에 힘들어하고 있었습니다. 우리가 내리막길로 들어가 점점 속도를 얻는데, 곧 급격하게 왼쪽으로 꺾인 길이 나타나면서 나무들 속에서 하얀 공장 굴뚝이 고개를 내밀었습니다. 우리의 두 번째 이정표인 옛날 제재소입니다. 우리는 빠르게 좌회전을 한 뒤 그대로 달리다가 제재소 옆에서 끽 하는 소리를 내며 거의 멈춰 섰습니다. 그리고 내가 차에서 구르듯이 내렸습니다. 숄더백을 메고 외투는 벗은 모습으로. 이건 스타스에게 뚜껑을 열고 나와 조수석에 앉아서 내 행세를 하라는 신호였습니다. 나는 온몸이 눈으로 뒤덮인 채 도랑에 납작하게 엎드려 있었습니다. 굴러온 거리가 1~2미터는 되는 것 같습니다. 주위를 살펴보니 랜드로버가 내리막길 끝에 이르러 이제 오르막길을 오르고 있습니다. 시트로엥은 서둘러 그 뒤를 따르고 있고요.

[잠시 침묵. 유리잔 부딪치는 소리와 액체를 따르는 소리가 들린다.]

AL[계속]: 제재소 뒤편에 지금은 사용되지 않는 트럭 주차장과 톱밥이 가득한 함석 헛간이 있었습니다. 그리고 그 톱밥 뒤에는 갈색과 파란색 트라반트 한 대가 있었죠. 강철 파이프 한 짐이 자동차 지붕에 끈으로 묶여 있었습니다. 계기판에는 9만이라는 숫자가 찍혀 있고 실내에서는 쥐 오줌 냄새가 나지만, 기름은 가득했습니다. 뒷좌석에는 여분의 기름통도 두어 개 있고요. 타이어도 꽤 단단한 편이었습니다. 메이플라워가 신뢰하는 환자지만 이름은 밝히지 않은 사람이 이 차를 관리해 주었습니다. 유일한 문제는, 트라반트가 추위를 싫어한다는 점입니다. 얼어붙은 차를 녹이는 한 시간 동안 내내 나는 튤립을 생각했습니다. 지금 어디 있습니까? 놈들에게 붙잡혔습니까? 그래서 자백하는 중입니까? 당신이 자백하면, 우리 모두 끝장이에요.

JO[제리 오먼드]: 당신의 신분증 이름은요?

AL: 귄터 슈마우스. 작센 출신의 용접공. 난 작센 사투리를 잘 씁니다. 어머니는 작센의 켐니츠 출신, 아버지는 아일랜드의 코크주 출신.

JO: 튤립은? 당신과 만날 경우 그녀의 신분은?

AL: 내 사랑하는 아내 아우구스티나.

JO: 당신이 말하고 있는 그 시각에 튤립은 어디에 있었습니까? 아무 문제 없었습니까?

AL: rv는 드레스덴 북쪽. 시골 마을 깊숙한 곳이었습니다. 튤립은 날씨와 상관없이 자전거를 타고 상당한 거리를 달린 뒤, 자전거를 버려야 했을 겁니다. 그녀가 자전거를 타고 다닌다는 사실을 놈들이 알고 있었으니까요. 그다음에는 기차를 타고 이동하다가 산길을 직접 걷거나 남의 차에 억지로 올라타 rv까지 올 계획이었습니다. 그동안 내내 자동차 바닥에 웅크리고 있으라는 지시가 있었습니다.

JO: 그럼 동베를린에서 GDR로 넘어갈 때는? 어떤 일들을 예상했습니까?

AL: 그건 종잡을 수 없었습니다. 검문소는 없지만, 순찰대가 돌아다녔으니까요. 운에 맡기는 수밖에 없었죠.

JO: 그래서 운이 좋았습니까?

AL: 별일은 없었습니다. 경찰차 두 대가 나타났을 뿐이니까요. 보통 두 대가 길을 막고 겁을 줍니다. 차에서 내리라고 한 뒤 탈탈 털어 대죠. 하지만 신분증에 문제가 없다면 그냥 보내 줍니다.

JO: 당신의 신분증은 통과됐겠군요. 그렇죠?

AL: 그러지 않았으면 내가 지금 여기 있겠습니까?

[테이프를 바꿔 끼우면서 45초 동안 공백이 생긴다. 다시 들려오는 리머스의 목소리는 동베를린에서 콧부스까지 차를 몰고 가던 일을 설명하고 있다.]

AL: GDR의 도로에서 좋은 점은 기본적으로 차가 없다는 점입니다. 말이 끄는 수레 몇 대뿐이에요. 그리고 자전거, 모터 달린 자전거, 사이드카, 그리고 이상하게 생긴 트럭 정도. 나는 아우토반을 조금 달리다가 작은 도로로 들어가기를 반복했습니다. 작은 도로가 눈으로 막혀 있으면 다시 아우토반으로 돌아가는 식이었죠. 무슨 짓을 하든 뷘스도르프는 피해야 했습니다. 거기에 나치의 커다란 막사가 있는데, 소련인들이 전부 차지해 버렸거든요. 탱크 사단 세 개, 로켓 무기, 대규모 도청 기지가 거기 있었습니다. 우리가 거길 몇 달째 염탐하고 있었어요. 나는 안전을 위해 북쪽으로 돌아가는 길을 택했습니다. 아우토반은 아니고, 그냥 곧게 뻗은 평평한 시골길이었습니다. 내 쪽으로 눈발이 휘몰아치고, 벌거벗은 나무들에는 겨우살이가 친친 감겨 있었습니다. 나는 이런 생각을 했죠. 언젠가 여기 다시 와서 저걸 전부 잘라다가 코번트 가든 시장에 팔아 치워야겠다. 그러다가, 내가 꿈을 꾸고 있었을까요? 갑자기 소련 수송차 행렬 한가운데에 내가 들어와 있는 겁니다. 길을 잘못 든 거였죠. 트럭에 병사들이 가득하고, 저하대(低荷臺) 트럭에는 T-34 탱크가 실려 있고, 포대도 여섯 개나 여덟 개쯤 되는데, 나는 얼룩덜룩한 트라반트를 몰면서 어떻게든 이 길을 벗어나 보려고 이리저리 움직이고 있었습니다. 놈들은 나를 거들떠보지도 않고 계속 달렸고요. 난 심지어 망할 트럭 번호를 확인할 여유도 없었습니다!

[웃음소리. 오먼드도 함께 웃는다. 잠시 침묵 뒤, 조금 느긋한 속도로 이야기가 이어진다.]

AL: 오후 4시, 나는 콧부스에서 서쪽으로 5킬로미터 지점에 있었습니다. 길가에 버려진 자동차가 없는지 찾고 있었죠. 거기가 rv였습니다. 아기들이 끼는 벙어리장갑이 울타리에 끼워져 있으면, 그건 튤립이 안에 안전하게 있다는 신호였습니다. 그런데 그게 있었습니다. 벙어리장갑이. 분홍색 장갑. 무슨 망할 깃발처럼 느닷없이 나타났어요. 난 겁이 났습니다. 이유는 모르겠는데 하여튼 그랬어요. 그 장갑 때문에. 너무 눈에 띄잖아요. 저 헛간 안에 있는 건 튤립이 아니라 슈타지인지도 모른다. 아니, 튤립과 슈타지가 **같이** 있을 수도 있다. 그래서 나는 차를 세우고 생각해 봤습니다. 그렇게 생각하는 동안 헛간 문이 열리더니 그녀가 나타났습니다. 환하게 웃는 여섯 살짜리 아이의 손을 붙잡고 문간에 서 있더군요.

[20초 동안 침묵.]

AL: 난 그 여자를 한 번도 **만난** 적이 없었습니다, 젠장! 튤립은 메이플라워와 일했어요. 그것이 규칙이었습니다. 난 사진으로만 그녀를 보았을 뿐입니다. 그러니, 〈처음 뵙겠습니다, 도리스, 내 이름은 귄터이고 이번 여행 동안 당신의 남편 역할을 할 겁니다. 그런데 이건 도대체 누굽니까?〉라고 말해야 할 상황이 었습니다. 하지만 〈이것〉이 누군지 난 너무나 잘 알고 있었습니다. 튤립이 말했습니다. 이 애는 내 아들 구스타프인데, 나랑 같이 갈 거예요. 나는 어떻게 애를 데려갑니까, 우린 아이가 없는 부부예요, 체코 국경에 도착하면 망할 담요 밑에 애를 숨길 방법이 없습니다, 하고 말했습니다. 어떻게 하겠습니까? 그녀는 그렇다면 가지 않겠다고 말했습니다. 아이도 가지 않겠다고 덩달아 종알거렸습니다. 그래서 나는 구스타프에게 헛간에 들어가 있으라고 말하고는, 그녀의 팔을 잡고 헛간 뒤로 돌아가 그녀가 이미 알고 있지만 듣고 싶어 하지 않는 사실을 말해 주었습니다. 아이의 신분증이 준비되지 않았기 때문에, 국경에서 붙잡혀 조사를 받을 거라고요. 우리가 아이를 떼어 놓지 않으면 당신도 나도 끝장이고, 리메크 의사 선생도 마찬가지예요. 놈들이 당신과 구스타프를 손에 넣으면, 5분 안에 당신에게서 리메크 박사의 이름을 짜낼 테니까. 그녀는 아무 대답이 없고, 날은 점점 어두워지고, 다시 눈이 내리기 시작했습니다. 그래서 우리는 헛간 안으로 들어갔습니다. 망할 격납고처럼 커다란 헛간에는 망가진 기계들이 가득한데, 그 구스타프라는 자식은 저녁 식사를 차려 놓았더군요. 아마 내 말을 믿기 힘들겠지만, 그녀가 식량으로 가져온 것을 꺼내서 바닥에 펼쳐 놓았더란 말입니다. 소시지, 빵, 보온병에 든 뜨거운 코코아, 우리가 앉을 상자까지. 다 같이 파티라도 하자는 건지. 우리는 둥글게 둘러앉아서 소풍 나온 가족 흉내를 냈고, 구스타프는 애국적인 노래를 불렀습니다. 두 사람이 코트를 비롯해서 갖고 있는 옷가지를 모아 몸에 덮고 누운 뒤, 나는 구석에 앉아 담배를 피웠습니다. 그리고 하늘이 반쯤 밝아 왔을 때 두 사람을 트라반트에 태우고 내가 전날 밤 통과했던 마을로 돌아갔습니다. 거기서 버스 정류장을 봤거든요. 하느님의 은총인지, 검은 두건을 쓰고 하얀 치마를 입은 여자 두 명이 서 있었습니다. 등에는 오이 바구니를 메고 있었는데, 천만다행으로 소르브 사람들이었습니다.

JO: 소르브? 그게 무슨…….

AL[벌컥 화를 내며]: **소르브**라고요, 젠장! 망할 **소르브**라는 이름을 들어 봤을 것 아닙니까! 고작 6만 명밖에 안 돼서, GDR에서조차 보호 대상이에요. 슬라브계 소수 민족인데, 수 세기 전부터 슈프레강 유역 여기저기에 흩어져 살면서 망할 오이를 길렀습니다. 그 사람들을 한번 포섭해 봐요, **젠장!**

[10초간 침묵. 화를 가라앉힌다.]

AL: 나는 차를 세우고, 튤립과 구스타프에게 차 안에 꼼짝 말고 있으라고 말했습니다. 움직이지 말라고. 그리고 차에서 내렸더니 두 여자 중 한 명이 나를 지켜보았습니다. 다른 여자는 신경도 안 썼고요. 나는 호감 가는 인상을 지어 보이면서 독일어를 할 줄 아느냐고 물었습니다. 그 여자는 할 줄 알지만 소르브어로 말하고 싶다고 하더군요. 농담입니다. 나는 어디로 가느냐고 물었습니다. 버스로 뤼베나우까지 가서 기차로 갈아타고 베를린 동역에 내려 오이를 팔아 치울 거라고 했습니다. 베를린에서 더 좋은 값을 받을 수 있다더군요. 나는 구스타프에 대해 아무렇게나 꾸며 낸 이야기를 늘어놓았습니다. 가정불화가 있는데 엄마가 괴로워서 제정신이 아니다, 아이가 베를린에 있는 아버지한테 돌아가야 하는데 당신들이 데려다줄 수 있나? 그 여자가 동료에게 내 얘기를 전달하고, 두 사람은 소르브어로 의논을 했습니다. 금방이라도 저 언덕 너머로 버스가 올 것 같은데, 그때까지도 두 사람은 결론을 내리지 못할 것 같다는 생각이 들더군요. 그런데 나와 대화하던 여자가 말했습니다. 당신이 우리 오이를 사주면 아이를 데려다줄게요. 나는 오이를 전부 사라는 거냐고 물었습니다. 여자는 그렇다고, 전부라고 말했습니다. 내가 오이를 전부 사주면, 당신들은 베를린에 가서 오이를 팔 수 없지 않습니까? 그럼 베를린에 갈 필요가 없을 텐데요. 두 여자는 소르브어로 이 이야기를 하며 신나게 웃었습니다. 내가 지폐 뭉치를 여자의 손에 쥐어 주며 말했습니다. 오이는 됐고, 이거나 받아요. 아이의 기찻삯도 걱정할 필요 없습니다. 아이가 호엔쉰하우젠까지 갈 수 있는 돈을 더 줄 테니. 저기 버스가 오는군요. 가서 아이를 데려오겠습니다. 나는 차로 돌아가서 구스타프에게 내리라고 말했습니다. 그런데 아이 엄마가 한 손으로 자기 눈을 가리고 차 안에서 꼼짝도 안 하니까 아이도 움직이지 않으려 했습니다. 그래서 내가 아이에게 내리라고 고함을 질렀더니 아이가 명령에 따랐습니다. 나는 아이에게 나랑 같이 저기 버스가 있는 곳까지 가면, 저 친절한 동무 두 명이 너를 동역으로 데려다줄 거라고 말했습니다. 동역에 도착하면 호엔쉰하우젠의 집으로 가서 아버지를 기다리면 된다고요. 이건 명령이다, 동무. 그러자 아이는 어머니가 어디에 가는지, 자기는 왜 같이 갈 수 없는지 물었습니다. 나는 네 어머니가 드레스덴에서 아주 중요한 비밀 임무를 해야 하기 때문에, 너는 공산주의의 훌륭한 병사답게 아버지에게 돌아가 투쟁을 이어 나갈 의무가 있다고 말했습니다. 아이는 그렇게 갔습니다. [5초 동안 침묵.] 아이가 달리 어쩔 수 있었겠습니까? 당원인 아버지를 둔, 당의 아이였는데요. 게다가 고작 여섯 살이었단 말입니다!

JO: 그럼 그동안 튤립은요?

AL: 망할 트라반트에 앉아 정신 나간 사람처럼 앞 유리만 바라보고 있었습니다. 나는 차에 올라 1킬로미터를 운전한 다음 다시 차를 세우고 그녀를 끌어냈지요. 머리 위에서 헬리콥터 소리가 났습니다. **놈이** 무슨 생각인지 누가 알겠습니까? 놈이 헬리콥터를 어디서 구했는지 누가 알아요? 소련 사람들한테서 빌렸을까요? 내가 그녀에게 말했습니다. 잘 들어요. 내 말 좀 들으라고요. 우리는 서로가 필요하니까. 당신 아이를 베를린으로 돌려보낸 걸로 문제가 끝난 게 아니에요. 새로운 문제의 시작이지. 지금부터 두 시간 뒤면, 원래 성이 감프였던 도리스 퀸츠가 콧부스 인근에서 남성 친구와 함께 동쪽으로 향하는 모습이 가장 최근에 목격되었다는 사실을 슈타지 전체가 알게 될 겁니다. 자동차의 생김새도 알게 되겠죠. 그러니 가짜 신분증을 갖고 이 망할 놈의 차를 몰아 체코로 간다는 계획은 잊어버려요. 지금부터는 슈타지와 KGB의 모든 부대와 칼리닌그라드부터 오데사까지 모든 국경 초소가 얼룩덜룩한 트라반트에 탄 파시스트 스파이 두 명을 찾으려고 잔뜩 감시에 나설 테니까요. 튤립은 이 말을 견뎌 냈습니다. 그건 인정할 만해요. 더 이상 신파적으로 굴지 않고, 내게 단도직입적으로 물었습니다. 이럴 때를 대비한 예비 계획이 뭐냐고. 나는 오래된 밀수꾼 지도를 곁다리로 가져왔는데, 운이 따른다면 그 지도를 이용해 도보로 국경을 넘을 수 있을지도 모른다고 말했습니다. 그녀는 내 말을 열심히 생각해 보다가 나한테 물었습니다. 그녀에게는 이것이 결정적인 말 같았습니다. 「내가 지금 당신과 함께 간다면, 내 아들을 언제 다시 만날 수 있을까요?」아무래도 그녀는 아들을 위해 자수할 생각을 진지하게 하고 있는 것 같았습니다. 그래서 내가 그녀의 어깨를 붙잡고, 그녀를 똑바로 바라보며 무작정 맹세했습니다. 내가 목숨을 거는 한이 있어도, 공작원 교환을 통해 당신 아들이 넘어올 수 있게 하겠다고요. 당신과 마찬가지로 나 역시, **그런** 일이 일어날 가능성은……. [3초 동안 침묵.] ……젠장.

*

　내가 지금 읽고 있는 글, 그러니까 내가 나중에 작성한 사본에서 이 지점부터는 앨릭의 말을 그대로 옮기지 않고…… 말하자면 객관성을 위해 그의 말을 정리해서 적는 편을 택한 것은 순전히 지면을 절약하기 위해서였을까? 구스타프를 소르브인 두 명에게 맡긴 다음부터 앨릭은 가능한 한 작은 도로로만 차를 몰았다. 눈으로 길이 막혔을 때만 예외였다. 그는 자신들이 달리고 있는 땅이 얼마나 위험한지 〈지나치게 잘 아는 것〉이 자신의 문제였다고 설명했다. 그 일대에는 군 정보부와 KGB의 도청기지가 바글바글했고, 그는 그들의 위치를 모두 외우고 있었다. 그는 아무도 밟지 않은 눈이 15센티미터나 쌓인, 텅 빈 소로를 달렸다. 똑바로 뻗은 길에서 그에게 지침이 되어 준 것은 양편에 늘어선 나무뿐이었다. 그는 숲에 들어선 뒤 안도감을 느꼈으나, 튤립이 겁에 질려 소리를 질러 댔다. GDR의 엘리트들이 귀빈을 데려와 사슴과 멧돼지 사냥을 하고 취하도록 술을 마시는 옛 나치 사냥막을 발견한 탓이었다. 앨릭은 서둘러 우회하다가 현재 위치가 어디인지 알 수 없게 되어 버렸고, 마침 불이 켜진 외딴 농가를 발견했다. 그는 문을 쿵쿵 두드렸다. 문을 열어 준 여자는 겁에 질린 표정으로 칼을 꼭 쥐고 있었다. 그녀에게 길을 물어 설명을 들은 뒤, 그는 빵, 소시지, 슬리보비츠를 사겠다고 그녀를 설득했다. 그리고 트라반트로 돌아오는 길에 늘어진 전화선에 발이 걸렸다. 화재 경보용인 것 같았지만, 어쨌든 선을 그냥 잘라 버렸다.

날은 점점 어두워지고, 눈발은 굵어지고, 얼룩덜룩한 트라반트는 다 죽어 가고 있었다. 〈클러치도 망가지고,

히터도 망가지고, 기어 박스도 망가지고, 보닛에서는 연기가 뭉게뭉게 새어 나왔습니다.〉앨릭의 계산으로는 바트 산다우까지는 약 10킬로미터, 밀수꾼 지도에 표시된 월경 지점까지는 15킬로미터가 남은 것 같았다. 나침반으로 현재 위치를 최대한 확인한 그는 동쪽으로 뻗은 벌목 도로를 선택해서 차를 몰았지만, 곧 쌓인 눈에 길이 막혀 버렸다. 얼어붙을 듯한 추위 속에서 두 사람은 트라반트 안에 딱 붙어 앉아 빵과 소시지를 먹고 슬리보비츠를 마셨다. 그리고 사슴이 지나가는 것을 지켜보며 꼼짝도 하지 않았다. 튤립은 앨릭의 어깨에 고개를 기대고 반쯤 잠이 든 채로, 영국에서 구스타프와 새로운 삶을 살 것이라는 희망과 꿈을 졸린 목소리로 늘어놓았다.

구스타프를 이튼에 보낼 생각은 없었다. 영국의 기숙학교를 운영하는 사람들이 구스타프의 아버지 같은 남색꾼이라는 이야기를 들었기 때문이었다. 그녀는 이튼보다는 프롤레타리아들이 다니는 남녀 공학 공립 학교에 다니는 편이 더 좋을 것이라고 말했다. 스포츠도 많이 즐길수 있고, 지나치게 엄격한 분위기가 아니니까. 구스타프는 영국에 도착한 날부터 영어를 배울 터였다. 그녀는 그점에 특히 신경을 쓸 생각이었다. 아들의 생일이 되면 영국산 자전거를 사줄 것이다. 스코틀랜드가 아름답다는 이야기를 들었으니, 아들과 함께 자전거를 타고 스코틀랜드에 가고 싶었다.

그녀가 여전히 꾸벅꾸벅 졸면서 이런 이야기를 하고 있을 때, 앨릭은 남자 네 명이 칼라슈니코프 기관총을 들고 파수병처럼 차를 에워싼 채 말없이 서 있는 것을 알아차렸다. 그는 튤립에게 가만히 있으라고 지시한 뒤, 자동차 문을 열고 천천히 차에서 내렸다. 남자들은 그를 지켜보았다. 네 명 모두 열일곱 살도 되지 않은 것 같았다. 그리고 그들 모두 앨릭 못지않게 겁에 질려 있었다. 앨릭은 먼저 주도권을 쥐기 위해, 연인이 타고 있는 차에 몰래 다가오다니 무슨 짓이냐고 다그쳤다. 처음에는 아무도 대답하지 않았지만, 넷 중 가장 용감한 녀석이 자기들은 고기를 찾아 나선 밀렵꾼이라고 대답했다. 앨릭은 그들에게 당신들이 입을 다물면 자신도 입을 다물겠다고 대답했다. 그들은 모두 악수를 교환하며 약속을 확인했고, 네 남자는 소리 없이 사라졌다.

새로 밝아 오는 날은 날씨가 맑았다. 눈이 내리지 않았다. 곧 창백한 태양이 하늘에 떠올랐다. 두 사람은 힘을 합쳐 비탈길 아래로 트라반트를 굴린 뒤, 눈과 나뭇가지들을 그 위로 던졌다. 이제부터는 걸어가야 했다. 튤립은 무릎까지 올라오는 가벼운 가죽 부츠만 신었을 뿐이었다. 신발 바닥은 아무 무늬 없이 매끈했다. 앨릭의 노동자용 부츠는 그나마 조금 나았다. 두 사람은 서로 손을 꼭 잡고 출발했다. 자꾸만 발이 미끄러졌다. 그들이 있는 곳은 〈작센의 스위스〉[23]였다. 가파른 구릉 지대에 눈밭과

숲이 펼쳐져 있는 곳. 능선에 서 있는 낡은 집들은 무너져 폐허로 변했거나, 여름철에만 사용하는 고아원으로 개조되어 있었다. 지도를 믿어도 된다면, 현재 두 사람은 국경과 나란히 걷고 있었다. 두 사람은 손에 손을 잡은 채 비탈길을 오르고, 얼어붙은 연못을 에둘러 걸었다. 작은 목조 주택들이 서 있는 산간 마을이 나타났다.

> **AL:** 지도가 옳다면, 우리는 죽은 목숨이거나 이미 체코에 들어와 있었습니다.
> [유리 부딪치는 소리. 액체를 따르는 소리.]

하지만 이야기는 이제야 시작이다. 함께 들어 있는 서커스의 전신들을 보라. 내가 앨릭의 테이프를 들은 뒤, 한밤중인데도 여전히 신경을 곤두세운 채 메릴본에 있는 비밀 작전실 본부 꼭대기 층에 앉아서 금방이라도 날아올 것 같은 본부의 부름을 기다리고 있는 이유도 생각해 보라.

*

프라하 지부의 부지부장이며 제리 오먼드 지부장의 아내인 샐리 오먼드는 서커스가 맹목적으로 좋아하는,

23 독일 작센주의 드레스덴 인근에 있는 산악 지대.

상류층 출신의 여성 수완가 타입이었다. 그녀 자신은 첼트넘 여대 출신이고, 아버지는 전쟁 때 특수 작전 부대 소속이었으며, 이모나 고모뻘 되는 친척 두 명은 블레츨리에서 적의 암호를 해독했다. 그녀는 또한 조지와도 일종의 사돈 같은 사이라고 주장했는데, 내가 보기에 조지는 결혼 생활을 너무 고결하게 견뎌 내고 있었다.

샐리 오먼드, DH/프라하 지부가 H/비밀 작전실[스마일리]에게 보낸 보고서. 개인 친전. 긴급.

비밀 작전실이 지부에 내린 지시는, 신분을 위장한 요원 앨릭 리머스와 탈출한 여성 공작원이 동독 신분증을 가지고 동독에 등록된 트라반트를 이용해서 이동하고 있으니 그들을 받아들여 지원하고 안전한 거처를 제공하라는 것이었습니다. 그들이 도착하는 시각은 어둠이 내린 직후일 것으로 예상되었습니다.

그러나 본 지부는 이 작전이 합동위의 지시에 어긋난다는 사실을 통보받지 **못했습니다.** 우리는 리머스가 스스로 결단을 내려 움직이고 있음이 알려진 뒤 본부가 작전 지원을 제공하기로 한 것 같다고 짐작할 수밖에 없었습니다.

베를린 지부(드 종)는 리머스가 체코 영토에 들어서면서 대사관 비자 발급 부서에 익명의 전화를 걸어 영국 비자가 북아일랜드에서도 유효한지 묻는 방식으로 무사히 도착했다는 신호를 보낼 것이라고 우리에게 알려 주었습니다. 프라하 지부는 그 전화를 받은 뒤, 그에게 근무 시간 중에 다시 전화해 달라는 녹음된 메시지를 들려주어야 했습니다. 그것이 그의 메시지를 받았다는 신호였습니다.

그러고 나서 리머스와 튤립은 가능한 수단을 동원해서 프라하시와 프라하 공항 사이 도로의 어느 지점까지 가서 길가에 차를 세워야 했는데, 그들에게는 지도가 제공될 예정이었습니다.

본 지부가 수립하고 H/비밀 작전실이 승인한 계획에 따르면, 두 사람은 거기서 차를 버립니다. 그러고 나면 프라하의 **고디바** 네트워크에서 나온 비밀 운전기사가 대사관 직원들을 위해 프라하 공항과 대사관 사이를 오가는 대사관 셔틀(차창을 검게 가리고, 외교관 번호판을 단 차량)을 몰고 나와 미리 합의된 rv에서 리머스와 튤립을 태웁니다. 이 승합차 뒤쪽에는 본 지부가 제공한 서방의 예복이 실려 있을 겁니다. 리머스와 튤립은 그 옷으로 갈아입어 대사의 공식 만찬 손님으로 위장한 뒤 대사관 안으로 들어와야 합니다. 대사관은 항상 체코 당국의 감시를 받고 있기 때문입니다.

10시 40분에 대사관 보안실에서 열린 긴급회의에서 대사님은 이 계획에 기꺼이 동의했습니다. 그러나 영국 시간으로 16시까지 외무부와 더 의논해 본 대사님은 이렇다 할 해명 없이 결정을 바꿨습니다. 탈출한 여성이 그동안 GDR 매체를 통해 나라를 배신한 범죄자로 널리 공표되었기 때문에, 외교적인 반향이 애초의 예상을 뛰어넘을 가능성이 있다는 것이 근거였습니다.

대사님의 입장 변화에 따라, 대사관의 차량이나 직원을 탈출 계획에 제공할 수 없게 되었으므로, 저는 비자 발급 부서의 자동 응답 시스템을 해제했습니다. 리머스가 아무런 지원을 받을 수 없다는 사실을 이것으로 알아차리기를 바라는 마음이었습니다.

나는 다시 이어폰을 끼고 앨릭의 목소리를 듣기 시작한다. 프라하의 안락한 영국 대사관이 아니라 얼어붙을 듯이 추운 길가에서 튤립과 함께 발이 묶인 그는 지원도, 데리러 올 차량도 전혀 기대할 수 없는 처지다. 나를 알게 된 뒤로 앨릭이 줄곧 주장하던 것이 기억난다. 그는 작전을 계획할 때 정보부 때문에 일이 망가질 모든 가능성을 생각해 본 뒤 기다리다 보면 자신은 절대 생각해 내지 못했지만 정보부는 생각해 낸 다른 가능성이 나타난다고 말했다. 지금 앨릭이 하고 있는 생각이 바로 그것일 것 같다.

AL[녹취록 계속]: 셔틀도 오지 않고 비자 발급 부서의 신호도 없는 것을 보고, 나는 젠장, 또 본부가 일을 저질렀구나, 하고 생각했습니다. 그러니 이제 방법은 임시변통으로 상황을 헤쳐 나가는 길밖에 없었지요. 우리는 길거리에서 곤란한 처지에 빠진 동독 부부 행세를 하기로 했습니다. 아내가 몹시 아픕니다, 누가 좀 도와주세요, 라는 상황을 꾸며 내기로 한 겁니다. 나는 도리스에게 길에 주저앉아 불쌍한 표정을 지으라고 했습니다. 사실 당시 그녀의 상황에 딱 맞는 표정이기도 했습니다. 얼마 뒤 벽돌을 가득 실은 트럭이 다가와 서더니 운전기사가 창밖으로 고개를 내밀었습니다. 다행히 라이프치히 출신의 독일인인 그는 나더러 길에 주저앉은 그 아름다운 여성의 포주냐고 물었습니다. 그래서 나는 미안하지만 그런 게 아니라 그녀는 내 아내인데 지금 몸이 아프다고 말했습니다. 그러자 그는 알았다면서 차에 타라고 하더니 시내 중심부의 병원까지 데려다주었습니다. 내 숄더백 안감에는 만일의 경우를 대비한 영국 여권이 꿰매어져 있었습니다. 밀러라는 이름의 여권이었습니다. 나는 그것을 꺼내 주머니에 넣은 뒤 튤립에게 말했습니다. 당신은 지금 아주 심하게 아파요, 도리스. 임신한 몸인데, 시시각각 상태가 나빠지고 있어요. 부탁인데, 배를 불룩하게 만들고 최대한 환자처럼 꾸며요. 사람들이 문을 열면 우리가 들어갈 수 있게. 미안하지만 그렇게 해요.

JO: 자초지종을 전부 말한 것 같지는 않은데요, 그렇죠? [액체를 따르는 소리.]

AL: 젠장, 그렇게 듣고 싶다면야. 우리는 대사관 앞으로 갔습니다. 멋들어진 황금색의 영국 왕실 문장이 달려 있는 그 고상한 문으로 다가갔죠. 회색 옷을 입은 체코 불량배 세 명이 그 앞을 오락가락하면서 일부러 보란 듯이 빈둥거리고 있었습니다. 혹시 당신은 그자들을 알아차리지 못했는지도 모르겠군요. 도리스는 사라 베르나르[24]도 부러워할 연기를 펼쳤습니다. 나는 영국 여권을 흔들어 대며 빨리 문을 열어 달라고 말했습니다. 그런데 놈들이 도리스의 여권도 봐야겠다는 거예요. 나는 최대한 좋은 말로 말했습니다. 이봐요, 저기 벽에 있는 망할 벨이나 눌러요. 그리고 안에 있는 사람들에게 내 아내가 유산을 할 것 같으니 빨리 의사를 불러 달라고 말해요. 만약 아내가 길거리에서 일을 당한다면, 내가 당신들 머리를 잡아 뽑을 겁니다. 당신들은 어머니도 없습니까? 보아하니 없는 모양이네요. 대충 이런 말을 했습니다, 알겠습니까? 어찌어찌 문이 열렸습니다. 우리는 대사관 마당에 들어와 있었어요. 튤립은 배를 부여잡고 우리를 악의 손에서 해방시켜 준 수호성

24 프랑스의 배우.

인에게 감사하고 있었습니다. 그리고 당신과 당신의 귀부인 마나님은 본부가 또 엄청난 실수를 저질렀다고 계속 사과를 했지요. 그렇게 정중하게 사과를 하시다니 고마워서 우리는 사과를 받아들였습니다. 이제 괜찮다면 난 가서 잠이나 좀 자야겠습니다.

샐리 오먼드가 다시 이야기를 이어 간다.

샐리 오먼드, DH/프라하 지부가 H/비밀 작전실[스마일리]에게 정보부 행낭을 통해 보낸 친필 비공식 DO 서한에서 발췌. 긴급.

네, 그렇죠. 가엾은 튤립과 앨릭을 대사관 경내에 들인 뒤, **진정한 난장판**이 벌어졌습니다. 솔직히 대사와 FO는 튤립을 그냥 GDR에 넘겨주고 깔끔히 끝내는 편을 **훨씬** 더 바랐을 겁니다. 우선 대사는 튤립을 〈자기 집〉에 들이는 것을 **몹시 싫어했습니다**. 법적으로는 달라질 것이 전혀 없는데도요. 대사는 수위 두 명의 위치를 본관 안으로 **바꾸자고** 주장하기도 했습니다. 그러면 가엾은 튤립을 하인 구역으로 밀어 넣을 수 있으니까요. 엄격하게 보안만 따진다면 본관보다 그쪽이 나았습니다만, 대사가 그런 주장을 내놓은 이유는 그것이 **아니었습니다**. 우리 넷, 그러니까 대사 본인, 대사의

지극히 개인적인 비서인 아서 랜즈다운, 제 남편과 제가 대사관 내의 보안실에 들어온 순간 대사가 그 점을 **아주** 분명히 했습니다. 대사는 앨릭도 결코 반기지 않았습니다. 이건 나중에 앨릭이 하인 구역에서 튤립의 땀을 닦아 주고 있을 때 밝힌 사실입니다.

추신: 조지, 제가 한마디 해도 되겠습니까?

대사관 보안실 공기가 극도로 **나빠서** 항상 **건강에 위협**이 될 것 같습니다. 제가 본부 행정실에 몇 번이나 보고했는데도 아무 소용이 없습니다. 미키마우스 에어컨은 완전히 끝났습니다. 공기를 **내뱉어야** 할 때 **빨아들이니까요.** 하지만 바커(행정실 최고의 해충입니다)는 지난 2년 동안 내내 예비 부품이 없다는 얘기뿐입니다. FO 사람들은 우리에게 새 에어컨을 보내 줘야겠다는 생각을 전혀 하지 않고 있기 때문에, 그 방을 사용하는 사람들은 모두 땀을 뻘뻘 흘리며 질식의 위험을 느껴야 합니다. 지난주에 제리는 가엾게도 **정말로** 질식할 뻔했습니다. 하지만 제리는 워낙 고상한 사람이라 그런 이야기를 할 리가 없지요. 보안실을 정보부 산하로 만들어야 한다고 수백 번 건의했습니다만, FO는 그것을 **영역 침범**으로 받아들인 것이 분명합니다!!

만약 조지가 행정실을 움직여 준다면(바커는 안 됩니다!), 크게 감사하겠습니다. 제리도 언제나 그랬듯

이 커다란 사랑과 굳건한 신의를 바친다고 전해 달라
고 합니다. 특히 앤에게요.

S

프라하 주재 영국 대사가 앨윈 위더스 경, H/외무부 동유
럽국에게 직접 보낸 최고 기밀 전신 내용. 사본은 서커스(합
동위)에게. 21시에 대사관 보안실에서 열린 긴급 회의록. 참
석자: 대사(마거릿 렌퍼드), 대사의 개인 비서 아서 랜즈다
운, 제리 오먼드(H/지부), 샐리 오먼드(DH/지부).

회의 목적: 대사관의 임시 거주자 관리 및 처리 방안.
긴급.

___

친애하는 앨윈,

오늘 오전 당신과 보안 전화로 통화한 뒤, **우리 불청
객(OUG)**의 여행에 대해 우리 둘은 다음과 같은 절차
를 진행하기로 합의했습니다.

1. OUG는 우리 친구들이 영국이 아닌 나라의 합법
적인 여권이라고 확인해 줄 여권을 이용해 다음 목적
지로 이동한다. 이로써 차후 체코 당국이 본 대사관에
대해 국적을 막론하고 아무에게나 영국 여권을 나눠
줘서 GDR과 체코의 법망을 피하게 해준다는 비난을

제기할 가능성을 차단할 수 있다.

2. OUG가 이곳을 떠날 때, 외교관과 비외교관을 막론하고 대사관 직원이 어떤 식으로든 그녀를 돕거나, 동행하거나 교통수단을 제공하는 일이 없을 것이다. 영국 외교관 번호판을 단 차량이 그녀의 탈출에 이용되지도 않을 것이며, 가짜 영국 신분증이 그녀에게 발행되지도 않을 것이다.

3. OUG가 영국 대사관의 보호를 받고 있다고 주장한다면, 현지와 런던에서 즉시 이를 강력하게 부인할 것을 주지시킨다.

4. OUG는 업무일 기준으로 사흘 안에 대사관 경내를 떠나야 하며, 그러지 않을 경우 OUG를 체코 당국에 넘기는 방안을 포함해서 그녀를 내보낼 다른 방안들을 강구할 것이다.

내 전화기가 울리고 빨간 불이 깜박거린다. 퍼시 앨럴라인과 빌 헤이든의 심부름꾼인 망할 놈의 토비 이스터헤이스가 진한 헝가리식 말투로 내게 고함을 질러 대며 얼른 본부로 튀어 오라고 말한다. 나는 험한 말을 쓰지 말라고 충고한 뒤, 문 앞에 준비되어 있던 내 오토바이에 올라탄다.

케임브리지 서커스의 합동위 보안실에서 열린 긴급회의

회의록. 주재자: 빌 헤이든(H/합동위). 참석자: 에티엔 자브로슈 대령(런던 주재 프랑스 무관, 프랑스 정보 연락관실 실장), 줄스 퍼디(합동위 프랑스 책임자), 짐 프리도(합동위 발칸 책임자), 조지 스마일리(H/비밀 작전실), 피터 길럼(자크).

회의에 배정된 서기: T. 이스터헤이스. 일부는 녹취록. 즉석 복사본은 H/프라하 지부에게.

아침 5시. 소집령이 내려졌다. 나는 오토바이를 타고 메릴본에서부터 달려왔다. 조지는 재무부에서 곧장 오는 길이다. 면도도 하지 않아서 평소보다 더 걱정스러워 보인다.

「언제든 거리낌 없이 〈아니요〉라고 말해도 되네, 피터.」 그가 두 번이나 내게 말했다. 그는 이미 그 작전에 대해 〈쓸데없이 정교하다〉라고 말했지만, 그가 더욱더 걱정하는 것은(그 자신은 걱정을 감추려 하지만) 작전 계획이 합동위의 집단적인 성과물이라는 점이다. 서커스의 보안실에 있는 긴 합판 탁자에 여섯 명이 앉는다.

자브로슈: 빌, 내 귀한 친구. 파리의 내 상관들은 이쪽의 자크 씨가 프랑스의 소규모 농업이라는 문제에 대

해 자신의 주장을 내세울 수 있는지 확인하고 싶어 합니다.

헤이든: 말하게, 자크.

길럼: 그 문제에 대해서는 걱정이 없습니다, 대령님.

자브로슈: 전문가들 앞에서도?

길럼: 저는 브르타뉴의 작은 농가에서 자랐습니다.

헤이든: 브르타뉴가 프랑스인가? 놀랐네, 자크.

[웃음소리.]

자브로슈: 빌, 양해를 바랍니다.

자브로슈 대령은 프랑스어로 길럼과 프랑스 농업에 대해 활발한 대화를 나눈다. 특히 프랑스 북서부가 중요하게 언급된다.

자브로슈: 이제 됐습니다, 빌. 자크는 합격이에요. 심지어 말씨도 브르타뉴 말씨네요. 가엾게도.

[또 웃음소리.]

헤이든: 하지만 그걸로 되겠습니까, 에티엔? 정말로 저 친구를 들여보낼 수 있어요?

자브로슈: 그렇습니다. 빠져나오는 건 자크 씨와 그의 훌륭한 숙녀분에게 달린 일이 될 테지만. 아주 아슬 아슬하게 시간을 맞췄어요. 프랑스 대표단의 명단이 곧 마감됩니다. 우리가 지금 그걸 열어 놓고 있어요.

자크 씨가 회의장에 나타나는 시간을 최대한 줄일 것을 제안합니다. 우리가 명단에 자크 씨 이름을 넣으면, 자크 씨는 대표단 비자로 들어갑니다. 몸이 아파서 늦게 왔지만 마지막 회의에는 반드시 참석하겠다는 의지가 대단한 사람입니다. 3백 명이나 되는 국제 대표단 중 한 명이니 자크 씨가 특별히 눈에 띄지는 않을 겁니다. 핀란드어를 할 줄 압니까, 자크 씨?

길럼: 잘 못합니다, 대령님.

자브로슈: 브르타뉴 사람들은 다 잘하는 줄 알았는데. [웃음소리.] 문제의 그 숙녀는 프랑스어를 전혀 못 하시고?

길럼: 우리가 알기로, 독일어와 학교에서 배운 러시아어를 합니다만, 프랑스어는 못 합니다.

자브로슈: 하지만 당당한 척 꾸밀 수 있다고 하던가? 품위와 열정이 있고, 옷을 잘 입는다고.

스마일리: 자크, 자넨 그녀를 본 적이 있지.

나는 옷을 입은 그녀도, 옷을 벗은 그녀도 본 적이 있었다. 둘 중에 나는 전자를 고른다.

길럼: 그저 스치듯 지나갔을 뿐입니다만, 인상적인 여성입니다. 능력이 있고, 머리 회전도 빨라요. 창의적이고 활기가 있습니다.

헤이든: 세상에. **창의성**이라니. 그런 걸 어디에 써? 여자들은 그저 시키는 일이나 하면서 입 닥치고 있으면 돼, 안 그래? 갈 건가, 안 갈 건가? 자크?

길럼: 조지가 한다면 저도 해보겠습니다.

헤이든: 조지는요?

스마일리: 합동위와 대령이 필요한 현장 지원을 해준다면, 우리 비밀 작전실은 위험을 무릅쓸 각오가 되어 있습니다.

헤이든: 언변이 대단하십니다. 그럼 한번 해봅시다. 에티엔, 우리 자크 씨의 프랑스 여권과 여행 서류는 그쪽에서 제공하는 것으로 알겠습니다. 아니면 우리가 준비하길 바라십니까?

자브로슈: 저희 서류가 나을 겁니다. [웃음소리.] 또한 빌, 만약 일이 잘못되는 경우 우리 정부는 꿍꿍이가 수상한 영국 비밀 정보부가 요원들을 프랑스 시민으로 위장시킨 것을 알고 커다란 충격을 받을 것임을 잊으면 안 됩니다.

헤이든: 그러면 우리는 프랑스의 비난에 대해 강력히 부인하면서 사과할 것입니다. [프리도에게] 짐, 자네. 한마디 하겠나? 이상하게 말이 없군. 체코는 자네 땅이야. 우리가 거길 온통 짓밟고 다녀도 괜찮겠나?

프리도: 반대하지 않아. 그걸 물어본 거지?

헤이든: 더하거나 빼고 싶은 건?

프리도: 지금 당장은 없어.

헤이든: 됐군. 모두 고맙습니다. 하기로 했으니, 제대로
해봅시다. 자크, 항상 자네를 응원하겠네. 에티엔,
잠시 시간을 내주겠습니까?

하지만 조지는 불안을 쉽게 떨치지 못하고 이어지는
대화를 참관한다. 시간이 없다. 나는 여섯 시간 뒤에 프
라하로 떠나야 한다.

PG가 H/비밀 작전실에게.

조지,

제게 히스로 제3공항 터미널의 현장 파견실(FDO),
현재 합동위의 지휘하에 있는 그곳에서 제가 겪은 일
을 서면으로 적어 두라고 하셨습니다. 겉으로 보기에
FDO는 공항의 지저분한 복도 끝에 있는 초라한 사무
실에 불과합니다. 판유리를 끼운 문에는 〈화물 연동〉
이라는 말이 적혀 있고, 안에 들어가려면 인터폰을 이
용해야 합니다. 사무실 안의 분위기는 우울했습니다.
지친 직원 두 명이 카드놀이를 하고 있고, 어떤 여자가
전화기를 향해 스페인어로 고함을 지르고 있었습니다.
그녀는 병가를 낸 동료 때문에 추가 근무를 하는 중이

었습니다. 자욱한 담배연기와 꽁초가 수북한 재떨이. 칸막이 역할을 할 새 커튼이 아직 오지 않아서, 따로 마련된 작은 방은 하나뿐이었습니다.

제가 나타나기를 기다리던 사람들의 면면이 놀라웠습니다. 앨럴라인, 블랜드, 이스터헤이스. 빌 H도 이 자리에 있었다면 모두 모인 셈이 되었을 겁니다. 겉으로는 저를 배웅하며 행운을 빌어 주기 위해 온 것으로 보였습니다. 언제나 그렇듯이 앨럴라인이 앞으로 나서서 제 프랑스 여권과 회의장에서 사용할 신분증을 꺼냈습니다. 자브로슈가 만들어 준 것들을 아주 화려한 동작으로 꺼내더군요. 이스터헤이스도 제 여행 가방과 기타 소품들을 꺼내 놓으며 으스댔습니다. 렌에서 산 옷가지, 농업 안내서, 프랑스가 수에즈 운하를 건설할 때의 일들을 기록한 가벼운 읽을거리 등입니다. 로이 블랜드는 큰형님 행세를 하면서, 제게 만약 예상보다 몇 년 더 집을 비우게 될 경우 소식을 알리고 싶은 사람이 있느냐고 은밀하게 물었습니다.

하지만 이 세 사람이 이렇게 관심을 보이는 진짜 이유는 누가 봐도 뻔했습니다. 그들은 튤립에 대한 정보를 얻고 싶어 했습니다. 그녀가 어디 출신인지, 언제부터 우리를 위해 일했는지, 그녀의 담당자가 누구인지. 그러다 어색하기 짝이 없는 순간이 왔습니다. 그들의 질문을 모두 물리친 제가 작은 방에서 옷을 입고 있는

데, 토비 E가 커튼 뒤에서 고개를 내밀고는 빌에게서 다음과 같은 개인 메시지가 왔다고 말했습니다. 〈언제든 조지 아저씨에게 싫증이 나거든, 파리 지부의 지부장을 생각하게.〉 저는 애매한 대답을 했습니다.

피터

이제 작전에 관한 최고의 현학자 행세를 하면서, 부주의하기로 악명 높은 합동위의 계획에 뚫려 있는 구멍들을 모두 막으려고 애쓰는 조지를 만나 볼 차례다.

H/비밀 작전실[스마일리]이 H/프라하 지부[오먼드]에게 보내는 신호.

최고 기밀 메이플라워. 긴급.

A. 하위 정보원 튤립의 핀란드 여권이 내일 베니아 레시프 이름으로 된 가방에 담겨 도착할 것이다. 헬싱키 태생의 영양 전문가로, 배우자의 이름은 아드리앵 레시프. 여권에는 체코 입국 비자가 찍혀 있을 것이며, 입국 날짜는 프랑스 공산 단체가 후원한, 〈평화의 장〉 회의 날짜와 일치할 것이다.

B. 피터 길럼은 내일 에어프랑스 412기를 타고 현지 시간 오전 10시 40분에 프라하 공항에 도착할 것이다. 아드리앵 레시프라는 이름의 프랑스 국적 여권을

지닌 그는 렌 대학교의 농경제학과 객원 강사다. 그의 체코 입국 비자도 회의 날짜와 일치할 것이다. 레시프 가 회의에 늦게 나타난 것은 질병 때문이다. 레시프 부부는 현재 회의 참석자 명단에 참석자 한 명(도착 지연)과 배우자 한 명으로 올라 있다.

C. 내일 도착할 가방에는 아드리앵 레시프와 베니아 레시프 이름으로 프라하발 파리 르부르제행 에어프랑스 비행기표 두 장이 들어 있을 것이다. 출발 시각은 1월 28일 06시이다. 에어프랑스 기록에는 부부가 서로 다른 날짜에(입국 스탬프 참조) 비행기를 타고 프라하로 갔으나, 파리로 돌아올 때는 동료 학자들과 함께인 것으로 남게 될 것이다.

D. 레시프 교수와 그 부인의 숙소는 프랑스 대표단이 이른 아침에 비행기를 타고 파리 르부르제로 떠나기 전 하룻밤을 보낼 호텔 발칸에 예약되어 있다.

샐리 오먼드는 찬가를 부를 기회를 놓치지 않고 답장을 보냈다.

샐리 오먼드가 조지 스마일리에게 보낸 두 번째 개인 서신에서 발췌. 기록용이 아니라 철저한 개인 서신으로 표시되어 있음.

조지의 몹시 명료한 신호를 받고, 이 기회에 감사를 표하며, 제리와 의논 끝에 제가 대사관으로 가서 튤립에게 다가올 시련을 알리고 출발 준비를 해주기로 결정했습니다. 저는 마당을 가로질러 튤립에게 내어 준 별관으로 갔습니다. 거리와 면한 쪽에는 커튼을 이중으로 쳤고, 침실 문 앞 통로에는 제가 쓸 야전 침대를 놓았습니다. 혹시 불청객이 올 경우를 대비해서 아래층 현관홀에는 경비를 추가로 배치했습니다.

튤립은 침대에 앉아 있었습니다. 앨릭이 팔로 그녀의 어깨를 감싸고 있었습니다만, 그녀는 그의 존재를 알지 못하는 것 같았습니다. 가끔 조용한 딸꾹질처럼 흐느낄 뿐이었습니다.

그래도 저는 단호한 태도를 취하며, 계획대로 앨릭에게 바람을 쐬고 오라고 했습니다. 제리와 함께 남자끼리 강가에서 산책을 즐기고 오라고요. 제 독일어 실력은 대략 2급에 머물러 있기 때문에 처음에는 그녀에게서 이렇다 할 이야기를 이끌어 낼 수 없었습니다. 그녀가 제 말을 제대로 듣지도 않고, 말도 거의 안 했기 때문에 제 독일어 실력이 별로 상관없었을 것 같기는 합니다만. 그녀는 제게 여러 번 〈구스타프〉라고 속삭였습니다. 손짓을 조금 동원한 끝에 나는 구스타프가 그녀의 **남자**가 아니라 **아들**임을 알 수 있었습니다.

어쨌든 저는 그녀에게 내일 대사관에서 나가 비행

기를 타고 영국으로 갈 예정이지만, 곧장 가는 것은 아니고 프랑스의 학자들과 농업 종사자들 무리의 일원으로 움직일 것이라는 말을 전달하는 데 성공했습니다. 그녀의 첫 반응은 당연히 프랑스어를 한마디도 못하는데 어떻게 그럴 수 있겠느냐는 것이었습니다. 제가 그녀는 핀란드인이 될 터이니 그런 것은 걱정하지 않아도 된다(핀란드어를 할 줄 아는 사람은 아무도 없지 않습니까?)고 말했더니, 그녀는 〈이런 옷차림으로요?〉라는 반응을 보였습니다. 이것을 신호로 저는 파리 지부가 순식간에 마련해서 보내온 훌륭한 물건들을 풀어 놓았습니다. 프랭탕 백화점에서 산 멋진 보리색 카디건과 스웨터 세트, 그녀의 발에 딱 맞는 예쁜 구두, 매력적인 잠옷과 속옷, 문자 그대로 **목숨을 걸어도 좋을 것 같은 화장품**(파리 지부가 **엄청난 돈**을 썼음이 분명합니다). 지난 20년 동안 그녀가 꿈꿔 왔음이 분명한 물건들이 모두 있었습니다. 그녀 본인은 이런 물건의 존재를 몰랐는지도 모릅니다만. 게다가 투르의 라벨까지 붙어 있어서 환상을 완벽하게 해주었습니다. 저조차도 마음에 들었을 멋진 약혼반지와 금으로 된 멋진 결혼반지도 있었습니다. 그녀가 끼고 있던 가짜 양철 반지와는 다른 물건이었죠. 물론 이 물건들은 모두 도착지에서 반환해야 했지만, 아직은 그 말을 할 필요가 없겠다 싶었습니다!

이쯤 되자 그녀도 **열의**를 보였습니다. 그녀의 프로기질이 살아난 겁니다. 그녀는 멋진 새 여권(실제로는 새것이 아니었지만)을 아주 꼼꼼히 살피더니 훌륭하다고 말했습니다. 그리고 용감한 프랑스 남자 한 명이 그녀와 동행하며 여행 기간 중에 남편 행세를 할 것이라고 제가 말하자, 그녀는 훌륭한 조치라면서 그 남자가 어떻게 생겼느냐고 물었습니다.

그래서 저는 지시대로 그녀에게 피터 G의 사진을 보여 주었습니다. 그녀는 다소 **무표정**하게 그 사진을 보았습니다. 임시 남편이라면 사실 PG보다 훨씬 더 이상한 사람이 걸릴 수 있는데도 말이죠. 마침내 그녀가 물었습니다. 「이 사람은 프랑스인인가요, 영국인인가요?」 저는 〈둘 다입니다. 당신은 핀란드인이자 프랑스인이고요〉라고 대답했습니다. 그랬더니 세상에, 그녀가 **환성**을 지르며 웃었습니다!

그리고 곧 앨릭과 제리가 산책에서 돌아왔습니다. 서먹함이 풀렸으므로, 우리는 본격적으로 브리핑을 시작했습니다. 그녀는 차분히 주의 깊게 귀를 기울였습니다.

대화가 끝날 때쯤에는 그녀가 정말로 우리 계획에 공감했으며, 재미있어할 때가 아니라는 것을 알면서도 재미있게 생각하는 것 같다는 느낌이 들었습니다. 위험 중독자 같아서, 그런 면만 따진다면 앨릭과 아주 비슷했습니다!

안녕히 계세요. 우리의 멋진 앤에게 항상 사랑을 보냅니다.

S

*

갑자기 또는 무심코 몸을 움직이면 안 된다. 손과 어깨를 절대 움직이지 말고 호흡을 한다. 펩시는 그녀의 옥좌에 있지만, 내게서 눈을 떼지 못한다. 사랑의 시선은 아니다.

*

비밀 작전실 임시 배치, 하위 정보원 튤립이 프라하에서 파리 르부르제로 탈출하는 것, 거기서 1960년 1월 27일에 영국 공군 전투기를 타고 런던 노솔트 공항까지 이동하는 것에 대한 피터 길럼의 보고.

나는 현지 시간으로 11시 25분(비행기가 지연되었다)에 렌 대학교 농경제학과 객원 강사의 신분으로 프라하 공항에 도착했다.

프랑스 연락관 사무실 덕분에, 내가 질병으로 인해

회의에 늦게 참석한다는 사실이 공식적으로 통보되었으며 체코 당국을 위해 작성한 참석자 명단에 내 이름이 포함되어 있다는 사실을 나는 알고 있었다.

내 신분을 더욱 확고히 하기 위해 프랑스 대사관의 문화 담당관이 마중을 나와 자신의 외교관 신분을 이용해서 입국 수속을 신속히 처리해 주었다. 문화 담당관이 통역 역할을 해준 덕분에 수속은 비교적 쉽게 끝났다.

문화 담당관은 자신의 관용차에 나를 태워 프랑스 대사관으로 이동했고, 나는 대사관 방명록에 서명한 뒤 역시 대사관 차량을 이용해 회의장으로 이동했다. 뒷줄에 내 좌석이 마련되어 있었다.

화려한 오페라 극장 같은 회의장은 원래 철도 회사 노동자 중앙 위원회를 위해 지어진 곳으로, 대표단을 최대 4백 명까지 수용할 수 있었다. 경비는 엉성했다. 체코어밖에 할 줄 모르는 두 여성이 과로에 지친 모습으로 웅장한 계단 중간 층계참에서 책상에 앉아 6개국에서 온 대표단원들의 이름을 확인하고 있었다. 회의는 전문가들이 무대 위에 패널로 앉아 있고, 플로어에 앉은 사람들이 각본에 따라 발언하는 세미나 형태로 진행되었다. 내가 나설 필요는 없었다. 프랑스 연락관실의 일솜씨는 훌륭했다. 그들은 촉박한 시일에도 불구하고 체코 보안 당국과 대표단이 내 존재를 의심하지 않게 만들어 주었다. 대표단원 중 두 명은 내 역할을 확실히 인식한 듯, 일부러 시간을 내서 나를 찾아와 악수를 했다.

17시에 회의 종료가 선언되었고, 프랑스 대표단은 버스를 타고 호텔 발칸으로 이동했다. 우리 대표단이 전세를 낸, 자그마한 구식 호텔이었다. 나는 체크인을 하고, 〈가족실〉로 지정된 8호실 열쇠를 받았다. 내가 아내와 함께 온 것으로 되어 있기 때문이었다. 호텔 투숙객을 위한 식당과 연결된 바에서 나는 아내의 도착을 기다리며 중앙 탁자에 자리를 잡았다.

나는 그녀가 얌전한 구급차를 타고 영국 대사관을 탈출해서 근교의 안가로 갔다가 모종의 수단을 이용해 호텔 발칸으로 오기로 되어 있다고 대략적으로 알고 있었다.

따라서 나는 그녀가 프랑스 외교관 차량을 타고 도착한 것을 보고 감탄했다. 프라하 공항에서 나를 환영해 준 바로 그 문화 담당관이 그녀와 함께였다. 프랑스 연락관실의 예리함과 일솜씨에 다시 한번 찬사를 보내고 싶다.

튤립은 **부재중**인 회의 참석자의 배우자 베니아 레시프로 명단에 기록되어 있었다. 그녀의 뛰어난 외모와 세련된 옷차림 때문에 호텔 안의 프랑스 대표단원들 사이에 가벼운 동요가 일었다. 회의장에서 내게 친숙하게 인사를 건넸던 두 남성이 이번에도 튤립을 포옹하며 친구처럼 인사를 건네 나를 도와주었다. 튤립은 두 사람의 찬사를 세련되게 받아들이며, 엉터리 독일어만 사용했다. 내 독일어 실력이 그리 좋은 편이 아니었으므로, 부부 행세를 하는 동안 우리는 엉터리 독일어를 쓰게 되었다.

프랑스 대표단원 두 명과 함께 저녁 식사를 하는 동안 그들은 자신의 역할을 완벽하게 수행했다. 식사를 마친 뒤 우리는 다른 대표단원들과 함께 바에서 시간을 보내지 않고 일찌감치 방으로 올라갔다. 그리고 침실에서 암묵적인 동의에 따라, 우리가 위장한 신분에 걸맞은 진부한 대화만 나눴다. 외국인이 묵는 호텔에 마이크는 물론 심지어 카메라까지 설치되어 있을 가능성이 거의 1백 퍼센트였기 때문이다.

다행히 방은 넓었고, 싱글베드 여러 개와 세면대 두 개가 있었다. 우리는 밤이 거의 샐 때까지 아래층에서 대표단원들이 시끌벅적하게 떠들어 대는 소리를 들어야 했다. 그들은 깊은 밤까지 노래를 불러 댔다.

튤립도 나도 그날 잠을 자지 못한 것 같다. 04시에 우리는 다시 모여서 버스를 타고 프라하 공항으로 이동했다. 그리고 단체로 수속을 밟아 통과 여객 대합실로 들어간 다음 에어프랑스 비행기를 타고 르부르제로 향했다. 지금 생각하면 기적 같은 일이다. 프랑스 연락관실의 도움에 다시 한번 무한한 감사를 표하고 싶다.

그다음 내용이 어쩌다 내 보고서에 포함되었는지 알수 없어 잠시 어리둥절해졌지만, 내가 일종의 교란용으로 추가했음이 분명하다.

제리 오먼드, H/프라하 지부가 조지 스마일리에게 친필로 보낸 개인 친전 DO 서한. 파일 보관용 아님.

친애하는 조지,

새는 확실히 날아갔습니다. 짐작하듯이, 여기서는 많은 사람이 커다란 안도의 한숨을 내쉬었지요. 지금쯤 새는 행복하지는 못할망정 어쨌든 안전하게 영국 어딘가의 튤립 성에 도착했을 것으로 짐작됩니다. 그녀의 여행은 두 가지 의미에서 모두 상당히 순조롭게 이루어진 듯합니다. 요나가 마지막 순간에 연봉 외에 5백 달러를 추가로 주어야만 튤립을 자신의 구급차에 태우고 rv로 갈 수 있다고 주장했는데도 말입니다, 맹랑한 놈 같으니. 하지만 제가 편지를 쓰는 것은 튤립 때문이 아닙니다. 물론 요나 때문도 아니고요. 앨릭 때문입니다.

조지가 과거에 자주 하던 말이 있지요. 비밀을 통해

하나로 묶인 직업인으로서 우리는 서로를 보살필 의무가 있다고요. 그건 서로를 경계하고 지켜보아야 한다는 뜻입니다. 그러다 누군가가 압박감을 견디지 못하고 자기도 모르는 새에 무너지는 것 같으면, 그를 그 자신에게서 보호하는 것이 우리의 의무입니다. 같은 맥락에서 정보부도 함께 보호해야 하고요.

앨릭은 조지와 내가 아는 한 절대적으로 가장 뛰어난 현장 요원입니다. 머리가 대단히 좋고, 헌신적이고, 세속에도 밝고, 필요한 재주를 모두 갖고 있지요. 얼마 전에도 아주 아슬아슬한 작전을 깔끔하게 수행했습니다. 저는 비록 합동위, 존경하는 대사님, 화이트홀의 고위 관리들 머리 너머로 지켜봤을 뿐이지만 그래도 즐거웠습니다. 그래서 그가 앉은자리에서 스카치 병을 4분의 3이나 비우고, 우연히 신경에 거슬리는 경비원에게 싸움을 걸더라도, 우리는 그를 최대한 이해하려고 노력합니다.

저는 앨릭과 함께 산책을 했습니다. 강가에서 한 시간 동안 성까지 갔다가 대사관으로 돌아왔지요. 그 두 시간 동안 앨릭은 본인의 기준으로 술기운이 전혀 없는 멀쩡한 상태였습니다. 산책을 하는 동안 내내 그가 한 이야기는 서커스가 뚫렸다는 것이었습니다. 대출금을 약점으로 잡힌 우편실 직원 수준이 아니라, 합동위의 고위직이 뚫렸다는 겁니다. 조금 이상한 정도가 아니라, 완전히 미친 소리였습니다. 조리도 없고, 기반이 되는 사실도 없고, 솔직히 편집증 같았습니다. 여기에 미국적인 것이라면 무엇이든 노골적으로 싫어하는 그의 성격이 덧붙여지자, 아무리 좋게 말해도 대화가 힘들었습니다. 경계심이 들 정도였습니다. 다른 사람도 아닌 조지가 정한 우리 직업의 법칙에 따라, 외람된 말이지만, 제가 걱정하는 바를 보고합니다.

언제나 충실한

제리

추신: 앤에게도 언제나 그렇듯이 경의와 많은 사랑을 보냅니다. J

그리고 로라의 로제트가 내게 멈추라고 명령한다.

*

「잘 읽었습니까?」

「그럭저럭요. 감사합니다, 버니.」

「아, 젠장, 당신이 쓴 글이잖습니까? 이렇게 세월이 흘렀는데도 재미가 있습니까?」

그는 늦은 오후에 친구 한 명을 데리고 왔다. 금발의 세련된 청년이었다. 웃는 얼굴에는 고단한 삶의 흔적이 전혀 없었다.

「피터, 이쪽은 **레너드**입니다.」 버니가 격식을 갖춰 말한다. 마치 레너드가 누구인지 내가 마땅히 알고 있어야 한다는 듯이. 「만약 이 사소한 문제가 법정에 가게 될 경우, 물론 우리는 그런 일이 일어나지 않기를 진심으로 바랍니다만, 어쨌든 그런 경우 레너드가 정보부의 변호인이 될 겁니다. 또한 다음 주에 열리는 초당적인 조사위 예비 회의에도 우리를 위해 참석할 겁니다. 아시다시피 당신에게도 이미 참석 요청이 와 있습니다.」 그가 일그러진 미소를 짓는다. 「레너드, 피터입니다.」

우리는 악수를 한다. 레너드의 손이 아이의 손처럼 부드럽다.

「레너드가 정보부 변호사라면, 왜 나를 만나러 온 겁니까?」 내가 다그치듯 묻는다.

「서로 얼굴이나 익히자는 거지요.」 버니가 달래듯이 말한다. 「레너드는 판례형 변호사입니다.」 버니는 내가 눈썹을 치뜨는 것을 보고 말을 잇는다. 「법전에 있는 모든 구멍은 물론 법전에 존재하지도 않는 구멍까지 아주 잘 안다는 뜻일 뿐입니다. 나 같은 평범한 변호사들은 무색해질 정도로요.」

「무슨 말씀을.」 레너드가 말한다.

「오늘 로라가 오지 **않은** 건, 피터, 당신이 이유를 묻지는 않았지만, 어쨌든 남자들끼리만 의논하는 편이 당신

을 포함해서 **모두**에게 더 좋을 것 같다고 레너드와 내가
결론을 내렸기 때문입니다.」

「그게 무슨 소리입니까?」

「우선, 구식 요령이죠. 당신의 사생활을 존중하자. **그
러면** 당신에게서 이번만은 진실을 들을 수 있을지도 모
른다.」 버니가 못된 미소를 짓는다. 「그러면 레너드가 전
체적인 진행 방향에 대해 감을 잡을 수 있을 겁니다. 이
정도면 괜찮습니까, 레너드? 아니면 지나친가요?」

「아, 아주 괜찮은 것 같습니다.」 레너드가 말한다.

「물론 당신이 따로 법적인 대리인을 두는 편이 당신에
게 이로운지에 대해서도 **다소** 자세히 다룰 겁니다.」 버니
가 말을 잇는다. 「예를 들어 초당적 조사위 참가자들이
그냥 살금살금 무대에서 내려와 버린다면, 그런 경우가
전혀 없었던 것도 아니라고 들었습니다만, 그렇게 되면
눈을 가린 정의의 여신이 당신을 마음대로 다룰 겁니다.
우리도 그렇고요.」

「그럼 유단자를 보내지요.」 내가 말한다.

그러나 나의 재담에 반응이 없다. 아니, 단순히 내가
오늘 유난히 신경이 곤두서 있음을 그들이 이 말로 알아
차렸는지도 모른다.

「그런 경우를 대비해서 서커스는 적당한 후보들의 명
단을 갖고 있습니다. **받아들여질 수 있는** 후보라고 해두죠.
레너드, 우리가 진심으로 바라지 않는 그런 상황이 벌어

지면 당신이 기꺼이 피터의 선택을 돕겠다고 했던 것 같은데요.」 버니가 대학생 같은 미소를 지으며 레너드에게 판단을 맡긴다.

「물론입니다, 버니. 문제는, 여기까지 올라온 사람이 그리 많지 않다는 점입니다. 아시다시피 해리가 엄청 잘 올라오고 있는 것 같기는 합니다.」 레너드가 말한다. 「칙선 변호사 자리에 지원했고, 판사들이 그를 아주 좋아하지요. 그러니까 개인적으로 **어떤 식으로든** 영향을 미치고 싶지는 않습니다만, 해리를 선택하세요. 남자다운 사람입니다. 사람들은 남자를 변호하는 남자를 좋아합니다. 본인들은 잘 모르겠지만, 실제로 그래요.」

「수임료는 누가 냅니까?」 내가 묻는다.

레너드는 자신의 손을 보며 빙긋 웃고, 버니가 나선다. 「**전체적**으로 봤을 때, 피터, 청문회의 **추이**에 많은 것이 달려 있다고 봅니다. 당신의 처신, 충성심, 과거에 근무하던 정보부에 대한 의리도 그렇고요.」

하지만 레너드는 이 말을 한 마디도 듣지 않았다. 계속 자기 손만 바라보며 빙그레 웃고 있는 것을 보니 확실하다.

「자, 피터.」 버니가 마치 쉬운 일이라는 듯이 말한다. 「예, 아니요로 대답하세요.」 그가 눈을 가늘게 뜬다. 「남자 대 남자로 말하는 겁니다. 튤립이랑 잤습니까, 안 잤습니까?」

「안 잤습니다.」

「확실합니까?」

「확실합니다.」

「최고급 증인이 있는 이 방에서 지금 결코 돌이킬 수 없는 확실한 대답을 하는 겁니까?」

「버니, 미안하지만…….」레너드가 가볍게 나무라듯이 한 손을 든다. 「지금 잠시 당신의 법칙을 잊어버린 것 같습니다. 저는 법을 지켜야 할 의무가 있고, 의뢰인에게 변호사로서 수행해야 할 의무도 있기 때문에, 증인으로 나설 수는 없습니다.」

「좋습니다. 다시 말해 주겠습니까, 피터? 〈나 피터 길럼은 튤립이 영국으로 탈출하기 전날 밤 프라하의 호텔 발칸에서 그녀와 자지 않았다.〉맞습니까, 틀립니까?」

「맞습니다.」

「우리 모두에게 다행한 일이군요. 당신도 충분히 짐작할 겁니다. 특히나 당신은 눈에 보이는 사람들과 닥치는 대로 자는 것 같으니까요.」

「대단하네요.」레너드가 맞장구를 친다.

「그리고 그보다 **더** 중요한 건, 별로 규칙이랄 것이 없는 정보부의 첫 번째 규칙에 직원은 자신이 관리하는 정보원과 절대로, 결코 자면 안 된다고 규정되어 있다는 겁니다. 예의상 자는 것도 안 돼요. 작전상 바람직한 상황에서는 다른 직원의 정보원과 잘 수도 있습니다. 하지만,

자기 정보원과는 절대 안 됩니다. 당신도 그 규칙을 알고 있지요?」

「압니다.」

「그 당시에도 잘 알고 있었습니까?」

「네.」

「그렇다면, 만약 당신이 그녀와 **잤다면**, 물론 당신은 그러지 않았지만, 그랬다면 정보부의 규율을 무서울 정도로 어긴 행동일 뿐만 아니라, 당신의 본성이 교활하고 통제 불능이라서 바로 얼마 전에 하나뿐인 자식을 **빼앗기**고 목숨이 위험한 상황에서 도주하고 있는 여성의 섬세한 마음을 전혀 배려하지 않았다는 명확한 증거가 된다는 점에 동의하십니까? 이 말에 동의해요?」

「그 말에 동의합니다.」

「레너드, 질문 있습니까?」

레너드는 손끝으로 예쁜 아랫입술을 뜯다가 얼굴에 주름이 잡히지 않게 인상을 찌푸린다.

「저, 버니, 지독하게 무례한 말인 줄은 아는데, 저는 **정말로** 질문할 것이 **없는** 것 같아요.」 그는 스스로에게 깜짝 놀랐다는 듯 빙긋 웃으며 고백한다. 「방금 그런 얘기를 했으니까요. **지금으로서는** 할 수 있는 이야기를 모두 했다고 봅니다. 그리고…….」 그가 비밀을 말하듯이 내게 말한다. 「당신에게 그 명단을 보내 주겠습니다, 피터. 당신은 제 입에서 해리라는 이름을 들은 적이 없는 겁니다.

아니, 어쩌면 버니에게 슬쩍 말했다고 하는 편이 나을지도 모르겠네요. **공모한 걸로.**」 그는 이렇게 설명하면서, 애정이 넘치는 미소를 또 내게 쏟더니 자신의 검은 서류 가방을 향해 손을 뻗는다. 내가 기대하던 긴 회의가 끝났다는 뜻이다. 「그래도 남자가 좋을 거라는 생각은 변함이 없습니다.」 그가 내가 아닌 버니에게 말한다. 마치 방백처럼. 「이런 사건에서 어려운 질문을 다룰 때는 남자들이 좀 더 유리하거든요. 덜 청교도적이니까요. 초당적인 잔치에서 만납시다, 피터. *Tschüss*(안녕히).」

*

그녀와 잤냐고? 아니, 절대 자지 않았다. 나는 인생을 바꿔 놓은 여섯 시간 동안 칠흑 같은 어둠 속에서 그녀와 말없이, 미친 듯한 사랑을 나눴다. 태어날 때부터 서로에게 욕망을 품었으나 살아갈 시간이 딱 하룻밤밖에 없는 두 몸 사이에서 긴장과 욕망이 폭발했다.

그런데 나더러 이런 이야기를 **털어놓으라고?** 나는 돌핀스퀘어의 내 방 침상에 누워 잠을 이루지 못하고 뒤척이면서, 오렌지색으로 살짝 물든 어둠을 향해 묻는다.

나는 요람에서부터 무조건 부정하고, 부정하고, 또 부정하라고 배웠다. 지금 내게서 자백을 받아 내려고 애쓰는 바로 이 정보부가 내게 그렇게 가르쳤다.

「잘 잤어요, 피에르? 기분은 어때요? 장례식에서 추도
사는 잘했어요? 오늘 집에 와요?」

내가 그녀에게 전화를 한 모양이다.

「이자벨은 어때?」 내가 묻는다.

「예쁘죠. 당신을 보고 싶어 해요.」

「그놈이 다시 왔나? 내 친구라던 그 무례한 놈.」

「아뇨, 피에르. 당신의 테러리스트 친구는 다시 오지
않았어요. 그 사람이랑 축구를 같이 본 적 있어요?」

「이젠 그런 짓 안 해.」

9

안개 낀 겨울날 아침 7시에 르부르제 공항에서 파리 지부의 지부장인 조 호크스베리에게 도리스를 넘겨준 뒤 내가 브르타뉴에서 보낸 영원 같은 나날에 대해서는 파일에 아무것도 적혀 있지 않았다(주님에게 감사할 일이다). 우리 비행기가 착륙하고 누군가가 레시프 교수와 부인을 불렀을 때, 나는 넋이 나갈 만큼 안도감을 느꼈다. 우리가 나란히 트랩을 내려가는데, 호크스베리가 외교관 번호판을 단 검은색 로버에 앉아 있는 것이 보였다. 뒷좌석에는 파리 지부에서 그의 비서로 일하는 젊은 여성이 있었다. 내 심장이 쿵 내려앉았다.

「우리 구스타프는요?」 도리스가 내 팔을 움켜쥐고 물었다.

「다 잘될 거예요. 잘될 거예요.」 나는 앨릭이 했던 알맹이 없는 약속을 앵무새처럼 되풀이하고 있었다.

「언제요?」

「최대한 빨리. 저들은 실력이 좋아요. 당신도 알게 될 겁니다. 사랑해요.」

호크스베리의 비서가 뒷문을 열어서 붙잡고 있었다. 저 여자가 내 말을 들었을까? 내 안의 누군가가 제정신을 잃고 불쑥 내뱉은 말을? 저 여자가 독일어를 아는지는 상관없었다. 아무리 멍청한 사람이라도 〈이히 리베 디히〉는 아니까. 나는 도리스를 달래서 자동차로 향했다. 그녀는 마지못해 뒷좌석에 앉았다. 화들짝 놀란 사람처럼. 비서가 그녀의 뒤를 따라 차에 오르더니 문을 쾅 닫았다. 나는 호크스베리 옆의 조수석에 올라탔다.

「여행은 즐거웠습니까?」불빛을 번쩍이는 지프를 따라 활주로를 달리면서 그가 물었다.

우리는 격납고로 들어갔다. 어두운 앞쪽에서 엔진 두 개짜리 영국 공군기의 프로펠러가 천천히 돌아가고 있었다. 비서가 차에서 튀어 나갔다. 도리스는 내가 알아들을 수 없는 독일어로 혼자 뭐라고 속삭이며 꼼짝도 하지 않았다. 내가 던진 정신 나간 말은 그녀에게 아무런 흔적을 남기지 못한 것 같았다. 어쩌면 내 말을 듣지 못했을 수도 있었다. 어쩌면 내가 그 말을 하지 않았을 수도 있었다. 비서가 그녀를 움직이려고 했지만, 그녀는 꼼짝도 하지 않았다. 내가 그녀의 옆자리에 앉아 손을 잡았다. 그녀가 내 어깨에 고개를 기대는 모습을 호크스베리가 백미러로 지켜보고 있었다.

「*Ich kann nicht*(못 하겠어요).」 그녀가 속삭였다.

「*Du musst*(괜찮을 거예요). 괜찮을 거예요. *Ganz ehrlich*(정말로요). 정말로요.」

「*Du kommst nicht mit*(당신은 같이 안 가요)?」

「나중에요. 당신이 저 사람들과 이야기를 나눈 뒤에.」

나는 차에서 내려 그녀에게 손을 내밀었다. 그녀는 내 손을 무시하고 혼자 힘으로 차에서 내렸다. 그래, 그녀는 내 말을 듣지 못했다. 들었을 리가 없다. 제복 차림의 여성 공군 병사가 클립보드를 들고 씩씩하게 우리에게 다가왔다. 호크스베리의 비서와 공군 병사가 각각 양쪽에서 도리스를 잡고 비행기 쪽으로 이동하는 동안 도리스는 순순히 따랐다. 트랩 앞에서 그녀는 걸음을 멈추고 위를 올려다보더니, 마음을 다잡고 양손을 이용해서 트랩을 올라가기 시작했다. 나는 그녀가 뒤돌아보기를 기다렸다. 비행기 문이 닫혔다.

「이제 다 끝났네요.」 호크스베리가 여전히 내게 고개를 돌리지 않은 채 활기 있게 말했다. 「위에서 내려온 말은 이렇습니다. 브라보, 훌륭하게 임무를 수행했군. 이제 브르타뉴의 집으로 가서 땀 좀 식히고 위대한 부름을 기다리게. 몽파르나스역이 좋습니까?」

「몽파르나스역이면 괜찮을 것 같습니다. 감사합니다.」

당신이 합동위의 귀염둥이인지는 몰라도, 호크스베리 형제, 빌 헤이든이 나한테 당신의 자리를 제의하는 데는 아무런 문제가 없었답니다.

*

　그때 집으로 돌아온 뒤 내 머릿속에서 소용돌이치며
서로 충돌하던 감정들을 설명해 보라고 한다면, 지금도
몹시 힘들 것 같다. 트랙터를 몰고 밭에 거름을 뿌릴 때
도, 이곳의 젊은 주인으로서 내 몫을 다하려고 애쓸 때도
나는 그런 감정에 시달렸다. 너무 벅차서 말로 표현할 수
없는 하룻밤의 감각들을 흠뻑 음미하다가도, 순식간에
내가 저지른 충동적이고 무모한 행동이 얼마나 무책임한
짓이었는지 경악하곤 했다. 내가 말했는지 하지 않았는
지 알 수 없는 말도 마찬가지였다.

　우리가 서로를 끌어안았던 그 조용한 어둠을 떠올리
면서 나는 우리의 정사가 머릿속에만 존재하는 환상, 언
제 체코 보안대가 우리 침실 문을 박차고 들어올지 모른
다는 두려움이 불러낸 환상일 뿐이라고 나 자신을 설득
하려 애썼다. 하지만 내 몸에 새겨진 그녀의 손가락 자국
만 봐도 그것이 거짓임을 알 수 있었다.

　게다가 아무리 내가 상상력이 좋아도, 동이 트자마자
그녀가 여전히 나와는 한 마디도 하지 않은 채 옷을 차례
로 입던 순간까지 상상할 수는 없었을 것이다. 처음에 그
녀는 내 앞에 알몸으로 파수병처럼 서 있었다. 그 불가리

아의 해변에서 내 앞에 섰을 때처럼. 그러더니 프랑스의 훌륭한 옷가지들을 차례차례 몸에 걸쳐서 욕망의 대상을 모두 가려 버렸다. 점잖은 사무직 여성들이 입는 스커트와 목까지 단추를 채운 검은 재킷만 보일 뿐이었다. 하지만 그녀를 향한 내 욕망은 그 어느 때보다 더 필사적이었다.

그녀가 옷을 입는 동안 그녀의 얼굴에서 승리감이나 욕망이 어떻게 사라져 갔는지. 그녀 자신의 선택으로 우리는 서먹한 사이가 되었다. 처음에는 프라하 공항으로 가는 버스에서 그녀가 내 손을 거부했을 때, 그다음에는 파리행 비행기에서 나로서는 이해할 수 없는 이유로 우리가 서로 떨어진 좌석에 배치되었을 때. 비행기가 착륙한 뒤 사람들이 일어나서 줄지어 밖으로 나갈 때에야 우리 손이 다시 만났지만 곧 헤어졌다.

로리앙까지 힘들게 기차를 타고 가는 동안(당시에는 고속 열차가 없었다), 어떤 일이 벌어졌다. 지금도 그 일을 생각하면 나는 경악을 금치 못한다. 파리를 벗어난 지 겨우 한 시간쯤 되었을 때, 아무런 설명도 없이 기차가 갑자기 멈췄다. 밖에서 사람들의 목소리가 작게 들려오더니, 누군지 알 수 없는 사람의 비명이 이어졌다. 남자인지 여자인지도 알 수 없었다. 그래도 우리는 기다렸다. 승객들 중 일부는 서로 시선을 교환했고, 다른 사람들은 읽던 책과 신문에 기를 쓰고 시선을 고정했다. 제복 차림의 경비원이 문간에 나타났다. 많아야 스무 살쯤 된 애송이였다. 그가 미리 준비한 발언을 하기 전에 침묵이 흐르던 기억이 지금도 생생하다. 그는 한 번 심호흡을 한 뒤, 칭찬받아 마땅할 만큼 차분한 태도로 입을 열었다.

「신사 숙녀 여러분, 죄송합니다만 사람의 개입으로 열차가 잠시 정차하게 되었습니다. 몇 분 안에 다시 움직이게 될 겁니다.」

이때 고개를 들고 퉁명스럽게 질문을 던진 사람은 내가 아니라 내 옆에 앉은 노신사였다. 하얀 옷깃에 빳빳하게 풀을 먹인 그는 아주 꼼꼼한 성격인 것 같았다.

「개입이라니, 어떤 개입이오?」

이 질문에 청년은 참회하는 죄인 같은 목소리로 대답할 뿐이었다.

「자살입니다.」

「누가?」

「어떤 남자입니다. 남자인 것으로 보입니다.」

나는 레 되 제글리즈에 도착하고 몇 시간 되지 않아서 나의 후미로 내려갔다. 내가 위안을 얻을 수 있는 **나의** 후미. 먼저 풀이 엉킨 비탈길을 따라 내 땅의 경계선까지 내려간 다음, 절벽 길을 터벅터벅 걸어 내려간다. 그러면 절벽 아래에 작은 모래밭이 나타난다. 양편에는 나지막한 바위들이 꾸벅꾸벅 조는 악어들처럼 흩어져 있다. 나는 어렸을 때도 이곳에서 생각에 잠기곤 했다. 사귀는 여자들도 이곳으로 데려왔다. 진정한 사랑도, 반쪽짜리 사랑도, 4분의 1쪽짜리 사랑도. 하지만 내가 갈망하는 여자는 도리스뿐이었다. 우리가 위장이 아니라 진심으로 대화를 나눈 적이 한 번도 없다는 생각을 하며 나는 나 자신을 비난했다. 하지만 꼬박 1년 동안 자나 깨나 그녀가 위장하고 있던 시간을 모두 나와 공유하지 않았던가? 그녀의 모든 충동, 순수성, 욕망, 반발, 복수에 내가 반응하지 않았던가? 함께 침대에 들기 전에 그토록 오랫동안, 그토록 친밀하게 친분을 쌓은 여자는 없었다.

그녀는 내게 힘을 주었다. 그녀 덕분에 나는 그때까지와는 완전히 다른 남자가 되었다. 지난 세월 동안 내게 섹스에는 재주가 없다고 (상냥하게, 불쑥, 또는 환상이 깨졌음을 대놓고 드러내며) 말한 여자가 한두 명이 아니었다. 내가 완전히 고삐를 놓아 버리고 순간에 빠져들지도 못하고, 욕망을 억제하느라 서투르게 굴고, 본능이 일으키는 진정한 불꽃도 없다는 것이었다.

하지만 도리스는 나와 끌어안기 전에 이미 그 모든 것을 **알고** 있었다. 우리가 스치듯 지나갈 때, 벌거벗은 나를 품에 끌어안을 때, 나를 환영할 때, 용서해 줄 때, 나를 감쌀 때 그 모든 것을 알고 있었다. 그렇게 우리는 오랜 친구가 되고, 조심스러운 연인이 되고, 나중에는 의기양양한 반란자가 되었다. 우리 둘의 인생을 통제하는 모든 것으로부터 자유롭게 벗어나서.

〈이히 리베 디히.〉 이 말은 진심이었다. 앞으로도 영원히 진심일 것이다. 영국으로 돌아가면 그녀에게 다시 이 말을 할 것이고, 내가 이 말을 했음을 조지에게 알릴 것이다. 내가 이미 정보부를 위해 넘칠 만큼 일했으므로, 도리스와 결혼해서 구스타프를 찾아오기 위해 정보부를 그만둬야 한다면 그렇게 하겠다고 말할 것이다. 아무리 언변이 좋은 조지라도 내 마음을 바꿔 놓지 못할 것이다.

하지만 내가 이렇게 되돌릴 수 없는 큰 결심을 하자마자, 서류에 훌륭하게 기록되어 있는 도리스의 문란함이 나를 괴롭히기 시작했다. 그것이 그녀의 진정한 비밀이었던가? 그녀가 모든 남자와 똑같이 너그럽게 사랑을 나눈다는 사실이? 나는 앨릭이 나보다 먼저였을 것이라고 반쯤 믿는 지경에 이르렀다. 둘이 꼬박 이틀 밤을 함께 보냈잖은가, 젠장! 아니, 첫날은 구스타프가 함께 있었다. 하지만 비좁은 트라반트에서 온기를 위해 딱 붙어 앉았던 둘째 날은 어떤가? 그녀가 그의 어깨에 고개를 기댔다고 앨릭이 직접 말했단 말이다! 그 상태로 그녀는 자신의 영혼을 그에게 내보였고, 또 무엇을 내보였는지는…… 반면 접선용 연락책에 불과한 나는 도리스와 주고받은 말을 모두 합해도 손가락으로 헤아릴 수 있을 정도였다.

그러나 이렇게 그녀의 배신이라는 상상 속의 유령을 불러내면서도 나는 그것이 망상임을 알고 있었다. 그래서 나의 부끄러운 행동이 더욱 고통스러웠다. 앨릭은 그런 남자가 아니었다. 만약 나 대신 앨릭이 호텔 발칸에서 그날 밤 도리스와 함께 있었다면, 구석에 앉아 평온하게 담배를 피웠을 것이다. 콧부스에서 도리스가 앨릭이 아니라 구스타프를 품에 안고 있던 그날 밤처럼.

나는 계속 바다를 물끄러미 바라보며 아무런 소득도 없이 이런 생각 사이를 오가다가 내가 혼자가 아님을 깨달았다. 생각에 빠진 탓에 누군가 나를 미행하고 있다는 사실조차 알아차리지 못한 것이다. 그보다 더 심각한 것은, 나를 미행한 자가 우리 동네에서 가장 입맛 떨어지는 자인 오노레라는 사실이었다. 독한 난쟁이인 그는 거름과 중고 타이어, 그리고 그보다 더 심한 물건들을 거래하는 상인이었다. 난쟁이 같은 그의 생김새는 불길하기까지 했다. 땅딸막하고, 어깨가 널찍하고, 사악한 얼굴을 한 그가 선원 모자와 작업용 겉옷 차림으로 절벽 가장자리에 두 다리를 쩍 벌리고 서서 아래를 내려다보고 있었다.

나는 그를 올려다보며 무슨 일로 왔느냐고 경멸을 섞어 소리쳤다. 내 질문의 속뜻은 나 혼자 생각에 잠길 수 있게 꺼져 버리라는 것이었다. 그는 대답 대신 절벽에 난 길을 폴짝폴짝 내려오더니, 나에게 눈길도 주지 않은 채 바다 근처의 바위에 걸터앉았다. 어둠이 점점 짙어지고 있었다. 만 건너편에서는 로리앙의 불빛들이 하나둘 반짝이기 시작했다. 얼마 뒤 그가 고개를 들고 뭔가를 묻듯이 나를 빤히 바라보았다. 내가 아무 대답을 하지 않자, 그는 작업복 안 깊숙한 곳에서 병을 하나 꺼내고 다른 주머니에서 종이컵 두 개를 꺼냈다. 그리고 병에 든 것을 컵에 따른 뒤 나를 손짓으로 불렀다. 나는 예의상 그의 손짓에 따랐다.

「죽을 생각인가?」 그가 가볍게 물었다.

「의식적으로는 아니야.」

「여자 문제? 또 다른 여자?」

나는 그를 무시했다. 영문을 알 수 없는 그의 정중한 태도가 충격적이었다. 처음이라 그런가? 아니, 전에도 이런 모습을 본 적이 있나? 그가 컵을 들어 올렸다. 나도 그를 향해 컵을 들어 올렸다. 노르망디에서는 이 술을 칼바도스라고 부르지만, 우리 브르타뉴 사람들은 랑비그라고 불렀다. 오노레의 표현으로는, 말발굽을 단단하게 만들기 위해 바르는 물건이었다.

「성자가 되신 자네 아버지를 위하여.」 그가 바다를 향해 말했다. 「위대한 레지스탕스 영웅이시지. 훈족[25]을 많이 죽인 분.」

「그거야 남들이 하는 말이지.」 나는 그를 경계하며 대답했다.

「훈장도 있잖아.」

25 제1, 2차 세계 대전 당시 독일인을 경멸하며 부르던 별명.

「두어 개쯤.」

「고문도 받았지. 그리고 놈들 손에 목숨을 잃었어. 두 몫의 영웅이라고. 브라보.」그는 계속 바다를 바라보며 술을 또 마셨다. 「우리 아버지도 영웅이었어.」그가 말을 이었다. 「대단한 영웅이었지. **초대형** 영웅. 자네 아버지보다 2미터나 더 큰 영웅.」

「무슨 일을 하셨는데?」

「훈족에 협력했어. 놈들은 자기들이 전쟁에서 이기면 브르타뉴를 독립시켜 주겠다고 아버지에게 약속했지. 멍청하게 그걸 믿다니. 전쟁이 끝난 뒤 레지스탕스 영웅들이 마을 광장에 아버지를 매달았어. 만신창이가 된 모습으로. 구경꾼이 얼마나 많았는지. 박수갈채도 쏟아지고. 온 마을에 그 소리가 울려 퍼졌다고.」

혹시 오노레도 그 소리를 들었을까? 두 손으로 귀를 막고, 어느 친절한 사람의 지하실에 웅크리고 앉아서? 그랬을 것 같은 느낌이 들었다.

「그러니까 말똥은 다른 사람한테서 사는 게 좋아.」그가 말을 이었다. 「자칫하면 자네도 매달릴지 몰라.」

그는 내가 뭔가 말하기를 기다렸지만 나는 아무 생각도 떠오르지 않았다. 그래서 그는 잔을 다시 채웠고, 우리는 계속 바다를 바라보았다.

*

  그 시절 농부들은 아직 마을 광장에서 불[26] 경기를 했고, 술에 취하면 브르타뉴 노래들을 불렀다. 평범한 인간이 되기로 결심한 나는 그들과 사과주를 나눠 마시고, 그랑기뇰[27] 못지않은 마을의 소문에 귀를 기울였다. 우체국 부부가 다락방에 들어가 문을 잠그고 나오지 않는 것은 아들이 자살했기 때문이라더라. 세금 징수관이 아내에게 버림받았는데, 노망난 그의 아버지가 새벽 2시에 정장을 갖춰 입고 아침 식사를 하러 내려왔기 때문이라더라. 옆 마을에서 낙농업을 하는 남자가 딸들과 잠을 잔 혐의로 감옥에 갔다더라. 이 모든 소문을 들으면서 나는 반드시 고개를 끄덕여야 하는 지점에서 고개를 끄덕이려고 최선을 다했으나, 머릿속에서는 나를 놓아주지 않는 의문들이 더욱 많아지고 깊어졌다.

*

  〈부자연스러울 정도로 너무나 쉬웠어, 망할!〉
  내가 참여했던 다른 모든 작전에서는 비록 성공으로 끝난 경우라 하더라도 그 무엇도 톱니바퀴처럼 정확히

---

26 무거운 공을 던지거나 굴리는 공놀이의 일종.
27 공포와 선정성을 강조하는 짧은 연극.

돌아가지 않았는데, 왜 이번에는 모든 것이 톱니바퀴처럼 정확했을까?

정보원들이 들끓는 이웃 경찰국가에서 도주 중인 슈타지 소속 여성? 무자비하고 유능하기로 악명 높은 체코 보안대? 그런데도 우리는 조사를 받고, 미행과 도청을 당하고, 심문을 받기는커녕, 정중하게 출구로 안내받았다고?

게다가 도대체 언제부터 프랑스 정보부의 일솜씨가 그렇게 흠잡을 데 없었지? 내가 듣기로 내부의 알력 다툼으로 분열되어 있다고 했는데. 꼭대기부터 바닥까지 보안이 뚫리고 무능하다는 소리가 왜 친숙하게 들리지? 그런데도 그들이 갑자기 이 분야의 도사들처럼 굴다니. 아니, 정말로 그렇게 유능했던 건가?

나의 이런 의심은 시시각각 점점 커져서 내 귀를 두드려 댔다. 하지만 내가 무엇을 할 수 있을까? 두 손 들고 물러나기 전에 스마일리에게도 사실을 고백해?

모르긴 몰라도 지금 이 순간 도리스는 시골의 모처에 갇혀서 당국자들에게 정보를 털어놓고 있을 터였다. 우리가 얼마나 열정적으로 사랑을 나눴는지도 털어놓을까? 감정의 문제에서 그녀는 자제력이 뛰어난 편이 아니었다.

만약 그녀를 면담하는 사람들이 나처럼 동독과 체코를 지나온 그녀의 도주가 부자연스러울 정도로 쉬웠다고 의심하기 시작한다면, 어떤 결론에 도달할까?

이 모든 것이 함정이라고? 그녀가 사활이 걸린 기만 작전에 참여한 이중 첩자라고? 바보 중의 바보인 피터 길럼이 적과 동침했다고? 나도 점점 이런 생각을 하고 있을 때, 올리버 멘델이 새벽 5시에 전화를 걸어 조지의 이름으로 내게 명령을 내렸다. 가장 빠른 수단을 이용해서 솔즈베리시로 가라는 것이었다. 〈잘 지내나, 피터?〉라든가 〈꼭두새벽에 잠을 깨워서 미안하네〉 같은 말은 없었다. 그냥 〈조지가 여기 캠프 4로 당장 뛰어오라는군〉이라는 말뿐이었다.

캠프 4는 뉴포리스트에 있는 합동위의 안가였다.

*

르투케에서 작은 비행기의 마지막 남은 좌석에 간신히 비집고 들어가 앉으면서 나는 즉결 재판이 날 기다리고 있다는 상상을 한다. 도리스가 이중 첩자라고 자백했을 것이다. 그리고 우리가 보낸 열정의 밤을 일종의 교란용 미끼로 이용하고 있다.

하지만 곧 내 머릿속의 다른 반쪽이 앞으로 나선다. 그녀는 네가 아는 도리스 그대로야, 이 친구야. 넌 그녀를 사랑하잖아. 그녀에게 사랑한다고 말도 했잖아. 아니, 말한 것 같다고 생각하잖아. 어느 쪽이든 네 감정은 확실히 진심이고. 그러니까 금방 재판을 받게 될 것 같다고 해서, 그녀마저 섣불리 판단해 버리지 마!

리드에 도착했을 무렵에는 어디에서도 논리를 찾아볼 수 없었다. 기차가 솔즈베리역에 들어설 때도 역시 논리가 없었다. 하지만 적어도 도리스를 데려갈 장소로 캠프 4가 선택된 것에 대해 의아해할 시간은 있었다. 서커스의 기준으로 볼 때 캠프 4는 가장 비밀스러운 안가도, 가장 보안이 좋은 안가도 아니었다. 서류상으로는 좋은 점밖에 없었다. 뉴포리스트 한복판의 작은 집으로 길에서는 보이지 않는다. 나지막한 2층 건물에 담장이 있는 정원이 딸렸고, 개울 하나와 호수의 일부가 포함되어 있다. 10에이커의 부지에는 숲도 조성되어 있다. 그리고 이 모든 것을 180센티미터 높이의 철망 울타리가 에워싸고 있고, 무성하게 자란 덤불이 울타리를 가려 준다.

그러나 슈타지에서 일하던 중요한 정보원을 겨우 며칠 전 슈타지의 턱밑에서 채 와서 이 집으로 데려간다고? 조지가 생각했던 것보다는 좀 더 눈에 띄는 조치인 것 같았다.

솔즈베리역에 허버트라는 서커스의 운전기사가 나와 있었다. 내가 스캘프헌터[28]에서 일할 때 알던 사람인데,

---

28 Scalphunter. 직역하면 〈두피 사냥꾼〉. 르카레의 소설에서는 첩보 활동 중 암살 등 무력이 필요한 일에 동원되는 정보부의 한 부서다. 피터 길럼은 주로 한직을 맴도는 캐릭터로 묘사되는데, 스캘프헌터도 컨트롤이 이중 간첩 사건으로 밀려난 뒤 힘을 잃었다.

그가 들고 서 있는 종이에는 〈배러클로행 손님〉이라고 적혀 있었다. 배러클로는 조지가 쓰는 가명 중 하나다. 하지만 내가 가벼운 대화를 시도했더니 허버트는 나와 대화하는 것을 허락받지 못했다고 말했다.

우리는 바닥이 여기저기 팬 긴 진입로로 들어섰다. 무단 침입자를 고발하겠다는 말이 적혀 있었다. 라임 나무와 단풍나무 가지들이 낮게 드리워져 승합차 지붕을 스쳤다. 그 그림자 속에서 짐작하지 못했던 폰의 모습이 불쑥 나타났다. 폰이라는 성만 알려져 있는 그는 사라트의 훈련소에서 비무장 격투를 가르치던 강사였으며, 가끔 비밀 작전실에서 주먹을 휘두르는 역할을 맡았다. 하필이면 **폰**이 왜 여기 와 있는 걸까? 모든 훈련생들 중에서도 유명하고 사랑스러운 게이 커플인 하퍼와 로가 이곳 캠프 4의 경비를 맡고 있는데. 문득 스마일리가 전문가로서 폰을 높이 평가하기 때문에 까다로운 임무에 여러 번 사용한 적이 있다는 사실이 떠올랐다.

기사가 차를 세우자 폰이 웃음기라고는 전혀 없는 얼굴로 차 안의 나를 들여다보고는 고개를 살짝 기울여 통과하라는 신호를 보냈다. 두 짝으로 된 단단한 나무문이 열렸다가 우리가 통과한 뒤 닫혔다. 오른쪽의 본채는 원래 튜더 양식을 흉내 낸 양조장 건물이었고, 왼쪽에는 옛날에 마차를 넣어 두던 건물인 별채, 조립식 막사 두 채, 초가지붕을 머리에 인 웅장한 교회 헛간이 있었다. 헛간은 〈성수반〉이라고 불렸다. 마당에는 포드 제퍼 세 대와 검은색 포드 승합차 한 대가 주차되어 있고, 그 앞에 보이는 사람은 퇴직한 형사이자 조지의 오랜 친구인 올리버 멘델이었다. 그는 무전기를 귀에 대고 있었다.

나는 승합차에서 서둘러 내려 배낭을 챙기고 소리친다. 「안녕하세요, 올리버! 내가 왔어요!」 하지만 올리버 멘델은 전혀 꿈쩍하지 않고 무전기를 향해 뭐라고 중얼거리며 자신에게 걸어오는 나를 지켜보기만 한다. 나는 그에게 다시 인사를 건네려다가 그만둔다. 올리버가 중얼거린다. 「그러면 되겠군, 조지.」 그러고는 무전기를 끈다.

「우리 친구가 지금 좀 **바쁘다네**, 피터.」 그가 엄숙한 표정으로 말한다. 「작은 사고가 있었어. 괜찮다면 나와 함께 주변을 산책하겠나?」

나는 그의 말뜻을 알아차린다. 도리스가 모든 것을, 그러니까 〈이히 리베 디히〉까지 모든 것을 털어놓았다는 뜻이다. 우리 친구 조지가 **바쁘다는** 것은 그가 직접 선택한 부하의 실망스러운 행동에 역겨움과 분노를 느끼고 있다는 뜻이다. 그는 도저히 나를 만나 이야기를 나눌 수 없어서, 언제나 믿음직한 올리버 멘델 형사를 대신 보내 젊은 피터에게 평생 한 번 겪을까 말까 한 호된 질책을 내리기로 했다. 십중팔구 해고 통지도 그가 전달하게 될 것이다. 그럼 폰은 왜 온 거지? 게다가 캠프를 급히 비우고 떠나려는 것 같은 이 느낌은?

우리는 잔디밭을 걸어 서로 비스듬히 서 있다. 틀림없이 멘델이 의도한 것이다. 우리는 중간쯤 되는 거리의 어떤 물체에 시선을 고정하고 있다. 은색 자작나무 두 그루와 낡은 비둘기 집이다.

「자네에게 전할 슬픈 소식이 있네, 피터.」

이제 시작이구나.

「하위 정보원 튤립, 자네가 체코에서 성공적으로 도주시킨 여성이 오늘 아침 사망 판정을 받았다는 소식을 전하게 되어 몹시 유감이네.」

*

그런 순간에 자신이 무슨 말을 했는지 아는 사람은 아무도 없는 법이다. 나도 마찬가지다. 당연한 듯 고통이나 경악이나 불신을 드러내며 소리를 질렀다는 말은 하지 않겠다. 갑자기 눈앞이 흐릿해진 것은 확실하다. 은색 자작나무도 비둘기 집도 또렷하게 보이지 않았다. 예년에 비해 화창하고 따뜻한 날씨였던 것도 확실하다. 토하고 싶었지만, 내성적인 성격 탓에 어떻게든 참아 넘긴 것도 확실하다. 이 캠프의 가장 남쪽에 위치한 황폐한 여름 별장까지 멘델을 따라간 것도 확실하다. 여름 별장은 울창한 잡목 숲으로 본채와 분리되어 있었다. 낡아 빠진 베란

다에 앉아 우리는 잡초가 무성한 크로케 경기용 잔디밭을 바라보았다. 녹슨 고리들이 풀 속에서 고개를 내밀고 있었다.

「목을 매달아 죽은 것 같네.」멘델이 죽음의 선고 같은 말을 하고 있었다. 「스스로 한 짓이야. 저쪽 비탈길 뒤편에 있는 나무의 나지막한 가지였네. 인도교 옆에 있는 것. 지도상으로는 217 지점일세. 사망 판정은 애슐리 메도스 박사가 08시에 내렸고.」

애시 메도스는 할리 거리[29]의 세련된 정신과 의사로, 조지와 친구가 된 것이 믿기지 않는 사람이었다. 서커스가 신경증을 앓는 망명자가 있을 때 도움을 청하는 조력자이기도 했다.

「애시가 와 있습니까?」

「지금 그녀와 함께 있네.」

나는 이 소식을 천천히 받아들인다. 도리스가 죽었다. 애시가 그녀와 함께 있다. 죽은 사람을 옆에서 지키고 있는 의사.

「그녀가 유서 같은 것을 남겼습니까? 자기 생각을 누구에게든 **말한** 적이 있습니까?」

「그냥 목을 매달았어. 여기 어딘가에서 등산용 로프를 찾아낸 모양이야. 밧줄 길이가 3미터였네. 훈련 때 쓰다가 남은 거겠지. 누군가 부주의했던 것 같다고 나는 개인

29 런던에서 개인 병원이 밀집해 있는 곳.

적으로 생각하고 있네.」

「앨릭에게는 알렸습니까?」 나는 그녀가 그의 어깨에 고개를 기댄 모습을 떠올리며 묻는다.

그가 다시 경찰관의 목소리로 말한다. 「자네 친구 앨릭 리머스에게는 조지가 말할 걸세. 그에게 필요한 정보를 필요한 때에. 그 전에는 말하지 않을 거야. 때는 조지가 알아서 고르겠지. 알겠나?」

앨릭이 튤립을 무사히 보냈다고 여전히 믿고 있다는 사실은 알아들었다.

「지금 어디 있습니까? 앨릭 말고, 조지 말입니다.」 내가 멍청이처럼 묻는다.

「지금 이 순간 조지는 사실 우연히 만난 스위스 신사와 대화 중일세. 덫에 걸렸지, 가엾게도. 그냥 덫이 아니라 사람을 잡는 함정일세. 우리로서는 사슴 고기를 노리는 파렴치한 밀렵꾼이 덫을 놓은 것 같다고 짐작할 수밖에 없어. 녹슨 덫이 길게 자란 풀밭에 놓여 있었다더군. 언제부터 거기에 있었는지는 알 수 없네. 하지만 스프링에 손을 댄 사람이 없었다지. 이빨에 제대로 물렸다면 발목이 깨끗하게 잘릴 수도 있었다고 들었네. 그러니 운이 좋았지.」 내가 계속 침묵하자 그는 여전히 입담 좋게 말을 잇는다. 「문제의 그 스위스인은 취미로 조류를 연구하는 사람이라네. 나도 그 공부를 하고 있으니 존경스러운 사람이지. 근처에서 새를 관찰하고 있었는데, 원래 우리

경내를 침범할 생각이 없었다네. 하지만 결국 침범했고, 지금은 그것을 후회하고 있지. 나라도 그랬을 거야. 우리 끼리만 하는 말이네만, 충격적인 것은 하퍼와 로가 순찰을 돌 때 그걸 발견하지 못했다는 점이야. 그 둘이 덫을 밟지 않은 것이 다행이라고 할밖에.」

「조지가 그 사람을 왜 지금 만나고 있는 겁니까?」 나는 〈하필 이런 때에〉라고 말하고 싶었던 것 같다.

「그 스위스 신사 말인가? 중요한 증인이 아닌가? 스위스 신사 말이야. 좋든 싫든 어쩔 수 없지. 그는 경내에 있었네. 그래, 실수였겠지. 나처럼 새를 관찰하는 사람이니 그럴 수 있어. 하지만 시기가 딱 그때였다는 게 그의 불행일세. 조지는 당연히 그 신사가 사건 해결에 도움이 될 만한 것을 보거나 듣지 않았는지 알아보고 싶어 하거든. 어쩌면 가엾은 튤립이 어떤 식으로든 그 신사와 이야기를 나눴는지도 모르네. 상황이 간단치 않아. 생각해 보게. 여기는 엄격하게 기밀이 유지되는 시설이고, 튤립은 공식적으로 영국에 도착한 적이 없어. 그러니 그 스위스 신사는 보안이라는 측면에서 이른바 말벌 둥지에 우연히 발을 들인 셈일세. 어쨌든 그걸 고려해야겠지.」

나는 그의 목소리를 듣기만 할 뿐 주의를 기울이지는 않았다. 「그녀를 봐야겠습니다, 올리버.」 내가 말했다.

이 말에 그는 전혀 놀라지 않은 기색으로 대답했다. 「그럼 여기 가만히 있게. 내가 위에다가 그 말을 전달할 테니. 무슨 일이 있어도 움직이지 마.」

이 말을 남긴 뒤 그는 방치된 크로케 경기장의 길게 자란 풀 속으로 성큼성큼 걸어 들어가며 다시 무전기를 향해 뭐라고 중얼거렸다. 나는 그의 손짓에 따라 성수반의 육중한 문까지 그를 따라갔다. 그는 문을 두드린 뒤 뒤로 물러났다. 잠시 후 문이 삐걱거리며 열리고, 애시 메도스의 모습이 드러났다. 예전에 럭비 선수로 뛰었던 50세 남자인 그가 빨간 멜빵과 격자무늬 플란넬 셔츠 차림으로 서서 여느 때처럼 파이프로 담배를 피우고 있었다.

「유감스러운 일일세, 친구.」 그가 나를 위해 뒤로 물러서며 말했다. 그래서 나도 유감스럽다고 말했다.

커다란 헛간 중앙의 탁구대에 호리호리한 여성의 몸이 지퍼를 채운 시체 가방 안에 들어 있었다. 발끝을 위로 한 채 똑바로 누워 있는 모습이었다.

「가엾게도 저 여자는 여기 온 뒤에야 자신이 튤립이라고 불리는 걸 알았어.」 애시가 산들바람 같은 목소리로 회상했다. 망자가 있는 곳에서 이야기하기 위해 개발해 낸 목소리임이 분명했다. 「그녀가 자신이 튤립임을 알게 된 순간부터, 누구도 그녀를 다른 이름으로 부를 수 없었다네. 자네 정말 꼭 봐야겠나?」

이 말은 지퍼를 내려도 되겠느냐는 뜻이었다. 나는 각오가 되어 있었다.

그녀를 만난 뒤 처음으로, 그녀는 무표정한 얼굴을 하

고 있었다. 땋아서 초록색 리본을 묶은 적갈색 머리카락이 그녀의 얼굴 옆에 놓여 있었다. 눈은 감겨 있었다. 그녀가 잠든 모습을 나는 그때까지 한 번도 본 적이 없었다. 목은 파란색과 회색으로 얼룩덜룩했다.

「이제 됐나, 피터?」

내 대답과 상관없이 그는 지퍼를 닫았다.

*

나는 멘델을 따라 공기가 신선한 밖으로 나온다. 잔디가 깔린 언덕이 내 앞쪽에서 밤나무 수풀까지 이어져 있다. 언덕 위에 서면 전망이 좋다. 본채, 소나무 숲, 주변의 벌판이 한눈에 보인다. 하지만 내가 그 언덕에 발을 들여놓기도 전에 멘델이 한 손을 들어 내 앞을 막는다.

「괜찮다면 나랑 같이 여기 있게. 공연히 눈에 띌 필요가 없어.」그가 말한다.

그가 이런 말을 한 이유에 대해 내가 의문을 품을 생각조차 하지 않은 것은 놀라운 일이 아니다.

그 뒤로 우리는 한동안(정확한 시간은 알 수 없다) 정처 없이 주변을 돌아다닌다. 멘델은 벌을 키우고 있다는 얘기를 한다. 그다음에는 자신의 아내가 몹시 좋아하는 골든 래브라도종의 구조견 포피 이야기를 한다. 내 기억에 포피는 암컷이 아니라 수컷이었던 것 같다. 그때 속으로 놀랐던 것도 기억난다. 올리버 멘델에게 아내가 있다는 사실을 그때 나는 몰랐던 것 같기 때문이다.

나는 그의 말에 조금씩 대꾸를 해준다. 그가 브르타뉴에서 잘 살고 있느냐고 물었을 때, 올해 작황이 어떤지, 소를 몇 마리나 기르는지 물었을 때, 나는 정확하고 명료하게 답한다. 그는 이런 반응이 오기를 기다리고 있었는지, 성수반을 지나 별채로 이어진 자갈길에 이르렀을 때 내게서 한 걸음 떨어지며 무전기를 향해 짤막하게 뭐라고 말한다. 그리고 다시 내게 다가온 그는 조금 전처럼 붙임성 있는 모습이 아니라 완전히 경찰관의 모습이다.

「자, 이제 잘 듣게. 이제부터 자네는 사건의 나머지 절반에 대해 알게 될 거야. 앞으로 보게 될 일에 대해 어떤 식으로든 반응하지 말고, 앞으로 영원히 입을 다물어야 하네. 이건 내 명령이 아니라 조지의 명령이야. 자네에게 직접 전달하라는 명령. 그리고 하나 더. 혹시라도 저 가엾은 여성의 자살을 아직도 자네 탓이라고 생각한다면, **이제** 그 생각을 내려놔도 되네. 알겠나? 이건 조지의 말이 아니라 내가 하는 말이야. 자네 스위스 말 할 줄 아나?」

그는 빙긋 웃고 있었다. 그리고 놀랍게도 나도 웃고 있었다. 우리의 산책의 목적이 오싹해졌다. 나는 순간적으로 그 스위스 신사를 잊고 있었다. 멘델이 친절하게 가벼운 대화만 하고 있다고 생각했다. 그런데 지금, 새를 관찰하다가 실수로 경내를 침범했다는 그 정체불명의 인물에 대한 생각이 강력하게 되돌아왔다. 좁은 길 끝에 폰이 서 있었다. 그 뒤로는 〈사망 위험, 접근 금지〉라고 적혀 있는 진녹색 입구까지 돌계단이 이어져 있었다.

우리는 계단을 올랐다. 폰이 앞장섰다. 우리는 건초 창고에 도착했다. 곰팡이가 슨 마구가 낡은 고리에 걸려 있었다. 우리는 썩어 가는 건초 꾸러미들 사이를 지나 〈잠수함〉에 이르렀다. 가혹한 심문에 저항하는 법과 그런 심문을 실시하는 법이라는, 사랑스럽지 않은 기술을 훈련생들에게 가르치기 위해 일부러 외따로 지은 방이었다. 추가 교육을 받을 때도 역시 창문 하나 없고 벽은 푹신하게 보강된 방에서 수갑과 족갑을 차고 머리가 쪼개질 것 같은 소리를 들어야 했다. 검은 강철로 만든 문에는 밖에서 안을 들여다볼 수 있게 미닫이 모양의 작은 눈구멍이 있었지만, 안에서 밖을 내다볼 수 있는 방법은 전혀 없었다.

폰은 거리를 유지한다. 멘델이 잠수함으로 다가가 고개를 숙이고 눈 구멍을 연 뒤 다시 뒤로 물러나 내게 고개를 끄덕인다. 내 차례라는 뜻이다. 그리고 숨죽인 소리로 다급히 말한다.

「그녀는 절대 스스로 목을 매단 것이 아닐세, 그렇지? 새를 관찰하던 저 친구가 대신 해준 거야.」

내가 훈련을 받을 때, 잠수함 안에 가구가 있었던 적은 한 번도 없었다. 갇힌 사람은 스피커에서 쏟아지는 시끄러운 소리를 들으며 돌바닥에 눕거나 칠흑 같은 어둠 속을 서성거릴 수밖에 없었다. 그러다 훈련생이 도저히 더 이상 참을 수 없다는 신호를 보내거나, 교관이 그 정도면 충분하다는 판단을 내리곤 했다. 그러나 지금 불운하게 잠수함에 갇혀 있는 두 사람에게는 화려한 빨간색 테이블보가 덮여 있는 카드 탁자와 흠잡을 데 없는 의자 두 개가 제공되어 있다.

한쪽 의자에 앉은 조지 스마일리는 심문을 할 때 오로지 그만이 보여 줄 수 있는 모습을 하고 있다. 조금은 성가시고 조금은 고통스러운 모습. 마치 인생이 그에게는 길고 불편한 것이며, 앞에 앉아 있는 사람이라면 혹시 모를까 다른 누구도 인생을 좀 더 나은 것으로 만들어 주지 못한다고 말하는 것 같다.

조지의 맞은편 의자에는 내 또래의 건장한 금발 남자가 앉아 있다. 눈에는 생긴 지 얼마 안 된 멍 자국이 있고, 맨살이 드러난 한쪽 다리는 붕대에 감긴 채 앞으로 내민 상태며, 수갑이 채워진 손은 거지처럼 손바닥이 위로 가게 탁자에 올려져 있다.

그가 고개를 돌리자 정확히 내가 기대하던 모습이 보인다. 오래전 칼에 베인 것 같은 흉터가 오른쪽 뺨에 길게 나 있다.

멍 때문에 확실히 보이지는 않지만, 나는 그의 눈이 푸른색이라고 확신한다. 3년 전 조지 스마일리가 지금 앞에 앉아 있는 남자가 휘두른 둔기에 맞아 죽다 살아난 뒤 내가 조지를 위해 훔친 범죄 기록에 그렇게 적혀 있었기 때문이다.

심문, 아니 협상인가? 죄수의 이름은…… 내가 어찌 잊을까? 한스-디터 문트. 그는 하이게이트에 있는 동독 철강 파견단의 전직 멤버였다. 동독 철강 파견단은 공식적인 단체이지만 외교적인 지위는 갖고 있지 않았다.

파견단의 일원으로 런던을 돌아다니는 동안 문트는 지나치게 아는 것이 많은 이스트런던의 자동차 판매상을 죽였다. 그가 조지를 죽이려 한 것도 같은 이유에서였다.

그런데 지금 바로 그 문트가 잠수함 안에 앉아 있다. KGB에서 훈련받은 슈타지 암살자가 사슴 덫에 걸린 스위스 조류 연구가 행세를 하고 있다니. 오로지 튤립이라는 이름으로만 불리길 원했던 도리스는 여기서 15미터도 채 떨어지지 않은 곳에 시체가 되어 누워 있는데. 멘델이 내 팔을 잡아당긴다. 여기서 조금만 차를 타고 가면 돼, 피터. 조지는 나중에 올 걸세.

「하퍼랑 로는 어떻게 된 겁니까?」 안전한 자동차 안에서 나는 그에게 묻는다. 생각나는 화제가 이것뿐이다.

「메도스가 얼굴 치료를 위해 하퍼를 병원으로 보냈어. 로가 그 친구 손을 잡아 주었지. 저 조류 연구가께서 덫에서 풀려났을 때 조용히 있지만은 않았다고 해두세. 자네도 보다시피 아주 대단한 조력이 필요했다네.」

*

「두 종류의 문서가 있네, 피터.」 스마일리는 이렇게 말하면서 내게 첫 번째 문서를 건넨다.

새벽 2시다. 우리는 뉴포리스트 가장자리 어딘가의 다소 외진 곳에 있는 경찰관 집 거실에 있다. 멘델의 오랜 친구인 집주인은 벽난로 석탄에 불을 붙여 주고 우리에게 차와 달콤한 비스킷을 가져다주고는 아내와 함께 2층으로 올라가 버렸다. 우리는 차에도 비스킷에도 손을 대지 않았다. 첫 번째 문서는 아무 장식이 없는 영국식 하얀 엽서다. 소인도 없다. 어딘가 좁은 곳, 그러니까 문틈 아래 같은 곳으로 누가 밀어 넣기라도 한 것처럼 긁힌 자국이 나 있다. 주소를 적는 칸은 비어 있다. 메시지를 적는 칸에는, 사람이 직접 파란 잉크로 쓴 독일어가 적혀 있다. 모두 대문자다.

나는 당신을 구스타프에게 데려다줄 수 있는 착한 스위스 친구입니다. 01시에 인도교에서 봅시다. 모든 준비가 되어 있을 겁니다. 우리는 기독교인입니다. [서명 없음.]

「왜 그녀가 영국에 올 때까지 기다린 겁니까?」 나는

한참 가만히 있다가 겨우 조지에게 묻는다. 「왜 독일에서 그냥 죽이지 않은 거예요?」

「자기네 정보원을 보호하기 위해서겠지, 당연히.」 스마일리는 나의 둔한 머리를 나무라듯이 대답한다. 「정보의 출처는 모스크바 중앙이야. 그쪽에서는 당연히 신중할 것을 요구했고. 자동차 사고같이 인위적인 사건을 꾸며 내면 안 된다는 거지. 적 진영에 최대한 당혹감을 안겨 줄 수 있는, 스스로 손을 쓴 죽음이 더 낫다. 내가 보기에는 완전히 논리적인데. 그렇지 않나? 그렇지 않아, 피터?」

언제나 습관적으로 부드러운 목소리를 내는 그의 강철 같은 자제력, 보통 우아하고 유동적인 얼굴이 딱딱하게 굳어 있는 것에서 그의 분노가 드러난다. 자기 혐오의 성격을 띤 분노다. 점잖은 본능을 거슬러 자신이 해야만 하는 끔찍한 짓에 대한 분노.

「문트는 〈**목자처럼 이끈다**〉라는 표현을 썼네.」 그가 말을 잇는다. 내 대답을 기다리지도 않고 기대하지도 않은 채. 「우리가 그녀를 목자처럼 프라하로 **이끌고**, 영국으로 **이끌고**, 캠프 4로 **이끌었다**. 그러고는 목을 졸라 죽인 다음에 나무에 매달았다. 그는 절대 〈나〉라는 말을 쓰지 않네. 언제나 〈우리〉라고 말해. 나는 그에게 야비한 놈이라고 말해 주었네. 놈이 내 말을 이해했다고 생각하고 싶어.」 그리고 마치 깜박 잊었다는 듯이 말을 덧붙인다. 「아, 또 다른 문서는 자네 것일세.」 그가 〈아드리앵〉이라는 이름이 커다랗게 휘갈겨져 있는 종이를 내게 건넨다. 접혀 있는 바질던 본드 편지지에 이번에는 부드러운 연필로 글이 적혀 있다. 깔끔하고 정성 들인 필체다. 쓸데없는 장식은 전혀 없다. 성실한 독일 여학생이 영국인 펜팔 친구에게 보낸 편지 같다.

내 사랑스러운 아드리앵, 나의 장프랑수아.
당신은 내가 사랑한 모든 남자. 하느님이 당신도 사랑하시기를 부탁해요.

튤립

「이걸 기념으로 가지고 있을 건지 태워 버릴 건지 자네에게 물었네.」 스마일리가 넋을 잃은 나에게 아까처럼 얼음 같은 분노가 깃든 목소리로 같은 말을 되풀이하고 있다. 「나는 후자의 방법을 추천하네. 밀리 맥크레이그가 이걸 봤어. 튤립의 화장용 거울에 이게 기대어져 있었거든.」

그러고 나서 그는 아무런 감정을 드러내지 않은 채 나를 지켜본다. 나는 벽난로 앞에 무릎을 꿇고 앉아 도리스의 편지를 접은 채로 불타는 석탄 위에 공물처럼 올려놓는다. 그때 나를 괴롭히는 온갖 혼란스러운 감정 속에서도, 조지 스마일리와 내가 실패한 사랑이라는 문제에서는 우리가 원하는 것보다 더 가까운 사이가 되었다는 생각이 문득 든다. 나는 사랑에 형편없이 장단을 맞추고, 조지는 멋대로 구는 아내의 말에 따르면 전혀 장단을 맞추지 않는다. 어쨌든 나는 아무 말도 하지 않는다.

「내가 문트 씨와 방금 합의한 조치에 유용한 조건이 몇 가지 붙어 있네.」 조지의 말이 가차 없이 이어진다. 「예를 들어, 우리의 대화를 녹음한 테이프 같은 것. 모스크바와 베를린에 있는 그의 상관들은 그 테이프에 별로 감탄하지 않을 것이라는 데에 우리는 동의했네. 그가 양쪽에서 모두 유능한 관리를 받으며 우리를 위해 해낸 일 덕분에 슈타지에서 눈에 띄는 경력을 쌓게 될 것이라는 점에도 우리의 의견이 일치했지. 그는 적을 정복한 영웅으로서 동무들에게 돌아갈 걸세. 그쪽 위원회의 거물들이 그를 흡족하게 바라보겠지. 모스크바 중앙도 좋아할 거야. 에마누엘 라프의 자리는 원하는 사람이 없을 거야. 그가 지원하게 해야지. 문트는 그렇게 될 거라고 내게 장담했네. 베를린과 모스크바에서 그의 운이 트이고 덩달아 접근할 수 있는 자료도 많아지면, 언젠가 너무 일찍 끝을 맞은 튤립 같은 우리 정보원들을 배신한 자가 누구인지 그가 우리한테 알려 줄 수 있을지도 모르지. 앞으로 기대할 것이 많아, 자네와 내가. 그렇지?」

그래도 나는 아무 말도 하지 않는다. 내가 기억하는 한은 그렇다. 반면 스마일리는 마지막으로 아주 중요한 말을 남겨 두고 있다.

「이 극도로 특별한 정보를 아는 건 자네와 나, 그리고 아주 소수의 사람들뿐이야, 피터. 합동위와 정보부 전체의 입장에서 보면, 우리가 탐욕을 부린 게 될 걸세. 튤립의 깊은 감정을 전혀 고려하지 않고 너무 서둘러 데려오는 바람에 그녀가 스스로 목을 매단 거지. 본부와 모든 지부에도 이렇게 알려야 하네. 합동위가 장악하고 있는 곳이라면 어디든 예외가 없어. 그러니 거기에 우리 친구 앨릭 리머스도 포함될 수밖에 없을 것 같네.」

*

우리는 튤립 브라운이라는 이름으로 그녀를 화장했다. 러시아 태생의 신자로, 공산당의 박해를 피해 도망쳐서 영국에 정착해 혼자 살던 여자. 그녀의 관 위에 튤립을 장식해 준 비밀 작전실의 여성 직원들은 은퇴한 정교회 사제를 찾아내서, 그녀가 보복을 두려워해 이름을 **브라운**으로 바꿨다고 설명해 두었다. 가끔 우리 일을 도와주는 조력자인 그 사제는 불편한 질문을 전혀 던지지 않았다. 장례식에 참석한 사람은 여섯 명이었다. 애시 메도스, 밀리 맥크레이그, 비밀 작전실의 지넷 에이번과 잉게보르크 루그, 앨릭 리머스 그리고 나. 조지는 다른 곳에 볼일이 있었다. 미사가 끝난 뒤, 여성 참석자들은 자리를 떴고 남자 세 명은 술집을 찾아 나섰다.

「그 멍청한 여자는 도대체 왜 그런 짓을 한 거야?」앨릭이 스카치를 앞에 두고 앉아 양손에 머리를 묻은 채 투덜거렸다. 「우리가 얼마나 고생했는데.」짐짓 화가 난 척하는 말투였다. 「자기가 이런 짓을 할 거라고 미리 말해 줬다면, 나도 처음부터 그냥 내버려 뒀을 텐데.」

「나도 그래.」나는 의리 있게 맞장구를 친 뒤, 바로 가서 스카치를 세 잔 더 주문했다.

「일찌감치 자살을 결심하는 사람들도 있어요.」내가 돌아와 보니, 메도스 박사가 거들먹거리고 있었다. 「본인들은 **모를** 수도 있지만, 그 결심이 속에 **내재되어** 있습니다, 앨릭. 그러다 어느 날 어떤 일이 방아쇠 역할을 하는 거죠. 지극히 사소한 일일 수도 있습니다. 이를테면 버스에 지갑을 두고 내렸다든지. 아니면 가장 친한 친구가 세상을 떠나는 것처럼 극적인 일이 계기가 될 수도 있고요. 하지만 자살의 **의도**는 항상 존재하고 있었습니다. 그러니 결과는 같아요.」

우리는 술을 마셨다. 잠시 침묵이 흐르다가, 이번에는 앨릭이 침묵을 깼다.

「어쩌면 우리 정보원들은 모두 자살 성향인지도 모르죠. 개중 일부는 그 단계까지 이르지 않을 뿐이고요. 가엾은 자식들.」그는 또 말을 이었다. 「어쨌든, 아들한테는 누가 소식을 전합니까?」

아들? 그렇지. 앨릭은 구스타프를 말하고 있었다.

「조지가 그 문제는 저쪽에 맡겨 두자고 했어.」 내가 대답하자 앨릭은 으르렁거리듯이 말했다. 「젠장, 무슨 세상이.」 그리고 다시 위스키를 마셨다.

10

나는 이제 도서실 벽을 빤히 바라보지 않는다. 펩시와 교대한 넬슨이 나의 무관심을 괴로워하기 때문이다. 나는 슬픔과 후회 속에서도 스마일리의 지시로 작성한 보고서를 얌전히 다시 읽기 시작한다. 나는 소수만이 알고 있는 비밀을 지키기 위해, 내가 임무를 수행하는 중에 벌어진 일들을, 전혀 관계없는 일까지 하나도 빼놓지 않고 기록했다.

하위 정보원 튤립. 면담 후 자살.
면담은 잉게보르크 루그(비밀 작전실)와 지넷 에이번(비밀 작전실)이 진행. 간헐적인 참석자: 의학 박사 애슐리 메도스, 비밀 작전실 조력자.
PG가 정리한 원고를 H/비밀 작전실 메릴본이 재무부 감독 위원회 제출용으로 승인함.
사전 논평을 위해 H/합동위에게 사본을 보냄.

에이번과 루그는 비밀 작전실에서 면담을 통해 정보를 알아내는 솜씨가 가장 뛰어나다. 중부 유럽 출신의 중년 여성으로, 풍부한 작전 경험을 지니고 있다.

1. 튤립 마중과 캠프 4 이동.

공군 비행기로 노솔트에 도착한 뒤 튤립은 입국 수속을 전혀 거치지 않았으므로 공식적으로는 영국에 입국한 적이 없다. 메도스 박사는 〈정보부가 지명한 대표로서 당신을 몹시 자랑스럽게 생각하는 사람〉이라고 자기소개를 한 뒤, 환승 구역의 VIP실에서 짤막한 환영 인사를 하며 그녀에게 영국 장미 꽃다발을 선물했다. 그녀는 깊이 감동했는지 이동하는 동안 내내 말없이 꽃에 얼굴을 묻고 있었다.

그녀는 승합차를 이용해 곧장 캠프 4로 옮겨졌다. 에이번(작전용 이름 **애나**)은 상대의 호감을 사는 솜씨가 좋고 간호사 자격증이 있었으므로 뒷좌석에 튤립과 함께 앉아 위로하며 이야기를 나눴다. 루그(작전용 이름 **루이자**)와 메도스 박사(작전용 이름 **프랭크**)는 앞쪽에 운전기사와 함께 앉았다. 에이번과 튤립만을 뒷좌석에 남겨 놓으면 에이번이 그녀에게서 유대감을 이끌어 내는 데 성공할 가능성이 더 높아질 것 같았기 때문이다. 우리 세 사람은 모두 독일어 실력이 6급으로 유창하다.

이동 중에 튤립은 꾸벅꾸벅 졸다가, 어떤 풍경을 보고 구스타프가 영국에 오면 좋아할 것 같다며 즐겁게 이야기하기를 반복했다. 그녀는 아들이 곧 영국에 올 것이라고 생각하는 듯했다. 그녀는 또한 자전거를 타고 돌아다니고 싶은 길과 지역을 열심히 가리켰는데, 그때도 구스타프 이야기를 했다. 그녀는 〈아드리앵〉에 대해 두 번 물었다. 우리가 아드리앵이라는 사람을 모른다고 말하자, 그녀는 화제를 바꿔 장프랑수아에 대해 물었다. 메도스 박사는 연락책인 장프랑수아가 급한 임무에 불려 갔으나, 때가 되면 틀림없이 나타날 것이라고 말해 주었다.

캠프 4 손님 숙소의 방은 침실, 거실, 간이 부엌, 일광욕실로 구성되어 있다. 일광욕실은 야외(난방 없음) 수영장을 굽어볼 수 있게 유리와 목재로 증축한 방으로 19세기에 지어진 것이다. 일광욕실과 수영장을 포함해서 모든 공간에는 마이크와 특수 장비가 숨겨져 있다.

수영장 바로 뒤편에는 침엽수림이 있다. 전부는 아니지만, 나무들 중 일부는 낮은 가지의 이파리가 모두 제거된 상태다. 담갈색 사슴이 많이 돌아다니고 있어서, 수영장에서 녀석들이 장난치는 모습도 자주 목격된다. 철망 울타리 때문에 사슴들은 경내를 벗어나지 못하므로 캠프 4에 세련된 매력과 고요한 분위기를 더해 주는 역할을 한다.

먼저 우리는 튤립을 밀리 맥크레이그(엘라)에게 소개했다. 맥크레이그는 H/비밀 작전실의 요청으로 그날 이미 안가 관리인으로 배치되어 있었다. H/비밀 작전실의 요청으로 돌출한 부분에 마이크가 설치되었으며, 이전 작전 때 설치되어 계속 작동 중이던 마이크는 연결을 끊었다.

캠프 4에서 안가 관리인의 개인 숙소는 손님용 스위트룸 바로 뒤편, 짧은 복도 끝에 있다. 두 방은 내부 전화로 연결되어 있기 때문에, 밤중에 언제라도 손님이 도움을 청할 수 있다. 맥크레이그의 제안으로 에이번과 루그가 본채의 침실을 사용하게 되었다. 이로써 튤립에게 온통 여성들뿐인 환경을 제공하게 되었다.

캠프 4의 상주 경비원인 하퍼와 로는 별채에서 숙소를 함께 사용한다. 두 사람 모두 정원을 가꾸는 데도 열심이다. 하퍼는 자격을 갖춘 사냥터 관리인으로서 캠프 4 경내의 야생 동물을 관리한다. 별채에 있는 여분의 침실은 메도스 박사가 제멋대로 사용하고 있었다.

2. 면담, 1~5일.

정보를 듣는 초기 과정은 2~3주에서 더 늘어날 수

있는 것으로 되어 있었다. 거기에 기간을 한정하지 않은 후속 작업 기간이 설정되어 있었으나, 튤립에게는 이 사실을 알리지 않았다. 우리의 당면 과제는 그녀를 안정시키고, 우리를 아군으로 믿게 만들고, (구스타프와 함께하는) 미래에 대한 확신을 심어 주는 것이었다. 첫날 저녁이 끝나 갈 무렵, 우리는 이 목적을 이룩했다고 조심스러운 결론을 내릴 수 있었다. 우리는 메도스 박사(프랭크)가 여러 면담자 중 한 명으로서 특수한 주제를 다룰 것이며, 프랭크처럼 다른 사람들도 이곳에 드나들 것이라고 튤립에게 알렸다. 또한 *Herr Direktor*(책임자, H/비밀 작전실)가 리메크 박사(메이플라워)를 비롯한 네트워크의 다른 구성원들과 관련된 시급한 문제를 처리하느라 자리를 비웠지만, 돌아와서 그녀와 악수를 나눌 영광된 순간을 몹시 고대하고 있다는 말도 해주었다.

정보를 알아내기 위한 면담은 상대가 아직 〈뜨거울 때〉 시작하는 것이 일반적인 규칙이었으므로, 우리 팀은 다음 날 아침 09시 정각에 본채 거실에 다시 모였다. 우리는 중간에 몇 번 휴식을 취하면서 21시 05분까지 면담을 계속했다. 녹음은 밀리 맥크레이그가 자신의 숙소에서 감독했다. 그녀는 또한 이 기회를 이용해서 튤립의 숙소와 소지품을 철저히 수색하는 일도 맡았다. 루그(루이자)가 질문을 이끌었고, 에이번(애나)이 보조했으며, 메도스 박사(프랭크)는 튤립의 생각과 동기를 파고들 기회가 생길 때마다 끼어들었다.

그러나 프랭크가 아무런 저의가 없는 척 가장했는데도, 튤립은 그가 심리적인 질문을 던지고 있음을 금방 간파했다. 그가 의사라는 말을 들은 뒤에는, 〈그 거짓말쟁이의 왕 지그문트 프로이트〉의 제자라고 그를 조롱했다. 그리고 화를 내며 자신에게 의사는 평생 카를 리메크 한 명뿐이라고 선언했다. 그녀는 또한 프랭크에게 나쁜 자식이라면서 〈나한테 유용한 존재가 되고 싶다면 내 아들을 데려와!〉라고 말했다. 메도스 박사는 면담에 부정적인 영향을 미치고 싶지 않았으므로, 런던으로 돌아가되 혹시 자신이 필요해질 때를 대비해서 대기 태세를 유지하는 편이 현명할 것 같다고 생각했다.

그 뒤 이틀 동안 튤립이 주기적으로 폭발하기는 했으나 면담은 비교적 차분한 분위기 속에서 순조롭게 진행되었고, 면담이 한 번 끝날 때마다 녹음테이프가 밤을 도와 메릴본에 전달되었다.

H/비밀 작전실의 가장 큰 관심사는 영국의 표적들에 대한 소련 정보의 흐름, 즉 비록 많지는 않더라도 모스크바에서 라프의 사무실로 흘러 들어오는 정보였다. 튤립이 사진으로 찍는 데 성공한 서류들에는 그런

정보가 거의 없었는데, 혹시 영국에 있는 모스크바의 정보원과 관련해서 그녀가 어디선가 읽거나 들은 이야기를 잊어버렸거나 별로 중요하지 않다는 판단으로 보고하지 않은 경우가 있는가? 예를 들어, 영국 정계나 정보계 내부 고위직에 활동 중인 정보원이 있다는 암시나 자랑을 들은 적이 있는가? 영국의 암호가 뚫렸다는 이야기는?

우리는 튤립이 점점 짜증을 내는데도 이런 질문을 여러 형태로 바꿔서 계속 던졌으나, 좋은 결과를 전혀 이끌어 낼 수 없었다. 그래도 튤립이 내놓은 결과물의 가치는 우리가 평가하기에 〈높음〉에서 〈매우 높음〉 수준이다. 작전 상황 때문에 그녀의 활동이 커다란 방해를 받았다는 점을 감안하면 그렇다는 뜻이다. 그녀는 활동하는 동안 메이플라워에게만 보고했다. 베를린 지부로 직접 보고한 적은 한 번도 없다. 그때는 혹시 민감할 수도 있는 질문은 그녀에게 던지지 않았다. 만약 그녀가 어디선가 심문을 받다가 누설하기라도 하면 우리 정보망의 약점이 노출될 것이라는 판단 때문이었다. 하지만 지금은 그런 질문을 제한 없이 던질 수 있었다. 예를 들어 다른 잠재적인 정보원이나 활동 중인 정보원의 신뢰성, 슈타지가 조종하는 외교관과 외국 정치인의 신원, 그녀가 라프의 책상에서 찍은 사진 외에 다른 경로로는 손에 들어온 적이 없는 은밀한 자금 흐름에 대한 정보, 그녀가 라프와 함께 방문했던 비밀 신호 기지의 위치와 외양, 내부 구조, 출입 절차, 규모, 안테나의 모양과 방향, 그 기지에 소련이나 기타 다른 나라의 입김이 미치고 있다는 증거, 그 밖에 메이플라워와의 트레프 시간이 제한되어 있고 대화가 산만하고 은밀한 통신에는 한계가 있어서 지금까지 사실상 허비되었던 다른 정보 등에 대한 질문을 말한다.

튤립은 자주 갑갑함을 표출하며 거친 말을 쏟아 냈지만, 또한 모든 관심이 자신에게 집중되는 상황을 즐기는 마음도 있는 것 같았다. 사정이 허락할 때는 캠프 4의 두 경비원 중 나이가 젊은 쪽인 하퍼에게 특히 호감을 보이며 유혹하듯 놀리는 말을 던지기까지 했다. 그러나 매일 저녁이 되면 그녀는 순식간에 죄책감과 절망에 빠져들었다. 그녀가 가장 죄책감을 느끼는 상대는 아들 구스타프였으나, 자매인 로테 역시 자신의 망명으로 인해 인생이 망가졌을 것이라고 주장했다.

안가 관리인 밀리 맥크레이그는 가끔 그녀와 함께 밤을 새웠다. 기독교 신자라는 공통점을 발견한 두 사람은 자주 함께 기도를 했다. 튤립은 자신이 좋아하는 성 니콜라우스의 작은 성상을 도망치는 동안 내내 가지고 있었다. 두 사람은 자전거를 타는 취미도 같았다. 맥크레이그(엘라)는 튤립의 재촉으로 어린이용 자전거 카탈로그도 구해 주었다. 튤립은 맥크레이그가 스코틀랜드 출신임을 알고 신이 나서 즉시 스코틀랜드 하일랜드의 지도를 요구했다. 맥크레이그와 함께 자전거 여행 루트를 의논하는 데 필요하다는 것이었다. 다음 날 본부가 육지 측량부의 지도를 구해 주었다. 그러나 튤립은 여전히 기분이 오락가락해서 성질을 자주 부렸다. 맥크레이그가 그녀의 요청으로 진정제와 수면제를 제공해 주었는데도 별로 효과가 없는 듯했다.

튤립은 면담 중 아무 때나 구스타프가 언제 교환되느냐고 정확한 날짜를 물었다. 혹시 구스타프가 이미 교환돼서 와 있는 것이 아니냐고 묻기도 했다. 우리는 미리 정해 둔 설정에 따라, *Herr Direktor*(책임자)가 최고위급과 그 문제를 협상 중이며 하루아침에 해결될 수 있는 문제는 아니라고 그녀에게 말했다.

3. 튤립의 여가에 관한 요구.

튤립은 영국에 도착한 순간부터 반드시 운동을 해야 한다는 점을 분명히 했다. 영국 공군 전투기는 비좁았고, 캠프 4까지 차로 이동하는 동안에는 마치 죄수가 된 것 같았으며, 자신은 종류를 막론하고 좁은 공간을 견디지 못한다는 등 여러 이유를 내세웠다. 캠프 4의 오솔길은 자전거를 타는 데에 적합하지 않기 때문에 튤립은 달리기를 하기로 했다. 하퍼는 그녀의 발 크기를 알아낸 뒤 솔즈베리로 가서 운동화를 사 왔다. 그리고 그다음 사흘 동안 아침 식사 전에 튤립은 운동에 아주 열심인 에이번(애나)과 함께 캠프 4 담장 옆길을 뛰었다. 튤립은 구스타프가 좋아할지도 모르는 화석이나 희귀 암석이 보이면 담으려고 가벼운 숄더백도 메고 있었다. 그녀는 러시아식 표현을 빌려 와서, 그것을 〈혹시나 가방〉이라고 불렀다. 캠프 4에는 작은 체육관도 있으므로, 다른 수단이 없을 때 튤립이 그곳에서 확연하게 드러나는 스트레스를 잠시나마 풀 수 있었다. 밀리 크레이그는 그녀가 체육관에 갈 때마다 항상 동행했다.

튤립은 보통 06시에 옷을 모두 차려입고 자신의 숙소 거실에서 양쪽으로 열리는 여닫이 창문 앞에 서서 에이번을 기다렸다. 그러나 문제의 그날 아침에는 튤립이 창가에 서 있지 않았다. 따라서 에이번은 정원 쪽 문을 통해 안으로 들어가서 그녀의 이름을 부르고, 욕실 문을 흔들어 보았다. 욕실 안에서 아무 대답이 없자 욕실 문을 열어 보았으나, 허사였다. 에이번은 내부 전화를 통해 맥크레이그에게 튤립이 어디 있느냐고 물었다. 그러나 맥크레이그도 답을 하지 못했다. 이제 심각하게 걱정이 된 에이번은 빠른 걸음으로 담장 옆길을 따라 걷기 시작했다. 그동안 맥크레이그는 하퍼와 로에게 손님이 〈묘연해졌다〉고 알렸고, 하퍼와 로는 즉시 수색을 시작했다.

4. 튤립 발견. J. 에이번의 개인 진술.

경내를 한 바퀴 도는 길을 동쪽에서 들어서면, 20미
터쯤 가파른 오르막길이 이어지다가 평탄한 길이 4백
미터쯤 이어진다. 그 뒤에는 길이 북쪽으로 꺾어져서,
습지 같은 골짜기를 향해 내려간다. 그 골짜기를 가로
지르는 나무 인도교는 아홉 단으로 이루어진 나무 계
단으로 이어지는데, 계단 위쪽은 가지가 점점 넓게 퍼
져 가는 밤나무에 일부 가려져 있다.

나는 북쪽으로 방향을 꺾어 골짜기로 내려가려다가
튤립이 밤나무의 낮은 가지에 목매달려 있는 것을 보
았다. 양손을 옆구리에 붙이고, 눈을 뜬 상태였다. 내
기억에 그녀의 발과 가장 가까운 나무 계단 사이의 거
리는 기껏해야 30센티미터 정도였다. 그녀의 목에 둘
러진 올가미가 워낙 가늘어서 처음에는 그녀가 그냥
허공에 떠 있는 것 같았다.

나는 마흔두 살의 여자다. 내가 오늘 내 머리에 새겨
진 광경을 그대로 기록했음을 분명히 밝힌다. 나는 정
보부에서 훈련받았으며, 작전상 응급 상황을 겪은 경
험이 있다. 따라서 나무에 매달린 튤립을 보았을 때 내
가 직접 밧줄을 끊고 그녀를 내려 구명 조치를 취하지
않고 집으로 최대한 빨리 달려가 사람을 불러와야겠

다는 생각밖에 들지 않았다는 사실을 고백하는 것이 내게는 쉽지 않은 일이다. 그때 침착하지 못했던 것이 정말 후회스럽다. 그래도 내가 발견했을 때 튤립은 이미 죽은 지 적어도 여섯 시간은 된 상태였을 것이라는 단언에 크게 마음이 놓인다. 게다가 당시 내게는 칼이 없었고, 밧줄은 내 손이 닿지 않는 위치에 있었다.

캠프 4의 안가 관리인이자 2급 직원인 밀리 맥크레이그가 하위 정보원 튤립을 보살핀 과정과 자살에 대해 제출한 보충 보고서. 사본은 조지 스마일리 H/비밀 작전실(에게만).

당시 내가 알던 밀리는 정보부와 결혼한 여자였으며, 자유 장로교 목사의 독실한 딸이었다. 스코틀랜드 케언 곰산맥을 오르고, 말을 타고 사냥개들과 사냥을 하고, 위험한 곳에도 여러 차례 다녀왔다. 형제는 전쟁에 나가서 죽고, 아버지는 암으로 죽었으며, 소문에 따르면 자신보다 명예를 더 사랑하는 나이 많은 유부남에게 마음을 빼앗겼다고 했다. 문제의 그 남자가 조지라는 말도 있었으나, 내가 본 두 사람의 모습으로는 그런 소문을 믿기 힘들었다. 그러나 밀리에게 호감을 보이던 우리 젊은이들에게는 안타깝게도, 밀리는 우리에게 전혀 틈을 보이지 않았다.

1. 튤립의 실종.

06시 10분에 지넷 에이번에게서 튤립이 혼자 달리기를 하러 나갔다는 말을 듣고 나는 즉시 경비원(하퍼와 로)에게 특히 담장 옆길을 중심으로 경내를 수색할 것을 요청했다. 튤립이 그 길을 즐겨 달렸다는 말을 에이번에게서 들었기 때문이다. 그러고 나서 나는 만일의 경우를 대비하여 손님 숙소를 수색해서 그녀의 운동복과 운동화가 아직 옷장에 있음을 확인하였다. 반면 프라하에서 그녀에게 지급된 프랑스제 일상복과 속옷은 보이지 않았다. 그녀에게는 신분증도 돈도 없었지만, 내가 이미 개인적인 소지품 외에는 아무것도 없음을 확인한 바 있는 핸드백도 역시 보이지 않았다.

비밀 작전실이 감당할 수 있는 수준을 넘어선 상황이고, H/비밀 작전실은 급한 용무로 베를린에 가 있었기 때문에, 나는 합동위 당직자에게 연락하기로 결정했다. 나는 튤립의 인상착의를 알려 주며, 그녀가 정신병원에서 탈출했고, 폭력적인 성향은 없고, 영어를 할 줄 모르고, 현재 정신과 치료를 받는 중임을 경찰에 알려 달라고 그에게 부탁했다. 만약 그녀가 발견되면, 본 연구소로 돌려보내 달라는 부탁도 잊지 않았다.

그다음에 나는 할리 거리에 있는 메도스 박사의 병원으로 전화를 걸어 그의 비서에게 최대한 빨리 캠프 4로 와달라는 말을 전해 달라고 부탁했으나, 그가 이미 본부에서 소식을 듣고 이쪽으로 출발했다는 말을 들었다.

2. 캠프 4에 무단 침입한 외부인 발견.

통화를 마치자마자 하퍼가 캠프 4 내부 통신망으로, 자신이 튤립을 찾던 도중 동쪽 경계선 근처의 숲에서 부상당한 남성을 발견했다고 내게 알렸다. 아무래도 침입자인 듯한 그는 우회로 근처의 울타리에 새로 생긴 구멍을 통해 들어왔다가 웃자란 풀에 일부 가려진 오래된 덫을 밟았다고 했다. 덫은 서커스가 이 건물을 사들이기 전에 밀렵꾼이 놓아둔 것으로 짐작된다.

낡은 불법 장비인 문제의 그 덫은 아직 용수철이 달려 있는 녹슨 이빨 형태다. 하퍼에 따르면, 침입자는 왼쪽 다리가 덫에 물린 뒤 몸부림을 치는 바람에 더욱 심하게 상처를 입었다고 한다. 그는 영어 실력이 훌륭하지만, 외국어 말씨가 있다. 그는 울타리에 구멍이 뚫린 것을 보고, 생리적인 활동을 위해 안으로 들어왔다고 주장했다. 자신이 조류 관찰을 몹시 열정적으로 좋아한다는 설명도 했다.

로가 현장에 도착한 뒤 하퍼와 의논해서 침입자를 놓아주자, 침입자는 로의 배를 주먹으로 치고 하퍼의 얼굴을 머리로 들이받았다. 두 경비원은 몸싸움 끝에 침입자를 제압해서 마침 가까이에 있는 성수반으로 데려왔다. 현재 그는 구금실(잠수함)에 갇혀 있으며, 왼쪽 다리에는 임시로 붕대를 감아 두었다. 정해진 보안 절차에 따라 하퍼가 본부 내부 보안과와 베를린에서 돌아오는 중인 H/비밀 작전실에게 사건을 보고하면서 침입자에 대해 최대한 자세히 설명했다. 한편 내가 하퍼에게 그나 로가 사라진 튤립을 발견했느냐고 묻자, 하퍼는 침입자 때문에 일시적으로 수색을 중단했으나 곧 재개했다고 대답했다.

3. 튤립의 사망 소식.

이 무렵 지넷 에이번이 본채 포치에 황망한 모습으로 나타나 튤립이 경내 지도상 217 지점에서 나무에 매달려 있는 걸 보았으며 아무래도 죽은 것 같다고 말했다. 나는 이 정보를 즉시 하퍼와 로에게 전달했고, 침입자가 움직일 수 없는 상태임을 확인한 뒤 두 사람에게 217 지점으로 최대한 빨리 달려가 필요한 조력을 제공하라고 지시했다.

그러고 나서 나는 적색경보를 울려 모든 상주 직원을 즉시 본채로 집결시켰다. 여기에는 요리사 두 명, 운전기사 한 명, 시설 수리 담당 한 명, 청소부 두 명, 세탁 담당 두 명도 포함된다(부록 A의 명단 참조). 나는 그들에게 경내에서 시체가 발견되었으므로, 다른 공지가 있을 때까지 모두 본채에 남아 있어야 한다고 알렸다. 출입을 승인받지 못한 침입자 또한 경내에서 발견되었다는 사실까지 모두에게 알릴 필요는 없다고 보았다.

다행히 이때 메도스 박사가 나타났다. 자신의 벤틀리 차량을 고속으로 몰아 달려온 그와 나는 즉시 동쪽 담장 옆의 길을 따라 217 지점을 향해 출발했다. 우리가 도착했을 때, 튤립은 나무에서 내려져 사망했음이 분명한 모습으로 땅바닥에 누워 있었다. 목에는 밧줄 자국이 있었다. 그 옆에서 경비를 서고 있던 하퍼와 로 중 하퍼는 침입자에게 머리로 들이받혔을 때 입은 상처 때문에 얼굴에서 피를 흘리는 상태였다. 하퍼는 경찰을 부르자고 했고, 로는 구급차를 부르자고 했다. 나는 현재 캠프 4로 오는 중인 H/비밀 작전실의 승인 없이는 어느 쪽도 부를 수 없다고 조언했다. 메도스 박사는 시신을 조사한 뒤 나와 비슷한 의견을 냈다.

따라서 나는 하퍼와 로에게 성수반으로 돌아가 누구와도 접촉하지 말고 추가 지시를 기다릴 것과 어떤 상황에서도 구금된 자와 대화를 시도하지 말 것을 지시했다. 두 사람이 현장을 떠난 뒤, 메도스 박사는 튤립이 사망한 지 이미 여러 시간이 지났다고 내게 털어놓았다.

메도스 박사가 죽은 여성의 시신을 계속 조사하는 동안 나는 그녀의 옷차림을 눈여겨보았다. 프랑스에서 지급받은 스웨터와 카디건, 주름치마, 정장 구두였다. 카디건 주머니에는 이미 사용한 티슈 두 장 외에는 아무것도 없었다. 그동안 튤립은 날이 조금 춥다고 투덜거리곤 했다. 그녀의 〈혹시나 가방〉에는 프랑스에서 가져온 속옷이 잔뜩 들어 있었다.

이제 캠프 4의 통신망을 통해 끊임없이 지시를 내리고 있는 본부가 우리에게 시신을 즉시 성수반으로 옮기라고 말했다. 따라서 나는 들것을 들 사람으로 하퍼와 로를 불렀다. 하퍼는 이제 얼굴 상처에서 피가 철철 흐르는데도 로와 함께 즉시 달려왔다.

나는 메도스 박사와 함께 본채로 돌아갔다. 에이번은 다행히도 침착함을 되찾아 직원들에게 차와 비스킷을 나눠 주며 기운을 북돋우고 있었다. H/비밀 작전실이 이끄는 본부 위기 대응 팀이 오후 중반에 도착할 것이라는 연락이 왔다. 그동안 하퍼와 로를 제외한 모두는 본채에 남아 있어야 했다. 메도스 박사는 하퍼의 얼굴 상처를 소독해 준 뒤, 잠수함에 갇힌 침입자의 부상을 돌봤다.

한편 본채에 갇히게 된 직원들 사이에서는 토론이 벌어졌다. 지닛 에이번은 자신이 튤립의 자살에 가장 책임이 크다고 강력히 주장했지만, 나는 이 말에 반박하고 나섰다. 튤립은 의학적으로 우울증 환자였으며, 구스타프에 대한 그리움과 죄책감이 참을 수 없을 정

도였고, 자신이 자매인 로테의 인생을 망가뜨렸다는
생각도 갖고 있었다. 프라하에 도착했을 무렵 튤립은
이미 자살을 생각했을 가능성이 높았다. 캠프 4에 도
착했을 때는 확실히 자살을 생각했을 것이다. 그녀는
지금까지 자신이 내린 결단에 대해 최고의 대가를 치
른 것이다.

여기서 조지가 거짓 메시지를 들고 등장한다.

4. H/비밀 작전실[스마일리]과 멘델 형사 도착.

　H/비밀 작전실(스마일리)이 비밀 작전실 조력자인
올리버 멘델 형사(퇴직)를 동반하고 15시 55분에 도
착했다. 메도스 박사와 나는 그들을 즉시 성수반으로
데려갔다.

　그러고 나서 내가 본채로 돌아와 보니, 잉게보르크
루그와 지넷 에이번이 함께 동요한 직원들을 계속 달
래고 있었다. 스마일리 씨는 두 시간이 더 흐른 뒤에야
멘델 형사와 함께 성수반에서 돌아왔다. 스마일리 씨
는 직원들을 불러 모은 뒤, 개인적으로 위로의 뜻을 전
하며 하위 정보원 튤립의 죽음은 순전히 그녀 본인의
탓이므로 캠프 4의 직원들이 자책할 필요는 없다고 분
명히 말했다.

　저녁이 다가오고 있었다. 앞뜰에서 셔틀 버스가 기

다리고 있고, 많은 직원들이 집이 있는 솔즈베리로 돌아가고 싶어 안달하는 가운데, H/비밀 작전실은 직원들 중 일부가 〈미지의 침입자〉가 발견된 사실을 들었을지도 모른다며 잠시 시간을 내서 직원들의 마음을 다독였다. 안심하라는 듯 웃고 있는 멘델 형사를 옆에 거느린 그는 이제부터 비밀 하나를 〈누설하겠다〉고 말했다. 평소 같으면 절대 이 비밀을 털어놓지 않겠지만, 상황을 감안해서 직원들에게도 모든 사실을 알 자격이 있다는 결론을 내렸다는 것이었다.

미지의 침입자는 결코 미지의 존재가 아니라고 그는 설명했다. 그는 우리의 자매 기관인 MI5의 잘 알려지지 않은 엘리트 부서 소속의 귀중한 직원으로, 합법과 불법을 모두 동원해서 우리나라의 가장 민감하고 비밀스러운 시설의 방어를 뚫어 보는 임무를 맡고 있다는 것이 그의 설명이었다. 그 침입자는 또한 공교롭게도 이 자리에 있는 멘델 형사의 개인적인 친구이자 직업적인 친구이기도 했다. 직원들은 웃음을 터뜨렸다. H/비밀 작전실은 그런 훈련을 할 때는 표적이 된 시설에 알리지 않는 것이 원칙이며, 튤립이 스스로 목숨을 끊기로 결정한 날에 하필 그런 훈련이 예정된 것은 〈못된 섭리가 저지른 짓〉에 지나지 않는다고 말했다. 그러나 바로 그 섭리가 침입자의 발을 사슴 덫으로 인도했다는 말에 직원들은 또 웃음을 터뜨렸다. 하퍼와 로는 씩씩하게 죄책감에서 벗어났다. 두 사람 모두 상황 설명을 듣고, 유감스러워하면서도 받아들였다. 비록 〈우리 친구가 조금 지나치게 폭력적인 반응을 보인 것〉 같다고 생각하는 것 같았지만, 그건 이해할 수 있는 일이었다. H/비밀 작전실의 표현에 직원들은 또 웃음을 터뜨렸다.

조지는 계속 거짓 정보를 풀어놓았다.

H/비밀 작전실은, 사실 외국인이 아니라 정말로 클래펌 출신의 순수 영국인인 침입자가 이미 솔즈베리에 있는 치료소로 가고 있으며, 그곳에서 파상풍 주사를 맞고 상처 치료도 받을 것이라고 직원들에게 알렸다. 멘델 형사가 캠프 4의 찬사와 함께 위스키 한 병을 들고 곧 오랜 친구인 그를 찾아가 만날 것이라는 말에는 박수갈채가 터졌다.

*

다시 버니와 로라의 쇼가 벌어진다. 레너드는 없다. 주연은 버니가 맡았고, 로라는 회의적인 얼굴로 귀를 기울인다.

「당신이 보고서를 모아서 이 자료를 만들었지요. 이런

말을 해도 될지 모르겠지만, 지루할 정도로 자세하게. 당신은 구할 수 있는 모든 증거를 보고서에 포함시키고, 그밖의 내용도 포함시켰습니다. 그리고 합동위에 견본을 보낸 뒤, 서커스 문서고에서 **바로 그 견본을 훔쳤습니다.** 이 정도면 잘 요약한 겁니까?」

「아뇨.」

「그럼 왜 당신의 보고서가 여기 스테이블스에 당신이 **훔친** 수많은 서류들과 섞여 있는 겁니까?」

「그걸 제출한 적이 없으니까요.」

「아무에게도?」

「아무에게도.」

「전혀? 축약본조차?」

「재무부 위원회가 열리지 않게 되었거든요.」

「이른바 그 〈세 현자 위원회〉를 말하는 겁니까? 서커스가 무지하게 무서워했다는 그 세 사람?」

「위원회 의장은 올리버 라콘이었습니다. 라콘은 수없이 고민한 끝에, 보고서를 내봤자 유용한 구석이 없다는 결론을 내렸죠. 심지어 축약본이라 해도.」

「근거는?」

「영국에 발을 디딘 적이 없는 여자의 자살을 조사하는 것은 세금을 올바로 쓰는 방법이 아니라고 했습니다.」

「혹시 조지 스마일리가 어떤 식으로든 라콘을 부추겨 이런 결정을 내리게 한 걸까요?」

「그걸 내가 어찌 알겠습니까?」

「쉽게 알 수 있을 줄 알았는데요. 스마일리가 보호하는 사람 중에 당신도 포함되었다면, 그러니까 예를 들어, 순전히 가상의 사례를 아무렇게나 하나 들자면, 튤립이 당신 때문에 목을 매달았다고 볼 수도 있겠지요. 혹시 보고서 내용 중에 재무부의 여린 사람들이 감당할 수 없을 것 같다고 스마일리가 판단할 만한 요소나 일화가 있었습니까?」

「합동위의 여린 사람들에게는 거슬리는 내용이 있었을 수도 있죠. 하지만 재무부는 아닙니다. 합동위는 이미 메이플라워 작전에 너무 깊숙이 들어와 있었어요. 조지가 불편해질 정도로. 조지는 조사를 실시하면, 이미 열려 있는 문이 더 활짝 열리게 될 거라고 생각했는지 모릅니다. 그래서 그런 맥락에 따라 라콘에게 조언을 했겠지요. 내 짐작일 뿐입니다.」

「사실 튤립이 특히 당신의 알랑거리는 보고서에 그려진 것만큼 협조적인 망명자가 아니라서 그 대가를 치렀기 때문에 조사가 무산되었다는 생각은 전혀 없습니까?」

「대가라니요? 도대체 무슨 말을 하는 겁니까?」

「튤립은 대단히 결의에 찬 여성이었습니다. 그건 우리가 확실히 알아요. 튤립은 또한 원한다면 얼마든지 못된 마녀처럼 굴 수도 있었습니다. 당시 그녀는 아이를 다시 만나고 싶어 했지요. 내 말은, 아들을 돌려받을 때까지 심문에 응하지 않겠다고 튤립이 협조를 거부했는데, 심문 팀은 그런 일이 일어날 가능성을 희박하게 봤을지도 모른다는 겁니다. 그 사람들의 보고서, 그러니까 당신이 정리한 보고서는 스마일리의 지시로 이것저것 꿰어 맞춘 허튼소리였습니다. 캠프 4에는 튤립 같은 사람을 가둘 수 있는 특수한 구금실이 있었지요. 잠수함이라고 불리던 방입니다. 요즘 우리가 기꺼이 〈강화 심문〉[30]이라고 부르는 행위에 사용되던 방인데, 부드러움과는 거리가 멀고 다소 변태적인 경비원 두 명의 본거지이기도 했습니다. 그러니 튤립이 그 사람들의 관심을 받았을지도 모르죠. 충격을 받은 표정이네요. 내 말이 거슬립니까?」

나는 잠시 후에야 생각을 수습했다.

「튤립은 **심문을 당하지** 않았습니다, 세상에! 그녀에게 호감과 고마움을 품은 전문적인 사람들이 인간적이고 점잖은 면담으로 그녀에게서 정보를 얻어 내고 있었습니다. 망명자가 갑자기 성질을 부리는 것도 이해해 준 사람들입니다!」

「그럼 그냥 웃어넘기세요.」 버니가 말한다. 「이 사건이 법정에 가게 될 경우, 소송에 참여할 가능성이 있는 사람이 하나 더 있습니다. 도리스의 아들인 구스타프 퀸츠라는 사람이 확실하지는 않지만 크리스토프 리머스의 충동질에 넘어갔는지, 우리 정보부를 소송으로 혼쭐을 내주

30 고문을 동반한 심문을 완곡하게 이르는 말.

겠다는 사람들의 명단에 이름을 올렸습니다. 우리 정보부가 당신이라는 사람을 동원해서 자신의 사랑하는 어머니를 유혹했고, 그녀를 협박해 첩보원으로 활용했으며, 그녀의 의사에 반해 몰래 나라 밖으로 데려가 지독한 고문을 가함으로써 그녀가 가장 가까운 나무에 목을 매달게 만들었다는 겁니다. 진실입니까? 아닙니까?」

나는 그의 말이 끝난 줄 알았지만, 아니었다.

「세월의 흐름으로 품위를 얻은 이런 주장을 같은 성질의 나중 사례를 통해 만들어진 엄중한 법률로는 억누를 수 없으므로, 초당적 위원회와 그 뒤에 벌어질 소송이 오늘날 우리에게 상당히 중요한 문제를 파고들 수단으로 이용될 가능성이 높습니다. 내 말이 재미있는 모양입니다.」

재미있다니. 어쩌면 맞는 말일 수도 있었다. 나는 구스타프를 생각하고 있었다. 그래, 잘했다. 결국 빚을 받아내기로 했구나. 비록 주소를 잘못 찾은 것 같다만.

*

나는 쏟아지는 비 속에서 엄청난 속도로 프랑스와 독일을 가로질렀다. 지금은 앨릭의 무덤 앞에 서 있다. 동베를린의 이 작은 묘지에도 계속 비가 내린다. 나는 오토바이용 가죽옷을 입고 있지만, 앨릭을 위해 헬멧을 벗은 탓에 빗줄기가 얼굴을 타고 줄줄 흘러내린다. 우리는 소리 없이 시시한 말을 주고받는다. 성구(聖具) 관리인인지 뭔지 알 수 없는 노인이 내게 자기 방의 문을 열어 주고, 애도의 책을 보여 준다. 성묘를 온 사람들의 이름 중에 크리스토프의 이름이 있다.

어쩌면 그것이 출발점이었는지도 모른다. 그들에게 박차를 가한 순간. 처음에는 크리스토프에게, 그다음에는 당근색 머리카락의 구스타프에게. 순진하게 웃으며 나와 앨릭에게 애국적인 노래를 불러 준 아이. 그 애 어머니가 죽은 그날부터 나는 비록 생각으로나마 남몰래 그 아이를 보살펴야 하는 사람의 자리에 나를 놓고, 그 아이가 동독에서 불명예스러운 아이들을 보내는 무시무시한 감화원 같은 곳에 수감되었다가 무정한 세상으로 내동댕이쳐지는 모습을 상상하곤 했다.

나는 또한 때로 남몰래 얼굴에 철판을 깔고 서커스의 규정을 무시한 채 구실을 만들어 문서고에서 그 아이의 행방을 추적하곤 했다. 언젠가 이 세상이 아주 조금이라도 달라진다면 내가 그 아이를 찾아내서, 튤립을 사랑했던 마음으로, 상황이 허락하는 한 도움을 제공하겠다고 혼자 맹세하면서. 아니, 그냥 공상이었다고 말할 수도 있을 것이다.

내가 다시 오토바이에 올라 서쪽의 프랑스가 아니라 바이마르가 있는 남쪽으로 출발했을 때도 비는 여전히 억수같이 쏟아지고 있었다. 나는 혹시 구스타프가 살았을지도 모르는 장소의 주소를 몇 개 갖고 있었는데, 그래 봤자 가장 최근의 것이 10년 전의 주소였다. 도시 서쪽에 있는 작은 마을에, 그의 아버지인 로타어의 이름으로 등록된 집. 두 시간 동안 오토바이를 달린 끝에 나는 소련 스타일로 음울하게 지어진 슬래브 건물 앞에 서 있었다. 사회주의자들은 교회를 공격하기 위해 마을 교회에서 10미터 거리에 이 건물을 지었다. 슬래브들의 이음매가 점점 벌어지고, 창문 몇 개에는 안에서 종이를 붙여 둔 것이 보였다. 다 부서져 가는 포치는 뿌리는 페인트로 그려 놓은 나치 기장으로 장식되어 있었다. 퀸츠의 아파트는 8D호였다. 내가 초인종을 눌렀지만 응답은 없었다. 문이 하나 열리더니 나이 많은 여자가 의심스러운 표정으로 나를 위아래로 훑어보았다.

「퀸츠?」 그녀가 혐오감을 드러내며 되물었다. 「로타어? *Längst tot*(죽은 지 오래됐다오).」 죽은 지 오래라는 뜻이었다.

그럼 구스타프는? 내가 물었다. 아들은 어떻게 됐습니까?

「그 **웨이터** 말이오?」 할머니가 경멸을 드러냈다.

〈코끼리〉라는 이름의 그 호텔은 바이마르의 역사적인 중앙 광장을 굽어보며 서 있었다. 신축 건물은 아니었다. 사실 이곳은 히틀러가 좋아하던 호텔이었다. 이것도 아까 그 할머니에게서 들은 이야기였다. 하지만 전면적인 수리 덕분에 호텔은 가난하고 아름다운 이웃들의 면전에 들이밀어진, 서구의 번영을 알리는 등대처럼 번쩍거렸다. 검은색 새 정장을 입고 프런트를 지키던 여자는 내 질문을 잘못 알아들었다. 저희 호텔 손님 중에 퀸츠 씨는 안 계십니다. 그러고는 얼굴을 붉히며 다시 말했다. 「아, 구스타프 말씀이시군요.」 그녀는 직원들이 손님을 맞는 것은 금지되어 있다면서, 퀸츠 씨의 일이 끝날 때까지 기다려야 한다고 말했다.

그게 언제입니까? 6시예요. 그럼 어디서 기다리면 좋을까요? 배달 차량 출입구죠. 달리 어디겠어요?

빗줄기는 조금도 줄어들지 않았고, 날이 점점 어두워지고 있었다. 나는 여자의 말대로 배달 차량 출입구에 서 있었다. 왠지 나이보다 더 늙어 보이는 수척한 남자가 웃음기 하나 없는 얼굴로 지하 계단에서 나타나 후드가 달린 낡은 군용 비옷을 입었다. 난간에는 자전거 한 대가 사슬로 고정되어 있었다. 남자는 몸을 숙여 자물쇠를 풀기 시작했다.

「퀸츠 씨?」 내가 말했다. 「**구스타프?**」

그의 고개가 점점 솟아오르더니, 그가 깜박거리는 가로등 불빛 아래에 똑바로 섰다. 어깨가 벌써 구부정했다. 빨간색이었던 머리는 숱이 줄어들었고, 흰머리가 보였다.

「뭡니까?」

「난 자네 어머니의 친구였어.」 내가 말했다. 「혹시 날 기억하는지 모르겠네. 우리는 불가리아의 해변에서 만난 적이 있네. 아주 오래전에. 자네가 내게 노래를 불러 줬지.」 나는 그에게 내 가명을 말해 주었다. 그의 어머니가 벗은 몸으로 그의 뒤에 서 있던 바닷가에서 그에게 가르쳐 준 바로 그 이름이었다.

「우리 어머니의 **친구**였다고요?」 그가 〈친구〉라는 말에 익숙해지려는 듯이 내 말을 뒤풀이했다.

「그래.」

「프랑스 사람?」

「맞아.」

「어머니는 죽었어요.」

「나도 들었네. 정말 유감이야. 그래서 혹시 내가 자네를 위해 해줄 수 있는 일이 없을까 하고. 우연히 자네의 주소를 알게 됐거든. 마침 바이마르에 오게 돼서 기회다 싶었네. 같이 술이라도 한잔하면서 이야기를 좀 할까?」

그는 나를 빤히 바라보았다. 「우리 어머니랑 잤어요?」

「우린 친구였어.」

「잤다는 얘기네요.」 그가 역사적인 사실을 이야기하듯 말했다. 목소리가 높아지지도 낮아지지도 않았다. 「우리 어머니는 창녀였어요. 조국을 배신하고, 혁명을 배신하고, 당을 배신하고, 아버지를 배신했죠. 영국인들에게 자신을 팔아넘긴 뒤 목을 매달아 자살했습니다. 인민의 적이었어요.」 그가 설명했다.

그러고는 자전거에 올라 가버렸다.

11

「우리가 **가장 먼저** 해야 할 일은 말이죠, 자기⋯⋯.」 태
비사가 언제나 숫기 없어 보이는 특유의 목소리로 말한
다. 「당신을 자기라고 불러도 되지요? 난 최고의 의뢰인
들을 자기라고 부르거든요. 손님들과 마찬가지로 나 역
시 심장이 있는 사람이라는 사실을 손님들에게 일깨워
주니까요. 비록 내 심장은 어쩔 수 없이 보류 상태로 묶
여 있지만요. 자, 우리가 **가장 먼저** 해야 할 일은 저쪽이
우리에 대해 어떤 좋지 못한 이야기들을 떠들어 대고 있
는지를 표로 정리하는 거예요. 그러고 나서 그 이야기들
을 하나씩 쓰러뜨리는 거죠. 지금 자리는 편안하신가요?
그래요? 다행이네요. 내 말 듣고 계시죠? 이 방법이 효과
가 있을지는 나도 몰라요. 저쪽은 국민 건강 보험 사람들
인가요?」

「프랑스인입니다.」

내가 어렸을 때 읽은 비어트릭스 포터의 책에서 태비

사는 말 안 듣는 아이 셋을 고생스럽게 키우는 어머니였다. 따라서 내 앞에 앉아 있는 같은 이름의 여성이 다정한 어머니 같은 얼굴, 40대의 나이, 통통한 몸매, 약간 숨이 가쁘고 엄청나게 피곤한 모습 등 적어도 겉으로는 동화 속 태비사와 많은 공통점이 있다는 사실이 얄궂고 재미있었다. 그녀는 또한 내가 알기로 내 변호사였다. 레너드가 버니에게 약속대로 몇몇 후보의 이름을 제출했고, 버니는 그 명단에 **무지무지하게** 감탄했다(로트바일러처럼 당신을 위해 싸워 줄 사람들이에요, 피터). 하지만 그중 두 사람에 대해서는 아주 **조금** 미심쩍은 반응을 보였다. 자기가 보기에 실전 경험이 충분치 않다는 것이었다. 어디 가서 내가 그랬다고 하지는 마세요. 그는 이렇게 말했다. 그리고 또 **한 명**에 대해서는 절대 가까이하고 싶지 않다고 말했다(이건 **순전히** 개인적으로 알려 주는 겁니다, 피터, 내가 말했다는 사실을 **절대** 밝히면 안 돼요). 멈춰야 하는 지점이 어딘지, 법정이 어떻게 돌아가는지 **손톱만큼도** 모르기 때문에 판사들이 더할 나위 없이 싫어하는 인물이라는 것이었다. 그 사람이 바로 태비사였다.

나는 그녀가 나한테 딱 맞을 것 같다면서, 그녀의 방에서 만나고 싶다고 말했다. 버니는 그녀의 방이 보안상 안전한 장소가 아니라면서 본거지 안에 있는 자신의 본부를 제안했다. 나는 그의 본부가 보안상 안전한 장소라고 생각하지 않는다고 말했다. 그렇게 해서 우리는 다시 도서실로 돌아왔다. 한드-디터 문트와 그의 라이벌 중 라이벌인 요제프 피들러의 실물 크기 사진이 오만상을 찌푸리며 우리를 내려다보고 있는 방으로.

*

지금 우리는 튤립을 화장한 뒤로 잠 못 이루는 밤이 겨우 한 번 지난 시점까지 왔다. 태비사는 역사가 뒷걸음질 친 세상을 이해하려고 애쓰는 중이다.

베를린 장벽이 세워졌다.

메이플라워 네트워크의 모든 정보원과 하위 정보원은 실종되거나, 체포되거나, 처형되었다. 이 세 단계를 모두 밟은 사람도 있다.

쾨페니크의 영웅적인 의사이자 우연히 이 네트워크를 만들게 된 카를 리메크도 노동자로 위장할 때 사용한 자전거를 타고 서베를린으로 탈출하려다 무자비한 총격에 쓰러졌다.

태비사에게 이런 이야기는 역사적 사실일 뿐이다. 하지만 그 일을 직접 겪어 낸 우리에게 그때는 절망과 황망함과 좌절의 시기였다.

우리 정보원 윈드폴이 우리 편인가 적의 편인가? 주입식 교육을 받은 우리들은 그가 슈타지 내에서 특수 작전국장이라는 현재의 위치까지 빠르게 올라가는 모습을,

스테이블스라는 요새에서 감탄하며 지켜보았다.

우리는 윈드폴이라는 두루뭉술한 제목으로, 수많은 경제·정치·전략적 표적들에 대한 최고급 정보를 받아서 가공한 뒤 배포해 주었다. 그러면 화이트홀의 고객들은 소리 없이 환성을 질러 댔다.

그러나 문트는 확실한 힘을 갖고 있는데도, 아니 어쩌면 바로 그 힘 때문에, 자신의 라이벌 요제프 피들러가 비밀 작전실의 정보원과 하위 정보원을 모두 가차 없이 처리해 버리는 상황을 저지할 수도, 속도를 늦출 수도 없었다.

모스크바 중앙의 호의와 슈타지의 지휘권을 놓고 벌어진 이 소름 끼치는 대결에서, 윈드폴이라는 가명을 쓰는 정보원 한스-디터 문트는 유토피아인 독일 민주 공화국에서 첩자와 파괴 공작원 등 부르주아 제국주의의 종복들을 숙청하는 작업에 피들러보다 훨씬 더 열성적인 모습을 보여 줄 수밖에 없다고 주장했다.

문트와 그의 라이벌이 벌이는 미친 듯한 경쟁으로 인해 충실한 정보원들이 차례로 쓰러지자, 윈드폴 팀의 사기도 하루가 다르게 깊이 가라앉았다.

이 일로 가장 크게 영향을 받은 사람은 다름 아닌 스마일리였다. 그는 밤마다 중간실의 문을 잠그고 틀어박혔고, 가끔 찾아오는 컨트롤은 그의 기분을 더욱더 가라앉힐 뿐이었다.

*

「왜 내가 직접 고소인의 진술서를 읽으면 안 된다는 겁니까?」내가 태비사에게 묻는다.

「당신이 근무하던 정보부가 국가 안보를 이유로 모든 서류에 최고 기밀 딱지를 붙였는데, 당신은 그 기밀을 볼 수 있는 등급이 아니니까요. 그 사람들이 언젠가는 대가를 치르겠지만, 어쨌든 그 조치로 일처리가 제대로 되지 않고 일시적으로나마 보고에도 제한이 생길 거예요. 그게 그 사람들이 노리는 일이기도 하고요. 어쨌든 내가 최대한 자료를 긁어 왔어요. 보실래요?」

「버니와 로라는 어디로 사라진 겁니까?」

「아마 그 사람들은 필요한 걸 모두 얻었다고 생각한 모양이에요. 레너드는 그 사람들의 적요서를 받아들였고요. 내가 저쪽 로커룸을 처음으로 살짝 들여다봤는데, 안타깝게도 가엾은 도리스 감프는 당신을 처음 본 순간부터 당신에게 뜨거운 마음을 품었던 것 같아요. 그런데 그마음을 참지 못하고 자매인 로테에게 당신에 관한 이야기를 전부 해버린 거죠. 로테가 슈타지 심문관들에게 속이야기를 모두 털어놓았기 때문에, 당신의 거의 모든 것이 알려졌어요. **정말로** 불가리아에서 달빛을 받으며 그녀와 함께 알몸으로 바닷가를 달렸나요?」

「아뇨.」

「다행이네요. 프라하의 어느 호텔에서 두 사람이 사랑과 웃음으로 가득한 밤을 보냈다는 얘기도 있더군요. 거기서도 분위기가 자연스레 흘러갔다죠.」

「아닙니다.」

「다행이네요. 이제 다른 두 사람의 죽음을 이야기해 보죠. 베를린에서 있었던 앨릭 리머스와 엘리자베스 골드의 죽음. 엘리자베스의 딸 캐런이 당신을 고발하면서 주장한 내용을 먼저 볼까요? 그 주장에 따르면, 당신이 직접 엘리자베스에게 연락했어요. 당신 자신의 판단이었는지, 조지 스마일리를 비롯한 다른 무명의 공모자들이 충동질한 탓이었는지는 알 수 없지만요. 당신은 엘리자베스를 유혹했는지 어쨌는지 하여튼 손에 넣어서, 처음부터 엉망이었던 웅대한 계획에 그녀를 인간 사료로 사용했어요. 이 잔인한 표현은 저쪽이 쓴 거예요. 내가 아니에요. 누가 이런 표현을 생각해 냈는지 난 상상이 **안 가네요**. 어쨌든 그 계획은 슈타지의 지도부를 무너뜨리기 위한 거였어요. 당신이 정말 그런 행동을 했나요?」

「아뇨.」

「다행이네요. 이제 상황이 좀 보여요? 당신은 영국 정보부가 고용한 전문 난봉꾼이라서, 마음이 여린 여자들을 올가미로 끌어들여 부지불식간에 무모한 작전의 공범으로 만들었는데, 그 작전이 부서지고 말았어요. 맞아요?」

「아뇨.」

「당연히 그렇겠죠. 당신은 또한 포주처럼 엘리자베스 골드를 동료 앨릭 리머스에게 넘겼어요. 맞나요?」

「아뇨.」

「다행이네요. 당신은 또한, 원래 이런 짓을 많이 하는 사람이니까, 엘리자베스 골드와 **잠자리**를 했어요. 설사 당신이 하지 않았더라도, 앨릭을 위해 그녀를 준비시키기는 했지요. 이 중에 당신이 한 일이 있나요?」

「아뇨.」

「나도 당신이 그랬을 거라고는 단 한 순간도 생각하지 않았어요. 이번에는 당신의 사악한 음모가 낳았다는 최종 결과를 살펴보죠. 엘리자베스 골드는 베를린 장벽에서 총격으로 사망했고, 그녀의 연인 앨릭 리머스는 그녀를 구하려다 죽었거나 아니면 그냥 그녀랑 같이 죽기로 했어요. 어쨌든 그는 애쓴 보람도 없이 총에 맞았고, 그건 전부 당신 탓이에요. 잠깐 차를 한잔할까요, 아니면 계속할까요? 계속하죠. 이번에는 **크리스토프 리머스**의 주장이에요. 이 사람 아버지 앨릭이 그 전에 일어났던 모든 일의 희생자이니 그의 주장 또한 내용이 충실하지요. 강박적으로 남을 조종하는 본성을 타고난 당신이 유혹하고, 꾀고, 매수하고, 속이는 등등의 방법으로 앨릭을 끌어들여 불운한 장난감으로 삼았을 때, 앨릭은 이미 망가져 있었어요. 극악하게 얽히고설킨 기만 작전의 전면에 나서는 것, 즉 사실은 당신의 사악한 영향력하에 있으면 서 슈타지 쪽으로 망명하는 척하는 건 고사하고 혼자 힘 으로는 길을 건너기도 힘든 상태였다는 거죠. 맞아요?」

「아뇨.」

「당연히 그렇겠죠. 그렇다면 내가 제안하는 건, 물론 당신이 허락해야겠지만, 거기 물을 쭉 마시고 그 구슬 같 은 눈으로 이쪽을 좀 봐요. 내가 당신의 그 소중한 정보 부가 갖고 있는 역사 문서고에서 **마침내** 지극히 작은 일 부를 제한적으로 봐도 된다고 허락을 받자마자 오늘 새 벽같이 찾아낸 것이 있으니까요. 첫 번째 질문. 이 일화 가 당신 친구 앨릭이 쇠락하기 시작한 시점이었나요? 두 번째 질문. 만약 그렇다면 그것은 **진짜** 쇠락이었나요, 아 니면 쇠락하는 **척한** 건가요? 다시 말해서, 앨릭이 정보부 입장에서는 도저히 참아 줄 수 없는 인간이지만 모스크 바 중앙이나 슈타지의 스카우터 입장에서는 엄청나게 매 력적인 인물로 스스로 변하기 시작한 1단계였나요?」

*

H/베를린 지부[맥페이든]가 H/합동위에게 보낸 서커스 전신. 사본은 H/비밀 작전실, H/인사부로, 매우 긴급. 1960년 7월 10일.

제목: 징계 사유로 앨릭 리머스를 베를린 지부에서 즉각

전보시키는 건.

오늘 새벽 01시에 서베를린의 알테스 파스 나이트
클럽에서 DH/베를린 지부 앨릭 리머스와 DH/CIA
베를린 지부 사이 애플론에게 다음과 같은 일이 벌어
졌다. 사건의 경위에 대해서는 양쪽 모두 이견이 없다.
두 사람은 오래전부터 적대적인 관계였는데, 앞에서
말했듯이 나는 그것이 전적으로 리머스의 탓이라고
생각한다.

리머스는 혼자 나이트클럽으로 들어와, 혼자 온 여
자 손님 전용 바인 다멘갈레리로 향했다. 이미 전작이
있었지만 판단력이 흐려질 정도로 취하지는 않았다.

애플론은 함께 근무하는 여성 두 명과 함께 앉아 쇼
를 구경하며 조용히 술을 마시고 있었다.

리머스는 애플론 일행을 발견하고 방향을 바꿔 그
들의 자리로 다가가서, 몸을 기울이며 애플론에게 나
직한 목소리로 다음과 같이 말했다.

리머스: 한 번만 더 내 정보원을 매수하려고 하면, 내
가 네놈의 그 망할 목을 꺾어 버릴 거야.

애플론: 워워, 앨릭. 워워. 아가씨들 앞에서 이러면
안 되지.

리머스: 놈이 뭐가 됐든 정보를 손에 넣으면 우리한
테 넘기기 전에 먼저 알려 주는 대가로 한 달에 2천 달

러라고? 너한테는 그게 제대로 된 싸움이야? 여기 아가씨들을 놈한테 던져 주고 진한 키스나 해주라고 하지, 왜?

애플론이 지독한 모욕에 항의하려고 일어서자 리머스가 오른쪽 팔꿈치로 그의 얼굴을 때리는 바람에 그는 바닥에 쓰러졌고, 리머스는 그의 사타구니를 발로 찼다. 현장에 출동한 서베를린 경찰은 미국 헌병대를 불렀다. 애플론은 미군 병원으로 이송되어 현재 회복 중이다. 다행히 골절이나 생명이 위험한 부상은 아직 보고되지 않았다.

나는 애플론 본인과 그의 상관인 밀턴 버저 지부장에게 고개 숙여 사과의 말을 전했다. 이것은 리머스와 관련된 일련의 유감스러운 사건 중 가장 최근의 것이다.

최근 메이플라워 네트워크에 발생한 손실로 본 지부와 리머스가 상당한 압박을 받고 있음은 인정하지만, 그가 가장 중요한 동맹과의 관계에 그런 식으로 피해를 입힌 것에 대해서는 변명의 여지가 없다. 리머스는 오래전부터 반미 성향을 드러냈으나, 이제는 도저히 용납할 수 없는 수준이 되었다. 그와 나 둘 중의 하나는 이곳을 떠야 한다.

컨트롤이 초록색으로 갈겨쓴 글자가 나온 뒤, 스마일

리의 확고한 답변이 적혀 있다. 〈앨릭에게 이미 런던으로 돌아오라고 지시했음.〉

*

「자, 피터.」 태비사가 말한다. 「그건 가장이었나요? 아닌가요? 그가 공식적으로 몰락하기 시작한 시점이 여긴가요?」

내가 정말로 판단하기 힘들어서 대답을 얼버무리자, 태비사가 대신 대답한다.

「컨트롤은 확실히 가장이 아니라고 생각했어요.」 태비사가 종이 아래쪽의 초록색 글자들을 가리킨다. 「컨트롤이 당신의 조지 삼촌에게 남긴 말을 보세요. 〈처음에는 아주 유망했는데.〉 그리고 C라고 서명했죠. 이보다 더 명확할 수는 없을 거예요, 그렇죠? 아무리 당신의 세계가 비밀스럽다 해도.」

그래요, 태비사, 맞아요. 게다가 의심의 여지 없이 비밀스러운 세계죠.

*

장례식. 전야의 밤샘. 바로 이 방에서 한밤중에 절박한 도둑들의 회의가 열렸다. 요제프 피들러와 한스-디터 문트가 언제나 그렇듯이 우울한 표정으로 우리를 강렬하게 내려다보고 있다. 우리가 가장 마지막에 끌어들인 코니 색스는 우리를 〈여섯 윈드폴〉이라고 불렀다. 컨트롤, 스마일리, 짐 프리도, 코니, 나, 그리고 거의 말이 없는 파트너인 밀리. 짐 프리도는 또 다른 비밀 작전을 마치고 방금 돌아왔다. 이번에는 부다페스트에 가서 우리의 가장 귀한 자산인 윈드폴과 드물게 이루어지는 트레프를 성사시키는 것이 그의 임무였다. 20대 초반인데도 벌써 소련과 위성국의 정보기관들을 조사하는 데 타의 추종을 불허하는 솜씨를 보이는 코니 색스는 얼마 전에 불끈 화가 나서 합동위를 뛰쳐나와 기다리고 있던 조지의 품으로 곧장 뛰어들었다. 그녀는 팔팔하고 통통하며, 배운 여자처럼 행세하려 하고, 원래 부잣집 딸이며, 나처럼 자기보다 머리가 떨어지는 사람들을 참아 주지 못한다.

당당하고 냉담하며 머리카락이 새까만 밀리 맥크레이그가 야전 병원 간호사처럼 우리들 사이를 돌아다니며 필요한 사람에게 커피와 위스키를 나눠 주고 있다. 컨트롤은 여느 때처럼 맛없는 녹차를 달라고 하더니, 한 입 먹어 보고는 그대로 내려놓는다. 짐 프리도는 여느 때처럼 냄새가 고약한 러시아 담배를 연달아 피워 댄다.

그럼 조지는? 아주 의기소침해서 다가가기 힘든 모습으로 자기 내면을 들여다보고 있는 것 같다. 아주 용감한 사람이 아니면, 그의 상념을 방해하기 힘들 것이다.

컨트롤은 말을 하면서, 담배 때문에 노랗게 물든 손끝
으로 자기 입술을 만진다. 마치 상처가 있는지 확인하는
것 같다. 그는 은발이고, 말쑥하며, 나이를 짐작할 수 없
다. 듣기로는 친구가 없다고 한다. 어딘가에 아내가 있긴
한데, 소문에 따르면 그녀는 남편이 석탄 위원회에 다니
는 줄 안다고 한다. 그가 일어서면 어깨가 굽은 모습이
놀랍다. 사람들은 그 어깨가 똑바로 펴지기를 기다리지
만 그런 일은 결코 일어나지 않는다. 그는 태곳적부터 이
일을 하고 있는데도, 나는 정확히 두 번 그와 이야기를
해봤고 그의 강연을 한 번 들었다. 내가 사라트에서 훈련
을 마치고 나가던 날의 일이었다. 칼날처럼 얇은 그의 목
소리는 그의 생김새와 어울린다. 버릇없는 아이처럼 짜
증스럽고 단조로운 콧소리다. 쉽게 질문을 던질 수 있는
목소리가 아니다. 심지어 그도 자신에게 질문을 던질 수
없을 것이다.

「자, 우리가 망할 문트 씨에게서 아직 최고의 자료를
얻고 있다고 **믿는가**, 어떤가?」 그가 입가에서 손끝을 파
닥거리며 다그치듯 묻는다. 「우리 차례가 두 번째일까?
쥐꼬리만큼만 우리에게 주는 걸까? 거짓 정보일까? 그가
우리를 호도하고 있을까? 조지?」

컨트롤 앞에서는 누구도 가명을 사용하지 않는 것이
우리의 규칙이다. 그는 가명을 좋아하지 않는다. 너무 화
려하다면서. 삽을 성유물이라고 부르기보다는 망할 삽이

라고 부르는 편이 더 낫다는 것이다.

「문트의 제품은 예전과 똑같이 품질이 좋습니다, 컨트롤.」스마일리가 대답한다.

「그렇다면 그가 그 망할 장벽에 대해 우리에게 알려주지 않은 것이 유감이군. 그가 깜박 잊어버린 걸까? 짐?」

짐 프리도는 마지못해 입술에서 담배를 뗀다. 「문트말로는 모스크바가 자기를 정보 흐름에서 차단시켰답니다. 피들러에게만 정보를 말하고, 문트와는 말하지 않는다고요. 그런데 피들러가 정보를 풀지 않습니다.」

「그 돼지가 리메크를 죽였지, 그렇지? 그건 좋지 않아. 그가 왜 그런 짓을 했을까?」

「문트 말로는 그냥 우연히 자기가 피들러보다 한두 시간 먼저 도착했답니다.」프리도는 여느 때처럼 무뚝뚝하고 단조롭게 대답한다. 우리는 다시 컨트롤의 말을 기다리지만, 컨트롤은 우리를 계속 기다리게 내버려 두다가 입을 연다.

「그러니까 놈들이 문트의 마음을 돌려놓은 게 아니라는 말이군.」컨트롤이 짜증스러운 목소리로 단조롭게 말한다. 「문트는 아직 우리 편이라는 거야. 뭐, 마땅히 그래야겠지. 언제든 마음이 내키면 우리가 그를 늑대들에게 던져 줄 수 있으니까. 문트는 권력에 미친 자일세. 모스크바 중앙의 총아가 되고 싶어 하지. 뭐, **우리도** 그가 모스크바의 총아가 되길 바라고. 더불어 **우리의** 총아도 되어 주어야 하고 말이야. 그러니 우리의 이득이 서로 얽혀 있어. 그런데 망할 요제프 피들러 씨가 문트의 길을 막고 있군. 더불어 **우리의** 길까지도. 피들러는 문트가 우리 편이라고 의심하는데, 그게 사실이긴 하지. 그래서 피들러는 문트의 정체를 까발리고 그 공을 챙길 생각인 거야. 대략 이런 상황이지, 조지?」

「그런 것 같습니다, 컨트롤.」

「그런 것 〈같다〉. 모든 게 그런 것 〈같다〉인가. 확실한 게 하나도 없잖아. 우리는 사실을 다루는 직업인 줄 알았는데 말이지. 네 아니면 아니요로 대답하게. 요제프 피들러 씨는 슈타지의 기준으로 볼 때 성자 같은 사람이라고 들었네. 대의를 진심으로 믿을 뿐만 아니라, 유대인이기까지 하다고. 그는 자신의 훌륭한 동료인 한스-디터 문트가 개심하지 않은 나치이며, 영국 정보부의 주구라고 생각하지. 그런데 그 생각이 아주 틀린 게 아니야, 그렇지?」

조지는 짐 프리도를 흘깃 본다. 짐은 턱을 문지르며 낡은 카펫을 노려보고 있다. 다시 컨트롤이 말한다.

「그럼 문트 씨를 믿을 수 있을까? 의문이 하나 더. 문트는 우리가 아는 많은 요원들과 마찬가지로, 공연히 장황하게 지껄이고 있는 걸까? 그렇게 자네의 혼을 빼놓고 있을까, 짐? 정보원을 관리하는 사람들은 자기 정보원에 관한 한 무른 구석이 있지. 문트 같은 A급 망나니도 일단 좋게 생각해 주려고 하니까.」

하지만 컨트롤도 잘 알듯이 짐 프리도는 언제나 돌처럼 단단한 사람이다.

「문트가 피들러 진영에 사람을 확보했습니다. 그 사람들이 누군지 나한테 알려 줬어요. 그 사람들 말을 들었기 때문에, 피들러가 자신을 잡으러 나섰다는 걸 알고 있습니다. 이건 피들러가 문트의 면전에서 말한 거나 마찬가지예요. 모스크바 중앙에도 피들러의 사람들이 있습니다. 문트는 그 사람들이 곧 움직일지도 모른다고 생각합니다.」

우리는 다시 컨트롤을 기다린다. 컨트롤은 결국 우리의 시선을 받으며 차갑게 식은 녹차를 한 모금 마시기로 한 것 같다.

「그렇다면 의문이 생기는군, **그렇지, 조지?**」 컨트롤이 피곤한 얼굴로 말한다. 「만약 요제프 피들러를 제거한다면, 그 수단에 대해서는 논의가 필요하겠지만, 그렇게 된다면 모스크바가 문트를 더 예뻐할까? 그렇게 된다면, 우리 정보원들의 정체를 모스크바 중앙에 알려 주는 나쁜 놈이 누군지 우리가 마침내 알게 될까?」 아무도 대답하지 않자 컨트롤은 말을 잇는다. 「자네 생각은 어떤가, 길럼? 나이가 젊으니 이 질문에 대답할 수 있을까? 어디까지나 상대적인 이야기이긴 하지만.」

「죄송하지만 대답이 생각나지 않습니다.」

「안타까운 일이야. 조지와 내가 보기에는 우리가 이미 답을 찾은 것 같네. 조지는 그걸 받아들이지 못하고 있지만, 난 받아들일 수 있어. 내가 자네 친구 앨릭 리머스와 내일 만날 예정일세. 그를 떠볼 거야. 지금 상황에 대해 그가 어떻게 생각하는지. 문트와 피들러가 총을 쏴대는 통에 자신의 네트워크를 잃었으니까 말이지. 그런 위치에 있는 사람이라면, 긍정적으로 자리에서 물러날 수 있는 기회를 반가워할지도 모르지. 그렇지 않나?」

*

태비사가 나를 도발하고 있다. 일부러 그러는 것 같다.

「개인적으로 감정이 있는 건 아니지만, 어쨌든 당신 같은 스파이들의 문제는 진실을 모른다는 거예요. 그러니 변호하기가 엄청나게 힘들죠. 물론 난 최선을 다할 겁니다. 언제나 그러니까요.」내가 그녀의 다정한 미소에 마주 웃어 주기만 할 뿐 아무 대답을 하지 않자, 그녀가 말을 잇는다. 「엘리자베스 골드는 일기를 썼어요. 그게 문제예요. 도리스 감프는 자매인 로테에게 모든 걸 털어놓았고요. 원래 여자들이 이렇습니다. 서로 이런저런 이야기를 털어놓고, 일기를 쓰고, 어처구니없는 편지를 써요. 버니의 일은 이것들을 모두 잘 이용하는 거죠. 사람들은 여자들의 마음을 훔치고 돌아다니면서 아기를 만드는 현대 경찰의 비밀 정보원에 당신을 빗대고 있습니다. 당신이 엘리자베스에게 캐런을 만들어 준 사람인지 확인하려고 내가 날짜를 좀 살펴봤는데, 당신은 그 일과 아무 상관이 없더군요. 솔직히 마음이 좀 놓였습니다. 그리고 구스타프는 천만다행으로 나이가 너무 많아서 당신을 생각할 필요도 없고요.」

*

햄스테드 히스의 기분 좋은 가을 오후. 컨트롤이 앨릭을 떠보겠다고 선언한 지 일주일이 지났다. 나는 켄우드 하우스의 정원 야외 탁자에 조지 스마일리와 함께 앉아 있다. 평일이라 주위에 사람이 거의 없다. 그냥 스테이블스에서 만나도 괜찮았을 텐데, 조지는 우리가 워낙 은밀한 대화를 나누게 될 테니 야외에서 만나야 한다고 암시했다. 그가 쓰고 있는 파나마모자가 눈을 가리는 바람에 나는 조지의 얼굴을 일부밖에 볼 수 없다. 내게 허용된 비밀이 일부밖에 되지 않는 것과 같다.

우리는 가벼운 잡담을 나누는 단계를 끝냈다. 아니, 내 생각에는 그런 것 같다. 일이 즐거운가? 네, 즐겁습니다. 튤립과의 일은 이제 좀 극복했어? 네, 감사합니다. 올리버 라콘이 자네 초고를 묻어 버렸으니 다행이지. 캠프

4에 침입한 그 정체불명의 스위스인을 합동위가 너무 의미심장하게 생각할 위험이 항상 도사리고 있었으니까. 나는 피땀을 흘려 가며 작성한 초고지만 그래도 다행이라고 조지에게 맞장구를 친다.

「나를 위해 자네가 어떤 **여성**과 친구가 되어 주면 좋겠네, 피터.」스마일리가 자신의 말이 진심임을 더욱 강조하기 위해 눈썹을 한데 모으며 비밀스레 털어놓는다. 그러고는 자신의 요청에 오해의 소지가 있음을 깨달았는지 다시 말을 잇는다. 「아이고, 이런, **내**가 무슨 욕구 같은 걸 풀려는 게 아니야, 절대! 순전히 작전을 위한 걸세. 자네가 해줄 수 있겠나? 원칙적으로? 대의를 위해서? 그녀의 신뢰를 얻어야 하네.」

「대의란 윈드폴이겠군요.」내가 조심스레 말한다.

「그래, 물론이지. 전적으로. 윈드폴 작전의 지속적인 성공을 위해서. 작전의 보존을 위해서. 꼭 필요하고 시급한 부속물로서.」스마일리가 대답한 뒤 우리는 사과 주스를 천천히 마시며 햇빛 속에서 오가는 사람들을 지켜본다. 「또한 컨트롤의 구체적인 요청도 있었네.」그가 말을 잇는다. 나를 더 설득하기 위해서이거나, 책임을 전가하기 위해서일 것이다. 「컨트롤이 실제로 자네 이름을 꺼냈어. 〈그 젊은 친구 길럼〉이라고 자네를 콕 집어 말했네.」

이것을 칭찬으로 받아들여야 할까? 아니면 칭찬으로 위장한 경고? 내 짐작에 조지는 한 번도 컨트롤에게 호감을 품은 적이 없었다. 그리고 컨트롤은 누구에게든 호감을 품는 사람이 아니었다.

「그녀와 우연히 마주칠 방법은 틀림없이 아주 많을 걸세.」 조지가 긍정적인 면을 언급한다. 「우선 그녀는 그 지역 공산당 지부 소속이야. 주말에는 『데일리 워커』[31]를 판매하는 일을 하고. 하지만 자네가 그녀에게서 그 신문을 한 부 사는 모습은 상상이 안 가는군. 자네는 어떤가?」

「그 말씀은, 제가 『데일리 워커』의 독자처럼 자연스럽게 다가갈 생각이냐는 뜻입니까? 아뇨, 그럴 생각은 없습니다.」

「그래그래, 그런 시도는 하지도 말게. 무슨 일이 있어도, 어울리지 않는 사람 행세를 할 생각은 하지 마. 그냥 친절한 중산층 출신인 평소 모습을 그대로 보이는 게 훨씬 나아. 그녀는 달린다네.」 조지가 뒤늦게 생각났다는 듯이 말한다.

「달려요?」

「아침마다 일찍 달리기를 해. 내가 보기에는 매력적인데, 자네는 어떤가? 몸매 관리를 위한 달리기. 건강을 위한 달리기. 동네 운동장을 몇 바퀴나 도는 걸세. 혼자서. 그러고는 직장인 풀럼의 서적 판매소로 출근하지. 서점이 아니라 책 **판매소**일세. 어쨌든 책이 있는 곳이지만. 도매상에 책을 대량으로 보내는 곳이야. 우리가 듣기에는

31 영국과 미국의 공산당 기관지.

지루한 일 같아도, 그녀는 그것을 의미 있는 일로 생각하네. 모두가 책을 읽어야 한다고 보거든. 잡다하게 모인 군중들은 특히. 물론 그녀는 시위 행진에도 참가하네.」

「달리기도 하고요?」

「평화를 위한 거야, 피터. 굵은 글자로 강조된 평화. 올더매스턴[32]에서 트래펄가 광장까지, 거기서 다시 하이드 파크 코너까지. 평화가 그렇게 쉽다면 얼마나 좋을까.」

나더러 웃으라고 하는 소리인가? 나는 미소를 시도한다.

「하지만 자네가 깃발을 들고 그녀를 도와주는 모습 역시 상상이 안 가는군. 당연하지. 자네는 점잖은 부르주아로서 자신의 길을 나아가고 있는, 그녀에게는 상당히 낯선 생물이니까. 그래서 더욱더 흥미로운 거지만. 좋은 운동화를 신고 장난꾸러기 같은 자네 특유의 미소를 짓는다면 금방 그녀와 친구가 될 걸세. 거기에 프랑스인 특유의 모습까지 얹으면, 때가 됐을 때 우아하게 퇴장할 수 있을 거야. 그러면 완벽한 성공이지. 자네도 그녀를 잊으면 되고, 그녀도 자네를 잊으면 돼. 그래.」

「그녀의 이름을 알면 도움이 될 것 같은데요.」 내가 말한다.

조지는 이 질문에 대해서도 생각에 잠긴다. 힘들게, 문

---

32 영국 남부의 마을로, 핵무기에 반대하는 시위 행진의 출발점이었다.

제적으로. 「그래, 뭐, 그 사람들은 이민자야. 그 집안이. 부모는 이민 1세대고, 그녀는 2세대지. 그 집 사람들은 신중히 생각해 본 뒤, 〈골드〉라는 이름을 선택했네.」 그는 마치 내가 그 이름을 억지로 끌어내기라도 한 것처럼 한발 물러서는 태도를 보인다. 「그건 성이고 이름은 **엘리자베스**. 친구들은 리즈라고 부른다네.」

나는 느긋하게 시간을 끈다. 화창한 오후에 파나마모자를 쓴 땅딸막한 신사와 사과 주스를 마시고 있다. 아무도 서두르지 않는다.

「아까 말씀하신 대로 제가 그녀의 신뢰를 얻으면, 그 다음에는 뭘 합니까?」

「이런, 당연히 나한테 와서 알려야지.」 그가 쏘아붙인다. 머뭇거리던 태도가 갑자기 분노로 바뀐 듯하다.

*

나는 마르셀 라퐁텐이라는 젊은 프랑스인 순회 영업 사원이다. 지금은 이스트런던 해크니에서 인도인이 운영하는 하숙집에 머물고 있으며, 그 사실을 증명할 서류도 가지고 있다. 오늘은 닷새째다. 아침마다 동이 틀 무렵에 나는 버스를 타고 공원으로 가서 달리기를 한다. 대개 예닐곱 명이 함께 달린다. 우리는 달리다가 스포츠 회관 계단에서 숨을 헐떡이며 시간을 재고 서로의 기록을 비교

한다. 그리고 서로 몇 마디 말을 주고받은 뒤 각자 흩어
져 샤워실로 향하며 서로를 응원해주고 내일 보게 되면
보자고 말한다. 사람들은 내 프랑스 이름을 듣고 어렴풋
이 재미있다는 표정을 짓지만, 내 영어에 프랑스식 말씨
가 없는 것을 보고 실망한다. 나는 돌아가신 어머니가 영
국인이었다고 설명한다.

신분을 위장할 때는 꾸며 낸 이야기의 빈틈이 걷잡을
수 없이 커지기 전에 막아 버려야 한다.

항상 나와서 달리기를 하는 여성 세 명 중에 리즈(우리
는 서로에게 성을 가르쳐 주지 않는다)는 키가 가장 크지
만 어느 모로 보나 속도가 가장 빠르지는 않다. 사실 그
녀는 달리기에 타고난 재능이 별로 없는 것 같다. 그녀에
게 달리기는 의지력을 발휘하는 행위이거나 자기 절제,
또는 해방이다. 그녀는 과묵하며, 자신이 아름답다는 사
실을 모르고 있는 것 같다. 말괄량이처럼 구는 것이 그
증거라면. 다리가 길고, 검은 머리가 짧고, 이마가 넓고,
커다란 갈색 눈은 연약해 보인다. 어제 우리는 처음으로
미소를 교환했다.

「오늘도 바쁜 하루인가요?」 내가 묻는다.

「우린 파업 중이에요.」 그녀가 숨을 몰아쉬며 설명한
다. 「8시에 정문 앞으로 가야 해요.」

「정문이라니요?」

「내가 일하는 곳의 정문이죠. 경영진이 우리 책임자를

해고하려고 해요. 어쩌면 몇 주 동안 계속될지도 몰라요.」

그렇군요. 또 봅시다. 나중에.

그 나중은 바로 다음 날이다. 토요일이라서 시위가 없는 모양이다. 사람들이 장도 봐야 하고. 매점에서 함께 커피를 마시며 그녀가 내게 무슨 일을 하느냐고 묻는다. 나는 프랑스 제약 회사의 영업 사원인데, 지방 병의원들을 돌아다니며 제품을 팔고 있다고 설명한다. 그녀는 정말 재미있는 일일 것 같다고 말한다. 나는 뭐 **딱히** 그렇지는 않다고 말한다. 나는 의학을 공부하고 싶은데 아버지가 그걸 원하지 않는다고. 사실 내가 다니는 회사가 아버지의 회사라서 아버지는 내가 밑바닥에서부터 일을 배워 회사를 물려받기를 바란다고. 나는 그녀에게 내 명함을 보여 준다. 가상의 아버지 이름이 곧 회사의 이름이다. 그녀는 미간을 찌푸리고 미소를 지으며 명함을 살펴본다. 그리고 미소가 사라진다.

「당신은 이게 옳다고 생각하는 거죠? 그러니까 사회적으로? 사장 아들이 단순히 아들이라는 이유만으로 회사를 물려받는 것 말이에요.」

나는 아니, 옳다고 생각하지 않기 때문에 마음에 걸린다고 말한다. 내 약혼녀도 나와 같다. 그래서 나도 그녀처럼 의사가 되고 싶은 것이다. 나는 약혼녀를 사랑할 뿐만 아니라 우러러보고 있다. 내 생각에 그녀의 존재는 인류에 진정한 축복이다.

내가 약혼녀의 존재를 설정한 것은, 비록 리즈가 마음이 어지러울 정도로 매력적이지만 살아 있는 한 튤립 같은 일을 다시 겪고 싶지 않기 때문이다. 또한 이 가상의 약혼녀 덕분에 나는 리즈와 함께 운하 옆을 걸으며 서로의 포부를 진지하게 이야기할 수 있다. 내가 프랑스에 있는 여의사를 몹시 사랑하며 우러러보고 있다는 사실을 그녀가 알게 되었기 때문에.

우리는 각자의 희망과 꿈을 이야기한 뒤, 부모에 관한 이야기로 넘어간다. 외국인의 피가 일부 섞인 사람으로서 살아가는 것에 대해서도 이야기한다. 그녀는 내게 유대인이냐고 묻고, 나는 아니라고 말한다.

그리스 식당에서 적포도주를 한 병 마시며 그녀는 내게 공산주의자냐고 묻는다. 나는 다시 아니라고 대답하지 않고, 경박해 보이는 길을 선택해, 볼셰비키가 될지 멘셰비키가 될지 도저히 마음을 정할 수 없다고 말한다. 부탁이니 내게 조언을 좀 해주겠어요?

이 대화 뒤에 우리는 진지해진다. 아니, 그녀가 진지해진다. 우리의 대화는 베를린 장벽으로 넘어간다. 베를린 장벽의 존재가 내 마음속에서 항상 떠나지 않기 때문에 나는 그녀도 같을 것이라고는 미처 생각하지 못했다.

「아빠 말씀이, 그건 파시스트를 막는 장벽이래요.」 그녀가 말한다.

나는 이렇게 말한다. 「뭐, 그렇게 볼 수도 있겠네요.」
그녀는 거슬리는 표정을 짓는다.

　「그럼 **당신**은 어떻게 생각하는데요?」 그녀가 다그치듯
묻는다.

　「난 장벽이 사람들을 막으려고 서 있는 거라고는 생각
하지 않아요. 그보다는 사람들을 가두는 역할을 한다고
보죠.」

　이번에도 그녀는 진지하게 생각을 해본 뒤 내가 대답
할 수 없는 답변을 내놓는다.

　「아빠는 그렇게 생각하지 않아요, 마르셀. 파시스트가
아빠의 식구들을 죽였어요. 아빠한테는 그걸로 충분
해요.」

*

　「가엾은 리즈의 일기에는 **온통** 당신 이야기뿐이에요,
피터.」 태비사가 안쓰럽다는 듯 다정한 미소를 지으며 말
하고 있다. 「당신은 정말로 훌륭한 프랑스 신사예요. 영
어 실력이 어찌나 좋은지 그녀는 당신이 프랑스인이라는
사실을 자꾸만 잊어버리죠. 세상에 당신 같은 남자들이
더 많으면 얼마나 좋을까. 공산당의 이념을 당신에게 납
득시키는 건 가망 없는 일이지만, 그래도 당신은 인간을
존중하는 사람이에요. 진정한 사랑의 의미를 알죠. 그러

니 조금만 노력을 기울이면 언젠가 당신도 깨달음을 얻을지 몰라요. 당신 약혼녀의 커피에 독약을 타고 싶다는 말은 리즈의 일기에 나오지 않지만, 사실 리즈가 그런 짓을 할 필요는 없죠. 그녀는 당신의 사진도 한 장 찍어서 갖고 있었어요. 혹시 당신이 잊었을까 봐 말해 주는 거예요. 이 사진이에요. 리즈가 아버지의 폴라로이드 카메라를 특별히 빌려 와서 찍은 사진.」

나는 달리기를 할 때의 복장으로 어떤 난간에 몸을 기대고 있다. 그녀가 내게 지시한 포즈가 그거였다. 그러고는 나더러 미소를 짓지 말고 자연스럽게 있으라고 말했다.

「내 생각에는 저쪽이 제출한 증거에 이 사진이 있을 것 같아요. 말하자면 증거 A 같은 거죠. 당신은 가엾은 아가씨의 마음을 훔쳐서 그녀를 살육으로 이끈 못된 로미오예요. 사실 당신에 대한 노래까지 있어요.」

*

「우린 친구입니다.」 나는 스마일리에게 선언하듯 말한다. 이번에는 화창한 햄스테드 히스에서 사과 주스를 마시는 대신 스테이블스에서 만났다. 위층에서 암호 해독기가 드르륵드르륵 돌아가는 소리와 윈드폴 자매들이 수동 타자기를 치는 소리가 들린다.

나는 작전 정보를 그에게 모두 이야기한다. 그녀는 부모와 함께 산다. 형제자매는 없다. 외출도 하지 않는다. 부모는 싸움이 잦다. 아버지는 시온주의와 공산주의 사이에서 흥정을 한다. 시너고그에 빠지는 법이 없고, 동무들과의 모임을 피하는 법이 없다. 어머니는 철저히 세속적이다. 아빠는 리즈가 의류업에 종사하기를 원한다. 엄마는 리즈가 교사가 되는 공부를 하기를 원한다. 하지만 내가 보기에 조지는 이 모든 사실을 이미 알고 있는 것 같다. 그렇지 않고서야 그가 왜 애당초 그녀를 골랐겠는가?

「하지만 엘리자베스 **본인**은 뭘 하고 싶어 하는지 궁금하군.」 조지가 생각에 잠긴 표정으로 말한다.

「그녀는 **나가고** 싶어 합니다, 조지.」 나는 생각보다 더 짜증스러운 목소리로 대답한다.

「**나간다면**, 어느 방향인지도 말하던가? 아니면 그냥 무조건 **나가겠다는** 것?」

그녀에게 가장 좋은 곳은 도서관일 것이라고 내가 말한다. 아마도 마르크스주의 도서관 같은 곳. 하이게이트의 어느 도서관에 그녀가 편지를 보냈지만 답장이 오지 않았다. 그녀가 이미 동네 공립 도서관에서 자원봉사를 하고 있다고 나는 조지에게 말한다. 그녀는 아직 영어를 배우는 중인 이민자 가정 자녀들에게 영어로 이야기를 읽어 주는 일을 한다. 하지만 조지는 이것도 십중팔구 알고 있을 것이다.

「그럼 우리가 그녀에게 무엇을 해줄 수 있는지 알아봐
야겠군, 그렇지? 자네가 프랑스로 사라지기 전에 좀 더
그녀 옆에 있어 주면 도움이 될 걸세. 그렇게 해줄 수 있
겠나?」

「달가운 소리는 아니군요.」

조지도 그리 달가워하는 것 같지 않다.

*

닷새 동안 두 번 운하 옆을 걸었다. 그리고 밤에 다시
스테이블스로 왔다.

「그녀가 **여기**에 관심을 보이는지 한번 보게.」 조지가
『패러노멀 가제트』라는 계간지에서 찢어 낸 종이를 내게
건네며 말한다. 「약을 팔려고 찾아간 병원 대기실에서 자
네가 우연히 이걸 보게 된 거야. 봉급은 우울한 수준이지
만, 그녀에게는 별로 문제가 되지 않을 것 같군.」

베이스워터 심령학 도서관이 보조 사서를 구하고 있
다는 광고다. 미스 엘러노라 크레일 앞으로 사진과 자필
이력서를 제출하면 된다.

「마르셀, 나 **됐어요**, 마르셀!」 리즈가 스포츠 회관 매점에서 내게 편지를 흔들어 대며 웃는 얼굴로 눈물을 흘린다. 「됐어요, 됐다고요! 아빠는 나더러 부끄러울 줄 알래요. 미친 부르주아들의 미신이고, 틀림없이 반유대주의 단체일 거라면서요. 엄마는 한번 해보래요. 사다리에 첫발을 올려놓는 거라고요. 그래서 한번 해보기로 했어요. 다음 달 첫 번째 월요일부터 출근이에요!」

그녀는 편지를 내려놓은 뒤 펄쩍 뛰어서 나를 끌어안고는, 지금까지 사귄 모든 이들을 통틀어 내가 최고의 친구라고 말한다. 나는 프랑스에 날 기다리는 애인이 있다는 말을 지어내지 말걸 그랬다고 벌써 몇 번째 후회한다. 그녀도 내게 그런 애인이 없기를 바라는 것 같다.

＊

나는 쉽게 짜증을 내는 사람이었다. 그리고 태비사도 그 점을 점점 깨닫고 있었다.

「그렇게 당신은 그녀의 눈에 마법의 가루를 뿌리자마자 도망쳐서 친구 앨릭에게 그를 위해 아주 착하고 어여쁜 공산주의자 아가씨를 찾아냈다고 말했어요. 앨릭에게 그 괴상한 도서관에 취직하기만 하면 금방 그녀와 한 침

369

대에 눕게 될 거라고. 그렇게 된 건가요?」

「앨릭에게 무슨 말을 해줬느니 하는 건 말도 안 됩니다. 내가 리즈 골드와 접촉한 건 윈드폴의 일환이었어요. 앨릭은 윈드폴의 정보에 접근할 수 없었습니다. 리즈가 도서관에 취직한 뒤 앨릭과 무슨 일이 있었든 나와는 상관없는 일입니다. 게다가 난 그런 얘기를 듣지도 못했어요.」

「그럼 술 때문에 점점 무너져서 배신자가 되어 가는 척하던 앨릭 리머스와 관련해서 당신이 스마일리에게서 받은 지시는 정확히 뭐죠?」

「그의 친구로 남아, 상황에 따라 뭐가 됐든 자연스럽게 대처하라는 것. 작전이 진행되면서 앨릭의 행동처럼 내 행동 역시 저들의 면밀한 시선 앞에 노출될 수 있음을 명심하라고 했습니다.」

「그럼 컨트롤이 리머스에게 내린 지시는 대략 이런 것이었겠군요. 내 생각이 틀렸다면 지적해 주세요. 〈우리는 네가 미국을 싫어하는 것을 알고 있다, 앨릭. 그러니 가서 그들을 좀 더 미워해라. 네가 술을 물처럼 마셔 대는 것도 안다. 앞으로는 두 배로 마셔라. 네가 술에 취하면 싸움을 좋아하는 것도 알고 있으니, 굳이 참지 마라. 그리고 기왕 하는 김에 아주 최악이 되어라.〉이 정도로 요약하면 될까요?」

「앨릭은 적이 쉽게 포섭할 수 있는 상대처럼 보이기

위해 최선을 다해야 했습니다. 내가 들은 건 그것뿐이에요.」

「**컨트롤**이 말해 줬나요?」

태비사의 목적이 뭐지? 도대체 누구의 사람일까? 진실에 손이 닿을 만큼 가까이 다가왔다가도, 뜨거운 불길을 피하듯이 방향을 돌리다니.

「스마일리에게서 들었습니다.」

*

나는 서커스에서 걸어서 몇 분 거리에 있는 주점에서 점심시간에 앨릭과 술을 한잔하고 있다. 컨트롤이 처신을 제대로 하라며 마지막으로 한 번 더 기회를 주기 위해 앨릭을 1층의 금융과에 배치했다. 무엇이든 닥치는 대로 훔치라는 지시와 함께였지만, 앨릭은 내게 그 점을 털어놓지 않는다. 내가 어디까지 아는지 앨릭이 아는 것 같지 않다. 지금은 2시 30분인데, 우리는 1시에 만났다. 1층 근무자들의 점심시간은 한 시간이고, 이 시간을 초과하면 변명의 여지가 없다.

2파인트쯤 맥주를 마신 다음에 앨릭은 스카치로 넘어간다. 점심으로 먹은 것이라고는 타바스코 소스를 뿌린 바삭한 감자 칩 한 봉지뿐이다. 앨릭은 요즘 서커스가 온통 미친놈 천지가 됐다면서 큰 소리로 투덜거리고 있다.

전쟁에 참전했던 훌륭한 사람들은 어디로 가버렸는지 알 길이 없고, 꼭대기 층의 사람들이 신경 쓰는 거라고는 미국에 아부하는 일뿐이라는 것이다.

나는 그의 불만을 들어 주며 별로 말을 하지 않는다. 어디까지가 진짜 앨릭이고 어디까지가 연기인지 확신할 수 없기 때문이다. 그가 연기를 하고 있는지도 확실치 않다. 그가 제대로 하고 있다는 얘기다. 자동차들이 달리는 밖으로 나온 뒤 앨릭이 내 팔을 잡는다. 순간적으로 앨릭이 날 한 대 치는 건가 하는 생각이 든다. 그러나 앨릭은 팔을 넓게 벌려 나를 끌어안는다. 자신이 지금 연기하고 있는, 감정이 풍부한 아일랜드인 주정뱅이다운 행동이다. 수염 자국이 있는 그의 뺨으로 눈물이 흘러내린다.

「난 자네를 사랑해. 듣고 있나, 피에로?」

「나도 사랑해요, 앨릭.」 나는 성실하게 대답한다.

앨릭은 나를 밀어내기 전에 내게 질문을 던진다. 「말해 보게. 그냥 알아 둬야 할 것 같아서 그래. 도대체 윈드폴이 뭔가?」

「우리가 운용하는 비밀 작전실의 정보원일 뿐이에요. 왜요?」

「일전에 기둥서방 같은 놈 헤이든이 취해서 나한테 한 말이 있거든. 비밀 작전실이 끝내주는 정보원을 하나 새로 만들었는데, 왜 아무도 합동위를 작전에 끼워 주지 않느냐는 거야. 그래서 내가 뭐라고 했는지 아나?」

「뭐라고 했는데요?」

「만약 내가 비밀 작전실을 움직이는 사람인데 합동위 사람이 나한테 와서 당신네의 그 끝내주는 정보원이 누구냐고 묻는다면, 놈의 사타구니를 차 버리겠다고 했지.」

「그랬더니 빌이 뭐라던가요?」

「꺼져 버리라고 하던데. 내가 또 뭐라고 했는지 아나?」

「모르죠.」

「조지의 아내에게서 그 게이 같은 손을 떼라고 했어.」

*

밤늦은 시각 스테이블스. 언제나 이런 시각이다. 스테이블스는 밤에 갑자기 종잡을 수 없이 확 살아나는 곳이다. 조금 전까지 다들 기다리다 지쳐서 늘어져 있었는데 갑자기 문 앞에서 실랑이가 벌어지더니 고함 소리와 함께 짐 프리도가 가장 최근에 들어온 윈드폴의 귀한 보석을 들고 들어온다. 마이크로도트나 먹지를 타고 날아온 것이다. 짐이 발을 들이면 안 되는 땅의 주인 없는 우편함에서 직접 가져왔거나, 프라하의 뒷골목에서 1분짜리 트레프를 통해 윈드폴이 짐에게 직접 넘긴 자료들. 나는 전신 용지를 손에 들고 벌떡 일어나서 바삐 계단을 오르내리고, 책상에 웅크리고 앉아서 초록색 전화기로 화이트홀의 고객들에게 정보를 알린다. 윈드폴 자매들의 수동 타자기 소리가 시끄럽게 울리고, 벤의 암호 해독기 소리가 마룻바닥 아래에서 들려온다. 앞으로 열두 시간 동안 우리는 문트가 보낸 원료를 분해해서 가상의 여러 정보원들이 가져온 것으로 만들 것이다. 여기서 신호를 조금, 저기 전화나 통신 내용을 조금 가로채서 얻은 정보라고. 정보의 생명을 유지하기 위해, 아주 드물게 아주 높은 자리의 믿을 만한 정보원에게서 들어온 정보라고 알릴 때도 있지만, 어쨌든 모든 정보는 윈드폴이라는 마법의 이름으로 철저히 세뇌된 사람들에게만 전달된다. 오늘밤은 폭풍과 폭풍 사이의 소강기다. 모처럼 조지가 중간실에 혼자 있다.

「이틀 전에 앨릭과 우연히 마주쳤습니다.」 내가 이야기를 꺼낸다.

「자네가 친구 앨릭과의 관계를 냉각시키기로 나랑 합의한 줄 알았는데, 피터.」

「윈드폴 작전 중에 제가 반드시 알아야 하는데 알지 못하는 부분이 있는 것 같습니다.」 나는 미리 준비한 말을 꺼내기 위해 이 말을 던진다.

「**알아야 한다고?** 어디서 그런 승인을 받은 건가? 세상에, 피터.」

「그냥 단순한 의문입니다, 조지.」

「우리가 단순한 의문을 취급하는 줄은 몰랐군.」

「앨릭의 임무가 무엇인지 궁금할 뿐입니다.」

「자네도 알다시피 지금 하는 일을 하는 것일세. 분노에 찬 낙오자가 되는 것. 정보부에서 떨려 난 자. 분노와 앙심을 품어서 매수할 수 있을 것처럼 보이는 사람.」

「하지만 무엇을 위해서요, 조지? **의도**가 무엇입니까?」

조지는 점점 짜증을 참을 수 없는 것 같았다. 그는 대답을 하려다가 심호흡을 한 번 하더니 다시 입을 열었다.

「자네 친구 앨릭 리머스는 누구나 잘 알고 있는 성격적 결함을 있는 그대로 과시하듯 드러내라는 지시를 받았네. 저들 스카우터의 눈을 확실히 사로잡을 만큼. 우리들 중에 있는 반역자가 조금 도와줄 수도 있겠지. 그렇게 해서 앨릭이 갖고 있는 상당한 분량의 비밀 정보를 시장에 내놓으면, 우리가 거기에 적을 잘못된 방향으로 이끌 정보 몇 가지를 얹을 걸세.」

「그러니까 일반적인 이중 첩자 역정보 작전이군요.」

「조금 살을 붙이긴 했지만, 그래, 일반적인 작전일세.」

「하지만 앨릭은 문트를 죽이는 임무를 맡았다고 생각하는 것 같습니다.」

「뭐, 맞는 생각이지, 안 그런가?」 조지가 지체 없이 내 말을 반박한다. 어조에도 아무런 변화가 없다.

조지는 둥근 안경을 통해 나를 사납게 올려다보았다. 나는 지금쯤이면 우리 둘 다 의자에 앉아 있을 것이라고 생각했지만, 아직 서 있었다. 내 키가 조지보다 상당히 더 크다. 내가 놀란 것은 그의 건조한 목소리 때문이었다.

그가 문트와 악마의 협약을 맺은 지 겨우 몇 시간 뒤에 경찰관의 집에서 만났던 때가 생각났다.

「앨릭 리머스는 전문가일세. 자네처럼 말이야, 피터. 나도 마찬가지고. 만약 컨트롤이 그에게 임무가 자세히 인쇄된 서류를 읽히지 않았다면, 앨릭과 우리에게는 더욱 좋은 일이지. 앨릭이 실수로 우리를 배신할 위험이 없으니까. 만약 그가 스스로 예상하지 못했던 방식으로 임무에 성공하더라도, 그는 속았다는 기분을 느끼지 않을걸세. 자신에게 주어진 일을 해냈다고 생각할 테지.」

「하지만 문트는 **우리 편**입니다, 조지! 우리 정보원이에요. 윈드폴이라고요!」

「알려 줘서 고맙네. 한스-디터 문트는 우리 정보부의 공작원이지. 그러니 그의 자리를 노리고 그를 총살대에 세우려 하는 자, 그를 의심하는 자에게서 마땅히 보호해 줘야 해. 무슨 수를 써서라도.」

「리즈는요?」

「엘리자베스 골드?」 마치 그 이름을 잊고 있었거나 아니면 내가 이름을 잘못 발음한 것 같은 태도였다. 「엘리자베스 골드는 정확히 자연스러운 행동을 하면 되네. 오로지 진실만 말하면 된다는 얘기야. 이제 궁금증이 다 풀렸나?」

「아뇨.」

「자네가 부럽군.」

12

또 아침이 밝았다. 모처럼 회색으로 흐린 날씨다. 내가 버스를 타고 가는데 돌핀 스퀘어에 보슬비가 내린다. 스테이블스에 도착한 시각이 약속보다 이른데도, 태비사가 이미 나를 기다리고 있다. 특수 수사과 감시 보고서 한 다발이 자기 집으로 배달되었다며 몹시 기쁜 기색이다. 태비사는 그 서류가 진짜인지, 앞으로 그 서류를 쓸 일이 있을지 당연히 모른다. 하지만 그녀에게 그 서류가 있다는 사실을 내가 누군가에게 떠벌리는 일은 절대 없어야 한다. 이 모든 상황이 특수 수사과에 그녀의 친구가 있음을 암시한다. 보고서 또한 정확히 제목 그대로의 내용을 담고 있다.

「자, 우리의 행동 개시 첫날을 이제 시작하자고요. 앨릭에게 감시를 붙여 달라고 특수 수사과에 **요청**한 사람이 누구인지는 알 수 없어요. 그냥 박스의 요청으로……. 내 짐작에 박스는 당시 경찰이 서커스를 부르던 말인 것 같은데, 맞아요?」

「네.」

「박스에서 **누가** 특수 수사과에 요청을 넣었을지 혹시 짐작 가는 것 없어요?」

「십중팔구 합동위겠죠.」

「합동위의 누구요?」

「누구든지 가능합니다. 블랜드, 앨럴라인, 이스터헤이스, 심지어 헤이든도. 헤이든이라면 자기 발을 담그고 싶지 않아서 부하를 시켰을 가능성이 높지만요.」

「그래서 특수 수사과가 감시를 시행했다고요? 보안부의 당신 친구들이 아니라? 이게 일반적인 절차인가요?」

「물론입니다.」

「왜요?」

「정보부와 보안부의 사이가 별로거든요.」

「그럼 우리의 훌륭한 경찰은요?」

「귀찮게 끼어드는 보안부도 싫어하고, 서커스도 싫어했습니다. 우리더러 법을 어기는 걸 인생의 목표로 삼고 거들먹거리는, 계집애 같은 놈들이라고 했죠.」

태비사는 이 말을 생각해 보다가, 그 슬프고 파란 눈으로 대놓고 나를 유심히 바라본다.

「가끔 보면 당신은 아주 **확신**하는 것 같아요. 누가 보면 남들이 모르는 걸 다 안다고 생각하겠어요. 그런 일이 벌어지지 않게 조심하세요. 우리가 원하는 건 역사적인 사건의 여파에 휘말린 하급 관리의 이미지니까요. 뭔가 커다란 비밀을 숨긴 사람처럼 보이면 안 돼요.」

*

특수 수사과장이 박스에. 최고 기밀 & 경계.

제목: 갤럭시 작전.

우리 직원들은 정해진 위치를 잡기에 앞서 대상 커플의 알려진 움직임, 즉 그들의 직장, 생활 방식, 동거 방식에 대한 신중한 배경 조사를 실시했다.

양측 모두 현재 베이스워터 심령학 도서관에서 정직원으로 근무하고 있다. 개인 자금으로 운영되는 이 도서관의 관리자 미스 엘러노라 크레일은 쉰여덟 살의 독신 여성으로 괴팍한 태도와 외모를 지니고 있으며, 전에는 경찰의 주목을 받은 적이 없다. 미스 크레일은 대화 상대가 우리 직원임을 인지하지 못한 채, 대상 커플에 대한 다음의 정보를 자발적으로 털어놓았다.

미스 크레일이 〈귀여운 리지〉라고 부르는 **비너스**는 6개월 전부터 보조 사서로 근무하고 있는데, 미스 크레일은 그녀에게 흠잡을 곳이 없다고 생각하고 있다. 시간을 잘 지키고, 행동이 점잖고, 똑똑하고, 성격이 깔끔하고, 성실하고, 빠르게 일을 습득하고, 필체가 좋고, 〈출신 계급을 감안할 때 말씨가 세련됐다〉는 것이다. 미스 크레일은 비너스가 전혀 숨길 생각이 없는 공산주의 성향에 대해서도 〈내 도서관에 그런 사상을 끌고 들어오지만 않는다면〉 문제가 없다고 말했다.

미스 크레일이 〈고약한 L씨〉라고 부르는 **마르스**는 도서관 개편에 앞서 두 번째 보조 사서로 고용되었으나, 〈전혀 만족스럽지 못하다〉는 평가를 받고 있다. 미스 크레일은 그의 행동에 관해 베이스워터 직업소개소에 두 번이나 불만을 제기했지만 성과가 없었다. 미스 크레일은 그가 단정치 못하고, 무례하고, 점심시간에 자리를 너무 오래 비우고, 〈술 냄새〉를 자주 풍긴다고 말한다. 미스 크레일은 질책을 당했을 때 심한 아일랜드 말투를 쓰는 그의 습관을 몹시 싫어하며, 귀여운 리지(비너스)가 나서 주지 않았다면 일주일 만에 그를 내보냈을 것이라고 말했다. 비너스와 마르스는 나이와 성격이 서로 다른데도 서로 〈건강하지 못한〉 매력을 느끼고 있으며, 미스 크레일은 두 사람이 이미 본격적으로 친밀한 관계에 접어든 것 같다고 보고 있다. 그러지 않고서야 알게 된 지 겨우 2주 만에 두 사람이 아침에 함께 출근할 이유가 없지 않은가. 게다가 두 사람이 서로 책을 주고받는 것도 아니면서 손을 잡고 있는 모습을 본 적도 한두 번이 아니라고 했다.

마르스가 전에는 어디서 일했다고 하더냐고 우리 직원이 무심히 물어보자, 미스 크레일은 직업소개소에 따르면 그가 〈어느 은행의 보잘것없는 사무직원〉이었다고 대답했다. 그리고 요새 은행이 그런 꼴이 된 것도 놀랄 일이 아니라고 덧붙였다.

감시.

관찰 첫날로 우리 직원들은 그달의 두 번째 금요일을 선택했다. 영국 공산당 골드호크 로드 지부가 골드호크 로드의 오드펠로스 홀에서 다양한 의견을 지닌 좌파들을 위해 공개 행사를 여는 날이기 때문이었다. 비너스는 얼마 전 베이스워터로 집을 옮기면서, 소속 지부도 케이블 거리에서 골드호크 로드로 바꿨다. 매번 이 모임에 참석하는 사람들로는 사회주의 노동자당, 〈투사〉, 비핵화 운동 등의 소속 회원들과 우리 부대의 사복 요원 두 명(남자 한 명, 여자 한 명)이 있다. 이들은 화장실을 담당한다.

감시 대상 커플은 17시 30분에 도서관을 나와 베이스워터 거리의 퀸스 암스에 들렀다. 거기서 마르스는 큰 잔으로 위스키를 한 잔 마시고 비너스는 베이비샴[33]을 한 잔 마신 뒤, 오드펠로스 홀에는 예상대로 19시 12분에 도착했다. 그날 저녁 모임의 주제는 〈평화의

33 배로 빚은 술의 상표명.

대가는 무엇?)이었으며, 508명을 수용할 수 있는 강당에는 다양한 피부색과 직업의 사람들 약 130명이 모여 있었다. 마르스와 비너스는 시간에 맞춰서 출입구와 가까운 뒷줄에 나란히 앉았다. 비너스는 동무들 사이에서 인기 있는 인물이었으므로, 여러 사람들이 미소를 지으며 고갯짓으로 인사를 건넸다.

공산주의 활동가이자 언론인인 R. 팜 더트가 짤막한 개막 연설을 한 직후 자리를 뜨자, 그보다 비중이 떨어지는 연사들이 연단에 나섰다. 마지막 연사는 베이스워터 로드에 있는 론스 인민 식품점의 주인인 버트 아서 론스였는데, 트로츠키주의자를 자임하는 그는 공공장소의 평화를 깨기 위해 폭력, 소란 등 여러 행동을 선동하는 인물로 경찰에 잘 알려져 있다.

론스가 마이크를 잡을 때까지 마르스는 뚱하고 지루한 기색으로 하품을 하거나 꾸벅꾸벅 졸았다. 가끔 내용물의 정체를 알 수 없는 수통으로 목을 축이기도 했다. 그러나 우리 직원의 말을 인용하자면, 버럭버럭 소리를 질러 대는 론스의 연설 때문에 잠에서 깬 그는 모임을 주재하는 의장의 시선을 끌기 위해 뜻밖에도 손을 들었다. 골드호크 로드 지부의 재정 담당이기도 한 빌 플린트 의장은 마르스에게 공개 행사의 규칙에 따라 이름을 밝힌 뒤 연사에게 질문하라고 말했다. 모임 도중과 종료 후에 우리 직원들이 기록한 대화는 모두 동일하며, 다음과 같은 내용이다.

마르스[아일랜드 말씨. 이름을 밝힌다]: 사서입니다. 동무에게 질문이 하나 있습니다. 소련은 아무도 위협하지 않으므로, 우리가 소련에 맞서 완전히 무장하는 것을 그만둬야 한다고 말씀하신 것이 맞습니까? 군비 경쟁을 당장 그만두고 그 돈으로 맥주를 마시자고 하시는 겁니까?

[웃음.]

론스: 그건 좀 지나치게 단순한 정리 같군요, 동무. 하지만 맞습니다. 그렇게 표현하고 싶다면, 그런 뜻입니다.

마르스: 동무의 말에 따르면, 우리가 걱정해야 할 진짜 적은 미국입니다. 미국의 제국주의. 미국의 자본주의. 미국의 공격성. 이것도 제가 지나치게 단순하게 정리한 겁니까?

론스: 질문이 뭡니까, 동무?

마르스: 이런 겁니다, 동무. 우리가 두려워해야 하는 상대가 미국이라면, 우리는 **미국의 위협**에 맞서 완전히 무장해야 하지 않을까요?

론스의 대답은 웃음소리, 성난 야유, 산발적인 박수소리에 파묻혀 버렸다. 마르스와 비너스는 뒷문으로 나온다. 처음에는 두 사람이 길에서 기운차게 언쟁을 벌이는 것 같지만, 얼마 되지 않아 의견 차이는 사라지고 두 사람은 팔짱을 끼고 버스 정류장으로 간다. 중간에 잠깐 걸음을 멈춘 것은 오로지 포옹을 위해서다.

부록.

우리 직원 두 명이 모두 어느 서른 살 남자의 존재를 기록했다. 옷을 잘 차려입은 그는 중키에 구불거리는 금발, 여성적인 외모였다. 대상 커플이 자리를 뜬 직후에 강당에서 나온 그는 대상 커플을 따라 버스 정류장까지 가서 그들과 같은 버스에 올라 아래층에 앉았다. 대상 커플은 마르스가 담배를 피울 수 있게 2층으로 올라갔다. 대상 커플이 버스에서 내릴 때 그 남자도 함께 내려 아파트까지 그들을 따라가서 3층에 불이 켜질 때까지 기다리다가 공중전화 박스로 즉시 물러났다. 우리 직원들은 부수적인 인물을 미행하라는 지시를 받지 않았으므로, 그 남자의 신원을 밝히거나 연행하려 시도하지 않았다.

*

「그러니까 웅대한 계획이 작동하고 있었네요. 숲속의 짐승들이 줄에 묶인 당신의 염소를 향해 코를 킁킁거리기 시작했으니까요. 옷을 잘 차려입은 여성적인 외모의 서른 살 남자가 그런 인물이죠?」

「내 염소가 아닙니다. 컨트롤의 염소예요.」

「스마일리의 염소가 아니에요?」

「앨릭을 저들 쪽에 심는 계획에서 스마일리는 2번 주자였어요.」

「그건 그 사람이 원한 건가요?」

「아마도요.」

태비사의 태도가 달라진 것 같다. 아니, 이제 진짜 태비사가 발톱을 드러내고 있는 건지도 모른다.

「이 보고서를 전에 본 적 있어요?」

「들은 적은 있습니다. 내용에 대해.」

「여기 이 집에서요? 윈드폴 정보에 접근할 수 있는 동료들과 함께?」

「네.」

「그럼 다들 기뻐했겠군요. 만세, 적이 미끼를 물었다, 이러면서.」

「그런 편이죠.」

「별로 확신이 없는 말투인데요. 당신은 그 작전에 대해 전혀 불안하지 않았어요? 개인적으로? 거기서 빠지고 싶은데 방법을 알 수 없었다거나?」

「우리는 코스를 제대로 따라가고 있었습니다. 작전이 계획대로 흘러가고 있었다고요. 그런데 내가 왜 불안해

합니까?」

태비사는 내 말에 의문을 제기하려는 것 같았지만, 곧 생각을 바꿨다.

「난 이게 **아주 좋아요.**」 그녀가 또 다른 보고서를 내 쪽으로 밀면서 말했다.

*

특수 수사과장이 박스에. 최고 기밀 & 경계.

제목: 갤럭시 작전. 보고서 6호.

1962년 4월 21일 17시 45분, 베이스워터 로드에서 협동조합 상점을 운영하는 론스 인민 식품점 주인 버트 아서 론스에 대한 일방적인 공격.

다음의 정보는 본 사건의 내용을 두고 다툴 필요가 없는 관계로 재판에 소환되지 않은 증인들에게서 비공식적으로 취득한 것이다.

사건 이전 일주일 동안 마르스는 술에 취한 채 이상한 시각에 론스의 상점에 들르는 습관이 생긴 것 같았다. 비너스의 이름으로 되어 있는 개인 저축 계좌에 그도 접근할 수 있었으므로 겉으로 보기에는 그 돈으로 물건을 사려는 것처럼 보였으나, 사실은 아일랜드 말씨를 쓰면서 큰 소리로 론스를 자극하는 말을 주고받았다. 문제의 그날 우리 직원은 마르스가 바구니에 위스키 등 대량의 식료품을 담는 것을 보았다. 가격으로 따지면 대략 45파운드 상당이었다. 값을 현금으로 치를 건지 아니면 비너스의 계좌로 치를 건지 묻는 질문에 마르스는 〈계좌지, 이 멍청아. 그 대가리로 무슨 생각을 하는 거야?〉라고 대답했으며, 또한 문자 그대로 굶주린 대중에 속하는 사람으로서 세상의 부를 자기 몫으로 취할 자격이 충분하다는 말을 덧붙였다. 비너스의 계좌에 돈이 모자라서 더 이상 신용 거래를 할 수 없다는 론스의 경고를 무시한 채, 마르스는 돈을 치르지 않은 물건들로 묵직한 바구니를 들고 론스의 눈앞에서 출구로 향했다. 그러자 론스가 카운터 뒤에서 나와 난폭한 말투로 마르스에게 바구니를 두고 여기서 나가라고 명령했다. 그러나 마르스는 더 이상 말대꾸를 하지 않고 론스의 복부와 사타구니에 빠른 속도로 연달아 주먹질을 했으며, 마지막에는 얼굴 오른쪽을 팔꿈치로 가격했다.

다른 손님들이 비명을 지르고 론스 부인이 신고 전화를 하는 동안 마르스는 도망치려 하지도 않고 후회하는 기색도 없이, 재수 없이 그에게 당한 피해자에게 계속 욕을 해댔다.

우리 직원 중 나이가 젊은 쪽은 자신이 그 자리에 있었다면 위장 신분을 버리고 끼어들어야 할 것 같다는 생각이 들었을 테니 그 자리에 없었던 것이 정말 다행이라고 나중에 말했다. 또한 그는 자신이 혼자서 마르스와 맞설 수 있었을지도 솔직히 의문이라고 말했다.

곧 제복 경찰관이 출동했고, 마르스는 체포에 순순히 응했다.

*

「그러니까 내 질문은 이거예요. 앨릭이 가엾은 론스 씨를 두들겨 팰 것이라는 사실을 당신은 미리 알고 있었나요?」

「원칙적으로는요.」

「그게 무슨 뜻이에요?」

「사람들은 앨릭이 최후의 다리까지 불태워 버리고 배수진을 치기를 원했습니다. 앨릭이 감옥에서 나와 초라한 신세가 되면 돌아갈 길이 없어지는 거죠.」

「사람들이란 컨트롤과 스마일리군요.」

「네.」

「하지만 당신은 아니고요. 그건 당신의 윗사람들이 가로채 간 당신의 훌륭한 계획이 아니었어요?」

「아닙니다.」

「내가 걱정하는 건, 당신이 직접 앨릭을 그 상황에 밀어 넣었을지도 모른다는 겁니다. 아니면 저쪽 편에서 당신이 그랬다고 주장할지도 모르죠. 당신이 망가져 버린 가엾은 친구를 부추겨서 더욱더 깊은 수렁으로 몰아넣었다고요. 하지만 당신이 그러지 않았다니 마음이 놓이네요. 앨릭이 서커스의 금융과에서 훔친 돈도 마찬가지예요. 그에게 그렇게 하라고 시킨 사람이 여섯 명인데, 당신은 아니라는 거죠?」

「아마 컨트롤이었을 겁니다.」

「다행이네요. 그러니까 앨릭은 상관들을 위해 그런 짓을 했고, 당신은 사악한 천재가 아니라 그의 친구였다는 거죠? 앨릭도 아마 그걸 알고 있었고요?」

「그랬을 겁니다.」

「그럼 앨릭은 당신이 윈드폴 정보에 접근할 권한이 있다는 것도 알았나요?」

「그거야 당연히 몰랐죠! 그걸 어떻게 알았겠습니까? 앨릭은 윈드폴에 **대해서는** 아무것도 몰랐어요!」

「네, 뭐, 당신이 이렇게 화를 낼까 봐 걱정했는데. 괜찮다면 나는 가서 조사를 좀 해야겠어요. 그동안 당신은 이 끔찍한 서류를 좀 살펴보세요. 영어 번역이 엄청나요. 하지만 내가 듣기로는 원본도 마찬가지라고 했어요. 특수 수사과의 마법 같은 말솜씨가 몹시 그리워지네요.」

2050년까지 공개 금지라고 표시된 슈타지의 미공개 파일 중 법원의 승인과 런던 W. C. 러브 & 바너버스 법률 회사의 세그로브 씨 등의 의뢰하에 통역 및 번역 회사 자라 N.
포터 어소시에이츠가 발췌해서 번역한 문서의 발췌본.

태비사가 문을 닫고 나가는 소리를 들으며 나는 비이
성적인 분노에 사로잡혔다. 저 망할 여자는 어디로 간 거
지? 왜 날 두고 저렇게 나가 버리는 거야? 본거지에 있는
친구들한테 숨 가쁘게 이야기를 해주러 간 건가? 그게 저
여자의 목적이야? 놈들이 저 여자한테 특수 수사과 보고
서를 몇 개 주면서 이걸로 날 좀 떠보라고 한 건가? 그렇
게 된 거야? 아니, 그런 것이 아니었다. 그건 나도 알았다.
태비사는 모든 피고인들의 착한 천사였다. 그리고 그녀
의 부드럽고 슬픈 눈은 버니나 로라가 보지 못하는 것을
보았다. 나는 그것도 알고 있었다.

*

앨릭은 더러운 창문에 몸을 기대고 밖을 내다본다. 나
는 유일한 안락의자에 앉아 있다. 우리가 있는 곳은 시간
단위로 방을 빌려 주는 패딩턴의 어느 호텔 2층 방이다.
오늘 아침에 앨릭이 정보원들만 사용할 수 있는 메릴본
의 미등록 번호로 내게 전화를 걸었다. 「6시에 더치스에
서 만나.」 프레이드 거리에 있는 더치스 오브 올버니는

그의 옛 단골집 중 하나다. 앨릭은 눈이 빨갛게 충혈되고 수척한 모습으로 움찔거린다. 손에 들고 있는 잔이 가늘게 떨린다. 짧은 문장을 씹듯이 내뱉고는 잠시 침묵하곤 한다.

「여자가 있어.」 앨릭이 말한다. 「망할 공산주의자야. 뭐랄 수도 없지. 출신을 생각하면. 어쨌든 요즘 세상에 누가 누구를 비난하겠어?」

잠깐. 질문을 던지면 안 된다. 앨릭이 하고 싶은 말을 할 것이다.

「컨트롤한테 말했어. 그 여자를 여기서 빼라고. 난 그 망할 늙은이를 안 믿어. 놈이 무슨 짓을 꾸미는지 도통 알 수가 없어. 그 늙은이 본인은 아는가 몰라.」 저 아래 거리를 한참 동안 바라본다. 나는 계속 공감하는 듯 침묵을 지킨다. 「어쨌든, 젠장할 조지는 어디 숨어 있어?」 그가 비난하듯이 나를 휙 바라본다. 「며칠 전 밤에 바이워터 거리에서 컨트롤이랑 트레프가 있었어. 조지가 나타나질 않았다고, 젠장.」

「조지는 베를린에서 많은 걸 하고 있어요, 지금.」 나는 진실이 아닌 말을 하고 다시 기다린다.

앨릭은 점잖은 척 시끄럽게 떠들어 대는 컨트롤을 흉내 낸다.

「〈날 위해 문트를 제거해 주면 좋겠네, 앨릭. 세상을 위해 좋은 일을 하는 거야. 해보겠나?〉 당연히 해야지. 그 자식이 리메크를 죽였는데, 안 그래? 내 네트워크 절반을 죽였다고. 조지도 좋다고 했어. 1년인가 2년 전에. 가만 둘 수 없지, 안 그래, 피에로?」

「네, 맞아요.」나는 열심히 동의한다.

혹시 내 목소리에서 거짓이라는 낌새를 알아차렸나? 앨릭은 스카치를 쭉 마시고는 나를 빤히 바라본다.

「혹시 그녀를 **만난** 적은 없지, 피에로?」

「만나다니 누구요?」

「내 연인. 누굴 말하는지 알잖아.」

「내가 그녀를 만났을 리가 없잖아요, 앨릭. 무슨 소리를 하는 거예요? 세상에, 정말이지.」

이제야 그가 시선을 돌린다. 「그녀가 만나던 사람이 있어. 남자. 자네랑 좀 비슷한 것 같아서. 그뿐이야.」

나는 당혹스러운 표정으로 고개를 젓고, 어깨를 으쓱하고, 빙긋 웃는다. 앨릭은 다시 생각에 잠겨, 빗속을 바삐 걷는 행인들을 내려다본다.

*

제목: 파시스트 영국의 정보원들이 한스-디터 문트 동무에게 거짓 혐의를 제기한 사건. 인민 법정에서 H-D 문트의 혐의가 완전히, 전적으로, 완벽하게 벗겨졌음. 탈출을 시도하는 제국주의 스파이들을 일소해서 1962년 10월 28일에

독일 사회주의 통일당 상임 간부 회의에 넘김.

한스-디터 문트에 대한 판결을 내리기 위해 열린 재판
이 졸렬한 모조품이었다면, 그 재판에 대한 공식 기록은
그보다 더 한심했다. 프롤로그를 쓴 사람이 어쩌면 문트
본인일 가능성이 있었다. 아마도 그럴 것이다.

가증스럽고 부패한 반혁명 선동가 리머스는 이미 타
락한 자로 유명했으며, 주정뱅이 부르주아 기회주의자,
거짓말쟁이, 바람둥이, 불한당, 진보에 대한 증오와 돈에
집착하는 자였다.

이 사악한 유다에게서 거짓 증언을 받아 낸 헌신적인
슈타지 요원들은 그 증언이 진실이라고 믿었으므로, 파
시스트 제국주의 세력과의 싸움에 헌신하는 사람들 한가
운데에 독사 같은 놈을 풀어놓았다는 이유로 비난받을
수 없다.

재판은 사회주의 정의의 승리였으며, 자본주의 첩자
와 선동가의 음모를 더욱더 경계해야 한다는 경고였다.

엘리자베스 골드라고 스스로 밝힌 여성은 이스라엘의
주장에 공감하고, 영국 비밀 정보부에게 세뇌당하고, 나
이 많은 연인에게 넋을 잃어 눈을 휘둥그렇게 뜬 채 서구
의 음모라는 거미줄에 유혹당한 정치적 바보였다.

사기꾼 리머스가 자신의 범죄를 모두 자백한 뒤에도

골드라는 여자는 그의 탈출을 돕는 반역을 저질렀으며, 그런 이중성에 대해 온전한 대가를 치렀다.

마지막으로, 탈출하려는 그녀를 향해 주저 없이 총을 쏜, 민주사회주의의 용감한 수호자들에게 전하는 축하의 말이 있었다.

*

「자, 피터. 정말이지 끔찍한 엉터리 재판을 쉬운 영어로 재빨리 살펴보죠. 준비됐어요?」

「좋을 대로 하시죠.」

태비사의 목소리는 팔팔하고 단호했다. 그녀는 탁자를 사이에 두고 나의 정면에 인민 위원처럼 털썩 앉아 있었다.

「앨릭은 피들러의 가장 중요한 증인으로 재판정에 도착합니다. 문트에게 나쁜 말을 늘어놓을 계획을 이미 다 짜놓고 있었죠. 그렇죠? 피들러는 문트에게 이어진 가짜 현금 추적 결과를 법정에서 이야기합니다. 그렇죠? 피들러는 문트가 영국에서 외교관 행세를 하던 시절을 한입에 삼켜 버립니다. 피들러에 따르면, 문트는 그때 반동적인 제국주의 세력, 즉 서커스에 포섭당했습니다. 그다음에 문트가 대가를 받고 서구의 주인들에게 팔아넘겼다는 국가의 비밀들이 충격적으로 열거됩니다. 이 모든 것이 판사들을 폭풍처럼 몰아치지요. 그러다 어떻게 됐을까요?」

달콤한 미소는 이미 사라진 지 오래다.

「리즈가 나왔겠지요.」내가 마지못해 대답한다.

「네, 리즈가 나왔죠. 가엾은 리즈가 뛰어나옵니다. 리즈는 뭐가 뭔지 모르기 때문에 사랑하는 앨릭이 법정에서 말한 모든 것에 결정타를 먹이죠. 리즈가 그렇게 할 줄 알고 있었습니까?」

「당연히 몰랐죠! 그걸 내가 어떻게 알았겠습니까?」

「그러게요, 몰랐겠죠? 그럼 혹시 리즈와 그녀의 앨릭을 실제로 **무너뜨린** 것이 뭔지는 아세요? 리즈가 조지 스마일리의 이름을 꺼낸 순간이었습니다. 앨릭이 느닷없이 사라진 직후 **조지 스마일리**가 좀 더 젊은 남자와 함께 그녀를 찾아와 그녀의 앨릭이 아주 훌륭한 일을 하고 있으며 모든 것이 아주 잘되고 있다고 말했다고, 그러니까 그가 **나라를** 위해 일하고 있다고 암시했다고 그녀가 법정에서 정말이지 너무나 순진하게 시인한 순간. 당신의 조지는 리즈가 그 이름을 잊어버리지 않게 자기 **명함**까지 주고 갔지요. 어차피 **스마일리**라는 이름을 기억하기가 아주 쉬운데도 말이죠. 슈타지에게도 낯선 이름이고요. 조지처럼 교활하고 늙은 여우가 정말 멍청한 짓을 했어요, 그렇죠?」

나는 대략 아무리 조지라도 가끔은 실수할 때가 있는

법이라는 뜻의 말을 했다.

「그럼 혹시 조지와 함께 왔다던 젊은 남자는 당신이었
나요?」

「아닙니다! 나일 리가 없잖아요. 나는 **마르셀**이었습니
다. 기억해요?」

「그럼 그 사람은 누구죠?」

「십중팔구 짐이었을 겁니다. 프리도. 그가 넘어왔거
든요.」

「넘어와요?」

「합동위에서 비밀 작전실로.」

「윈드폴 정보에 접근할 수 있었고요?」

「그랬을 겁니다.」

「추측뿐인가요?」

「접근할 수 있었어요.」

「그럼 이건 말해 줄 수 있나요? 앨릭 리머스가 어떤 대
가를 치르는 한이 있더라도 문트를 속여야 한다는 임무
를 수행하러 갔을 때, 서커스에 멋진 윈드폴 정보를 넘겨
주는 **익명의 정보원**을 누구로 생각했습니까?」

「모릅니다. 앨릭과 그 이야기를 한 적이 없어서요. 아
마 컨트롤은 이야기를 해봤겠죠. 모르겠습니다.」

「말을 좀 더 간단하게 바꿔 볼게요. 불가능한 것을 제
거하고 반쯤 던져진 힌트를 통해 추론해 보면, 앨릭 리머
스가 그 숙명적인 여행을 떠날 때 요제프 피들러가 바로

보호해야 할 중요한 정보원이라는 생각을 그 혼미한 머리로 믿고 있었다고 말해도 될까요? 그러니까 가증스러운 한스-디터 문트를 제거해야 한다고 생각했다고?」

내 언성이 높아지는 것을 알면서도 나는 어쩔 수가 없었다.

「**앨릭**이 무슨 생각을 했는지 **내가** 어떻게 압니까? 앨릭은 **현장 요원**이었어요. 현장 요원은 어중간한 생각은 안 합니다. 냉전이 벌어지고 있고, 임무가 떨어졌다면, 그냥 임무를 수행할 뿐입니다!」

이건 앨릭에 대한 이야기인가? 아니면 내 이야기?

「그럼 이 어지러운 수수께끼를 풀게 좀 도와주세요. 당신, 피터 길럼은 윈드폴 정보에 접근할 수 있었습니다. 그렇죠? 아주, 아주 소수의 사람들 중 하나였어요. 이야기를 계속해도 될까요? 되는군요. 앨릭은 그 정보에 접근할 권한이 절대로 없었습니다. 동독에 초대형 정보원이 한 명 또는 여러 명 있고, 그들을 윈드폴이라고 부른다는 건 알고 있었습니다. 비밀 작전실이 그 정보원을 관리한다는 것도 알았고요. 하지만 우리가 지금 앉아 있는 이 장소에 대해서도, 이 장소의 기능에 대해서도 전혀 몰랐습니다. 맞죠?」

「그런 것 같군요.」

「그가 윈드폴의 정보에 접근할 수 **없다**는 점이 특히 중요했습니다. 그래서 당신은 처음부터 그 말을 되풀이했고요.」

「**그래서요?**」죽도록 피곤한 목소리였다.

「만약 **당신은** 윈드폴 정보 접근 권한이 있고 앨릭 리머스는 **없었다면**, 앨릭이 알지 못하는 어떤 정보를 당신이 알고 있었을까요? 우리 그냥 묵비권을 행사할까요? 그건 별로 추천하고 싶은 방법이 아닙니다. 초당적 위원회가 당신을 물어뜯으려고 벼르고 있는 상황에서는요. 얌전한 배심원들 앞에서도 마찬가지고요.」

*

앨릭이 겪은 일과 지금의 내 처지가 비슷할 것 같다는 생각이 든다. 가망 없는 주장을 내세우다가 그것이 눈앞에서 무너지는 광경을 지켜보는 것. 지금은 앨릭처럼 목숨이 위험하지 않다는 점이 다를 뿐이다. 나는 절대로 털어놓지 않겠다고 약속한, 유지할 수 없는 거짓말에 죽어라 매달리고 있지만, 내 무게 때문에 그 거짓말이 가라앉고 있다. 하지만 태비사는 자비를 모른다.

「이번에는 **감정**이에요. 모처럼 **감정** 이야기를 좀 해볼까요? 감정이 사실보다 훨씬 더 많은 것을 알려 준다는 게 내가 늘 하는 생각이거든요. 가엾은 리즈가 갑자기 벌떡 일어서서 앨릭이 힘들게 해놓은 놀라운 일을 그대로 뭉개 버렸다는 말을 들었을 때 **당신** 기분은 어땠습니까?

리즈는 하는 김에 가엾은 피들러까지 덩달아 뭉개 버렸죠.」

「난 **못** 들었습니다.」

「뭐라고요?」

「일부러 전화를 걸어서 〈재판에 관한 최근 소식 들었어?〉 하고 말해 준 사람이 없습니다. 우리가 처음 그 소식을 알게 된 건 동독의 뉴스 속보를 통해서였습니다. 〈반역자 발각되다.〉 피들러가 무너졌더군요. 상급 보안 담당자는 완전히 혐의를 벗었고요. 화려하게 살아난 문트 말입니다. 그다음에는 죄수들이 극적으로 탈출했다는 소식, 전국적인 추적이 벌어지고 있다는 소식이 들려왔습니다. 그다음에는…….」

「베를린 장벽에서 벌어진 총격전인가요?」

「조지가 거기 있었습니다. 조지가 직접 봤어요. 난 못 봤고요.」

「그럼 다시 그때 **기분**을 물어보죠. 바로 이 방에 앉아서, 또는 서서, 또는 서성거리면서 띄엄띄엄 들려오는 그 끔찍한 소식을 들었을 때의 기분 말입니다. **이런** 소식 찔끔, **저런** 소식 찔끔, 그렇게 계속 이어졌죠?」

「내가 어떻게 했을 것 같습니까? 휘파람을 불면서 샴페인이라도 마셨을까요?」 나는 말을 멈추고 흥분을 가라앉힌다. 「세상에, 가엾은 여자 같으니. 이런 생각을 했습니다. 그런 일에 휘말리다니. 식구들과 난민으로 와서 앨

399

릭에게 홀딱 반했을 뿐 누굴 해칠 생각은 전혀 없었는데. 저런 끔찍한 일을 해야 하다니.」

「**해야 한다**고요? 리즈가 법정에 **일부러** 나타났다는 뜻입니까? **일부러** 나치를 살리고 유대인을 죽였다고요? 그건 리즈답지 않은데요. 도대체 누가 리즈에게 그런 짓을 시켰겠어요?」

「젠장, 아무도 시키지 않았어요!」

「그 가엾은 여자는 자기가 왜 재판정에 있는지도 몰랐어요. 햇빛 밝은 독일 민주 공화국에서 열리는 동무들의 잼버리에 초청을 받았을 뿐인데, 갑자기 엉터리 법정에서 연인에게 불리한 증언을 하게 되다니요. 그 소식을 들었을 때 당신 기분은 어땠습니까? 개인적인 감정 말이에요. 그다음에는 두 사람이 모두 베를린 장벽에서 쓰러졌다는 소식이 왔죠. 도망치다가 총에 맞았다고. 틀림없이 괴로웠을 텐데요. 지독하게. 그렇죠?」

「물론입니다.」

「당신들 모두 그랬나요?」

「모두.」

「컨트롤도?」

「내가 컨트롤의 기분까지 알 수는 없습니다.」

태비사 특유의 슬픈 미소가 돌아왔다.

「그럼 조지 아저씨는요?」

「조지가 뭐요?」

「그 소식을 어떻게 받아들였나요?」

「모릅니다.」

「왜요?」 날카로운 목소리.

「사라졌으니까요. 혼자 콘월로 가버렸습니다.」

「왜요?」

「산책하러 갔겠죠. 원래 그러니까.」

「얼마나요?」

「며칠. 아니면 일주일쯤.」

「그럼 돌아왔을 때 다른 사람이 되어 있던가요?」

「조지는 변하지 않습니다. 그저 침착한 모습으로 돌아갈 뿐이죠.」

「그때도요?」

「조지는 그 일에 대해 이야기하지 않았습니다.」

태비사는 잠시 생각에 잠겼다. 이 주제를 이대로 흘려보내기 싫은 모양이었다.

「**어디에도** 승리의 기색이 없었나요?」 태비사는 좀 더 생각해 본 뒤 질문을 재개했다. 「**다른** 전선에서 말이에요. **작전** 전선……. 뭐, 그건 부수적인 피해였어, 비극적이고 끔찍한 일이지만 임무는 성공했잖아, 이런 기색이 전혀 없었다고요?」

아무것도 변하지 않았다. 태비사의 부드러운 목소리도, 매끄러운 미소도. 오히려 태도가 더 상냥해진 것 같았다.

「내가 묻고 싶은 건 이거예요. 문트가 성공적으로 혐의를 벗은 것이 겉으로는 실패처럼 보였지만, 사실은 그게 **아니라** 웅대한 정보 쿠데타였다는 사실을 언제 알았어요? 리즈 골드가 이 모든 일을 가능하게 만든, 꼭 필요한 촉매였다는 사실은요? 이건 당신을 변호하기 위해 묻는 겁니다. 당신의 의도, 사전 지식, 공모 사실. 경우에 따라 당신은 일어설 수도 쓰러질 수도 있어요.」

죽은 사람들을 위한 침묵. 하지만 태비사가 무심한 질문으로 그 침묵을 깼다.

「어젯밤에 내가 무슨 꿈을 꿨는지 알아요?」

「그걸 내가 어떻게 압니까?」

「스마일리가 당신에게 작성하라고 시켰으면서 배포하지는 않은, 그 한없는 보고서 초안을 검토하면서 내가 아주 열심히 일하고 있었어요. 그러다 서커스 내부 보안과의 비밀 요원으로 밝혀진 그 특이한 스위스 조류학자가 떠올랐죠. 그다음에는 스마일리가 왜 당신의 보고서를 배포하지 않았는지 궁금해졌어요. 그래서 더 열심히 자료를 뒤지고, 어디든 내가 접근할 수 있는 곳을 쑤셔 봤는데도, 세상에, 그 기간 중에 캠프 4의 보안을 누가 시험했다는 얘기가 하나도 없는 거예요. 지나치게 열성적인 비밀 요원이 캠프 4의 경비원들에게 주먹질을 했다는 이야기가 **어디에도** 없었습니다. 그러니 신의 계시가 없어도 사정을 꿰어 맞출 수 있었죠. 튤립의 사망 증명서도 없었습니다. 하기야 그 가엾은 여자가 공식적으로는 이 땅에 발을 디딘 적이 없으니까요. 가짜 사망 증명서에 자기 이름을 쓰고 싶어 하는 의사가 많지는 않겠죠. 아무리 서커스의 의사라도.」

나는 먼 허공을 노려보며, 그녀를 미친 사람으로 생각하는 척하려고 애썼다.

「그래서 내 해석은 이래요. 문트는 튤립을 죽이기 위해 파견되었어요. 그가 튤립을 죽였지만, 주님이 그의 편이 아니었는지 잡히고 말았죠. 그때 조지가 문트에게 말해요. 우리의 스파이가 되어라, 아니면 알지? 문트는 스파이가 되죠. 그렇게 멋진 정보를 주는 풍요의 뿔이 되었는데 갑자기 위험해졌어요. 피들러가 문트를 가만두지 않을 것 같아요. 이때 컨트롤이 구역질 나는 계획을 들고 등장하죠. 조지는 그 계획이 마음에 들지 않았을 수도 있지만, 언제나 그렇듯이 자신이 맡은 일을 위해서는 어쩔 수 없어요. 리즈와 앨릭이 총에 맞은 건 아무도 예상하지 못한 일이에요. 아마 그건 문트의 큰 그림이었을 거예요. 전령을 쏘아 죽이고, 편안히 두 발 뻗고 자자는 거죠. 컨트롤도 그런 낌새를 미리 알아차리지 못했어요. 당신의 조지는 다시는 첩보 일을 하지 않겠다고 맹세하고 곧바로 은퇴해 버렸어요. 그래서 우리가 그를 사랑하는 거죠. 그게 길게 가지는 않았지만. 조지는 복귀해서 빌 헤이든을 잡아야 했어요. 그리고 그 일을 아주 멋지게 해냈죠.

당신은 처음부터 항상 조지의 편이었어요. 정말 박수를 보내 마땅한 일이네요.」

아무 생각도 나지 않아서 나는 아무 말도 하지 않았다.

「그렇지 않아도 무척 커다란 상처에 박힌 칼을 한 번 더 비틀기라도 하려는 건지, 한스-디터는 재판이 끝나자마자 모스크바의 권력자 회의에 불려 가더니 그대로 행방이 묘연해졌어요. 그가 모스크바 중앙의 통신 내용을 염탐해서 서커스의 반역자가 누구인지 우리에게 알려 줄지도 모른다는 마지막 희망이 사라진 거죠. 아마 빌 헤이든이 한스-디터보다 먼저 가서 기다리고 있었을 거예요. 이제 **당신** 얘기를 좀 더 해도 될까요?」

나는 태비사를 막을 수 없었다. 그러니 굳이 막으려 하지 않았다.

「윈드폴이 시대를 통틀어 최고의 실패작이 **아니라**, 최고급 정보를 미친 듯이 생산해 냈으나 마지막 순간에 탈선해 버린 엄청 영리한 작전이라고 내가 주장한다면, 초당적 위원회 참석자들이 모두 두 손을 들고 나가떨어질 거예요. 리즈와 앨릭? 물론 비극적인 일이죠. 하지만 그 상황에서는 훌륭한 대의를 위해 그 정도 희생은 받아들일 수 있었어요. 그럼 내가 이긴 걸까요? 아니죠. 난 지금 그냥 의견을 제시하고 있는 것뿐이에요. 다른 방법으로는 도저히 당신을 변호할 수 있을 것 같지 않아서. 사실 난 변호할 수 없다고 상당히 확신하고 있어요.」

태비사는 자신의 소지품을 챙기고 있었다. 안경, 카디건, 휴지, 특수 수사과 보고서, 슈타지 보고서.

「뭐라고 했어요?」

내가 말을 했던가? 우리 둘 다 확신하지 못한다. 태비사는 가방 싸기를 멈췄다. 서류 가방을 무릎 위에 열어 둔 채 내 말을 기다린다. 가운뎃손가락에 사랑을 약속하는 반지가 있다. 내가 이제야 그 반지를 알아차린 것이 이상하다. 남편이 누군지 궁금하다. 십중팔구 죽었을 것이다.

「이봐요.」

「지금도 보고 있어요.」

「당신의 터무니없는 가설을 잠시 받아들인다면…….」

「엄청 영리한 작전이라는 거요?」

「그냥 받아들인다고 **가정하는** 겁니다. 난 절대 받아들일 수 없으니까. 어쨌든 그걸 받아들인다면…… 당신 말은…… 그런 내용의 문서 증거가 혹시라도 밝혀지는 경우…….」

「그런 일은 없으리라는 걸 우리는 알죠. 하지만 만약 그랬다면 그건 강철같이 단단해야…….」

「도저히 있을 수 없는 그런 일이 일어날 경우, 혐의와 비난과 소송…… 모두 아무한테나…… 그러니까 나랑 조지랑, 조지를 찾을 수 있다면 말이지만, 어쨌든 나랑 조지랑 심지어 정보부에까지 총을 쏴대는 것 같은 지금의 이 형국이…… 사라질 거라는 뜻입니까?」

「당신이 내게 증거를 찾아 주면, 내가 당신에게 판사를 찾아 줄게요. 지금 이 순간에도 시체를 뜯어 먹는 새들이 모이고 있어요. 당신이 청문회에 나타나지 않으면 초당적 위원회 참가자들은 최악의 사태를 우려하며 행동에 나서겠죠. 내가 버니에게 당신의 여권을 달라고 요청했는데, 그 나쁜 놈이 돌려줄 생각을 안 해요. 그 인색한 조건 그대로 당신이 돌핀 스퀘어에 더 오래 머무르게 만들 생각이에요. 의논할 것이 많아요. 내일 아침 같은 시각 괜찮아요?」

「10시로 해도 됩니까?」

「정각에 올게요.」 태비사가 대답했다. 나도 그러겠다고 말했다.

13

진실에 따라잡혔을 때는 영웅이 되지 말고 뛰어서 도망쳐야 한다. 하지만 나는 뛰는 대신 돌핀 스퀘어로 천천히 걸어 들어가서 안가까지 갔다. 내가 다시 이 아파트에서 자는 일은 없을 것이다. 커튼을 닫고, 텔레비전 앞에서 체념의 한숨을 내쉬고, 침실 문을 닫는다. 화재 대피 요령 패널 뒤편에서 프랑스 여권을 꺼낸다. 탈출을 위해 마음을 차분히 가라앉히는 절차가 있다. 깨끗한 옷을 입는다. 면도칼을 레인코트 주머니에 넣고, 나머지 물건은 그대로 놓아둔다. 식당으로 내려가 가벼운 식사를 주문한 뒤, 외로운 저녁을 보내기로 한 남자처럼 자리를 잡고 지루한 책을 읽는다. 헝가리 출신의 웨이트리스가 혹시 어딘가에 보고를 해야 하는 사람일 수도 있으니 그녀와 가벼운 이야기를 나눈다. 나는 사실 프랑스에 사는데, 영국인 법률가들과 상의할 일이 있어서 여기에 왔다고 그녀에게 말한다. 세상에 이것보다 더 심한 일이 있을까요?

하하. 음식값을 치른다. 하얀 모자와 크로케 복장 차림으로 은퇴 생활을 즐기는 여성들이 벤치에 둘씩 짝을 지어 앉아 있는 마당으로 천천히 걸어 들어가 계절에 맞지 않는 햇볕을 즐긴다. 그리고 강둑 길로 탈출하는 행렬에 합류해서 다시는 돌아오지 않을 준비를 한다.

하지만 나는 위의 절차 중 마지막 두 가지를 하지 않는다. 앨릭의 아들 크리스토프가 눈에 띄었기 때문이다. 긴 검은색 외투를 입고 중절모를 쓴 크리스토프가 20미터쯤 떨어진 벤치에 혼자 앉아 빈둥거리고 있다. 한쪽 팔은 벤치 등받이에 다정하게 올려놓고 두꺼운 다리를 한가로이 꼰 모습으로, 내가 보기에는 여봐란듯이 오른손을 외투 주머니에 푹 파묻고 있다. 그가 나를 똑바로 바라보며 빙긋 웃는다. 그에게서 처음 보는 모습이다. 축구 경기를 함께 본 어린 시절에도, 어른이 되어 스테이크와 감자튀김을 먹을 때도 그런 모습을 보지 못했다. 어쩌면 그에게도 미소는 낯선 것인지 모른다. 얼굴이 이상할 정도로 새하얗기 때문이다. 검은 모자 때문에 더욱더 하얗게 보이는 것 같다. 그의 미소 또한 제가 켜졌는지 꺼졌는지 모르는 고장 난 전구처럼 깜박거린다.

당혹스러워 보이는 크리스토프 못지않게 나도 당혹스럽다. 나를 덮친 피로가 아무래도 두려움인 것 같다. 크리스토프를 무시할까? 유쾌하게 손을 흔들어 주고 계획대로 도망칠까? 크리스토프가 날 쫓아올 것이다. 그가 소리를 지를 것이다. 그에게도 계획이 있을 텐데, 뭐지?

병자처럼 창백한 미소가 계속 깜박거린다. 그의 아래 턱이 좀 이상하다. 거슬리는 것이 있는데 크리스토프 본인도 어쩔 수 없는 것 같다. 그리고 저 오른팔은 **부러지기라도** 한 건가? 그래서 외투 주머니에 저렇게 어색하게 손을 쑤셔 넣었나? 그는 일어서려는 기색이 전혀 없다. 내가 그를 향해 다가가는데, 하얀 모자를 쓰고 앉아 있는 여자들이 열심히 날 관찰한다. 이 마당에 남자는 우리 두 사람뿐인데, 크리스토프는 거인까지는 아니어도 어쨌든 무대를 혼자서 전부 차지한 괴짜처럼 보인다. 내가 크리스토프에게 무슨 볼일이 있는 걸까? 여자들이 궁금해하고 있다. 나도 마찬가지다. 나는 크리스토프 앞에서 걸음을 멈춘다. 크리스토프는 미동도 없다. 공공장소에서 볼 수 있는 위인의 동상이라고 해도 될 것 같다. 처칠이나 루스벨트의 동상 같은 것. 촉촉한 안색, 미소 같지 않은 미소가 딱 그렇다.

동상이 다른 동상들과는 달리 천천히 생명을 얻는다. 크리스토프가 꼬았던 다리를 풀더니, 오른쪽 어깨를 높이 올리고 오른손을 여전히 외투 주머니에 넣은 채로 커다란 몸을 움직여 왼쪽에 내가 앉을 자리를 마련해 준다. 그래, 정말로 병자처럼 창백하다. 턱 주위도 불안한 듯 움찔거린다. 미소를 짓는가 하면 인상을 찌푸리고 있고, 시선은 열병 환자 같다.

「날 여기서 만날 수 있다고 누구한테 들었어, 크리스토프?」 나는 최대한 유쾌하게 묻는다. 버니나 로라가 정보부와 소송을 제기한 사람들 사이의 이면 거래를 협상하기 위해 크리스토프를 내게 붙였는지도 모른다는 터무니없는 생각과 씨름하고 있기 때문이다. 심지어 태비사도 의심스럽다.

「난 기억해요.」 크리스토프가 꿈꾸는 듯한 자부심을 드러내며 더 활짝 웃는다. 「난 기억력 천재예요, 알아요? 망할 독일의 두뇌. 우리는 맛있는 식사를 했는데, 당신이 나더러 꺼져 버리라고 했죠. 좋아요, 당신은 그런 말을 하지 않았어요. 그냥 내가 그 자리를 떴지. 친구들하고 같이 앉아서 담배도 조금 피우고, 코로 마약도 조금 하고, 귀를 기울여요. 누구 말을 듣냐고요? 맞혀 볼래요?」

나는 고개를 젓는다. 나도 웃고 있다.

「우리 아빠예요. 아빠 목소리가 들려요. 우리가 감옥 마당을 함께 걸었을 때. 내가 징역을 살고 있는데, 아빠는 그동안 소홀했던 걸 만회하려고 해요. 성실한 아버지였던 적이 한 번도 없는 주제에. 아빠는 자기 얘기를 하면서 날 즐겁게 해줘요. 우리가 함께 보내지 못한 세월에 대해 이야기해요. 마치 함께 있었던 것처럼. 스파이의 삶이 어떤지. 당신들 모두가 얼마나 특별하고 얼마나 헌신적이었는지. 당신들은 진짜 못된 녀석들이었다면서요. 그거 알아요? 아빠는 **후드 하우스**에 대해 이야기해요. 후드들의 집. 당신들이 함께 나누던 농담. 후드 하우스라는 곳에 서커스의 안가가 있는데 아주 시시하다고. 우리가 전부 후드를 뒤집어쓴 놈들이라 거기 머물게 했다고.」미소가 험상궂은 분노로 바뀐다. 「당신의 그 망할 정보부가 당신을 본명으로 여기 **등록해** 놓은 거 알아요, 젠장? P. 길럼. **그러고서 무슨 보안이야? 그거 알고** 있었어요?」그가 다그치듯 물었다.

아니, 몰랐다. 하지만 놀랍지도 않다. 반세기가 넘는 세월이 흘렀는데도 정보부가 습관을 바꿀 생각을 하지 않았다는 사실에 놀라야 마땅한데도.

「여기에 왜 왔는지 네가 직접 얘기해 봐.」내가 말했다. 크리스토프의 미소가 거슬리는데, 크리스토프 본인도 그 미소를 어떻게 할 수 없는 것 같았다.

「당신을 죽이러 왔어요, 피에로.」그가 설명했다. 어조에 아무런 변화가 없었다. 「그 망할 머리를 쏴버리려고요. 빙고. 당신은 이제 죽었어요.」

「여기서?」내가 물었다. 「이 많은 사람들 앞에서? 어떻게?」

발터 P38 반자동 권총으로. 그는 외투 오른쪽 주머니에서 그것을 꺼내 누구나 볼 수 있게 휘둘러 대고 있다. 내가 그것을 보며 감탄할 시간을 한참 동안 준 뒤에야 그는 다시 외투 주머니에 넣는다. 조폭 영화의 훌륭한 전통에 따라, 외투의 주름 사이로 총구가 나를 향하게 손으로

잡고서. 하얀 모자를 쓴 여성들이 이 광경을 보고 무슨 생각을 했는지 나는 결코 알 수 없을 것이다. 혹시 우리를 영화 촬영 팀으로 봤을까? 아니면 어른이면서 아이처럼 장난감 총을 갖고 노는 멍청한 놈으로 봤을까?

「이런, 놀라울 데가.」내가 소리친다. 내 평생 의식적으로 이 말을 해보기는 처음이다. 「도대체 그건 어디서 난 거야?」

내 질문이 짜증스러웠는지 그의 미소가 사라졌다.

「이 망할 도시에 내가 아는 현명한 사람이 하나도 없을 것 같아요? **이런** 총을 빌려 줄 사람이 없을 것 같아요?」그가 자유로운 손의 엄지와 검지를 내 면전에서 튕기며 다그치듯 물었다.

나는 〈빌려 준다〉는 말에 본능적으로 주위를 살피며 이 총의 진짜 주인을 찾아 보았다. 크리스토프가 장기적으로 이 총을 빌린 것 같지 않았기 때문이다. 그때 수리를 하는 과정에서 다양한 색이 칠해진 볼보 살롱 한 대가 눈에 띄었다. 강둑 쪽 아치형 길 바로 맞은편의 노란색 두 줄 위에 주차된 차 안에서 대머리 남자가 운전대에 양손을 얹고 앞 유리창을 통해 앞을 빤히 바라보고 있었다.

「특별히 날 죽여야 할 이유가 있나, 크리스토프?」나는 최선을 다해 태평한 어조를 유지하며 그에게 물었다. 「내가 힘 있는 사람들에게 네 얘기를 전해 두었다. 네가 걱정하는 게 그거라면 말이지.」나는 거짓말을 던졌다. 「그쪽에서 생각 중이야. 여왕 폐하의 재무부가 하루아침에 1백만 유로를 뱉어 내는 일은 당연히 없으니까.」

「난 아빠의 거지 같은 인생에서 가장 좋은 것이었어요. 아빠가 그렇게 말했어요.」

뻣뻣하게 굳은 잇새로 나직하게 억지로 뱉어 낸 말이었다.

「네 아버지가 널 사랑한 건 틀림없어.」 내가 말했다.

「당신이 아빠를 죽였어요. 아빠에게 거짓말을 하고, 죽였어요. 당신 친구인데. 우리 아빠인데.」

「크리스토프, 그렇지 않아. 네 아버지와 리즈 골드는 나나 서커스 사람의 손에 죽은 게 아니야. 슈타지의 한스-디터 문트 손에 죽었다.」

「모두 제정신이 아냐. 당신들 스파이는 전부 그래. 당신들은 아무것도 아니야. 멍청한 게임을 하는 멍청이들. 자기가 존나 우주에서 제일 현명한 거물인 줄 알고. 당신들은 아무것도 아냐, 알아? 당신들이 어둠 속에서 사는 건, 망할 햇빛을 감당할 수 없기 때문이야. 아빠도 그래. 나한테 그렇게 말했어.」

「그래? 언제?」

「감옥에서. 그럼 어딘 줄 알았어? 내가 처음 들어간 감옥. 애들 감옥. 변태들이랑 마약 중독자들이랑 같이 있었어. 〈널 만나러 온 사람이 있어, 크리스토프. 너랑 가장 친한 친구라던데.〉 거기 사람들이 나한테 수갑을 채워서 데려갔는데, 우리 아빠였어. 잘 들어라. 아빠가 말했지. 넌 이미 희망이 없어. 나든 누구든 널 위해 해줄 수 있는 게 존나 없다. 하지만 앨릭 리머스는 아들을 사랑해. 그러니 시팔 잊지 마라. 할 말 있어?」

「아니.」

「시팔, 일어나. 걸어. 저쪽으로. 아치를 지나서. 다른 사람들처럼. 허튼수작 부리기만 해. 죽여 버릴 거야.」

나는 일어선다. 아치를 향해 걷는다. 크리스토프가 나를 따라온다. 오른손은 여전히 주머니 안에 있고, 천을 통해 총이 나를 겨냥하고 있다. 이런 상황에서 해야 하는 일이 있다. 이를테면, 그에게 총을 쏠 여유를 주지 말고 획 돌아서서 팔꿈치로 제압하는 것. 우리는 사라트에서 물총으로 연습했다. 물이 나를 지나 체육관 매트 위로 발사될 때가 많았다. 하지만 이건 물총이 아니고, 여기가 사라트도 아니다. 크리스토프는 내 뒤에서 1미터 좀 넘는 거리를 두고 걷고 있다. 잘 교육받은 총잡이가 지켜야 하는 거리다.

우리는 아치를 지났다. 여러 색 볼보에 앉아 있는 대머리 남자는 여전히 운전대에 양손을 얹고 있다. 우리가 그를 향해 곧장 걸어가고 있는데도 그는 시선을 주지 않는다. 앞만 바라보느라고 바쁘다. 크리스토프는 나를 이 비참한 인생에서 없애 버리기 전에 차에 태워 어디론가 갈 생각인가? 그렇다면 그가 나를 볼보에 태우려고 할 때가 탈출하기에 가장 좋은 순간이다. 오래전에 한 번 성공한 적도 있다. 날 뒷좌석에 태우려고 하는 남자의 손을 자동차 문으로 후려쳐서 부러뜨리는 데에.

자동차들이 양방향으로 달리고 있어서 우리가 길을 건너려면 잠시 차가 뜸해질 때까지 기다려야 한다. 크리스토프와 몸싸움을 할 기회가 올지, 최악의 경우에 내가 달려오는 자동차를 향해 그를 밀어 버릴 수 있을지 고민스럽다. 우리가 길을 건너 반대편 인도에 다다랐을 때도 나는 여전히 고민 중이다. 우리가 걸어서 볼보 앞을 지나가는 동안 크리스토프와 대머리 운전사 사이에는 어떤 신호도 말도 오가지 않는다. 어쩌면 저 두 사람은 서로 아무 상관이 없는데 내가 오해한 건지도 모르겠다. 크리스토프에게 발터를 빌려 준 사람이 누군지는 몰라도, 해크니 같은 곳에 앉아서 머리 좋은 친구들과 카드 게임을 하고 있을 것이다.

우리는 강둑에 서 있다. 약 1.5미터 높이의 벽돌 난간이 있는데, 나는 그 난간을 바라보며 서 있다. 내 앞에는 강이 있고, 강 건너편의 램버스에는 불빛이 보인다. 이미 날이 어스름해졌기 때문이다. 계절에 비해 온화한 날씨라 기분 좋은 산들바람이 불어온다. 강에서는 아주 커다란 배들이 미끄러지듯 떠간다. 나는 양손으로 난간을 짚고 크리스토프에게 등을 보인 채 서서 그가 가까이 다가오기를 바란다. 그러면 물총 작전을 쓸 수 있을 것이다.

하지만 크리스토프는 아무 말이 없고, 기척도 느껴지지 않는다.

나는 크리스토프가 볼 수 있는 곳에 양손을 넓게 펼친 채로 천천히 뒤를 돌아본다. 크리스토프는 여전히 주머니에 한 손을 넣은 채 2미터쯤 떨어진 곳에 서 있다. 급히 가쁘게 숨을 쉬고 있고, 창백하고 커다란 얼굴은 촉촉하게 젖어 어스름한 빛을 받아 반짝인다. 행인들은 우리 둘 사이를 지나가지 않는다. 왠지 옆을 돌아서 걸어가야 할 것 같은 기분이 드는 모양이다. 좀 더 정확히 말하자면 크리스토프의 덩치, 외투, 중절모 때문일 것이다. 크리스토프가 또 총을 겨누고 있을까? 아니면 주머니에 넣어 뒀을까? 아직도 그 조폭 같은 자세려나? 저런 옷차림을 한 것은 남들에게 두려움을 안겨 주고 싶기 때문이라는 생각이 이제야 든다. 하지만 남들에게 두려움을 안겨 주고 싶어 하는 사람은 스스로도 겁에 질려 있다. 어쩌면 이것 때문에 내가 허세를 부리며 그에게 도전장을 내민 건지도 모른다.

「자, 크리스토프, 하려면 해봐.」 내가 이 말을 하는 동안 중년 남녀 한 쌍이 서둘러 우리 옆을 지나간다. 「날 총으로 쏘려고 온 거면 쏴. 이 나이에 1년을 더 살면 무슨 의미가 있겠나? 난 언제든 깔끔한 죽음을 받아들일 거야. 날 쏴. 그리고 감옥에서 썩어 가며 평생 자축하라고. 감옥에서 노인들이 죽는 걸 봤겠지. 이제 너도 그런 노인이 되겠군.」

내 등 근육이 움찔거리고, 귓가에서 맥이 뛴다. 그 고동 소리가 지나가는 배에서 난 건지, 아니면 내 머릿속에서 뭔가 일이 벌어지고 있는 건지 누가 물어봐도 나는 대답할 수 없었을 것이다. 말을 많이 한 탓에 입이 바짝 말랐고, 눈도 흐려졌는지 크리스토프가 내 옆에 와 있다는 사실을 알아차리는 데 시간이 좀 걸렸다. 그는 난간 너머로 몸을 굽힌 채 토하면서 고통과 분노로 끅끅거리며 울고 있다.

나는 그의 등에 한 팔을 얹고, 그의 오른손을 주머니에서 살살 빼낸다. 손에 총이 쥐어져 있지 않은 것을 본 나는 내 손으로 직접 총을 꺼내 강물 속으로 최대한 멀리 던져 버렸다. 하지만 크리스토프에게서는 아무 소리도 들리지 않았다. 그는 양팔로 난간을 짚고 그 사이에 고개를 푹 숙이고 있었다. 나는 그가 혹시 용기를 내기 위해 여분의 탄창을 가져왔나 싶어서 그의 다른 주머니를 뒤져 보았다. 역시 탄창이 있었다. 내가 그것도 강물에 던진 직후, 여러 색깔 볼보에 앉아 있던 그 대머리 남자, 크리스토프와는 대조적으로 몸집이 아주 작고 반쯤 굶주린 것처럼 보이는 그 남자가 뒤에서 크리스토프의 허리를 움켜쥐고 잡아당겼지만 아무 소용이 없었다.

우리는 힘을 합해 크리스토프를 난간에서 떼어 내 볼보까지 마구 끌고 갔다. 그러는 동안 크리스토프가 울부

짖기 시작했다. 내가 조수석을 열었지만, 내 전우가 이미 뒤쪽 문을 열어 둔 뒤였다. 우리 둘은 크리스토프를 짐짝처럼 던져 넣고 문을 쾅 닫아 버렸다. 덕분에 크리스토프의 울부짖음이 조금 작아졌지만, 완전히 조용해지지는 않았다. 볼보가 출발했다. 나는 길에 혼자 서 있었다. 자동차들과 주변의 소리가 천천히 되돌아왔다. 나는 살아 있었다. 나는 택시를 잡아타고 기사에게 대영 박물관으로 가자고 말했다.

*

먼저 자갈로 포장된 골목길. 그다음에는 쓰레기 썩는 냄새가 나는 사설 주차장. 그다음에는 좁게 열리는 출입구 여섯 개. 우리 목적지는 오른편 끝에 있는 출입구였다. 크리스토프가 울부짖는 소리가 아직 내 머릿속에서 울리는 것 같았지만, 나는 일부러 신경을 쓰지 않았다. 출입구의 고정 장치가 삐걱거렸다. 그 소리를 듣는 데 아무 문제가 없었다. 우리가 아무리 기름칠을 해도 그 소리가 사라지지 않았다. 컨트롤이 오고 있다는 걸 알았다면, 우리가 그 출입구를 열어 두었을 것이다. 컨트롤 영감이 심벌즈 같은 소리로 자신이 온 것을 알리고 싶지 않다고 투덜거리는 것을 듣기 싫으니까. 요크의 석판들. 멘델과 내가 깔아 둔 것이다. 석판과 석판 사이에는 잔디 씨앗을 뿌려 두었다. 우리가 만들어 놓은 새집. 어느 새도 외면하지 않는 집. 부엌문까지 계단 세 개. 꼼짝도 하지 않는 밀리 맥크레이그의 그림자가 창문을 통해 나를 내려다보며 한 손을 들어 들어오지 말라는 시늉을 했다.

우리는 임시 정원 창고에 서 있다. 밀리가 자신이 타던 자전거의 잔해와 쓰레기통을 넣어 두려고 담장 앞에 세운 곳이다. 로라가 집에서 쫓아낸 자전거 잔해는 도난을 대비해 바퀴를 빼앗긴 채 방수포를 뒤집어쓰고 있다. 우리는 중얼거리듯이 말한다. 항상 이랬던 것 같기도 하다. 기밀 고양이가 부엌 창문에서 우리를 지켜본다.

「어디에 무엇이 설치되어 있는지 모르겠어요, 피터.」 그녀가 속내를 털어놓는다. 「내 전화기도 믿을 수 없고. 하기야 옛날부터 그랬지만. 벽도 믿을 수 없어요. 요즘은 어떤 장비가 쓰이는지, 그런 걸 어디에 설치하는지 모르니까.」

「증거에 대해 태비사가 내게 한 말 들었어요?」

「일부만. 충분할 정도로.」

「우리가 준 걸 아직 전부 가지고 있어요? 진술서 원본, 편지, 그리고 그 밖에 조지가 당신한테 숨기라고 한 모든 것.」

「내가 직접 마이크로도트로 만들었지요. 숨겨 뒀어요.」

「어디다요?」

「우리 정원. 새집. 보관 상자에. 방수포도. 저 안.」여기서 〈저 안〉이란 그녀의 자전거 잔해를 뜻한다.「요즘 사람들은 어디를 찾아 봐야 하는지 몰라요. 피터. 제대로 **훈련**을 받지 못해서.」그녀가 분개한 얼굴로 말을 덧붙인다.

「조지가 캠프 4에서 윈드폴과 면담한 기록도 있어요? 포섭 면담은? 거래는?」

「있어요. 내 클래식 축음기 음반 수집품 중에. 올리버 멘델이 옮겨 줬지요. 가끔 그걸 들어요. 조지의 목소리 때문에. 지금도 어찌나 좋은지. 결혼은 했어요, 피터?」

「농장에서 동물들을 키울 뿐이에요. 당신은요, 밀리?」

「나한테는 추억이 있어요. 그리고 날 만드신 분도. 그 새로운 놈이 나더러 월요일까지 여길 비우라고 했어요. 난 시간을 끌지 않을 거예요.」

「어디로 가게요?」

「죽을 거예요. 당신처럼. 애버딘에 자매가 있어요. 당신이 그것 때문에 왔다 해도, 난 내줄 수 없어요, 피터.」

「대의를 위한 일이라 해도?」

「조지가 말하지 않는 한 대의는 없어요. 언제나 그랬어요.」

「조지는 어디 있어요?」

「몰라요. 안다 해도 당신한테는 말하지 않을 거예요. 살아 있는 건 확실해요. 내 생일과 크리스마스에 카드가 오니까. 조지는 잊는 법이 없지. 언제나 내 자매에게 보내요. 여기로는 절대. 보안 때문에. 언제나 똑같아요.」

「꼭 조지를 찾아야 하는 일이 생긴다면, 누굴 찾아가죠? 누군가가 있어요, 밀리. 당신은 그게 누군지 알죠?」

「어쩌면 짐이 말해 줄지도.」

「전화하면 돼요? 번호가 뭐예요?」

「짐은 전화 안 써요. 이제는.」

「그래도 같은 곳에 있는 거죠?」

「그럴 거예요.」

더 이상 아무 말도 없이 그녀는 여위고 사나운 손으로 내 어깨를 꽉 붙잡고는, 입술을 닫은 채로 내게 금욕적인 키스를 허락한다.

*

그날 밤 나는 리딩까지 가서, 아무도 굳이 숙박부를 내밀지 않는 기차역 인근의 호스텔에 몸을 눕혔다. 돌핀 스퀘어에서 내가 사라졌다는 사실이 아직 보고되지 않았다면, 나의 부재를 가장 먼저 알아차릴 사람은 태비사였다. 내일 아침 9시가 아니라 10시에. 누군가가 시끄럽게 날 추적해 온다 해도 정오까지는 아무 일 없을 것이다. 나는 느긋하게 아침을 먹고, 엑서터행 표를 사서 엄청 북적거리는 기차의 통로에 선 채로 톤턴까지 갔다. 그리고 주차장을 이용해서 도시 외곽으로 빠져나가 시간을 때우며 어스름이 내리기를 기다렸다.

컨트롤이 임무를 위해 짐 프리도를 체코에 보낸 뒤로 나는 그를 보지 못했다. 실패로 끝난 그 임무로 인해 그는 등에 총을 한 방 맞았고, 체코 고문 팀의 밤낮 없는 관심을 받았다. 우리는 잡종으로 태어난 인간들이었다. 짐은 체코와 노르망디의 피가 섞였고, 나는 브르타뉴 사람이었다. 하지만 우리의 공통점은 그것이 전부였다. 짐은 슬라브 기질이 아주 강했다. 어렸을 때 그는 체코 레지스탕스에 참여해서 전령 노릇을 했다. 독일군의 목을 딴 적도 있었다. 그는 케임브리지에서 교육을 받았어도, 결코 고분고분해지지 않았다. 그가 서커스에 들어왔을 때, 사라트의 백병전 교관들조차 그를 경계할 정도였다.

택시가 나를 정문 앞에 내려 주었다. 칙칙한 초록색 판에 〈여성 입장 가능〉이라고 적혀 있었다. 울퉁불퉁한 진입로가 당당하지만 많이 낡은 주택까지 구불구불 이어졌다. 나지막한 조립식 건물들이 그 집을 에워싸고 있었다. 나는 파인 곳을 피해 걸음을 옮기며 운동장을 지나고, 황폐한 크리켓 경기장을 지나고, 일꾼용 오두막 두 채를 지나고, 마구간 옆의 작은 방목장에서 풀을 뜯고 있는 텁수룩한 망아지들을 지나갔다. 남자아이 두 명이 자전거를 타고 지나갔다. 큰 아이는 등에 바이올린을 멨고, 작은 아이는 첼로를 메고 있었다. 나는 손짓으로 그 둘을 불렸다.

「프리도 선생님을 찾아왔다.」내가 말했다. 두 아이는 무표정한 얼굴로 서로를 바라보았다. 「여기서 일하고 있다고 들었는데. 언어를 가르친다고. 적어도 전에는 그랬다고 들었다.」

덩치 큰 소년이 고개를 젓더니 다시 출발하려고 했다.

「설마 **짐**을 말하는 건 아니죠?」작은 아이가 말했다. 「다리를 저는 늙은이 말이에요. 딥에서 트레일러에 살아요. 프랑스어 추가 수업이랑 하급생 럭비를 가르쳐요.」

「딥이 뭔데?」

「학교를 지나서 계속 왼쪽으로 가다가 내려가세요. 앨비스가 보일 때까지. 우린 늦어서 가볼게요.」

나는 계속 왼쪽으로 갔다. 높은 창문 뒤에서 작은 아이들이 하얀 네온 불빛을 받으며 책상에 웅크리고 있었다. 건물 뒤편에서 나는 임시 교실들이 늘어선 길을 지나갔다. 소나무 숲을 향해 내리막길이 이어졌다. 숲 앞에 방수포를 씌워 놓은 구형 자동차의 윤곽이 보였다. 그 옆의 트레일러에서는 커튼을 친 창문 뒤에서 불빛 하나가 빛나고 있었다. 말러의 선율이 흘러나왔다. 문을 두드리자 통명스러운 목소리가 벌컥 화를 내며 대답했다.

「꺼져, 이놈아! *Fous-moi la paix*(귀찮게 하지 말고)! 이 말이 무슨 뜻인지 가서 찾아봐.」

나는 커튼이 쳐진 창 쪽으로 돌아가서 주머니에 있던

펜으로 창문을 두드려 내 신호를 보냈다. 그리고 혹시 그가 그새 권총을 꺼냈을까 봐, 그에게 권총을 다시 집어넣을 시간을 주었다. 짐은 무슨 짓을 할지 알 수 없는 사람이니 조심해야 했다.

*

반만 남은 슬리보비츠 한 병이 식탁 위에 있다. 짐은 잔을 하나 더 꺼내고, 전축을 껐다. 파라핀 램프 불빛에 드러난 그의 얼굴은 고통과 세월로 울퉁불퉁 일그러져 있고, 구부러진 등은 빈약한 의자에 기대고 있다. 고문당한 사람들은 다른 종족이다. 그들이 겪은 일 정도는 상상할 수 있지만, 돌아온 그들이 어떤 모습일지는 결코 상상할 수 없다.

「망할 학교가 무너졌어.」 그가 갑자기 열에 들뜬 사람처럼 웃음을 터뜨리며 고함치듯 말한다. 「그놈 이름이 서스굿이었어. 교장 말이야. 아주 완벽한 아내에 애들도 둘 있었는데. 알고 보니 망할 호모였더라고.」 짐이 일부러 과장되게 경멸을 드러내며 선언하듯 말했다. 「학교 요리사랑 야반도주를 했어. 돈까지 들고 날랐지. 뉴질랜드인지 어딘지로. 금고에는 이번 주말 직원들에게 줄 주급도 없어. 그놈이 그럴 줄은 몰랐는데. 뭐…….」 그가 키득거리면서 우리 잔에 술을 더 따른다. 「**어쩔 거야, 응? 학기**

중에 애들을 난장판 속에 버려 둘 수도 없고. 곧 시험인
데. 운동 경기도 있고. 애들한테 상도 줘야 되고. 난 연금
이 있지. 거기다 이렇게 당한 대가로 좀 더 받은 돈도 있
고. 학부모 몇 명도 돈을 좀 내놨어. 조지는 아는 은행가
를 찾아갔고. 뭐, 그렇게까지 했는데 학교가 날 쫓아낼
거야, 어쩔 거야?」 그는 잔 너머로 나를 바라보며 술을 마
셨다. 「또 터무니없는 걸 쫓아다니라며 짐을 싸서 체코로
보내려는 건 아니지? 지금은 놈들이 모스크바랑 다시 잘
해보려고 하니까 아닐 거야.」

「난 조지를 만나야 해요.」 내가 말했다.

한동안 아무 일도 없었다. 점점 어두워지는 바깥에서
나뭇잎이 바스락거리는 소리와 소 울음소리가 들려올 뿐
이었다. 내 앞에서는 비틀린 짐의 몸이 작은 트레일러의
벽에 매달린 듯 꼼짝도 하지 않았다. 짐의 텁수룩한 검은
눈썹 밑에서 슬라브인다운 시선이 나를 노려보았다.

「지난 세월 동안 나한테 엄청 잘해 줬지. 우리 조지 영
감이. 낡아 빠진 정보원을 돌보는 건 누구나 할 수 있는
일이 아니야. 솔직히 조지한테 자네가 필요한지 잘 모르
겠군. 조지한테 물어봐야겠어.」

「어떻게 물어보려고요?」

「타고난 스파이 게임 선수는 아니야, 조지는. 어쩌다
이런 세계에 들어왔는지 모르겠어. 모든 걸 자기 어깨에
짊어지다니. 이 업계에서는 그러면 안 되잖아. 다른 녀석

들의 고통을 자기 것처럼 느끼다니. 이 일을 계속하고 싶다면 그러면 안 되지. 조지의 마누라라는 그 망할 여자한테 들어야 할 이야기가 많아, 내 생각에는. 그 여자는 도대체 무슨 생각이었던 거야?」 짐은 다그치듯이 말하고는 다시 얼굴을 찡그리며 입을 다물었다. 나더러 한 번 대답해 보라고 올러대는 모양새였다.

하지만 짐은 언제나 여자에게 그리 관심이 없었으므로, 그의 강적이자 옛 연인인 빌 헤이든의 이름을 말하지 않고서 그에게 대답할 방도가 없었다. 빌 헤이든은 짐을 서커스로 끌어들인 뒤 그를 배신하고 자기 주인들에게 넘겼으며, 자신의 그러한 행동을 은폐하기 위해 스마일리의 아내와 바람을 피웠다.

「하필이면 **카를라** 때문에 그렇게 되다니.」 짐은 여전히 스마일리 이야기를 하며 투덜거리고 있었다. 「모스크바 중앙에서 장기적으로 우리를 염탐할 정보원들을 포섭하던 그 영리한 자식 말이야.」

그 정보원들 중에서 빌 헤이든이 가장 볼만했다는 말을 그가 덧붙일 수도 있었을 것이다. 그의 이름을 입에 담을 수만 있었다면. 정보원 교환 거래의 일환으로 모스크바로 실려 갈 날을 기다리며 사라트에서 시들어 가던 헤이든의 목을 짐이 맨손으로 직접 꺾어 버렸다고 알려져 있었다.

「먼저 조지 영감이 카를라에게 서구로 넘어오라고 설

득했지. 놈의 약점을 찾아내서 작업을 한 거야. 전부 조지의 공이라고. 놈을 면담해서 정보를 빼낸 뒤에 새 이름을 만들어 주고, 남아메리카에 일자리도 마련해 줬어. 라틴 놈들한테 러시아학을 가르치는 일이었지. 놈이 정착할 수 있게 해줬다고. 뭐, 그리 힘든 일도 아니었으니까. 그런데 1년 뒤에 그 망할 놈이 총으로 자살해 버리는 바람에 조지가 얼마나 상심했는지. 도대체 어떻게 **그런** 일이 일어난 겁니까? 내가 조지에게 **물었지**. 어떻게 된 거냐고요, 조지? 카를라는 제 손으로 목숨을 끊었어. 잘됐지. 항상 조지한테 두통거리였는데. 뭐든 양면을 다 보는 사람이니까. 조지가 지쳐 버렸어.」

통증 때문인지 그만 말해야겠다는 생각 때문인지, 끙하는 소리를 내면서 짐이 우리 잔에 또 술을 따랐다.

「자네 혹시 도망치는 중이야?」 그가 물었다.

「네.」

「프랑스로?」

「네.」

「여권은?」

「영국.」

「아직 수배령은 안 떨어졌나?」

「몰라요. 도박을 해봐야죠.」

「사우샘프턴이 제일 나을 거야. 고개 숙이고, 붐비는 한낮에 여객선을 타.」

「고마워요. 나도 그럴 생각이에요.」

「튤립은 아니지? **그걸** 끌고 나올 건 아니지?」 그는 참을 수 없는 기억을 한 방 갈기려는 듯이, 단단히 말아 쥔 주먹으로 자신의 입 앞을 가로질렀다.

「그 윈드폴 작전 때문이에요.」 내가 말했다. 「거대한 의회 조사 위원회가 서커스에 칼을 들이대고 있어요. 조지가 없으니, 날 악역으로 캐스팅했더군요.」

내가 이 말을 마치자마자 그가 주먹으로 탁자를 내리쳤다. 그 바람에 유리잔이 쨍쨍 울렸다.

「젠장, 전부 조지 탓이라지! 그 망할 놈 문트가 그 여자를 죽였어! 놈이 전부 죽였다고! 앨릭도 죽이고, 앨릭의 여자도 죽였어!」

「우리가 그걸 법정에서 말할 수 있어야 해요, 짐. 놈들이 모든 걸 내 탓으로 돌리고 있다고요. 파일에서 당신 이름을 찾아낸다면, 당신도 같은 처지가 될지 모르죠. 그러니까 나는 꼭 조지를 만나야 돼요.」 그래도 짐은 대답이 없었다. 「어떻게 하면 조지와 연락할 수 있어요?」

「할 수 없어.」

「당신은 어떻게 하는데요?」

또 분노에 찬 침묵이 이어졌다.

「그렇게 물으니 말해 주지. 공중전화야. 근처는 안 돼. 그런 건 손도 대지 말아야지. 같은 걸 두 번 사용해도 안 되고. 다음 트레프에 대해서는 언제나 미리 합의해 둬야 하고.」

「당신이 연락해요? 아니면 그쪽에서 와요?」

「양쪽 다.」

「매번 조지의 전화번호인가요?」

「그럴지도.」

「유선 전화?」

「그럴지도.」

「그럼 조지가 어디 있는지 아는 거잖아요.」

짐은 팔꿈치까지 쌓여 있는 학교 연습장 더미에서 한 권을 꺼내 빈 종이 한 장을 찢었다. 나는 그에게 연필을 건넸다.

「콜레깅게보이데 3.」 그가 글자를 쓰면서 읽었다. 「도서관이야. 프리데라는 여자. 이 정도면 되나?」 그는 내게 종이를 건네고 뒤로 물러앉아 눈을 감은 채 내가 조용히 떠나기를 기다렸다.

*

사우샘프턴에서 붐비는 한낮에 여객선을 탈 계획이라는 말은 사실이 아니었다. 내가 영국 여권으로 움직이고 있다는 말도 사실이 아니었다. 짐을 속이기는 싫었지만, 짐은 언제나 예측할 수 없는 사람이었다.

브리스틀에서 이른 아침에 탄 비행기가 나를 르부르

제로 데려다주었다. 트랩을 내려오는 동안 튤립에 대한 기억들이 몰려왔다. 〈당신이 살아 있는 모습을 마지막으로 본 게 여기였어. 곧 구스타프를 만날 수 있을 거라고 내가 당신에게 약속한 곳도 여기, 당신이 고개를 돌려 나를 봐주기를 기도한 곳도 여기. 하지만 당신은 결코 뒤돌아보지 않았지.〉

파리에서 나는 기차를 타고 바젤로 갔다. 프라이부르크에 도착했을 무렵에는 내가 며칠 동안 심문을 받으며 눌러 두었던 분노와 당혹감이 모두 표면으로 달려 나왔다. 조지 스마일리가 아니라면, 임무를 위해 가면을 써야 했던 내 평생을 누구 탓으로 돌려야 할까? 리즈 골드와 친구가 되어야겠다고 말한 사람이 **나**였던가? 태비사가 줄에 묶인 염소라고 표현했던 앨릭에게 거짓말을 하고, 조지가 문트를 위해 마련해 둔 함정 속으로 앨릭이 걸어 들어가는 꼴을 지켜보자고 한 사람이 **나**였어?

이제야 묵은 빚을 청산할 때가 되었다. 어려운 질문에 솔직한 대답을 들을 때가 되었다. 조지, 나의 인간적인 면을 일부러 억압한 겁니까? 아니면 나 역시 부수적인 피해자였나요? **당신**의 인간성은 어떻습니까? 예전에는 어땠는지 몰라도 이제는 뭐가 뭔지 콕 집어낼 수도 없는, 뭔가 고결하고 추상적인 대의에 밀려서 왜 인간성이 항상 두 번째 자리를 차지해야 하는 겁니까?

이 질문을 다르게 표현할 수도 있다. 자유의 이름으로

우리가 인간적인 감정을 얼마나 깎아 내면 스스로 인간이라거나 자유롭다는 생각을 더 이상 안 하게 되는 겁니까? 아니면 이제 세계적인 선수가 아닌데도 꼭 세계적인 게임을 하고 싶어 하는 영국병이라는 불치병이 우리를 이렇게 만든 겁니까?

접수대에 앉아 있던 친절한 부인 프리데가 내게 열정적으로 말해 주었다. 콜레깅게보이데 3번 도서관은 마당 바로 맞은편의 건물에 있다고. 큰 문을 지나 오른쪽으로 꺾으면 된다고. 〈도서관〉이라는 **표시**도 없고 실제로 도서관도 아니었다. 그저 객원 연구원들을 위해 마련된, 길고 조용한 독서실이었다.

그곳에서는 조용해야 한다는 규칙을 명심해 주시겠어요?

*

내가 만나러 간다는 사실을 짐이 어떻게든 조지에게 알렸는지, 아니면 단순히 그가 내 존재를 느낀 건지 잘 모르겠다. 조지는 창가에서 내게 등을 향한 채, 종이가 흩어진 책상에 앉아 있었다. 글을 읽을 수 있을 만큼 빛이 들어오는 각도였다. 원한다면 건물 주변의 산과 숲을 바라볼 수 있는 위치이기도 했다. 적어도 내 눈에는 방 안에 있는 다른 사람이 보이지 않았다. 책상과 편안한 의자가 줄 지어 놓여 있을 뿐이었다. 나는 조지와 마주 보는 위치로 움직였다. 조지는 언제나 실제 나이보다 더 들어 보이는 사람이었기 때문에, 나는 생각보다 나쁘지 않아 보이는 그의 모습에 마음이 놓였다. 옛날의 조지 그대로였다. 예전부터 늙어 보이던 모습 그대로 나이를 먹은 조지. 하지만 빨간 스웨터와 밝은 노란색 코듀로이 바지를 입은 모습에 나는 깜짝 놀랐다. 전에는 형편없는 정장 차림밖에 보지 못한 탓이었다. 편안히 쉬고 있는 그의 얼굴에 슬픈 올빼미 같은 인상은 여전했지만, 갑자기 기운이 솟은 사람처럼 벌떡 일어나 양손으로 내 손을 덥석 잡으며 날 맞이하는 모습에는 슬픔이 전혀 보이지 않았다.

「여기서 도대체 뭘 **읽고** 있는 겁니까?」 침묵이 규칙이라고 들었기 때문에 나는 낮은 목소리를 유지하며 그에게 항의했다.

「아, 이런, 그런 건 묻지도 말게. 망령 난 늙은 스파이가 세월의 진리를 구하는 거야. 자네는 터무니없이 젊어 보이는군, 피터. 여전히 못된 짓을 하고 다니나?」

조지는 책과 종이를 모아 사물함에 넣고 있다. 오랜 습관 때문에 나는 그를 돕는다.

이런 곳에서 조지에게 따질 생각은 없으므로, 나는 그에게 앤의 안부를 묻는다.

「잘 지내고 있네. 고맙군, 피터. 그래, **아주** 잘 지내고 있지. 상황을 생각하면.」 조지는 사물함을 잠그고 열쇠를 주머니에 넣는다. 「가끔 날 만나러 온다네. 같이 슈바르츠발트를 산책하지. 옛날 같은 마라톤은 아니고 그냥 걷는 거야.」

나이 지긋한 여성이 들어오는 바람에 우리는 숨죽인 소리로 나누던 대화를 멈춘다. 여성은 어깨에 메고 있던 가방을 힘들게 내려놓은 뒤 자료들을 펼쳐 놓고 돋보기를 썼다. 그리고 크게 한숨을 내쉬며 자신의 자리에 앉는다. 끝까지 남아 있던 나의 결심을 무너뜨린 것이 바로 그 한숨 소리였던 것 같다.

*

우리는 시내를 굽어보는 고지대에 있는 조지의 검소한 독신자 아파트에 앉아 있다. 일찍이 내가 알던 사람 중에 조지처럼 귀를 기울이는 사람은 없다. 그의 작은 몸이 일종의 동면에 들어간 것 같다. 긴 눈꺼풀도 반쯤 감겼다. 인상을 찌푸리지도, 고개를 끄덕이지도 않는다. 상대방의 이야기가 끝날 때까지 하다못해 눈썹조차 치뜨는 법이 없다. 이야기가 끝나면 조지는 정말로 이야기가 끝났는지 확인하기 위해 상대방이 빼먹었거나 얼버무린 부분에 대해 설명을 요구한다. 여전히 놀라지도 않고, 좋다느니 어떻다느니 평가하지도 않는다. 더욱더 놀라운 일은 지나치게 긴 내 이야기가 끝났을 때 일어난다. 하늘이 어스름해져 저 아래 도시가 저녁 안개 속으로 사라지고 불빛이 고개를 내밀 때, 조지는 엄청난 힘으로 커튼을 휙 닫아 세상을 가려 버리고 분노를 있는 그대로 터뜨린다. 그가 그렇게 화를 내는 모습은 처음 보았다.

「겁쟁이들. 둘도 없는 겁쟁이들. 피터, 그런 가증스러운 일이. 그 여자 이름이 캐런이라고? 당장 캐런을 찾아 봐야겠네. 어쩌면 얘기를 들어 보자며 나더러 오라고 할지도 모르지. 하지만 그 여자한테 이리 오라고 하는 편이 나아. 그 여자가 동의한다면. 크리스토프도 날 만나고 싶으면 그러는 편이 낫고.」 다소 불안한 침묵이 조금 흐른다. 「구스타프도 마찬가지야, 물론. 청문회 날짜가 정해졌다고? 내가 증언 조서를 만들어야겠군. 그 증언이 옳다고 선서도 해야겠어. 진실의 증인으로 나서야겠네. 놈들이 어떤 법정을 선택하든.」

「난 아무것도 몰랐어.」 조지가 여전히 분노에 찬 목소리로 말을 이었다. 「아무것도. 날 찾아온 사람도, 정보를 준 사람도 없으니까. 아무리 물러나서 살고 있다 해도 날 찾는 건 아주 쉬웠는데 말이야.」 조지는 고집스레 주장했지만, 자신이 무엇에서 물러난 것인지는 설명하지 않았다. 「스테이블스?」 그의 성난 목소리가 이어졌다. 「난 이미 오래전에 문을 닫은 줄 알았어. 서커스를 떠날 때 나는 변호사들한테 대리인의 권한을 돌려줬네. 그 뒤에 무슨 일이 있었는지는 상상할 수도 없군. 아무것도 몰랐으니까. 의회 조사? 소송? 한 마디도 못 들었어. 귀띔해 주는 사람도 없었다고. 왜냐고? 내가 이유를 말해 주지. 저들은 내가 아는 걸 원하지 않은 거야. 내 자리가 너무 높았던 게 마음에 들지 않은 게지. 내가 다 알아. 전직 비밀 작전실장이 피고인석에? 세상은 제대로 기억하지도 못하는 대의를 위해 훌륭한 요원과 무고한 여자를 희생시켰다고 인정한다고? 게다가 이걸 직접 계획하고 묵인한 사람이 정보부장 본인이야? 현대적인 우리 주인들 마음에는 전혀 들지 않았을 걸세. 후광을 둘러쓴 것 같은 정보부의 이미지를 망칠 수는 없으니까. 하느님 맙소사. 말할 필요도 없이, 내가 즉시 밀리 맥크레이그에게 모든 서류를 공개하라고 지시해야겠군. 우리가 맡긴 다른 자료들도 모두.」조지는 좀 더 차분해진 목소리로 말을 이었다. 「나는 지금도 윈드폴 때문에 괴로워하고 있네. 앞으로도 계속 그럴 거야. 모든 게 내 탓일세. 문트의 무자비함을 믿긴 했지만, 과소평가하고 있었어. 증인을 그냥 죽여 버리자는 유혹이 그에게는 견딜 수 없이 컸던 걸세.」

「하지만, 조지.」내가 항변한다. 「윈드폴은 컨트롤의 작전이었어요. 조지는 그냥 장단만 맞췄잖아요.」

「그게 결과적으로 더 큰 죄가 된 것 같네. 여기 소파를 쓰겠나, 피터?」

「사실 바젤에 방을 예약해 뒀습니다. 가까우니까요. 아침에 파리행 기차를 탈 겁니다.」

거짓말이었다. 조지도 그럴 거라고 짐작한 것 같다.

「그럼 막차가 11시 10분에 있겠군. 떠나기 전에 저녁이라도 같이하겠나?」

의문을 품기 힘들 만큼 심오한 모종의 이유 때문에, 나는 크리스토프가 날 죽이려다 실패했다는 이야기를 조지에게 하지 말아야겠다고 생각했다. 크리스토프의 아버지 앨릭이 어쨌든 사랑하던 정보부에 대해 못된 말을 늘어놓았다는 이야기는 더욱더 하지 말아야 할 것 같았다. 하지만 조지의 다음 말은 마치 크리스토프의 장광설에 대한 답변으로 고안된 것 같았다.

「우린 무자비하지 않았어, 피터. **한 번도** 무자비했던 적이 없네. 더 규모가 큰 연민을 품었을 뿐이지. 상대를 잘못 골랐다고 할 수는 있네. 우리의 연민이 소용없었던 건 확실하니까. 이제는 그걸 알겠어. 하지만 그때는 몰랐지.」

내가 기억하는 한 처음으로, 조지는 용기를 내서 내 어깨에 한 손을 얹었지만 마치 불에 덴 사람처럼 손을 물리고 말았다.

「하지만 **자네**는 알았어, 피터! 당연히 알았지. 마음씨가 착한 사람이니까. 그렇지 않고서야 자네가 왜 가엾은 구스타프를 찾으려 했겠나? 난 그런 자네에게 감탄했네. 구스타프에게도, 그 아이의 가엾은 어머니에게도 진심을 다하는 모습. 그녀를 잃고 자네는 정말 상실감이 컸을 거야.」

내가 구스타프를 도와주려고 어설프게 노력했던 것을 조지가 알고 있었을 줄은 꿈에도 몰랐다. 하지만 지나치게 놀라운 일은 아니었다. 내가 기억하는 조지는 바로 이런 사람이었다. 다른 사람들의 연약함에 대해 모르는 것이 없으면서도, 자신의 연약함만은 인정하지 않으려고 엄숙하게 거부하는 사람.

「자네의 카트린은 잘 있나?」

「네, 그럼요. 아주 잘 있습니다.」

「아이가 아들이지?」

「딸입니다. 그 아이도 잘 있어요.」

이자벨이 여자아이라는 사실을 잊어버렸다고? 아니면 아직 구스타프 얘기였나?

*

성당 근처의 아주 오래된 호텔이다. 검은 패널 위에 사냥 트로피들이 놓여 있다. 이 호텔이 언제부터 여기 있었는지 모르겠다. 아니면 폭격에 다 부서진 것을 옛 사진을 보며 되살린 것인지도 모르겠다. 오늘 이 집의 요리는 항아리에 넣고 삶은 사슴 고기다. 조지가 이 요리를 추천하면서 바덴 포도주와 잘 어울린다고 말한다. 그래요, 난 아직 프랑스에 살고 있어요, 조지. 그는 내게 즐거운 표정을 짓는다. 프라이부르크에 아예 눌러살 생각입니까? 내가 묻는다. 조지는 머뭇거린다. 임시로 사는 거야, 피터. 언제까지 머무를지는 두고 봐야지. 그러고는 이제야 생각났다는 듯이 말한다. 내가 보기에는 처음부터 줄곧 우리 둘 사이를 떠돌던 말인 것 같은데.

「자네 나한테 뭔가 비난을 하려고 온 것 같은데, 피터. 맞나?」 이번에는 내가 머뭇거릴 차례다. 「옛날에 우리가 했던 일들 때문이라고 하면 되나? 아니면 우리가 그런 일을 한 이유 때문에?」 조지의 말투가 상냥하기 그지없다. 「내가 왜 그런 일을 했는지 묻는 편이 더 요점에 가깝겠지. 자네는 충실한 부하였네. 매일 아침 왜 해가 뜨는지 의문을 품는 건 **자네가** 할 일이 아니었어.」

이 점에 대해 내가 의문을 표할 수도 있었겠지만, 그보다는 이야기의 흐름이 끊기는 것이 싫었다.

「**뭔지**는 모르겠지만 하여튼 세계 평화를 위해서? 그래 그래, 그렇지. 전쟁은 없을 거야. 하지만 평화를 위한 투쟁에서는 돌멩이 하나조차 제자리에 서 있지 못할 걸세. 우리 러시아 친구들이 하던 말처럼.」 조지는 잠시 입을 다물었다가 더욱 기운차게 말을 시작했다. 「아니면 모든 것이 위대한 **자본주의**의 이름으로 한 일이었던가? 그럴 수는 없지. 그럼 기독교 세계? 그것도 안 될 일이고.」

포도주 한 모금, 당혹스러운 미소. 그 미소는 내가 아니라 조지 자신을 향한 것이었다.

「그럼 모두 영국을 위해서였나?」 조지가 다시 말을 이었다. 「그럴 때가 있었지. 당연히 있었어. 하지만 **누구의 영국**인가? **어떤** 영국이야? 오로지 영국만 뚝 떨어져서 혼자? 난 유럽인일세, 피터. 만약 내게 사명이 있다면, 내가 적을 상대하는 일 외에 한 가지 사명을 의식하고 있었다면, 그것은 유럽을 위한 사명이었어. 내가 무정하게 굴었다면, 그것 역시 유럽을 위한 일이었네. 도달할 수 없는 이상이 있었다면, 그것은 유럽을 어둠 속에서 데리고 나와 새로운 이성의 세계로 인도하겠다는 이상이었고. 난 지금도 그 이상을 품고 있네.」

침묵이 이어졌다. 내가 기억하는 어느 침묵보다, 최악의 상황에서 이어졌던 침묵보다 더 깊고 긴 침묵이었다. 유연하던 얼굴 윤곽이 얼어붙고, 눈썹이 가운데로 모이고, 그늘진 눈꺼풀이 아래로 내려갔다. 그는 안경 한가운데의 다리로 멍하니 집게손가락을 올려 다리가 제자리에 잘 붙어 있는지 확인한다. 그러다 마침내 나쁜 꿈을 떨쳐버리려는 듯이 고개를 저으며 그가 미소를 지었다.

「미안하네, 피터. 내가 거만을 떨고 있군. 역까지 걸어서 10분일세. 내가 자네를 바래다줘도 되겠나?」

14

나는 레 되 제글리즈의 농가에 있는 내 책상에 앉아 이 글을 쓴다. 내가 설명한 사건들이 일어난 것은 오래전이지만, 지금도 내게는 저기 창턱에 놓여 있는 베고니아 화분이나 마호가니 상자 안에서 반짝이는 아버지의 훈장만큼 생생하다. 카트린은 컴퓨터를 샀다. 점점 실력이 늘고 있다고 한다. 어젯밤 우리는 사랑을 나눴다. 하지만 내가 품에 안은 사람은 튤립이었다.

나는 지금도 후미로 내려간다. 지팡이를 들고. 힘든 길인데도 어떻게든 내려간다. 가끔 내 친구 오노레가 나보다 먼저 그곳에 와서 항상 앉는 바위에 쪼그리고 앉아 있을 때도 있다. 두 발 사이에 사과주 한 병을 놓아둔 채로. 봄에 우리 둘이 버스를 타고 로리앙으로 갔다. 그리고 오노레의 고집으로 부두를 걸었다. 어머니가 동쪽으로 출항하는 큰 배들을 보려고 나를 데리고 가시던 곳이다. 지금은 독일군이 유보트를 위해 건설한 괴물 같은 콘크리트 요새 때문에 흉하게 변해 버렸다. 연합군이 아무리 폭격을 해도 요새에는 흠집 하나 나지 않았다. 마을만 폭삭 주저앉았을 뿐이다. 그렇게 6층 높이의 요새는 피라미드처럼 영원히 그 자리에 서 있게 되었다.

오노레가 왜 날 여기로 데려왔나 궁금해하고 있는데, 오노레가 갑자기 걸음을 멈추더니 성난 몸짓으로 그 요새를 가리켰다.

「그 나쁜 자식이 놈들한테 시멘트를 팔았어.」 그가 변덕스러운 브르타뉴 말씨로 화를 냈다.

나쁜 자식? 잠시 뒤에야 나는 무슨 뜻인지 알아차린다. 그렇지, 오노레가 말한 사람은 돌아가신 그의 아버지다. 그는 독일군에 협력한 혐의로 목매달려 죽었다. 오노레는 내가 충격을 받기를 바라지만, 충격받지 않은 모습에 만족감을 느낀다.

일요일에 첫눈이 왔다. 우리에 갇힌 소들은 쓸쓸한 모습이다. 이자벨은 이제 많이 컸다. 어제는 내가 말을 걸었더니, 내 얼굴을 똑바로 바라보며 미소를 지어 주었다. 우리는 언젠가 이자벨이 말을 하게 될 것이라고 믿고 있다. 저기 장군님이 노란색 승합차를 몰고 산길을 요리조리 올라오고 있다. 어쩌면 영국에서 온 편지를 가져올지도 모르겠다.

감사의 말

브르타뉴 남부에 대해 인심 좋게 많은 것을 알려 준 테오와 마리 폴 기유에게, 1960년대의 동서 베를린에 대해 지칠 줄 모르고 조사해 주었을 뿐만 아니라 자신의 귀중한 기억도 나눠 준 앙케 에르트너에게, 앨릭 리머스와 튤립이 동베를린에서 프라하로 탈출하는 루트를 찾아 직접 안내해 준 위르겐 슈벰레에게, 눈길을 달릴 때 두 배의 기쁨을 맛보게 해준 우리의 완벽한 운전기사 다린 다먀노프에게 진심으로 감사한다. 또한 베를린의 슈타지 박물관을 직접 안내해 주고 나만의 인장도 선물해 준 외르크 드리젤만, 존 스티어, 슈테펜 라이데에게도 고마움을 전한다. 마지막으로, 법률가의 눈과 작가의 이해력으로 의회 위원회와 법정 절차라는 수풀 속에서 나를 인도해 준 필립 샌즈에게 특별한 감사를 바친다. 이 책에 담긴 지혜는 그의 것이고, 실수는 나의 것이다.

옮긴이의 말

스파이를 색으로 표현한다면 무슨 색일까?

회색.

내 답은 회색이다. 회색 옷에 회색 중절모를 쓰고 회색 거리에서 은밀한 임무를 수행하는 사람. 혹시 이 책의 주인공이 007처럼 화려한 스파이였다면 다른 색이 생각났을지도 모르지만, 르카레의 스파이들에게는 회색이 딱 맞는다.

예전 우리나라 정보기관 앞에 적혀 있었다는 말처럼 음지에서 일하며 양지를 지향하는 사람들. 개인의 신념 때문이든 애국심 때문이든 대의를 위해 위험을 무릅쓰는 사람들. 하는 일의 성격상 적과 아군, 흑과 백을 구분할 수밖에 없지만 정작 본인들은 항상 회색의 이미지로 기억되는 사람들. 실제로 첩보원들은 007처럼 잘생기면 안 되고, 돌아서면 잊어버릴 만큼 인상이 흐릿하고 평범해야 한다고 하지 않는가.

이 책에서 르카레는 대의를 위해 어디까지 인간성을 희생할 수 있느냐고 묻는다. 그리고 그제야 우리는 퍼뜩 깨닫는다. 아, 그렇지, 영화 속 낭만적인 스파이는 어디까지나 영화 속에만 존재하는 거였지. 낭만적인 조폭이 영화 속에만 존재하는 것처럼. 현실 속 스파이는 대의를 위해, 또는 자신의 안위를 위해 비인간적이고 잔혹한 결정을 서슴없이 내려야 할 때가 많을 것이다.

그런데 그렇게 많은 것을 희생해 가며 지킨 대의가 그를 배신한다면? 같은 편이라고 믿었던 자가 사실은 자신을 팔아넘긴 배신자라면? 그의 희생은 과연 무엇을 위한 것이었을까. 그래도 그의 노고 덕분에 많은 사람의 안전을 지킬 수 있었으니 그의 희생과 그에게 휘말린 무고한 사람들의 희생까지도 가치가 있었다고 말할 수 있을까.

이쯤 되면 흑백이 분명한 세상을 추구해야 하는 스파이의 세계가 왜 회색인지 알 것 같기도 하다. 이 세상에 수학 공식처럼 딱 떨어지는 답이 나오는 경우가 얼마나 될까. 자본주의와 공산주의가 팽팽하게 세력을 겨루던 냉전 시대에 자본주의가 옳다고 아무리 철석같이 믿던 사람이라 해도, 이 책 속의 앨릭처럼 엄마와 아이를 억지로 떼어 놓고 엄마에게 곧 아이를 만날 수 있을 거라고 계속 거짓말을 해야 하는 상황이 된다면…… 글쎄…… 그깟 자본주의 공산주의가 다 뭔가 하는 생각이 들 것이다. 이런 회의에 잠기지 않고 추호도 흔들리지 않는 사람이 있다면 그야말로 위험한 사람이다. 인간성이 결여된 전체주의자일 가능성이 높으니까.

그렇다면 현실은 회색으로 수렴할 때가 가장 인간적이지 않을까 하는 생각이 든다. 내 편과 네 편을 가르기 일쑤인 인간의 본성은 우리에게 피아를 가르고 흑백을 구분하라고 자꾸만 요구하지만, 이데올로기든 뭐든 인간다움을 찍어 누르고 희생을 강요하는 것이 없는 회색 세상이야말로 우리가 추구해야 할 평화로운 세상일지도 모르겠다. 그런 세상에서는 르카레의 스파이들이 지닌 회색도 아마 음지의 회색이 아니라 중용의 회색이 될 것이다.

그러나 장담하건대 인간이 인간인 한 그런 세상은 오지 않을 것이고, 르카레의 스파이들은 언제나 그 생명력을 잃지 않을 것이다. 그런 의미에서 이 작품 속의 앨릭에게, 현실 속 수많은 나라에 존재하는 과거와 현재와 미래의 수많은 앨릭들에게, 그리고 그들의 헌신과 희생에 감사와 경의를 표하고 싶다.

2020년 4월
김승욱

옮긴이 **김승욱** 성균관대학교 영문학과를 졸업하고 뉴욕 시립 대학교 대학원에서 여성학을 전공했다. 동아일보 문화부 기자로 근무했으며 현재 전문 번역가로 활동 중이다. 옮긴 책으로는 존 르카레의 『모스트 원티드 맨』, 데니스 루헤인의 『살인자들의 섬』, 존 윌리엄스의 『스토너』, 아서 C. 클라크의 『2001 스페이스 오디세이』, 프랭크 허버트의 『듄』, 에이모 토울스의 『우아한 연인』, 리처드 플래너건의 『먼 북으로 가는 좁은 길』, 윌 듀런트의 『노년에 대하여』, 『위대한 사상들』, 도리스 레싱의 『19호실로 가다』, 『사랑하는 습관』, 콜슨 화이트헤드의 『제1구역』 등이 있다.

스파이의 유산

발행일	2020년 4월 30일 초판 1쇄
	2024년 1월 20일 초판 4쇄

지은이	존 르카레
옮긴이	김승욱
발행인	홍예빈·홍유진
발행처	주식회사 열린책들

경기도 파주시 문발로 253 파주출판도시
전화 031-955-4000 팩스 031-955-4004
www.openbooks.co.kr

Copyright (C) 주식회사 열린책들, 2020, *Printed in Korea.*
ISBN 978-89-329-2016-0 03840

이 도서의 국립중앙도서관 출판예정도서목록(CIP)은 서지정보유통지원시스템 홈페이지(http://seoji.nl.go.kr)와 국가자료공동목록시스템(http://www.nl.go.kr/kolisnet)에서 이용하실 수 있습니다.(CIP제어번호:CIP2020005660)